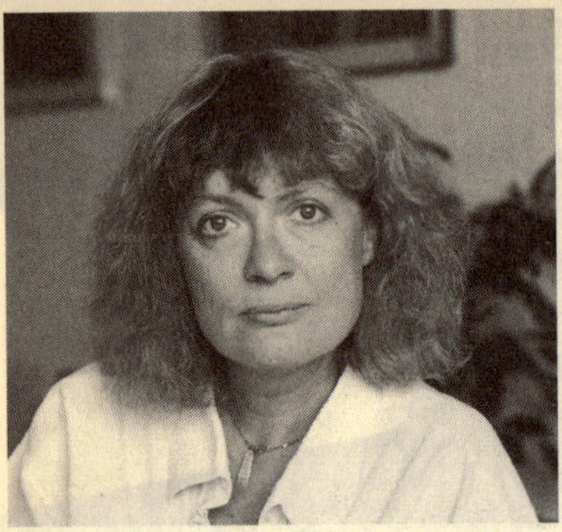

Joan Barfoot, 1946 in Owen Sound, Kanada, geboren, lebt heute als freie Journalistin und Schriftstellerin in London, Ontario. Sie hat englische Literatur studiert. Für ihren ersten Roman, ›Abra‹, erhielt sie 1978 den *Books in Canada First Novel Award.* Ihre Romane wurden in mehrere Sprachen übersetzt.

Die Frau in der Hecke Charlotte, stets unabhängig, selbständig, berufstätig, glaubte immer, ihr Leben fest im Griff zu haben – auch als Geliebte verheirateter Männer. Jetzt ist sie alt, eine Frau von siebzig Jahren, und spioniert – hinter einer Hecke sitzend – das Kleinfamilienheim ihres Ex-Geliebten aus, mit dem sie zehn Jahre lang eine Beziehung hatte – vor dreißig Jahren. Eine absurde Situation, das findet sie selbst und fragt sich, warum sie das tut. Um einen Eindruck von dem Leben zu gewinnen, das ihr versagt geblieben ist – Familienglück und Harmonie? Ein Leben, wie es ihre Freundin Claudia geführt hat. Claudia hat auf Beständigkeit gesetzt, auf Sicherheit, auf Treue, auch wenn ihr Mann sie in den siebenundvierzig Jahren ihrer Ehe kontinuierlich betrogen hat. Und das keineswegs diskret und rücksichtsvoll, so wie Charlotte es bei ihrem Geliebten erlebt hat, in dessen Gartenhecke sie jetzt sitzt. Und wie kommt Claudia, deren Mann gestorben ist, nach dieser langen Zeit der Gemeinsamkeit allein zurecht? Sie hat ein Geheimnis, das sie nur der Freundin mitteilen kann.

In Rückblenden und inneren Monologen sondieren zwei kluge Frauen im Wechsel ihr Leben und ihre Liebe ohne Beschönigung, mit bestechender Offenheit und der Einsicht, »daß es kein richtiges Leben im falschen gibt«.

Weitere Titel von Joan Barfoot im Fischer Taschenbuch Verlag: ›Warten auf Mr. Smith‹ (Bd. 13043), ›Duett für drei‹ (Bd. 13044) und ›Family News‹ (Bd. 13045).

Joan Barfoot

Die Frau in der Hecke

Roman

Aus dem kanadischen Englisch von
Eva und Thomas Pampuch

Fischer Taschenbuch Verlag

Veröffentlicht im Fischer Taschenbuch Verlag GmbH,
Frankfurt am Main, Mai 1997

Lizenzausgabe mit freundlicher Genehmigung
des Verlags Antje Kunstmann GmbH, München

Titel der Originalausgabe:
›Charlotte and Claudia Keeping in Touch‹

Gesamtherstellung: Clausen & Bosse, Leck
Printed in Germany
ISBN 3-596-13046-8

Gedruckt auf chlor- und säurefreiem Papier

Die Frau in der Hecke

1

*D*ie Hecke, in der sich Charlotte versteckt hält, eine kühle, grüne Zedernhecke, ist stachlig, aber nicht undurchdringlich. Glücklicherweise ist sie gut gepflegt, die Zweige sind über die Jahre dicht geworden. Das ist gut für die Tarnung, aber nicht für die Bequemlichkeit. Charlotte erinnert sich, wie Andrew davon erzählt hat, als er sie pflanzte, eine jener vielen für sie schmerzlichen Verschönerungen seines Heims. Nicht nur das Pflanzen, auch die Vorbereitungen: die Überlegungen, was für eine Hecke, Kosten, Zweck und Pflege; sie denkt an die Zeit, die er mit seiner Frau – vielleicht am Küchentisch – damit verbracht haben muß, Kataloge mit immergrünen Pflanzen anzuschauen und Finanzierungsmöglichkeiten zu diskutieren.

Die Hecke ist also über drei Jahrzehnte alt.

Es sind die kleinen Dinge, die eine Geliebte deprimieren.

Charlotte ist keine Geliebte mehr und kaum deprimiert, höchstens verspannt und kommt sich natürlich idiotisch vor. Wem ginge das nicht so? Und wenn sie entdeckt wird? Was in aller Welt sollte sie einem neugierigen Nachbarn oder der Polizei oder womöglich Andrew selbst erzählen? Einfach: »Ich wollte sehen, was daraus geworden ist«? Wie würde das jemandem vorkommen, der sie zusammengekauert in seiner Hecke entdeckt, wie sie durch die Zweige sein Haus belauert?

Vielleicht ist es gar nicht mehr sein Haus. Vielleicht beobachtet sie von hier aus jemanden ganz anderen, ein ganz und gar anderes Familienleben?

Aber im Telefonbuch stand er immer noch unter dieser Adresse. Sie war überrascht, daß er in all den Jahren nicht umgezogen ist. Sie selbst ist allerdings auch nicht umgezogen. Würde ihn das überraschen?

Oder vielleicht lebt jetzt nur noch seine Frau hier, Andrews Witwe. Frauen geben in Telefonbüchern und anderen öffentlichen und offiziellen Dokumenten normalerweise nicht bekannt, daß sie alleinstehend sind.

Wer auch immer hier wohnt, hätte jedenfalls die Zedern etwas höher und dicker wachsen lassen sollen, dann müßte sich Charlotte nicht so bücken. Bereits nach wenigen Minuten ist sie nicht sicher, ob sie sich je wieder aufrichten, ihre Beine strecken und schnell weggehen kann. Was, wenn sie hier jetzt festsitzt?

Es muß ziemlich komisch aussehen: eine große alte Frau in einem grünen Trainingsanzug, die stachelige Zweige auseinanderbiegt, um ein Haus zu beobachten, in dem offensichtlich nichts geschieht.

Verwirrte alte Frau. Wäre das eine Ausrede, wenn man sie erwischt? Könnte sie einfach sagen: »Ich bin alt und verwirrt, das ist alles!« Und dann, damit man sie nicht in ein Krankenhaus oder ins Heim schickt, versprechen: »Es wird nicht wieder vorkommen. Es war wirklich nur so eine Laune. Ich war einfach neugierig. Es kommt nicht wieder vor.«

Mit großer Mühe hat sie Zweige auseinandergebogen und sich so eine bessere Aussicht geschaffen. Das Haus ist genauso, wie Andrew es immer beschrieben hat: weiße Schindeln, einstöckig und ziemlich langgestreckt. »Ranch style« nannte man das wohl damals. Charlotte erinnert sich, daß es drei Schlafzimmer hat. Eins für jeden Sohn und eins für Andrew und seine Frau. Sie weiß nicht mehr genau, was er ihr von den anderen Zimmern gesagt hat. Die Schlafzimmer waren quälend genug.

»Der Mann, der hier wohnt, war früher mein Liebhaber«, könnte sie sagen, wenn man sie entdeckt. »Und zwar jahrelang.«

Aber was hätte es für einen Sinn, das Geheimnis fast ein Jahrzehnt lang sorgfältig zu hüten, um es jetzt, wo sie beide alt sind (wenn er überhaupt noch lebt), auszuplaudern und nur Schaden damit anzurichten? Damals hatte sie unter der Diskretion gelitten, dumm, wenn alles umsonst gewesen wäre.

»Ich gehe vor«, sagte er immer vor einer Bar oder einem Restaurant, »und schaue nach, ob niemand da ist, der uns vielleicht kennt.« Oder bei einer ihrer seltenen gemeinsamen Reisen: »Ich glaube, da ist es sicher. Da treffen wir vermutlich niemanden.«

Charlotte schüttelt den Kopf. Sie muß ihren Verstand verloren haben. Wie sehr sie geholfen hat, seine Ehe zu erhalten – davon hätte seine Frau nur träumen können.

Wenn sie also jetzt in diesem Haus zusammen sind, das sie mühsam durch diese widerspenstigen Zweige beobachtet, müssen sie ihr eigentlich dankbar sein. All diese gemeinsamen Jahre verdanken sie Charlottes Diskretion. Und Mitgefühl. Und schließlich der Tatsache, daß sie – vermutlich ebensosehr wie Andrew – davor zurückscheute, eine große und lebensverändernde Entscheidung zu treffen. Für einen solchen Einschnitt wäre sie nicht gern verantwortlich gewesen.

Er wäre nicht glücklich gewesen, wenn das geschehen wäre.

Sie konnte nie genau sagen, was sie glücklich gemacht hätte. Und sie war es auch selten, jedenfalls nicht aus vollem Herzen. Man kann nicht aus vollem Herzen glücklich sein, wenn es im Grunde keine Hoffnung gibt. Es gibt nur gelegentlich Glücksgefühle.

Und jetzt auf ihre alten Tage wird sie zur Spionin.

Wohnt Andrew immer noch hier oder nicht? Was wäre ihr lieber?

Letzte Woche hat sie einige Stunden lang die Nachbarschaft erkundet. Die Leute im Nachbarhaus gehen jeden Morgen früh zur Arbeit und kommen erst am Abend zurück. Sie hat also neun Stunden Zeit, sich in der Hecke zwischen den beiden Grundstücken aufzuhalten, ohne von der Straße aus gesehen zu werden. Zumindest solange keine anderen Nachbarn oder Andrew und seine Frau sie von einem ihrer Fenster aus entdecken und solange keine Fremden wie zum Beispiel der Gasmann auf das Grundstück kommen und über sie stolpern.

Oder Hunde, mein Gott, an Hunde hat sie noch gar nicht gedacht! Stinktiere, Waschbären, neugierige Eichhörnchen, es gibt ja eine Tierwelt in der Vorstadt. Irgendwie gehört Charlotte selbst dazu.

Wenn sie die ganzen neun Stunden hier bliebe, wäre sie bewegungsunfähig. Jeder Muskel in ihrem Körper zöge sich zusammen, ihr Puls würde sich verlangsamen, ihre Füße würden einschlafen, sie bekäme Krämpfe und müßte natürlich dringend auf die Toilette.

Sie müßte sich einfach in die Hosen machen und umkippen; einschlafen und hier sterben.

Sie kann also wirklich nicht lange bleiben.

Es passiert viel Wichtiges auf der Welt: Kriege und Hunger, Ungerechtigkeit und alle möglichen Freiheitsbewegungen. In ein paar Wochen feiert Charlotte ihren siebzigsten Geburtstag, und es gibt immer noch eine Million Dinge, über die sie nachdenken und die sie machen will. Selbst in der Zeit, die ihr noch bleibt, bevor sie schrullig wird oder krank oder stirbt, ist es nicht möglich, all das zu schaffen, was sie noch will: all die Bücher, die sie noch lesen will, die Filme, die sie sehen will, die Musik, die sie noch hören will, die Orte, die sie besuchen will, die Gespräche, die sie hören oder an denen sie teilnehmen will, die Briefe, die sie schreiben muß, die Leute, die sie kennenlernen will, all die wichtigen Gedanken und die Ereignisse, die sie noch aufarbeiten muß. Und was macht sie? Sie hängt in einem fremden Viertel herum und hofft, einen Mann zu sehen, den sie seit dreißig Jahren nicht gesehen und an den sie auch nicht besonders oft gedacht hat.

Vielleicht ist es schon zu spät, sich über Schrulligkeit Sorgen zu machen.

Sie war nie in seinem Haus. Selbst als seine Frau ohne ihn verreist war und selbst als er sie darum bat, hat Charlotte es nie betreten. Sie hatte, das muß sie zugeben, ein wenig sonderbare Maßstäbe: Sie schlief mit ihm, lachte und redete mit ihm und hörte ihm zu, sie berührte seinen Körper, sein Gesicht und sein

Haar, als wäre es ihr eigenes, aber sie hätte sich niemals auf das Sofa seiner Frau gesetzt und ganz bestimmt nicht in ihrem Bett geschlafen.

Andrew schien damit keine Probleme zu haben. »Ich möchte aber, daß du siehst, wo ich wohne«, drängte er sie. »Wie kannst du an mich denken, wenn du dir nicht vorstellen kannst, wo ich bin?«

Ihre Vorstellung war auch ohne reale Farben und Umrisse durchaus lebhaft. Es war schlimm genug, sich auszumalen, wie er morgens nackt durch sein Haus lief, unter die Dusche trat und wieder herauskam, Cornflakes verteilte und die übrigen Bewohner an der Tür mit einer Umarmung verabschiedete, ohne daß sie genau wußte, wo das Badezimmer lag oder in welcher Farbe es gestrichen war. Es interessierte sie nicht sonderlich, ob der Küchentisch aus Kiefer oder aus Plastik war.

Wenn sich nun herausstellt, daß Andrew und seine Frau nicht zu Hause sind, sollte sie dann heute einbrechen? Zum Hintereingang kriechen, ein unverriegeltes Fenster finden und einsteigen, herumwandern und alles anfassen?

O Gott, sie muß verrückt sein.

Außerdem steht ein Auto in der Einfahrt. Ein silberner Volvo. Früher hat Andrew über solche Autos gelacht. Er fuhr einen VW; den alten, der heute ein Klassiker ist. Damals war das eine Art umgekehrter Snobismus. Was mag sich noch verändert haben? Als Charlotte und er sich trennten, gab er da auf und schlüpfte zurück unter die Decke ins Bett seiner Frau, zog die Jungen groß und wurde häuslich?

Charlotte wird vermutlich selbst gerade häuslich, auch wenn es heute gerade nicht danach aussieht. Das hier ist ihr erstes Abenteuer seit langer Zeit; ihr erster Ausflug auf unter Umständen gefährliches Terrain.

Na gut, gefährlich vielleicht nicht. Aber möglicherweise erniedrigend.

Möglicherweise? Es ist erniedrigend, wenn auch nur für sie selbst, solange sie von niemandem gesehen, geschnappt und ausgefragt wird. Wenn sie im Fernsehen jemanden in so einer Situation sähe, würde sie wahrscheinlich wegschauen, so peinlich wäre ihr das.

Mit Neugier wäre die Situation nur unzureichend beschrieben. Selbst die allertiefste Neugier würde so etwas nicht rechtfertigen.

Wenn sie Erfolg hat (und ein Erfolg wäre es wohl schon, wenn keine Katastrophe passiert), wer weiß, was ihr als nächstes einfällt?

Wenigstens langweilt sie sich nicht. Wenigstens findet sie sich mutig.

Solange Andrew nicht beschließt, ausgerechnet heute die Hecke zu schneiden, ist alles in Ordnung.

Wer kümmert sich um den Garten? Es gibt große halbovale Flächen, die von runden weißen gleichförmigen Steinen umrahmt sind. Vor den Erkerfenstern, die vermutlich zum Wohnzimmer gehören, sieht man relativ große Pflanzen, dahinter kleinere. Und auf der anderen Seite, vermutlich unterhalb der Schlafzimmer gegenüber der stabilen blauen Eingangstür, gibt es wieder diese Pflanzenfolge. Auf dem Rasen, vor dem Haus, am Fuße eines Magnolienbaumes blüht Springkraut. Alles ist sehr ordentlich und hübsch angelegt. Andrew war, wenn es darauf ankam, nicht besonders abenteuerlustig. Seine Frau war wohl auch vorsichtig. Charlotte weiß es nicht. Sie hat die Frau nie kennengelernt.

Für Andrew war Charlotte anscheinend ein Abenteuer, das war aufregend genug.

Warum in aller Welt kümmert sie das?

Gut, dieses In-der-Hecke-Hocken ist erniedrigend, aber wenn man bedenkt, wie blöd sie gewesen sein muß, sich fast ein Jahrzehnt im Dunkeln mit einem Mann herumgedrückt zu haben, der so spießige Sehnsüchte hat. Mit einem Mann, der sie womöglich als eine Art Nervenkitzel betrachtet hat, als etwas Exotisches in seinem sonst ruhigen, behäbigen und letztlich auch wünschenswerten Leben. Es wäre traurig, wenn er sich als gewöhnlicher Spießer herausstellte.

All die Jahre war dieser Mann ihr Liebhaber. Heute interessiert sie an ihm weniger sein Körper als die mögliche Antwort auf eine Frage, die sie noch nicht ganz formuliert hat.

Wie kann er diese Ruhe ertragen? Keine Kinder, keine Autos, keine Stimmen – ein paar Vögel, das ist so ziemlich alles. Charlotte ist an Busse gewöhnt und Rettungswagen, Autohupen, Kinder, die vor ihrem Haus auf dem Heimweg von der Schule herumschreien, an den Lärm der Stadt, der sie manchmal einsam macht; aber niemals so einsam wie das hier. Das hier ist wie tot sein. Sie hört Vögel und ihre eigenen Atemzüge.

Und jetzt das Geräusch einer sich öffnenden Tür – so still ist es, daß sie über den weiten Rasen hören kann, wie sich die Haustür öffnet. Und Stimmen. Zwei kleine Jungen kommen heraus, jagen einander über den Rasen, so daß Charlotte erschrickt und sich ein wenig nach hinten zurückzieht, die Zedernzweige jedoch trotzdem auseinanderhält, aus Angst, daß sie sich bewegen könnten, und natürlich, um etwas zu sehen. Ein Junge ist ein bißchen älter und größer als der andere, obwohl beide noch nicht wie Teenager aussehen. Beide tragen Turnschuhe, Bluejeans und T-Shirts, einer ein weißes mit einem roten, nicht zu entziffernden Aufdruck, der andere ein einfarbig blaues. Der kleinere Junge bringt den größeren durch eine Attacke zu Fall. Es können nicht Andrews Söhne sein; nicht die Jungen, für die er, wie er ihr immer sagte, eine so intensive und beschützende Liebe empfand, daß er es nie über sich gebracht hätte, ihr kleines Leben zu zerstören. Diese Jungen müssen schon erwachsen sein und fort.

Aber vielleicht ist der, der jetzt durch die Tür tritt, einer von ihnen? Ein großer, aufrechter Mann mittleren Alters, der ruft: »Hört jetzt auf! Kommt her und sagt euren Großeltern auf Wiedersehen und geht ins Auto! Ihr macht die Sitze dreckig! Hört jetzt sofort auf!« Er klingt ungeduldig und gereizt, aber nicht wütend. Wütend hätte er vielleicht geklungen, wenn ihn sein Vater verlassen hätte, damals, vor vielen Jahren, als dieser Gedanke ausgesprochen wurde.

Ist es nicht interessant, daß Charlotte, die das frühe Leben dieses Mannes hätte völlig verändern können, ihn nun von der

Hecke aus beobachtet, wie er seine Jungen ruft und sie ebensowenig bemerkt wie damals? Welche Zufälle und enormen Möglichkeiten das Leben eines jeden Menschen birgt, unsichtbare und unerträumte, aber mit dem Potential, Chaos hervorzurufen. Oder auch unvorstellbare Freude, wer weiß? Manchmal werden diese Möglichkeiten wahr und manchmal nicht.

Charlotte hört die Vögel nicht mehr, aber sie hört ihr Herz klopfen. Und wenn sie jetzt einen Herzinfarkt bekäme? Es wäre nicht schlimm, wenn sie ihn hier bekäme und stürbe, was aber, wenn sie nicht stürbe? Wenn sie später im Krankenhausbett sitzen und alles erklären müßte?

»Wo ist Papa?« hört sie den Mann mit der aufrechten Haltung fragen, der sich zum Eingang zurückwendet.

Eine Hand am Türrahmen, einen Fuß auf der obersten Treppenstufe, ein Lächeln im Gesicht, kurzgeschnittenes graues Haar und graue Hosen, weiße Bluse, mit etwas Glitzerndem um den Hals, steht da eine sehr kleine alte Frau. Kann das die Frau sein, die Andrew nicht verlassen wollte?

Wohl kaum. Jene Frau war – wie Charlotte und wie auch Andrew – dreißig Jahre jünger. Andererseits, ja, es muß dieselbe Frau sein, ebenso wie Charlotte im wesentlichen dieselbe Frau ist wie damals und Andrew zweifellos derselbe Mann. In Wirklichkeit verändern sich nur die Haare entscheidend und Gesichter und Körper.

Sie ist nicht gerade aufgewühlt, als sie ihre Rivalin nun endlich erblickt. Nur neugierig.

Wie eifersüchtig Charlotte auf diese Frau war! Wie bitter und verunsichert. Vielleicht hätte sie sich damals doch darauf einlassen sollen, sie zu treffen. Vielleicht hat Charlotte sie in ihrer Phantasie zu mächtig und zu groß gesehen.

Aber andererseits war sie auch mächtig. Am Ende war sie es, die mit Andrew zusammenblieb.

»Er ist immer noch im Bad«, sagt die Frau. »Er kommt sofort. Könnt ihr wirklich nicht bleiben? Es wäre so schön, wenn ihr bleiben könntet!«

Sie ist also eine dieser klammernden Frauen, die nicht loslassen können. Charlotte sieht einen Anflug von Gereiztheit im Gesicht des jungen Mannes, der aber gleich wieder verschwindet. »Nein, Mama, ich habe dir gesagt, daß wir losmüssen. Die Jungen haben morgen Schule. Sie hätten heute gar nicht schwänzen dürfen.«

»Ach was, sie sind klug, ein paar Tage Schule schwänzen schadet ihnen nicht.«

»Ja, Papa!« Der Kleinere lacht. Charlotte sieht, daß sein ganzes Gesicht beim Lachen voller Lachfältchen ist. Natürlich hat sie schon immer gewußt, daß Kinder unwiderstehlich sein können und zweifellos sein sollten. Bei ihrer Arbeit wundert sie sich allerdings, wie viele Eltern ihre eigenen Kinder so unausstehlich finden, daß sie sie verletzen können, manchmal sogar schlimm.

Beide Jungen sehen nicht so aus, als würde man sie verletzen. Es ist interessant, daß Charlottes Umsicht und Diskretion vor vielen Jahren etwas damit zu tun haben muß, daß das Leben dieser Jungen so glatt verlief. Und das Leben dieses Mannes und dieser alten Frau. Vielleicht sollte sie stolz sein.

»Weißt du schon, wann ihr wiederkommt? Nächstes Mal müßt ihr aber länger bleiben.« Großer Gott, diese Frau versteht einfach nicht, daß man Menschen loslassen muß. Kein Wunder, daß Andrew es für zu kompliziert und schwierig gehalten hat.

Oder sie kennt diesen Freiheitsdrang, und das hat ihr Angst gemacht.

Vielleicht ist der Mann im Badezimmer gar nicht Andrew. Vielleicht ist es ein völlig anderer Ehemann, der erst ins Spiel kam, nachdem sich Andrew mit einer hartnäckigeren Geliebten als Charlotte abgesetzt hatte.

Was für ein Wort: Geliebte! Das klingt nach Fesseln und Herrschaft. Paßt gar nicht zu dem, wie es wirklich war.

In Charlottes Kopf jagen sich die Gedanken. Andrew muß jeden Moment auftauchen. Gleich wird sie ihn sehen. Auch wenn sie wollte, kann sie diesen Augenblick nicht vermeiden.

Sie darf sich nicht bewegen, sonst wird sie gefaßt. Außerdem sind ihre Glieder völlig starr.

»Da bist du ja, Papa«, sagt der junge Mann offenbar erleichtert. »Kommt Jungs, sagt auf Wiedersehen! Wir müssen los!«

Er wirkt weniger groß als früher. Abgesehen von einem kleinen Bauch, wie ihn Dünne oft haben, ist er offensichtlich immer noch gut in Form. Er hat noch viele Haare, die allerdings inzwischen weiß sind. Er steht aufrecht da, wie sein Sohn. Seine Augen kann sie nicht sehen. Früher war es so, daß ihm Charlotte in die Augen sehen konnte und genau das zu sehen glaubte, was in seinem Herzen und in seinem Kopf vorging.

Er geht an seiner Frau vorbei die Treppe hinunter. Sie folgt ihm. Er umarmt seine Enkel. Er lächelt. Vor drei Jahrzehnten umarmte er Charlotte. Er legte dieselben Hände auf ihren Busen, zwischen ihre Beine. Unter den gepflegten khakifarbenen Hosen und dem Hemd, das er trägt, ist der Körper, den sie früher immer berührte, küßte, leckte, der sich auf sie legte und auf sie stürzte. Im kühlen, schützenden Grün der Zedernhecke wird ihr schwindlig, nicht vor Lust, sondern vor Verwunderung.

Die Jungen klettern ins Auto (der silberne Volvo gehört also nicht Andrew!). Ihr Vater setzt sich ans Steuer. Alle kurbeln die Fenster herunter und rufen »auf Wiedersehen«. Winken, und das Auto fährt rückwärts aus der Einfahrt und langsam die Straße hinunter. Die Jungen rufen immer noch »auf Wiedersehen«, und sie und ihr Vater winken. Auf dem Rasen legt Andrew den Arm um die Schulter seiner Frau. Mit der freien Hand winkt er. Sie auch. Sie sehen gut aus zusammen. Zufrieden. Oder versöhnt.

Die Frau dreht sich um, um zurück ins Haus zu gehen. Auf dem halbovalen Rasenstück unter dem Fenster, wo Charlotte das Schlafzimmer vermutet, bückt sich Andrew, um irgend etwas, vielleicht Unkraut, auszurupfen. Er sieht immer noch geschmeidig aus für sein Alter. Er ist ein Jahr älter als Charlotte.

Es hätte schlimmer sein können. Er hätte tot sein können

oder altersschwach. Es hätte nichts zu sehen geben können. Das war nicht das Ende, das sie sich vielleicht vorgestellt hat, aber hätte sie nachgedacht, hätte sie das vielleicht erwartet.

Sie fragt sich, warum sie nicht nachgedacht hat. Sie fragt sich, was sie erwartet hat. Sie fragt sich, welche Gefühle diese kleine Familienszene, die sie beobachtet hat, bei ihr auslöst.

Während Andrew ins Haus geht und die Tür hinter sich schließt, fragt sie sich, ob sie sich je wieder aufrichten kann, mit den verspannten Beinen und Rückenmuskeln. Es geht nur ganz langsam, und ihr Rücken ist erst wieder gerade, als sie schon fast zu Hause ist. Später hat sie Mühe, einzuschlafen, wacht mehrmals mit Schmerzen auf. Sie hat also ausreichend Zeit, in dieser Nacht darüber nachzudenken, was, zum Teufel, sie sich eigentlich bei dieser Aktion gedacht hat und was, zum Teufel, sie damit erreichen wollte.

2

*L*iebe Charlotte, Du wirst vielleicht überrascht sein, nach so langer Zeit von mir zu hören. Ich weiß, es ist ewig her – ein Jahr mindestens. Ich kann mir vorstellen, wie ungeduldig Du diesen Brief liest. Und für wie egoistisch Du mich hältst, weil ich nur schreibe, wenn ich etwas brauche.

Doch gerade jetzt habe ich eine Freundin besonders nötig. Nicht irgendeine natürlich, sondern Dich. Eine, die mich in- und auswendig kennt. Ich frage mich, ob es noch viele Leute gibt, die jemanden haben (so wie ich Dich – und umgekehrt), der sie praktisch ein Leben lang kennt.

Ich bin zur Zeit ausgesprochen nostalgisch. Aber ich meine nicht dieses wohlige Vergnügen an der eigenen Geschichte. Eher die verzweifelte Sehnsucht nach einem Sinn. Als wäre ich so eine Art Pathologin meiner eigenen Seele geworden, die mit blitzenden (blutigen) Instrumenten die Organe und Ereignisse hin und her wendet, um ein Muster zu erkennen oder eine Diagnose zu stellen.

Sicher wirst Du sagen, ich würde mal wieder um den heißen Brei herumreden (oder plappern), und natürlich hast Du damit recht. Klug, wie Du immer warst! Ich höre Dich noch, wie Du zu mir gesagt hast: »Du malst dir immer etwas aus und siehst die Dinge einfach nie so, wie sie sind.« Vermutlich hattest Du recht. Ich glaube, ich habe mir eingebildet, eine Sache würde deutlicher, wenn ich sie mir ausmale, oder gemeint, sie würde sich mir von einer anderen Seite zeigen. Aber vielleicht habe ich mir damit nur den Blick verstellt.

»Und jetzt«, wirst Du sagen, »macht sie es schon wieder.«

Offenbar kann ich es nicht anders. Aber laß es mich auf meine Art sagen. Es ist schwieriger, als ich gedacht habe. Ich habe schon anderen geschrieben (nur die Nachricht), und es ist mir nicht so schwergefallen – aber bei Dir ist es wirklich unerwartet schwer.

Vermutlich, weil Du mich so gut kennst. Und weil ich weiß, wie wenig Du Bradley mochtest. Als ich ihn geheiratet habe und dann bei ihm blieb, hatte ich das Gefühl, als hätte ich Dich im Stich gelassen. Oder weniger aus mir gemacht, als Du gehofft hast. Du hast es nie verstanden, stimmt's? Aber ich habe etwas für ihn empfunden, trotz allem.

Du kannst von Glück sagen, daß Du nie an bestimmten Gefühlen festhalten mußtest, bloß weil Du es wolltest. Aber auf lange Sicht ist es einfach notwendig. Doch daran hast Du wohl nie geglaubt. Auf jeden Fall hast Du Dich nie dafür entschieden.

Ich schon. Man muß sich nämlich wirklich dafür entscheiden. Du schaust etwas oder jemanden an und sagst Dir: »Das und nichts anderes muß ich tun. Ich muß lernen, das und nichts anderes zu fühlen oder zu glauben.« Und es geht, zeitweise jedenfalls.

Ach, meine Liebe, es ist wirklich schwer, zum Thema zu kommen. Aber vielleicht ist dies alles ja das Thema. Der Rest ist nur das Neue, das, was passiert ist.

Und das (meine liebe, ungeduldige Charlotte) ist, daß Bradley gestorben ist. Wir waren siebenundvierzig Jahre verheiratet, ist das nicht außergewöhnlich? Ich finde das bemerkenswert lang. Ich erinnere mich, als siebenundvierzig Jahre uns alt vorkam (aber da waren wir jung), und jetzt stellt sich heraus, daß ich siebenundvierzig Jahre mit einem einzigen Menschen zusammengelebt habe! Die ganzen Jahre davor nicht mitgezählt. Und jetzt die danach.

Diese Jahre, die vor mir liegen, machen mir jetzt Sorgen. Ich kann sie irgendwie nicht fassen. Es ist, als könnte ich mich nicht aus diesem Sumpf der Vergangenheit ziehen und für Neues freimachen.

Wie hast Du das geschafft? Es liegt vermutlich an Deiner Klarheit, eine Sache ist für Dich beendet, die nächste kann anfangen.

Ich war immer eher feige. Aber das hat offenbar auch funktioniert. Irgendwie müssen wir alle den besten Weg für uns finden. Du mit Deiner Tapferkeit und Entschlossenheit bist wunderbar durchgekommen, und mir ist es letztlich auch nicht so schlecht gegangen mit meiner Art, Entscheidungen so lange hinauszuschieben, bis sie überflüssig geworden sind. Weißt Du, was immer Du in all den Jahren gedacht hast, Bradley war auf irgendeine Weise immer Teil meines Lebens. Ich glaube, ich wußte bis vor kurzem nicht einmal, wie sehr er Teil von mir war. Ich hielt uns (auch wenn das komisch klingen mag) für unzertrennlich, wenn auch auf eine merkwürdige Art. Natürlich zeigt sich nun, daß wir nicht unzertrennlich waren; aber ich fühle mich irgendwie amputiert: ein Arm, ein Bein oder ein Organ fehlt plötzlich, und auch wenn es vielleicht nicht lebenswichtig war, so bin ich doch irgendwie verkrüppelt. Ich weiß nicht, ob ich mich nun immer so fühlen werde (man liest ja immer wieder von diesen Phantomschmerzen, die Amputierte haben. Offenbar können sie ewig dauern, selbst wenn sich die Leute daran gewöhnen).

Für mich war es immer wichtig, daß man sein Bestes gibt. Denn wenn man glaubt, sein Bestes gegeben zu haben, fühlt man sich am Ende – wie auch immer es ausgeht, Streit, Tod oder Katastrophe – nicht schuldig oder macht sich keine Vorwürfe. Das habe ich geglaubt, trotzdem war ich nicht gut genug. Ich hätte es besser machen können. Und es gibt auch einen furchtbaren dunklen Punkt.

Ich weiß, Du würdest sagen, er hätte es auch besser machen können, und das stimmt natürlich. Bradley hätte es in jeder Hinsicht besser machen können. Aber schließlich war es ja mein und nicht sein Anspruch, immer das Bestmögliche zu tun. Man konnte ja von ihm nicht erwarten, daß er Regeln befolgt, die er nicht aufgestellt hat.

Ich finde, ich bin auf meine alten Tage erschreckend vernünftig geworden. Vielleicht werden wir uns dadurch ähnlicher als früher, vielleicht haben wir heute viele Dinge gemeinsam.

Eine Sache, über die ich seit Bradleys Tod wirklich nicht nachgedacht habe, ist, ob meine Entscheidung für ihn damals richtig war. Es gibt eigentlich auch keinen Anlaß, über so etwas nachzudenken. Aber selbst wenn ich es täte, glaube ich, daß – auch wenn wir vielleicht einige bittere, unglückliche Zeiten gehabt haben (und die hatten wir) – einem auch bitteres Unglück viel geben kann. Ich bin zum Beispiel ziemlich stark geworden. Ich weiß nicht, ob das für mich das Beste ist, aber Du sollst wissen, daß ich jetzt über Eigenschaften verfüge, die Du vielleicht bewundern würdest und die Dich vielleicht überraschen.

Dieser Brief muß Dir sehr merkwürdig und konfus vorkommen. Meine Gedanken sind ziemlich sprunghaft zur Zeit, ich kann nur hoffen, daß es niemand merkt. Normalerweise kann ich zum Beispiel ziemlich ordentliche und zusammenhängende Briefe schreiben, und ich habe auch eine ganze Menge solcher Briefe geschrieben, um den Leuten mitzuteilen, daß Bradley von mir gegangen ist.

Ist das nicht albern? Warum sage ich »von mir gegangen«? Ich höre förmlich, wie Du sagst: »Zum Teufel, Claudia, er ist tot, nicht bloß gegangen.« Weißt Du noch, wie wir über diese Zeile bei Oscar Wilde gelacht haben – war es nicht Lady Bracknell? Wo jemand sagte, daß er einen Verwandten verloren habe, und sie daraufhin bemerkte, wie leichtsinnig es sei, jemanden zu verlieren, so als wäre die Person nur ein falsch adressiertes Paket.

Aber Bradley ist wirklich von mir gegangen, endgültig und für immer.

Wenn Du das wirr findest, so verstehst Du bestimmt die Verfassung, in der ich es so hastig und schlecht hinschreibe. Ich weiß, Du kannst mir folgen, das hast Du immer gekonnt.

Ich glaube, daß es ab einem bestimmten Zeitpunkt sehr schwer ist, noch neue wirkliche Freunde zu finden. Es gibt zu viel, was sie nicht wissen können (und was du über sie nicht wissen kannst). Es wird unmöglich, all die weißen Flecken und Details auszufüllen, damit sie sich überhaupt auskennen.

Allerdings haben neue Freunde vermutlich den Vorteil, daß

man mit ihnen ein neuer Mensch werden kann. Sie merken ja den Unterschied nicht.

Ich frage mich, wie Du heute aussiehst. Ich sehe Dich vor mir – eher kantig. Vornehm. Elegant und schlank, so eine majestätische Erscheinung, es muß toll sein, auf diese Art alt zu werden. Ich bin molliger geworden (nicht fett, das würde ich nie sagen, mollig schon). Es soll Leute geben, die aus Kummer über ihr Witwendasein nicht mehr essen können. Ich werde gierig. Ich wollte mich vollfressen, aber ich konnte essen, bis mir schlecht war, und fühlte mich trotzdem nicht richtig satt. Ich muß das in den Griff kriegen, sonst werde ich wirklich fett. Doch im Moment betrachte ich es als eine Zeit des Sich-gehen-Lassens, eine Art Kompensation. (Nicht, daß Du denkst, genug Essen könnte Bradley irgendwie ersetzen. Wirklich nicht.)

Gerade ist mir ein Bild aus der Zeit in den Sinn gekommen, als wir noch klein waren. Ich habe Dich so bewundert, schon als wir in die Schule gekommen sind! Schon damals schienst Du Dir in so vielen Dingen so sicher. Und Du warst es ja auch. Habe ich Dir mal erzählt (bestimmt, denn wir haben sicher darüber geredet, wie Freundschaften anfangen), wie selig und aufgeregt ich war, als Du mich als Partnerin wolltest, als wir uns damals zwei und zwei zum Hinausgehen in die Pause, zum Seilhüpfen oder zum Nachhausgehen aufstellen mußten? Ehrlich, ich glaube, selbst als ich mich das erstemal verliebte, war ich nicht so aufgeregt!

Klingt das übertrieben? Aber die Gefühle von Kindern sind immer übertrieben. Was hast Du an mir gefunden, damals, als Du mich als Freundin ausgesucht hast?

Ich hatte nie das Gefühl, daß ich Dich ausgesucht habe. Ich glaubte immer, Du hast mich ausgesucht.

Ich habe mir auch Bradley nicht ausgesucht. Das hätte ich nicht gewagt. Ich frage mich heute, was Ihr beide an mir gefunden habt, als Du sechs warst und er viele Jahre später.

Sind wir alt geworden, Charlotte? Ist es vorbei mit uns?

Daß es mit Dir vorbei ist, kann ich mir nicht vorstellen. Ich sehe Dich immer auf dem Sprung in etwas Neues, was es auch sein mag. Was probierst Du gerade, Charlotte?

Ich muß Dir was erzählen, aber ich kann es Dir nicht in einem Brief sagen. Es ist sehr wichtig, wie ein großer schwarzer Luftballon, der mich ausfüllt und dadurch andere wichtige Dinge in die kleinen übriggebliebenen Ritzen preßt. Siehst Du Dein Inneres wie ein Bild? Wie eine Wüste oder einen Ozean oder einen anderen Planeten? Ich sehe es manchmal so. Vielleicht habe ich es mir in den letzten Monaten beim Betrachten von Bradley angewöhnt. Sein Körper wurde so ein Geheimnis, er veränderte sich äußerlich, und innen wucherte die Fäulnis immer weiter. Ich habe es schließlich gehaßt, dieses Wissen, daß da schreckliche Dinge geschahen, ohne daß ich sie sehen konnte.

Vielleicht, wirst Du sagen, war es für mich mit Bradley schon immer so. Aber da ging es um Vermeidbares, das war nicht das Gefühl, ihn vor meinen Augen verfallen zu sehen.

Hast Du je einem Menschen beim Sterben zugesehen? Wenn ja, wirst Du wissen, was ich meine. Wenn nicht, kann ich es Dir wohl auch nicht beschreiben. Aber die Haut ändert sich. Sie verliert ihre Feuchtigkeit oder ihre Beweglichkeit – jedenfalls ist sie einfach nicht so lebendig. Die Augen drehen sich nach innen. Ich meine nicht im mechanischen Sinne, sondern so, als schauten sie dich nicht mehr richtig an. Sie blicken irgendwie durch Dich hindurch oder eben nach innen. Bradley sah schließlich aus, als würde er in seinen eigenen Kopf auf seine eigenen Visionen starren.

Natürlich verlieren Menschen, die so langsam sterben, an Muskeltonus, werden schwach, das ist klar. Aber was ich nicht wußte – und das war das Schlimmste –, war der Geruch! Sein Atem, sein Körper, alles veränderte sich, es war furchtbar. Als ob er schon tot war, bevor er starb.

Und dann gab es dieses Verfaulen in ihm. Habe ich erwähnt, daß es Krebs war?

Natürlich war es Krebs. Ist es ja fast immer.

Hast Du Angst vor dem Tod?

Vielleicht überrascht es Dich, daß ich keine Angst mehr vor dem Tode habe, kein bißchen. Aber ich fürchte mich vor dem Sterben.

Und natürlich habe ich niemanden, der mich pflegt, jedenfalls nicht so, wie ich es mit Bradley getan habe. Ja, die Mädchen würden schon kommen, Du darfst nicht glauben, daß sie nicht nette, liebevolle Frauen geworden sind, sie würden kommen. Aber ich hätte Angst, zu sterben, wenn eine von ihnen oder alle dabei wären. Ich hätte Angst davor, was ich sagen würde.

Als Bradley krank war, hat er mich oft überrascht. Er sagte einige Dinge, bei denen er sich früher, als er sich noch unter Kontrolle hatte, lieber die Zunge abgebissen hätte. Er sprach Geheimnisse aus, die er mir jahrelang verschwiegen hatte. Ich nehme an, einige von ihnen kennst oder errätst du.

Ich möchte nicht, daß mir so etwas passiert. Nicht vor den Mädchen. Bei Fremden wäre es mir egal. Was würde es denen schon ausmachen.

Ich stelle mir vor, daß Du mein Leben immer für ziemlich langweilig gehalten hast. Die Mädchen aufziehen, das Haus in Ordnung halten und versuchen, mit Bradley zu überleben. Im großen und ganzen war's das. Aber jetzt ist da diese furchtbare Sache, und ich habe Angst davor, daß sie hochkommt und ich es nicht verhindern kann. Komisch, je tiefer und dunkler ein Geheimnis ist, desto mehr scheint es am Ende herauszuwollen. So war es jedenfalls mit Bradley. Einige Dinge waren so fest in seinem Inneren verschlossen, daß sie sofort heraussprangen, als er schwach wurde.

Zumindest, wenn man es positiv sehen will.

Ich bin so dankbar, daß Du meine Freundin bist. Auch nach so vielen Jahren! Ich hoffe, Du bist noch meine Freundin. Und nicht irgendwo fort, mit irgend etwas Neuem oder mit jemand anderem beschäftigt. Du denkst vielleicht, die hat Nerven, wo sie es doch war, die mit jemand anderem zu beschäftigt war, um den Kontakt zu halten, jedenfalls im letzten Jahr. Ich hoffe, Du verstehst das, ich habe Bradley gepflegt. Die meiste Zeit zu Hause.

Ich hatte für nichts anderes Zeit und Kraft. Ich könnte Dir nicht mal ansatzweise beschreiben, wie das war.

Wenigstens bin ich nicht mehr so erschöpft. Und meine Freundin könnte ich wirklich gebrauchen.

Ach, diese Worte – gebrauchen! So meine ich es nicht.

Bitte, schreib mir, wenn Du kannst. Ich möchte wissen, daß Du da bist. Ich bin einsam, Charlotte, ich fühle mich ganz allein. Nicht nur, weil Bradley weg ist, sondern weil ich Angst habe.

Ich muß mich für diesen Brief entschuldigen. Ich weiß, das ist typisch Claudia – immer mit sich selbst beschäftigt. Verstehst Du, wenn ich einfach sage, ich will wissen, wie es Dir geht und was Du machst, und ich hoffe, daß Du mir alles über Dich erzählst? Ich möchte wieder eine gute Freundin sein, und ich bin stärker, als Du Dir vermutlich vorstellen kannst. Ich war in den letzten Wochen in verschiedenster Hinsicht über mich selbst erstaunt. Ich wette, ich könnte Dich auch in Erstaunen versetzen.

Bis dahin hoffe ich, daß es Dir gutgeht und Du das Leben genießt.

In Liebe Claudia

Sie hat gehofft, daß sie, nachdem sie diesen äußerst schwierigen Brief geschrieben, adressiert, eine Briefmarke draufgeklebt und ihn auf den Nachttisch gelegt hat, um ihn morgen einzuwerfen, nun einfach das Licht ausmachen, sich zurücklegen und einschlafen könne. Sie macht das Licht aus und legt sich zurück. Aber schlafen – warum kann Claudia nicht schlafen?

Zu viele Bilder flackern über die Leinwand ihrer geschlossenen Lider wie in einem wildgewordenen Zeitrafferfilm ohne Geschichte, ohne Dialoge, nur flimmernde vertraute Personen. So viel Streit – sie fühlt den Groll und den Zorn der Personen auf sich gerichtet. Waren so viele der Menschen, die sie liebte, so böse auf sie? Oder war sie, Claudia, die ganze Zeit böse auf die anderen?

Wie auch immer, die Unruhe läßt sie nicht schlafen, Nacht für Nacht. Sie würde sagen (und sie hat es heute abend Sonia, der ältesten ihrer inzwischen in die mittleren Jahre gekommenen Töchter am Telefon gesagt): »Es geht mir gut, außer daß ich einfach nicht schlafen kann«, aber das ist natürlich nicht wahr. Natürlich schläft sie am Ende ein, auch wenn sie manchmal abrupt aufwacht, so wie ein Kind aus einem Alptraum, verwirrt und immer in Gefahr. Sie hat sogar schon losgeschlagen, zum Schlag ausgeholt oder ihre Hände gehoben, um sich vor Schlägen zu schützen. Die Alpträume, die so etwas vermutlich auslösen, verschwinden, sobald sie aufwacht, doch sie müssen ihre Ursachen in diesen nächtlichen Visionen haben.

Sonia sagte mitfühlend: »Ja, es muß schwer sein, sich daran zu gewöhnen, allein zu schlafen. Aber Schlaf ist wichtig für dich, Mutter. Wenn du Schwierigkeiten hast, geh doch zu einem Arzt. Ich weiß, daß du keine Tabletten magst, aber ein paar Pillen wären nicht schlecht, bis du über den Berg bist.«

Sonia hatte immer eine Neigung zum Resoluten oder – negativer ausgedrückt – zum Befehlston, vielleicht, weil sie die Älteste ist. In einigen von Claudias nächtlichen Visionen tauchte sie auf und hielt Vorträge oder kommandierte sogar herum, wobei sie den Mund öffnete und schloß und mit dem Finger drohte. Aber es war ohne Ton, und Claudia konnte nicht hören, welche Befehle sie da bekam.

Dennoch ist Sonia gutherzig und würde im wirklichen Leben nie mit dem Finger drohen. Sie will nur das Beste für Claudia und zweifellos auch für ihre drei Schwestern und für deren Familien, genauso wie für ihre eigene, und für ihre Nachbarn, ihre Mitmenschen und überhaupt für die ganze Welt. Wenn nur jeder es so machen würde, wie sie es vorschlägt, wäre es um die Welt besser bestellt, soviel ist klar. Sonia steht nicht gerne untätig dabei und guckt zu, wenn andere Fehler machen. Sie greift lieber ein, hilft und verhindert Schlimmes.

Sandra, die zweitälteste Tochter, eignet sich besser zum Scherbenaufsammeln, sie hilft den Leuten, nachdem sie Fehler gemacht haben, weil sie Sonias Ratschläge in den Wind geschlagen haben.

Aber alle vier Mädchen – Frauen –, auch Sharon und Susan, haben ihre guten Seiten. Claudia hat als Mutter sehr viel Glück gehabt, abgesehen von ein paar vorübergehenden Krisen.

Sie hat nicht die Absicht, einen Arzt um Pillen zu bitten. Einmal – und das mag mit der Generation zusammenhängen, der sie angehört – sind Schlaf- oder Beruhigungstabletten so etwas wie ein Eingeständnis von Unfähigkeit. Menschen ihres Alters glaubten noch daran, daß es nötig sei, sich den Dingen zu stellen oder sogar entgegenzustellen. Das war ihre Stärke, jedenfalls empfand es Claudia meistens so. Natürlich gab es Leute, die sich den Dingen nicht stellten oder auswichen, aber das war dann ihr Versagen, ihre Schwäche und ihr Zusammenbruch. Claudia wird nicht schwach sein, sie hat nicht die Absicht zu versagen, und sie wird bestimmt nicht zusammenbrechen.

Sie glaubt an eine wichtigere und persönlichere Botschaft dieser nächtlichen Visionen und Alpträume: daß sie versuchen muß, sie – auch wenn sie sie nicht versteht – geduldig zu beobachten und in sich aufzunehmen. Die Träume teilen ihr etwas mit – auch ohne Ton, und sie sollte sehr genau aufpassen.

Wenn sie diesen Alpträumen ihren Lauf läßt (wobei Claudia natürlich hofft, daß das nicht ewig dauern wird), werden sie von selbst aufhören. Wenn sie aber versucht, sie abzuwenden, kommen sie immer wieder und werden sie auch dann heimsuchen, wenn sie – in einer unschuldigeren, weniger angstbeladenen Zukunft – nicht mehr so wachsam ist.

Claudia hat das Gefühl, daß es – wie in den Monaten, als Bradley krank war – zur Zeit nur darauf ankommt zu überleben. Wenn sie es schafft, von einem Augenblick zum nächsten zu kommen, von heute nacht bis morgen, wird es einmal zu Ende sein und abgeschlossen.

Nicht, daß sie während Bradleys Krankheit nur auf seinen Tod gewartet hätte. Obwohl sie offensichtlich auf das Ende zusteuerte.

Hat sie – als sie versuchte, ihn zu versorgen – je gedacht: »Ach, wenn es nur endlich vorbei wäre. Ich wünschte, er würde einfach sterben«? Er benahm sich oft so schlecht; schlechter als in seinen gesündesten, übermütigsten Jahren. Als ob er sie oder ihre Hingabe testen wollte. Oder seine Macht über sie. »Ich brauche was zu trinken«, sagte er zum Beispiel, und sie brachte ihm ein Ginger-ale. »Ich meine einen Drink und nicht diese Scheiße. Bring mir einen Whisky und hilf mir hoch, wenn ich das im Liegen trinke, ersticke ich doch. Willst du mich umbringen, Weib?«

Wenn er zornig war, nannte er sie »Weib«. So, als wäre das eine Gattung, die man nur verabscheuen könne. Sie dachte zwar: »Er liegt eben im Sterben«, aber sie wußte nicht genau, ob sie damit seine Grausamkeit entschuldigte, ob sie meinte, dann sei ein Schluck Whisky auch schon egal, oder es sei überhaupt gleichgültig, was er wollte und wie er sie nannte, weil es sowieso nicht mehr lange dauern würde.

Sie haßte ihn nicht. Er tat ihr leid, wegen der Schmerzen, aber auch, weil er entschlossen schien, die Welt in so einer schlechten Laune zu verlassen. Bis zu seinem letzten Atemzug wollte er sie auf die Probe stellen.

Sie war entschlossen, nicht zu versagen. Dabei ging es weniger darum, ihn nicht zu enttäuschen, da er sowieso irgendwann sterben würde, es ging um sie selbst: denn sie würde weiterleben, sie würde wissen, was sie getan hat und was nicht, und sie würde damit leben müssen. Und sie wollte nicht mit etwas Unerledigtem leben, das sie hätte erledigen können.

Sonia meinte, sie müsse einfach nur lernen, ohne ihn zu schlafen. Was dachte sie sich eigentlich? Sie mußte doch wissen, daß Claudia und Bradley schon lange nicht mehr das Bett teilten, auch schon bevor er krank wurde; daß Claudia bereits eine Menge trauriger, herber Nächte erlebt hatte – ohne Leidenschaft, ohne eine Schulter zum Anlehnen und ohne einen Atem, dem sie lauschen konnte, wenn sie verängstigt aufwachte.

Aber sie ist auch darüber hinweggekommen, nicht wahr? Sie fand es sogar schön, genoß den Luxus, sich in den Schlaf zu lesen oder mitten in der Nacht hungrig aufzuwachen, sich ein Sandwich zu machen, um es aufrecht im Bett sitzend bei Licht mit

Krümeln und Tellergeklapper zu verspeisen. Bradley hätte das furchtbar gefunden, er hätte es nicht erlaubt. Das erhöhte nur ihr Vergnügen.

Aber jetzt ist natürlich keiner mehr da, der ihre geheimen Laster mißbilligt. Geheimnisse verlangen nach einem anderen menschlichen Wesen, jetzt aber kann sie machen, was sie will. Aber was hilft das, wenn Bradley nicht da ist?

Charlotte würde sagen, daß Bradley ohnehin wenig Menschliches an sich hatte. Claudia kichert, als sie in ihrem Kopf die trockene, schneidende Stimme ihrer Freundin hört. Es war manchmal schwierig mit einem Ehemann und einer besten Freundin, die einander verachteten. Es kam natürlich zu unangenehmen Situationen, aber was Bradley auch immer von ihr verlangte und was auch immer sie erduldete, aufgegeben hat Claudia Charlotte nie. »Ich will nicht, daß du dich mit ihr weiter triffst«, befahl er einmal. »Du bist ganz anders, wenn ihr zusammen wart; ich merke sofort, wenn sie hier war, und es gefällt mir nicht.«

»Sei nicht albern, sie ist meine älteste Freundin. Natürlich werde ich sie weiter treffen. Und was meinst du überhaupt mit: Du bist ganz anders?«

»Genau das, was ich sage. Du wirst stur, und die Art, wie du dann redest, ist, offen gesagt, nicht sehr anziehend. Du wirst wie sie, anstatt du selbst zu sein. Du würdest mir nicht sagen, ich sei albern, du würdest nicht sagen, du tust etwas, auch wenn ich das nicht möchte. Das ist sie, so wirst du eben, wenn du mit ihr geredet hast.«

Claudia antwortete nicht, aber sie hörte auch nicht auf, sich mit Charlotte zu treffen. Jedenfalls nicht, bis sie in verschiedenen Städten wohnten und Besuche schwieriger wurden.

Aber es war doch ein bißchen enttäuschend, daß Bradley seine eigene Frau so wenig kannte. Anscheinend kannte er nicht einmal Claudias Stimme – auch wenn sie zugegebenermaßen durch Charlotte ein wenig lockerer war –, aber es war immer noch ihre. Er muß sie für furchtbar schwach und beeinflußbar gehalten haben; ein Fehler, auf den sie ihn aber nicht unbedingt aufmerksam machen wollte.

Wie lange wird es dauern, bis Charlotte Claudias Brief bekommt? Vielleicht ist sie gerade unterwegs, auf einem ihrer Ausflüge? Oder sie ist tot, erdrosselt oder erstochen von einem ihrer kaputten Jugendlichen? Wer dächte schon daran, Claudia das mitzuteilen? Die kinderlose Charlotte hinterließe niemanden, der notwendigerweise von Claudias Existenz wüßte.

Wenn Claudia stürbe, wäre das anders. Ihre Töchter würden sich am Telefon abwechseln und jeden ihrer Bekannten anrufen, der ihnen nur einfiele. Trotzdem hat Claudia Angst vor einem kleinen Begräbnis. Abgesehen von den Verwandten, davon hat sie genug, wenn man allein an die große Schar Enkelkinder denkt. Obwohl Verwandte ein besonderes Interesse haben – wie viele kämen, weil sie Claudia wirklich mögen und ihr wirklich zugetan sind?

Immerhin gab es bei Bradleys Beerdigung einige unerwartete Gesichter, einige unvorhergesehene Tränen und mehr. Zumindest sorgten jene Geheimnisse, die er am Ende ausplauderte, dafür, daß sie zwar bedrückt war, aber nicht übermäßig erstaunt, beim Gottesdienst einige merkwürdige Dinge zu erleben.

War er nicht bei Sinnen, waren es Fieberphantasien, die ihn dazu zwangen, sich von einer Last zu befreien, oder war es einfach nur eine zusätzliche Variante seiner Grausamkeiten auf dem Totenbett? Da sie es nie erfahren wird, kann sie getrost annehmen, daß es beides war, schon weil es das Wahrscheinlichste ist.

Sie hört immer noch diese kratzende, stöhnende Stimme reden und reden, fühlt noch immer diese knochige Hand, die ihr Handgelenk ergreift und sie so fest hält, daß sie gezwungen ist, sich zu ihm zu beugen und Dinge zu erfahren, die er ihr früher, als er noch klar und vernünftig war, nie anvertraut hätte. Er sprach, solange seine Stimme mitmachte, was Gott sei Dank immer nur ein paar Minuten lang der Fall war. Er wurde wütend, wenn er merkte, daß seine Stimme versagte, und er verfärbte sich durch die Anstrengung, noch ein paar Worte mehr zu sagen, um ihr noch mehr Schmerz zuzufügen.

Haßte er sie so sehr? In ihren alptraumartigen Visionen kann sich sein Gesicht im Haß verzerren.

Jedenfalls beendete er sein Leben auf diese Weise, mit winselnder, verletzender Grausamkeit.

Als sie ihn das erste Mal traf, war seine Grausamkeit eher bestechend.

Nein, das klingt so, als wäre er ein Nazi und sie eine Idiotin gewesen. Er war nicht grausam damals, weder auf eine bestechende noch auf irgendeine andere Weise; aber ihn umgab eine Aura der Härte und der Gefahr. Das konnte als beschützend und abenteuerlich mißverstanden werden, und das wurde es auch oft – unter anderem von Claudia. Seine Härte ließ ihn als jemanden erscheinen, an den man sich in gefährlichen Zeiten anlehnen konnte. Und daß er Gefahr nicht nur akzeptierte, sondern sie sogar zu suchen schien, bedeutete, daß er schüchterneren Seelen Unerwartetes würde bieten können. Claudia erblickte darin eine aufregende, aber auch sichere Perspektive und verliebte sich natürlich.

Um so mehr natürlich, als er schlaksig war und älter und nach dem Geschmack der fünfziger Jahre, der heute aus der Mode gekommen ist, auch gut aussah. Selbst heute kann es Claudia körperlich erregen, wenn sie einen schlaksigen, dunkelhaarigen Mann auf der Straße sieht, der sich selbstsicher und selbstverständlich bewegt. Bradley hatte einen anderen Gang, und wenn er innehielt, stand er aufrecht und nahe an dem Objekt seiner Begierde. Als er um Claudia warb, schaute er sie mit seinen braunen, ernsten Augen entschlossen an. Sie fühlte sich taxiert, und sie war geschmeichelt, daß er dann zu einem positiven Ergebnis kam. »Du bist eine schöne Frau, Claudia«, sagte er mit seiner damals noch vollen und ernsten Stimme. »Eine gute Frau, glaube ich.« Und das war sie damals.

Und das ist sie noch heute.

Es überrascht sie immer noch, wie sehr und wie schmerzlich

sie ihn manchmal vermißt. Wenn ihr in dem vergangenen endlosen Jahr je der kurze und flüchtige Gedanke durch den Kopf ging, sie wäre erleichtert, wenn es endlich vorbei wäre (mit ihm vorbei wäre, um es deutlich zu sagen), so stimmte das auch, aber nur in einer ganz bestimmten und eingeschränkten Weise. Es stimmt, daß sie es nicht vermißt, ihn im Bett umzudrehen oder zu versuchen, seine Schmerzen zu lindern, oder die Treppen rauf- und runterzulaufen, um all seine Wünsche und Forderungen zu erfüllen. Und schon gar nicht vermißt sie die Veränderungen, die sie an ihm wahrnahm, sein tägliches Schrumpfen oder den Wechsel seiner Gesichtsfarbe. Sie sehnt sich nicht nach seinem Geruch, sie sehnt sich nicht nach dem offensichtlichen und furchtbaren Verfall, den sie in ihrem Brief an Charlotte zu beschreiben versucht hat. Sie sehnt sich auch nicht nach den krächzenden Geräuschen, wenn er nach Luft rang.

Was sie offenbar wirklich vermißt, ist die Tatsache, daß es Gerüche und Geräusche gab und daß es etwas zu tun gab, daß sie sich anstrengen mußte und daß sie feste Aufgaben hatte. Sie würde ihm nicht wünschen, wieder lebendig zu werden, wenn das bedeutete, daß er noch einmal jene unerträglichen Schmerzen erleiden müßte; aber sie vermißt seine Anwesenheit. Seine Gegenwart war zumindest ein Lebenszweck, der ihr, wie sehr er auch verändert und verfälscht worden war, vertraut war. Siebenundvierzig Jahre! Ein Leben lang mit einem anderen menschlichen Wesen im Haus, egal, wie sich dieses Wesen benommen hat.

Selbst Schmerz, selbst Unglück bedeuteten etwas. Und was auch immer Charlotte denken mochte (und sie braucht sich nicht einzubilden, Claudia würde ihre Ansichten nicht kennen – dieses Lufteinsaugen mit gespitzten Lippen drückte ebensoviel aus, als hätte sie etwas gesagt) –, was immer Charlotte oder sonstwer auch gedacht hatte, all diese Jahre waren keineswegs immer schwierig. Wenn Bradley auch ein gewisses Maß an Kummer verursachte, so war er für Claudia doch auch die Quelle von Augenblicken der Freude und der Erleichterung. Vielleicht sogar von Liebe und auf jeden Fall von Begehren, so daß der

Schmerz für sie zeitweise unwirklich wurde und sie fast glauben mochte, daß nichts geschehen sei und alles nur ihre Erfindung war. Denn wie konnte ein Mann nur so viele Seiten haben?

Aber er hatte sie natürlich: Heute aus der Distanz, die sein Tod verursacht hat, mit der entsprechenden Kühle und mit den neuen Erkenntnissen über sich selbst, kann sie die Extreme deutlich erkennen.

Es wäre praktisch, sich nur an die Freude zu erinnern und den Rest mit ihm sterben zu lassen. Es hat keinen Sinn zu grübeln. Wenn sie damals etwas nicht verstanden hat, warum sollten die Ereignisse dadurch klarer werden, daß sie sie sich nun immer und immer wieder ins Gedächtnis ruft?

Merkwürdig, siebenundvierzig Jahre mit einem Mann zusammen zu sein und am Ende doch ohne Antwort dazustehen.

Es wäre jedoch Selbstbetrug, wenn sie sich auf ein falsches Bild festlegen und zum Trost einfach eine angenehme Legende stricken würde. Sie ist vielleicht nicht so rigoros wie Charlotte, aber sie macht sich auch nichts vor.

Was dachte Bradley über das Leben nach dem Tode? Er glaubte vermutlich an das übliche, Himmel und Hölle, ein Theologe war er sicher nicht, und Fragen, die er nicht beantworten konnte, machten ihn ohnehin ungeduldig. »Warum soll ich mir darüber den Kopf zerbrechen?« pflegte er zu sagen, so daß Claudia lernte, manche Gedanken für sich zu behalten oder wenigstens ihm vorzuenthalten. »Ich sehe keinen Sinn darin, die Zeit mit Dingen zu verschwenden, an denen man ohnehin nichts ändern kann, selbst wenn man eine Antwort finden könnte, aber die gibt es nicht.« Auf seine Art war er ein Mann der Tat, ihr Bradley, auch wenn sie sich nicht des Verdachtes erwehren konnte, daß er es war, der das Entscheidende nicht erkannte.

Charlotte andererseits würde wahrscheinlich sagen: »Die interessantesten Dinge spielen sich in deinem Kopf ab. All diese Fragen und Ungewißheiten. Alles andere ist nur Handlung, Rahmen und Hintergrund.«

Claudia konnte auch dem nicht völlig zustimmen. Ihre Kinder

und Bradley zum Beispiel waren weit mehr als nur Rahmenhandlung, sie waren wichtig; aber Charlotte, die weder Kinder noch einen Mann hatte, hätte das nicht erkannt. Was Charlotte sagte, traf vielleicht auf sie selbst zu, aber es galt gewiß nicht für jedermann.

In einigen Dingen waren sich Claudias Mann und ihre Freundin keineswegs unähnlich. Was vermutlich mehr über Claudia aussagt als über die beiden.

Bradley und sie lernten sich am Strand kennen. Und Charlotte war auch dabei. Charlotte hatte den Ausflug vorgeschlagen. »Komm, wir schauen uns Männer in Badehosen an.« Sie grinste. Vielleicht war Charlotte einfach ihrer Zeit voraus. Und sicherlich paßte sie besser in die folgenden Jahrzehnte als Claudia, die sich bei den damit einhergehenden lauten Forderungen, den rauhen Scherzen nie sehr wohl fühlte.

Jedenfalls fuhren sie zum Strand. Charlotte steuerte den grauen Hudson ihres Vaters, und obwohl es Charlottes Idee gewesen war, war es Claudia, die den Mann fand. Von ihm gefunden wurde.

Sie lagen herausfordernd auf ihren Badetüchern, in den damals noch gewagten Bikinis (kaum gewagt freilich, verglichen mit der Mode von heute, wie sie selbst Claudias Töchter tragen, die die makellose Straffheit der geschmeidigen Jugend lange hinter sich haben). Ihre Augen waren geschlossen, in ihrer Unterhaltung eine Pause eingetreten. Claudia erinnert sich, daß sie in der Hitze und bei dem regelmäßigen leichten Wellenschlag am nahen Ufer fast schon eingeschlafen war.

Sie bemerkte, wie ein Schatten über sie fiel, wie eine Wolke, die sich vor die Sonne schob. Aber eine Stimme machte aus der Wolke einen Mann. Ihre Augen öffneten sich blinzelnd, und sie schaute durch ihre Sonnenbrille nach oben auf eine vom Licht umrahmte Gestalt. Mehr konnte sie nicht erkennen. »Entschuldigen Sie, ich hoffe, ich störe Sie nicht«, sagte er. »Können Sie mir sagen, wie spät es ist? Ich habe vergessen, meine Uhr im Wasser abzunehmen, und sie ist offenbar stehengeblieben.«

Es war Charlotte, die sich faul aufrichtete, in ihre Badetasche griff, ihre Uhr herauszog und ihm sagte, wie spät es war. So als ob sie in einem kurzen Anfall von Naivität glaubte, er wolle wirklich nur die Uhrzeit wissen.

Claudia war unvernünftiger- oder irrationalerweise verwirrt, starrte nur nach oben und bewegte sich nicht, bis die Stimme sagte: »Hätten Sie etwas dagegen, wenn ich mich zu Ihnen setze, meine Damen?« Und schon saß er mit gekreuzten Beinen auf dem Ende von Claudias Badetuch, und seine tiefen braunen Augen betrachteten sie beide auf eine freundliche, anscheinend offene und arglose Weise.

Claudia erinnert sich daran, daß sie dachte: »Oje, jetzt werde ich wieder die Dritte sein.« Sie dachte, daß jemand, der so attraktiv war und so gut aussah, sich der leidenschaftlichen und lebhaften Charlotte zuwenden würde. Claudia hatte sich fast daran gewöhnt, aber in solchen Augenblicken fiel es ihr doch schwer – sie waren weit weg von zu Hause, und Charlotte hatte das Auto. Den Rest des Tages würde sie der Gnade dessen ausgeliefert sein, was dieser Mann und Charlotte beschlossen.

Und schließlich, und das war nur natürlich, war es schwer, nicht die Auserwählte zu sein. Nicht, daß Charlotte sich nicht bemühte, Claudia mit einzubeziehen, sie gehörte immer dazu; aber das Gefühl, wie eine störende kleine Schwester hinterherzuzockeln, wurde sie kaum los.

Aber an diesem Nachmittag tauchte dieses Gefühl gar nicht auf. Wenn sie sprachen, hatte sie das Gefühl, daß sie alle drei sprachen und daß ihrer stillen Art vielleicht sogar mehr Aufmerksamkeit geschenkt wurde. Charlotte war fast noch spöttischer als sonst, ja, sie wirkte sogar streitlustig, obwohl sich Claudia heute nicht mehr genau erinnern kann, worüber sie eigentlich sprachen. Ein Fremder wie er bemerkte vielleicht die besondere Schärfe in Charlottes Stimme nicht, aber daß sie ihm andauernd widersprach, konnte ihm nicht verborgen bleiben.

Claudia begnügte sich damit, zuzuhören und zu nicken.

Schon damals fragte sie sich, ob es daran lag, daß Charlotte merkte, daß er sich mehr für Claudia interessierte als für sie? Ärgerte sie das, forderte das ihren Stolz heraus und den Wunsch, ihn gleich zu verspotten, um zu zeigen, wie egal ihr die Sache war?

Jedenfalls führte es dazu, daß sie gleich von Anfang an miteinander stritten, und das wurde nie besser.

Vielleicht durchschaute Charlotte ihn wirklich. Aber was sah sie? Er war nicht böse, er war bloß ein Mann.

Er war Soldat gewesen, er erzählte vom Krieg, wo er überall gewesen war, sogar in Deutschland am Ende. Er wirkte tapfer, weltgewandt und gebildet auf Claudia, die nie irgendwo gewesen war. Und die eigentlich auch nie irgendwo hinwollte, wo es doch in so vielen Teilen der Welt Gewalt, Krankheit, Armut und Hunger gab. Warum sollte man freiwillig nach Leiden suchen – oder auch nur den Anblick des Leidens anderer, wenn man es nicht mußte.

Auch Bradley hatte nach diesem einen Kriegsausflug niemals das Bedürfnis zu reisen. Auch er schien mit dem zufrieden zu sein, was er zu Hause vorfand.

Er und Charlotte stritten über den Krieg, mehr über die Taktik als über die dahinterstehenden Absichten. Selbst Charlotte hätte in diesem Fall keine Argumente für den Frieden finden können, so gern sie widersprochen hätte. Jeder wußte, daß Hitler gestoppt werden mußte. Vielleicht waren sie über den Ex-Alliierten Stalin damals verschiedener Meinung.

Nach einiger Zeit wurde Charlotte still, und die drei schlenderten über den Sand, weit weg von ihren Badetüchern und dann wieder zurück. Claudia weiß nicht mehr genau, was er sagte, aber sie erinnert sich noch an seine tiefe und sanfte Stimme, mit der er einen endlosen melodischen Monolog hielt.

»Mein Gott«, sagte Charlotte später, »er hat wirklich nicht mehr aufgehört zu reden! Ich hätte nicht gedacht, daß ein Mann so viel von sich sprechen kann. Und nicht ein einziges Mal wollte er etwas über uns wissen.«

Das stimmte nicht. Claudia erinnert sich, daß sie ihm sagte, sie habe während des Krieges in einer Eisenwarenhandlung gearbeitet und hoffe nun, Lehrerin zu werden. Das hätte sie nicht gesagt, wenn er sie nicht gefragt hätte.

Charlotte hatte damals ihr Studium fast beendet, ihr fehlte nur noch ein Jahr. Dennoch blieben sie Freundinnen. Charlotte sprach in jenen Tagen davon, was es alles zu tun gäbe. Sie hatte eine gewisse Tendenz zum Weltverbesserer. Claudia hielt sich vielleicht für die sanftere und weichherzigere, aber Charlotte versuchte, verwundete Vögel am Leben zu erhalten, und blieb stehen, um mit Bettlern und Krüppeln zu reden, um die die meisten anderen Menschen peinlich berührt einen Bogen machten.

Jedenfalls war das ihre erste gemeinsame Begegnung. Bradley war per Autostop zum Strand gekommen (Soldaten und Ex-Soldaten machten das damals offenbar alle so), also nahmen sie ihn mit in die Stadt. Wessen Idee war das? Charlottes wohl kaum; vielleicht hatte Bradley gefragt.

»Darf ich Sie anrufen?« fragte er Claudia, als sie ihn vor seiner Pension absetzten. Sie dachte, wie mutig (im guten Sinne) das war, sie vor den Augen ihrer Freundin einzuladen. Denn wenn sie nun nein gesagt hätte? Wie demütigend wäre das für ihn gewesen.

Natürlich sagte sie nicht nein, warum auch? Und wie auch? Und dann rief er tage- und nächtelang nicht an, und sie war erstaunlicherweise ziemlich verletzt.

Sie hatte keine konkreten Vorstellungen von der Zukunft, höchstens, daß etwas geschehen könnte. Sie hatte nicht geglaubt, daß ihr langweilig war, bis Hoffnung ihre Langeweile durchlöcherte.

Dann, gerade als sie die Hoffnung aufgab und sich wieder fing, zunächst resigniert und danach offen für andere Angebote, rief er an und lud sie ins Kino ein. Er erschien an der Treppe des Hauses, in dem sie mit ihren Eltern lebte, und plauderte höflich mit ihnen, bevor er sie in einer, wie sie fand, ziemlich gebieterischen Weise aus der Tür über den Weg zur Straße und dann bis zum Kino schob, wo sie einen Film ansahen, dem sie keinerlei

Aufmerksamkeit schenkte und an den sie sich heute nicht mehr erinnern kann.

Was war das Gebieterische an ihm? Eine gewisse Willenskraft; eine Hand auf ihrem Ellbogen, mit der er sie so zart, aber auch so bestimmt führte, wie ein Mann vielleicht ein gut trainiertes Pferd nur mit seinen Knien und kleinsten Zügelbewegungen lenkt. Er schien ohnehin genau zu wissen, was sie machen würden, und nach dem Kino führte er sie auf dieselbe Weise in ein Restaurant, wo er für sie beide bestellte, ohne sie auch nur zu fragen.

Sie fühlte sich so umsorgt und so sicher!

Heute denkt sie, daß jede Tugend auch so etwas wie eine Sünde ist; daß alle Gesten und Wörter der Liebe auch ihr Gegenteil enthalten: die Geste des Hasses, das einschüchternde Wort. Führen kann auch Diktatur sein, Fürsorglichkeit kann ersticken.

Das nicht zu verstehen, bedeutete vielleicht, gerade die umfassenden Bestimmungen der Liebe nicht zu erkennen: daß sie ebensoviel Kummer, Mißverständnis und Schmerz enthält wie Vergnügen, Freude und Zärtlichkeit. Viele Jahre war sie deshalb oft erstaunt, sowohl über die Freude wie über den Schmerz, bei Bradley und auch bei sich selbst. Es muß auch ruhige Zeiten gegeben haben, lange Perioden ohne Aufruhr und Aufbegehren. Vielleicht wird sie sich an diese Zeiten erinnern, wenn sie erst einmal diese merkwürdige Phase hinter sich hat, die sie augenblicklich durchmacht. Im Moment aber erinnert sie sich vor allem an die Höhepunkte und die Tiefpunkte, an die Dramen und Übertreibungen, an die Orte, Ereignisse und Leidenschaften, aus denen vermutlich jene Schemen der Nacht auftauchen.

Sie hört, wie Charlotte zu ihr spricht, so wie sie es oft getan hat, wenn sie eine kühle, frische Stimme brauchte. »Zumindest war dir nicht langweilig. Zumindest hast du Leidenschaft erlebt, in welcher Form auch immer. Dadurch hast du viel mehr gelernt, als du je in Frieden hättest lernen können.« Ja, aber man muß doch bessere Dinge über sich selbst und die Welt lernen können, als daß man schreien und attackieren kann; oder daß die Person, mit der man am engsten und unvermeidlich und unwiderruflich verbunden ist, zur gemeinsten Brutalität fähig ist.

Auch an die schönen Momente gilt es, sich zu erinnern. Claudia muß sich immer wieder sagen, daß sie nicht zu weit nur in eine Richtung denken darf. Sie muß sich auch daran erinnern, wie er sie umarmte, sein Gesicht in ihrem Haar, ihre Arme fest um seine Hüften geschlungen. Wie sie – manchmal weinend – einander im Stehen wiegten und abwechselnd sagten: »Es tut mir so leid, das wollte ich nicht …« Was es auch war, das sie nicht wollten. Vermutlich waren es die Mißverständnisse und ihr so verschiedenes Wesen, was ihnen von Anfang an leid tat.

Sie muß wohl Perfektion erwartet haben: eine umfassende Antwort. Nicht sehr fair. Nicht sehr vernünftig. Eine furchtbare Last für ihn, kein Wunder, daß er sie manchmal abschütteln wollte. Diese falsche und gedankenlose Erwartung war die Quelle und die Basis all ihres Ärgers; also war eigentlich alles, was falsch lief, ihre Schuld, das sah sie ein.

Sie vergaß zu fragen und würde es gerne nachholen, was er von ihr erwartet hatte und was herausgekommen war. »Du warst so süß«, pflegte er zu sagen. »So hübsch und still und zart.« Aber das meint sie nicht. Sie meint, was er in ihr sah.

Und wer genau, welche Art von Frau, hätte ihn glücklich gemacht, auf eine Art und Weise, wie er glücklich sein wollte? Eine, die bloß süß, hübsch, still und zart war? Wer konnte denn nur das und nichts anderes sein – zum Beispiel auch mal weniger attraktiv und fordernder?

Nur eine, die gewillt war zu ertrinken, entschlossen, unter Wasser zu bleiben, bis sie kein Lebenszeichen mehr gab.

Und dann hätte er sich über Langeweile beklagt. Daß sie, tot und ertrunken, letztlich zu wenig anregend sei. Bradley beschuldigte Claudia ohnehin gelegentlich, zu simpel und in ihren Interessen zu beschränkt zu sein, weil sie sich offenbar nur für ihn und ihre Familie interessierte. »Du mußt mehr hinaus«, so drängte er sie. Aber wie konnte sie das damals? Wo sollte sie denn hingehen, welchen großartigen Hobbys nachgehen, welche Ausflüge unternehmen? Mit Babys, Kleinkindern, Kindern und Jugendlichen, zum Schluß waren es vier, die an ihrem Rock, an ihrer Hand und an ihren Gedanken zerrten?

Ihre Arbeit war schwer genug. Ihre so reine Leidenschaft für die Kinder und ihre wechselnde Leidenschaft für ihn waren anstrengend und aufreibend genug. Natürlich war sie vielleicht langweilig, verglichen mit gewissen Attraktionen und Erfahrungen da draußen, aber was sollte sie dagegen tun? Sie hatte ja kaum die Zeit, eine Zeitung zu lesen, um auch nur auf dem laufenden zu sein.

Dennoch kuschelte er sich in manchen Nächten mit seinem Körper in den ihren, schlang seine Arme um sie und sprach von Liebe: welch ein Anker sie für ihn sei, daß er sich ein Leben ohne sie gar nicht vorstellen könne, sich gar nicht ausmalen wollte, was ohne sie aus ihm geworden wäre. Für Augenblicke wie diese nimmt man viel Leid in Kauf. Das großartige Gefühl, verehrt und geliebt zu werden, versöhnte sie mit vielem.

Vielleicht erleben alle Paare im Laufe der Jahre solche radikalen Wechsel, solche gewaltsamen Kurven, schwer zu sagen. Selbst heute offenbaren die Menschen einander nicht oft, was ihnen wirklich ins Herz schneidet.

Schon nach sechs Monaten mit Kinobesuchen und Abendessen, mit Händchenhalten, Spaziergängen im Dunkeln und Küssen, erst heimlichen und dann leidenschaftlich tastenden, ergriff er eines Abends, als sie auf einer Parkbank saßen und die Sterne ansahen, ihre Hand und schlug vor, zu heiraten. »Ich habe nie jemanden getroffen«, erinnert sie sich seiner Worte, »die besser ist als du.«

Aber wenn er nun eine Bessere getroffen hätte? Oder eines Tages eine treffen würde, für wie unwahrscheinlich er das auch halten mochte? Sie fragte nie danach. Sie war erstaunt, wieviel Glück sie empfinden konnte, und verstand plötzlich, was es bedeutete, wenn Menschen oder Bücher von überquellenden Herzen sprachen. Auch ihres erschien ihr, als wäre es mit einer süßen Flüssigkeit gefüllt – dicker als Wasser, aber nicht so schrecklich und brutal wie Blut –, die überzulaufen drohte, um sie, ja vielleicht sogar sie beide zu überschwemmen. Dankbarkeit. Sie war so dankbar, von diesem starken und gutaussehenden Mann geliebt, verehrt, beschützt, wahrgenommen zu werden. Sie war dankbar, auserwählt worden zu sein. Dankbar, versorgt zu sein. Dankbar, umsorgt zu sein, mit einer gesicherten Zukunft, all das – und noch dazu diese große leidenschaftliche Liebe.

Denn wenn seine Hände oder seine Lippen auf ihren Brüsten ruhten oder ihre Hüften oder ihr Rückgrat entlangwanderten, wenn er all jene Stellen ihres Körpers so zart und zurückhaltend berührte, daß sie seinen Körper zittern spüren konnte, in solchen Momenten begehrte sie ihn. Sie wollte so nahe bei ihm sein, so eng mit ihm verschlungen, daß sie unzertrennbar sein würden, selbst wenn sie nicht zusammen waren. Sie wollte seinen Körper auf und in ihrem Körper spüren. Sie dachte, diese Sehnsüchte seien vielleicht unpassend und anomal, und sie sprach darüber nur mit Charlotte, und selbst dann schüchtern und zögernd.

Die sagte gedankenlos: »Ach, das ist nur Begierde. Da kannst du dich auf etwas freuen! Du hast Glück, ich glaube, du wirst deinen Spaß haben.«

Charlotte war keine Jungfrau mehr. Manchmal schaute Claudia sie an, als wäre sie eine Fremde, denn ihr Körper war nackt mit einem Mann zusammen gewesen, und sie hatten Dinge miteinander gemacht, die für Claudia noch ein Geheimnis waren. Charlotte sagte, daß bei ihr durch die Übung die Dinge besser geworden seien; so als hätte sie nur gelernt, ein neues Instrument, wie Klavier oder Posaune, zu spielen. Aber dann neigte sie sich näher zu Claudia und sprach mit glänzenden Augen auch vom Vergnügen. »Ich kann dir gar nicht sagen«, sagte sie, »wie schön der Körper eines Mannes sein kann. Oder wie man manchmal zusammenpassen kann, so daß du dich fühlst wie der Ozean, mit seinen immer wieder anrollenden Wellen. Ich weiß nicht, warum das so ein großes Geheimnis ist, und ich verstehe auch nicht, was es mit der Ehe zu tun haben soll.« Denn damals hatte es, abgesehen von Ausnahmen wie Charlotte, in der Tat etwas mit Ehe zu tun.

Claudia betrachtete die Erfüllung ihrer Sehnsüchte, jenen wogenden Höhepunkt, von dem Charlotte sprach, als eine Belohnung für ihre Geduld. »Ich kann nicht warten«, dachte sie, aber sie wartete nur zu gerne, denn das konnte ja ihr Vergnügen nur steigern.

Von dem Vergnügen konnte sie sich kein klares Bild machen. Sie versuchte gar nicht, sich das Ereignis selbst, was dazu führte oder was ihm folgte, vorzustellen. Es war wohl etwas wie ein Berggipfel, der ja auch für sich stand und die Anstrengung lohnte.

Sie war ein wenig erschrocken, als sie Charlotte bei ihrer Hochzeit weinen sah. Es schien mehr zu sein als ein Gefühlsausbruch; aber natürlich gab es weder Zeit noch eine passende Gelegenheit, um zu fragen. Nicht nur Charlotte, der ganze Tag kam Claudia etwas vage vor. Sie hatte erwartet, er würde klar und deutlich sein, so daß sich jeder Augenblick in ihr Gedächtnis eingraben würde und sie sich immer genau daran erinnern könnte: Aber es wurde ganz anders. Der Tag war damals verschleiert, und das ist er bis heute geblieben, flüchtig wie ihre nächtlichen Visionen, wenn auch nicht so feindselig.

Sie muß Charlotte fragen, warum sie damals geweint hat.

Auch an ihren schlimmsten Tagen mit Bradley war Claudia nie so allein wie jetzt. Jedes Knarren und Knistern im Haus, jede Autohupe und jedes Hundegebell draußen dringt wie ein Messer in ihre Einsamkeit. Diese kleinen, scharfen Zuckungen in ihrem Körper – wird sie von jetzt an damit leben müssen?

Sie malt sich aus, wie Gott, der alle ihre Sünden und Geheimnisse kennt, entscheidet, wie sie am besten zu bestrafen sei: diese warmherzige, häusliche, süße und hoffnungsfrohe, nicht unintelligente Frau, die manchmal aufschrie und weinte und die doch versuchte – wie unvollkommen auch immer –, so gut zu lieben, wie sie eben konnte.

Claudia könnte es nicht einmal sich selbst erklären, aber sie weiß genau, warum Gott eine besondere Strafe für sie bereithält. Und was für ein schlauer Gott, daß er weiß, was das Schlimmste für sie ist: diese schlaflose mitternächtliche, tagtägliche, jede Minute, jede Sekunde bestehende Einsamkeit.

Sie hört ihre eigene Stimme schaurig in der Dunkelheit klagen. Könnte sie weinen, wozu sie jedoch im Augenblick nicht in der Lage scheint, es wäre nicht wegen ihres toten Mannes, sondern wegen ihrer eigenen Verzweiflung.

3

*E*s war einmal ein Mädchen, das hieß Dornröschen. Es mußte nur schön sein und gut und einschlafen, und hundert Jahre später wurde es durch den Kuß eines Prinzen wieder geweckt. Es war einmal ein anderes Mädchen, das hieß Aschenputtel. Es arbeitete sehr schwer und beklagte sich nie über seine grausamen Verwandten. Und auch Aschenputtel wurde wie Dornröschen mit einem Prinzen belohnt.

Waren es Schwestern, oder ist es einfach das Schicksal guter Mädchen?

Und so endeten diese Geschichten: mit einem Prinzenpaar und einem »Und wenn sie nicht gestorben sind, dann leben sie noch heute ...« Schon als Kind war Charlotte damit unzufrieden. Ihr schien es, als fingen die Geschichten immer gerade erst an.

»Und was war dann?« fragte sie. Ihre Mutter, die für die Gutenachtgeschichten zuständig war, sah sie an, als verstünde sie die Frage nicht. Was sie zweifellos auch nicht tat.

»Ich habe es doch gesagt. Und wenn sie nicht gestorben sind, dann leben sie noch heute. So hört es auf.«

Aber nehmen wir zum Beispiel Dornröschen. Wenn sie hundert Jahre lang geschlafen hat, wieviel älter mußte sie dann sein als der Prinz, der sie aufweckte. Wäre sie dann nicht ganz faltig und grauhaarig, besonders im Vergleich zu seiner jugendlichen Frische? Die Geschichte erklärte das nicht; und Charlottes Mutter auch nicht. Sie sagte: »Es war vermutlich so ein Schlaf, bei dem man sich nicht verändert.«

Vielleicht hat sich Dornröschen nicht verändert, aber wenn man hundert Jahre schläft, kann die Welt sehr verwirrend sein, wenn man aufwacht, oder? Die Dinge hätten sich verändert. Dornröschens Eltern wären gestorben. Es gäbe andere Sachen zu essen, und das ganze Leben wäre anders. Die Bäume wären viel größer. Die Leute, die sie gekannt hatte, sind woanders hingezogen. Würde sich der Prinz nicht wundern, was Dornröschen alles nicht weiß? Würde er nicht denken: »Gut, sie ist schön, aber furchtbar dumm, wenn es drauf ankommt.« Und er fände ihre Geschichte vom hundertjährigen Schlaf sicher ziemlich unglaubwürdig.

Charlotte vermutet, daß sie von Geschichten nie das mitgekriegt hat, was sie sollte. Sie konnte einfach nichts glauben. Sie war nie gläubig.

Aber Hoffnungen hatte sie oft. Sie hat sogar den Verdacht, daß sie von Zeit zu Zeit ziemlich dumme Hoffnungen hatte.

Was zum Teufel erhoffte sie, als sie Andrew auflauerte?

Sie verspürt ein leises kribbelndes Verlangen, noch einmal an den kühlen, grünen, dornigen Herzschmerz zurückzukehren. Sie hat sich noch nicht entschieden, ob sie diesem Drang nachgeben soll oder nicht und welche Bedeutung das hätte.

Beim erstenmal hatte sie Angst, gefaßt zu werden, daran erinnert sie sich, wenn auch offensichtlich nicht lebhaft genug. Daß sie sich überhaupt dorthin wagte, sollte ja gerade der Angst etwas entgegensetzen: Sie wollte etwas Unerhörtes tun, um sich wieder wie sie selbst zu fühlen.

Diese ungewöhnliche Angst vor der Angst begann auf eine ruhige, schleichende Art an einem vollkommen normalen Ort.

Alle drei Wochen geht Charlotte zum Supermarkt. Sie macht eine lange und genaue Liste, fährt ihren Wagen auf den Parkplatz, nimmt die Liste aus ihrem Geldbeutel, schiebt den Einkaufswagen durch die Menge, durch breite Gänge und packt ein, was sie braucht. All dies kostet einige Zeit und Mühe, zumal sie langsamer ist als früher und auch etwas ärmer; sie muß also auf Sonderangebote achten und sich zurückhalten. Sie kann es sich nicht leisten, auf Reklame hereinzufallen oder zu oft in Versuchung zu geraten.

Bis vor zwei Wochen war dies eine normale unangenehme Aufgabe. An jenem Tag aber wurde sie von einer beginnenden Panik erfaßt, die sie in Staunen versetzte und sie ganz durcheinanderbrachte.

Sie befand sich in der langen Schlange vor der Kasse und wartete darauf, ihre Einkäufe aus dem Wagen auf das Laufband zu legen, zuzuschauen, wie alles eingetippt wurde, und schließlich zu bezahlen. Vor ihr waren drei Leute, zwei mit vollen Einkaufswagen. Eine junge Frau stritt mit einem Kind wegen der Süßigkeiten am Ständer. Hinter ihr standen zwei weitere Wagen, der Laden war sehr voll, sehr hell und, wie sie fand, außergewöhnlich laut.

Sie ertappte sich dabei, daß sie nicht nur dachte: »Was für eine Zeitverschwendung, warum geht's hier nicht weiter?«, sondern auch: »Wie lange muß ich noch stehen? Schaffe ich das?« Sie hatte das schreckliche Bedürfnis, sich einfach hier auf den Boden zu setzen, wenn es nicht anders ging.

Sie hatte Angst, sich hinsetzen zu müssen. Wie peinlich das wäre, die Leute würden sie anstarren und nervös werden und ärgerlich oder noch schlimmer: Mitleid haben.

Ihre Beine waren schwer, ihr Kopf leicht. Sie fühlte sich benommen; eingeschlossen, eingepackt in helle, nebelhafte Töne, in Stimmen und Musik, in Klicken und Rumpeln. Es war nicht ihr Körper, der schwach war, es war etwas anderes. Sie dachte: »So ist es also, wenn es passiert.« In diesem Augenblick war sie plötzlich alt und panisch, und die Leichtigkeit im Kopf war das gefürchtete Alter selbst.

Sie schüttelte ihren Kopf, senkte den Blick und versuchte, sich auf das Lesen der Preisschilder zu konzentrieren. Auf irgend etwas.

Ihr Blick wurde wieder klar, der Lärm sank auf das Normalmaß; aber ihr war klar, daß sich etwas Entscheidendes verändert hatte.

Sie hatte erlebt, wie andere Menschen – und nicht nur alte – von Ängsten so sehr beherrscht wurden, daß ihnen schließlich nur noch der winzige Teil einer Ecke blieb, in der sie sich ein wenig sicher fühlten.

Sie wartete weiter in der Schlange, machte tiefe Atemzüge, zählte langsam ihr Geld hin, nahm das Wechselgeld entgegen, verstaute die Tüten in ihrem Auto und fuhr einigermaßen gefestigt nach Hause. Dort blieb sie in der Wohnungstür stehen, blickte umher und erkannte, wie gefährlich die große, warme Geborgenheit des eigenen Heims sein kann. Sie begriff, daß es einige Dinge gab, die sie ändern sollte, auch wenn sie noch nicht wußte, welche. Aber ihr war klar, daß sie es sich nicht leisten konnte, an sich zu zweifeln. Und sie erschrak angesichts der bloßen Möglichkeit von Selbstzweifeln nach all diesen Jahren.

Zweifel können Gliedmaßen lähmen, Handeln verhindern, Leben abwürgen.

Auf Umwegen führte dieser Augenblick im Supermarkt schließlich zu dem Augenblick in der kühlen, grünen Zedernhecke vor Andrews Haus im Grünen.

Bei jedem ihrer Liebhaber begann es mit einem kleinen Augenblick, einer unabsichtlichen Berührung der Haut, einer Begegnung der Augen, einem treffenden, schön formulierten Wort oder Satz, der sie aufhorchen ließ.

Es war, wie sich herausgestellt hat, ganz verkehrt zu glauben, daß sie im Alter mit Erinnerungen zufrieden sein würde. Erinnerungen sind einfach nur Erinnerungen und überhaupt nicht zu vergleichen mit wirklicher Haut, mit wirklichem Haar unter ihren Fingern, mit der Berührung wirklicher Münder, wirklicher Körper. Erinnerungen sind völlig unzureichend; aber sicher besser als gar nichts, besser, als alles verpaßt zu haben.

Zumindest ist sie dankbar, ihre vergnüglichsten und leidenschaftlichsten Jahre in den Zeiten gehabt zu haben, als Sex noch ohne Horror genossen werden konnte. Heute muß es völlig anders sein als damals, als man aussuchen und ausprobieren konnte, ohne den Folgen allzuviel Beachtung schenken zu müssen.

Natürlich gab es einige Folgen, aber keine, denen sie nicht gewachsen war. Keine, die sie das Leben kosteten.

Komisch, daß sie sich an Schmerz und Verzweiflung viel besser erinnert als an die Berührungen von Haut, Haar und Körpern. Die Qualen kann sie innerhalb einer Sekunde abrufen, die Freude ist schwieriger zu fassen.

Und was war das an Andrew, daß ausgerechnet er ihr einfiel, so daß sie sich derart sonderbar benahm und sogar noch einmal hinwollte? Vielleicht war es ihr so wichtig. »Es ist seltsam«, sagte sie früher immer. »Zu merken, daß du mir so wichtig bist. Um jetzt zu lernen, was wichtig ist und was nicht, bin ich ein bißchen zu alt, oder?«

»Du meinst, die anderen Männer waren dir nicht so wichtig?«

Eine heikle Frage. Wenn sie ja sagt, klingt das nicht nur nach Promiskuität, sondern auch nach Dummheit. Und obwohl er in ihrem Bett lag und sie, den Ellbogen auf die Matratze gestützt, das Kinn in der Hand, ansah und grinste, begriff sie, daß er es ernst meinte.

»Ich muß es geglaubt haben«, sagte sie. »Aber sie haben offenbar keinen bleibenden Eindruck hinterlassen.«

»Vielleicht passiert das eines Tages auch mit mir. Wenn du einen anderen findest.«

»Das glaube ich nicht.« Sie meinte das ernst und hielt es auch für wahr, und Jahrzehnte später, in den letzten paar Tagen, stellte sich heraus, daß sie recht hatte.

Auch er hatte natürlich recht. Sie hatte andere Männer, und es ging ihr gut. Ihr Leben war nicht mit ihm zu Ende. Aber trotzdem.

Vielleicht traf er sie im richtigen Moment, als die Phase des Vergnügens, Ausprobierens und der Sorglosigkeit der Zukunft gegenüber irgendwie vorbei war und sie sich ernsthaft fragte, was sie sein wollte, und begriff, daß ihre Zeit begrenzt war.

Oder er lehrte sie das.

Sie lernte ihn im Gericht kennen. Sie war Zeugin in einem Fall von Kindesmißhandlung (welchem eigentlich?). Sie kann sich nur noch an die Verzweiflung erinnern, mit der sie das Kind von seiner bemitleidenswerten Mutter und deren brutalem Freund ein für allemal wegbekommen wollte. Es war kein besonderer Fall, und Charlotte hatte damals bereits einige Jahre Erfahrung. Dennoch brachten diese zerstörten und geschlagenen Kinder sie immer wieder zum Weinen und lösten den Wunsch nach Strafe in ihr aus. Und selbst damals, als es noch keine genauen Untersuchungen zu dem Thema gab, wußte sie, daß diese kleinen, mißhandelten Kinder mit großer Wahrscheinlichkeit ebenfalls zu jenen Schlägern und Folterern wurden, die sie bekämpfte. Als Kinder waren sie bedauernswert und manchmal noch zu retten; als Erwachsene stolperten sie oft selbst in diese ewige Falle, und dann gehörten sie hinter Gitter.

Sie wartete darauf, als Zeugin aufgerufen zu werden, ging auf und ab und nippte an einem Kaffee aus der Gerichtskantine. Ein Mann kam um die Ecke. Er hatte den Kopf zu einem Klienten gewandt und hörte sich dessen Geschichte an. Er stieß mit ihr zusammen. Ihr Kaffee ergoß sich über seine Hose. »Oh, Scheiße«, sagte er.

Sie ging in die Damentoilette, holte Papiertücher und brachte sie ihm. Er entschuldigte sich, weil er geflucht hatte und mit ihr zusammengestoßen war. Er sagte, es sei sein Fehler gewesen, was auch der Fall war. »Nein, ich hätte besser aufpassen müssen«, sagte sie. »Ich war in Gedanken.« Er glaubte wahrscheinlich, daß das stimmte. Sie fand seine dunkle Stimme außerordentlich ansprechend. So eine Stimme war sicher sehr nützlich, um Geschworene zu überzeugen.

Sie wurde als Zeugin aufgerufen, ihr Name hallte durch den Gang. Als sie fertig war, wartete er vor dem Gerichtssaal. Er muß die ganze Stunde gewartet haben, die sie im Zeugenstand gewesen war. Sie war gerührt.

Sie gingen einen Kaffee trinken. Er erkundigte sich nach dem Fall, in den sie verwickelt war. Sie redete und redete, wütend und leidenschaftlich, es gibt so vieles, was man vor Gericht nicht sagen kann. Er war Anwalt, verstand sie. »Wie halten Sie das durch, wenn Ihnen alles so nahegeht?« fragte er sie. »Sind Sie nie erschöpft?«

»Eines Tages vielleicht, aber jetzt noch nicht. Wenn es soweit ist, daß mich das alles nicht mehr berührt, dann ist es, glaube ich, Zeit aufzuhören.« Vielleicht hätten beide diesen Worten mehr Beachtung schenken sollen.

Über ihren eigenen Erzählungen vergaß sie, ihn nach dem Fall zu fragen, mit dem er sich so eifrig befaßt hatte, als sie zusammenstießen. Später, als sie zu Hause war und über ihren Tag nachdachte (der letztlich gut ausgegangen war – das Kind wurde tatsächlich der Fürsorge ihres Amtes übergeben, die erste Hürde war erfolgreich genommen), fiel ihr auf, daß sie von ihm fast gar nichts wußte.

Aber das spielte kaum eine Rolle. Sie hatte seinen Ring gesehen, begriffen, daß er verheiratet war. Sie wußte, daß sie sich rein zufällig getroffen und dann nur eine angenehme Stunde im Café verbracht hatten.

Andererseits, warum hatte er so lange vor dem Gerichtssaal auf sie gewartet, bis sie ihre Aussage gemacht hatte?

Am nächsten Tag rief er sie in ihrem Büro an und lud sie zu einem Drink nach der Arbeit ein. Sie sagte nicht nein. Warum auch?

Irgend etwas passierte, und das dauerte fast das ganze Jahrzehnt, in dem sie zwischen dreißig und vierzig war.

Einmal, mehr als einmal, sagte er zu ihr: »Du bist so anders. So klug und tapfer und selbstsicher. Ich kann mit dir so sein, wie ich bin, und ich glaube, das liegt daran, weil du dich nicht an mich lehnst. Du brauchst mich nicht, um jemand zu sein, du sorgst allein für dich.«

Sie hatte das Gefühl, daß das nicht ganz stimmte, aber ihr fehlten die Worte, es zu erklären. Ja, sie glaubte natürlich gern, daß sie klug und tapfer und unabhängig war und auf sich selbst aufpassen konnte, und es war gut, daß er sich mit ihr frei fühlte. All das war völlig richtig; nur unvollständig.

(Verhängnisvoll unvollständig; am Ende ihrer gemeinsamen Zeit mangelte es ihr nicht an Worten, um ihm zu sagen, daß es durchaus Dinge gab, die sie brauchte, und einen Preis, den er bei seinen Entscheidungen nicht zu sehen schien. Wenn sie von ihm nichts brauchte, warum sollte sie dann mit ihm zusammensein wollen oder er mit ihr trotz all der mühsamen Umstände? Sie wollte ihn nie heiraten, aber das hieß nicht, daß sie nichts brauchte und nichts erhoffte. Als sie für all das die richtigen Worte fand, war es bereits zu spät.)

Für die andere Frau, für die Geliebte, die Liebhaberin, die Schlampe Partei zu ergreifen ist etwa so leicht, wie Mitleid für die Nöte der Reichen zu haben. Gut, vielleicht haben sie es auch nicht leicht, aber wen interessiert das? Haben sie nicht selbst schuld an ihrem Leid? Verglichen mit dem Leid der rechtmäßigen Ehefrauen oder dem der Armen und Machtlosen, ist ihr Leid bedeutungslos.

Daher verlangen eine Geliebte und die Reichen selten Mitgefühl. Sie behalten ihre Probleme für sich. Oder besprechen sie unter sich. Charlotte hatte nie einen Mangel an weiblichen Bekannten, die Erfahrung mit verheirateten Männern hatten.

Alte und enge Freundinnen allerdings sind anders. Wie hätte sie das vor Claudia geheimhalten können? Aber es war riskant. Wenn Claudia, die damals bereits einige Jahre mit dem gräßlichen Bradley verheiratet war, die Sache zu sehr mißbilligen würde, könnte das ihre Freundschaft gefährden. Und natürlich wurde Claudias Freundschaft auf die Probe gestellt. Sie sah verwirrt und traurig aus. Charlotte beobachtete sie ängstlich. »Oje«, sagte Claudia schließlich und legte ihre Hand auf Charlottes. »Hoffentlich wirst du nicht verletzt. Ich hoffe, es geht gut, was auch immer das bedeutet. Ich hoffe, du kriegst, was du willst. Was es auch sei.« Charlotte hätte weinen können. Wie gut Claudia war!

Besonders angesichts dessen, was sie schon damals von Bradley wußte. Es wäre nur zu verständlich gewesen, wenn sie sich über Charlotte aufgeregt hätte, ihr gesagt hätte, daß sie unrecht hatte, Unrechtes tat, daß sie Dramen heraufbeschwor und Tragödien, die sie nicht vorhersehen könne. Daß sie Andrew aufgeben solle, bevor es zu spät sei. Tu das Richtige, respektiere seine

Ehe und seine Versprechen. »Denk an seine Frau!« hätte sie rufen können.

Aber damals hatte er auch Charlotte so etwas Ähnliches wie ein Versprechen gegeben.

Wie wirr und zerrissen sein Leben gewesen sein muß. Und jetzt ist er ein alter Mann, umarmt seine Enkel und bückt sich, um Unkraut in seinem Garten zu zupfen. Und legt seiner Frau beiläufig und leicht den Arm um die Schultern. Wie hat er all die Jahre bis heute verbracht?

Vielleicht genauso wie Charlotte – von Augenblick zu Augenblick, Tag zu Tag, Ereignis zu Ereignis. Und jetzt ist sie hier, auch alt mit einer langen und nicht uninteressanten Geschichte und einer Zukunft, die notwendigerweise viel kürzer ist als die Vergangenheit und die so interessant ist, wie sie sie eben gestaltet.

Sein Haus, sein Heim – all die Nächte, in denen er von Charlottes Bett, in dem sie immer noch schläft, aufstand und sagte: »Es tut mir leid, ich muß jetzt nach Hause.« Wie leid tat es ihm, wenn er es immer noch »zu Hause« nannte? Charlottes Haus betrachtete er niemals als seines.

Es ist schwierig, jetzt, wo sie ein Bild von seinem Haus im Kopf hat, zu sehen, was daran so attraktiv gewesen ist. Es ist ganz hübsch, aber auch nicht unwiderstehlich. Seine Bedeutung lag wohl eher in dem, was es enthielt, nicht im Ort selbst und nicht in dem langweiligen Äußeren, sondern in den Menschen. In ihrer Vorstellung damals machte Charlotte das Haus zu einem großen, einzigartigen Spiegelbild dessen, was sie in Andrew sah. Oder was sie in seiner Frau sah, die in Wirklichkeit, wie sich herausstellt, weitaus weniger bedrohlich aussieht. In ihrer Vorstellung überhöhte sie Andrew vielleicht auch. Wäre er kleiner geworden, wenn sie sich schon damals vor seinem Haus herumgetrieben hätte, um ihre Rivalin auszuspähen?

Charlotte liebte ihr Zuhause genau wie Andrew seines; und nun ist diese Zuneigung vielleicht die angenehmste, dauerhafteste und beständigste, die sie hat. Vielleicht ist es für ihn auch so. Und ist das armselig? Bemitleidenswert? Traurig?

In diesem kleinen Haus hat sie über dreißig Jahre lang gewohnt. Es ist hell und luftig, und ein großer Teil ihrer Geschichte hat sich hier abgespielt. Wenn sie durch die Tür tritt, fühlt sie sich noch von ihrem Leben umarmt. In der Küche ist eine Glaswand, und im Wohn- und im Eßzimmer sind große altmodische Bauernhausfenster. An schönen Tagen sind die Räume sonnendurchflutet, und bei Sturm hat sie eine spektakuläre Aussicht. Wie sicher sie hier ist!

Manchmal ist sie richtig gerührt von der Anmut der Formen. Ihr Blick wird angezogen von dem violett-weiß gestreiften, baumwollbezogenen Sofa mit dem realistischen Bild einer Iris, das seitlich darüber hängt, der bronzenen Stehlampe mit dem violetten Schirm und dem kleinen Tisch voller Zeitschriften und Bücher, auf dem außerdem eine große blasse Kerze in einem bronzenen Kerzenständer und verschiedene kleine Figuren aus Glas, Keramik und Holz stehen.

In der Küche hängen Pflanzen in den Fenstern und in hellen Töpfen von der Decke. Oben in ihrem Schlafzimmer sind schlichte, kühle, weiße Nachttischlampen, Bücher und das Bett, der Schauplatz vieler Vergnügungen, bedeckt mit hellgelben Bettdecken. Charlotte hatte immer eine Schwäche für Einfachheit, vielleicht weil das Leben so kompliziert werden kann.

In letzter Zeit ist es das allerdings weniger. Jetzt, wo sie alt ist, sollte sie sich eigentlich nicht wundern, daß mit dem Sicherheitsbedürfnis auch Angst auftritt.

Nicht, daß sie an gefährliche oder waghalsige Abenteuer gewöhnt war. Sie war nie eine Bergsteigerin, Fallschirmspringerin oder Forscherin, nie gab es einen Moment in ihrem Leben, an dem sie dachte: »Wenn ich das tue, sterbe ich vielleicht.« Die Situationen in ihrer Arbeit, wo sie ein Kind dem mörderischen Griff seiner Eltern entreißen mußte oder aus Mitleid und Hoffnung ein paar zornige Jugendliche zum Essen zu sich nach Hause einlud, zählt sie nicht dazu. Das waren zwar zweifellos gefährliche Augenblicke, aber sie dachte damals nicht: »Wenn ich das tue, sterbe ich vielleicht.«

Wenn sie in Andrews Armen lag, kam ihr nie in den Sinn, daß seine Frau auf eine tödliche Weise Einwände haben könnte, wenn sie davon erfuhr.

Nun, mit dem frischen Bewußtsein von Angst, kann sie an solche Augenblicke zurückdenken und schaudert angesichts des Risikos.

Zugegeben: wenn sie in der Stadt manche junge Leute sieht, in ihren sonderbar zusammengestellten Kleidern und mit ihrem sonderbar zusammengebundenen Haar und dem merkwürdigen Make-up, bei Männern genauso wie bei Frauen, hat sie Angst oder wird zumindest nervös. Vermutlich, weil sie ihr zu fremd erscheinen – was natürlich an ihr liegt und nicht an den jungen Leuten.

Zweifellos gibt es mehrere gute Gründe aufzugeben, und enttäuschte Sehnsucht steht sicher ganz oben auf der Liste. Andererseits: Wie viele Dinge sollten eine Frau ihres Alters noch überraschen? Man sollte nicht zu sehr zurückdenken.

Letztlich bezweifelt sie, daß diese jungen Leute auf der Straße in der Stadt, die so seltsam aussehen, gefährlicher oder sonderbarer sind als viele, die relativ friedlich durch ihr Leben zogen. Oder sie durch deren Leben. Wie viele von ihnen erinnern sich an sie? Lissa und Tim zum Beispiel? Und an wie viele von ihnen erinnert sie sich denn noch gut, außer an Lissa und Tim? Sie hofft, daß sie keine Dankbarkeit erwartete. Sie hofft, daß sie sie nicht deswegen ab und zu zum Essen einlud, ihnen zuhörte und ihrem Leben etwas Aufmerksamkeit schenkte, bloß damit sie etwas zurückbekam in Form von Briefen oder Besuchen oder dankbaren Anrufen. Schrecklich, einer dieser guten Menschen zu sein, die darauf aus sind, sich in ihrer eigenen Wohltätigkeit zu sonnen. Die sich nach der Postkarte sehnen, auf der steht: »Ich möchte, daß Du weißt, was mir die wenigen Stunden, die Du mit mir verbracht hast, bedeutet haben. Sie haben mein Leben verändert. Dir habe ich es zu verdanken, daß ich ein guter Mensch geworden bin.« Natürlich hätte sie gern, daß das wahr wäre, sie möchte nur nicht zu den Leuten gehören, die sich anständig benehmen, damit man ihnen dankbar ist.

Billige Sentimentalität hat sie nie interessiert.

Andrew war sentimentaler als sie. Manchmal weinte er sogar im Kino oder bei Geburtstagen, außergewöhnlich für einen Mann und einer der Gründe, weshalb sie ihn für einen Menschen mit einer besonders wertvollen Seele hielt. Aber vielleicht weinte er auch, weil er nicht mithalten konnte. Weil er nicht all die Andrews war, für die er von dem einen oder anderen gehalten wurde. Immerhin: Am Ende ist er jedenfalls offensichtlich nicht allein.

Aber andererseits: Wieviel hat sie denn wirklich gesehen, als sie durch diese Hecke spähte? Vielleicht nur die selbstverständlichen Gesten der Menschen, die zusammenleben? Das gibt es auch. Sie interpretiert vielleicht zuviel hinein.

Letztlich war es in der Hecke doch nicht unerträglich unbequem. Und der Ausflug fängt an, ihr weniger abscheulich vorzukommen.

Dennoch bleibt ein bißchen geheimnisvoll, warum sie ausgerechnet Andrew für dieses Abenteuer ausgesucht hat. Es mag richtig sein, daß er allein schon wegen der Dauer präsenter in ihrem Gedächtnis ist als viele andere. (So viele nun auch wieder nicht, aber viel mehr als zum Beispiel bei Claudia, die die ganzen Jahre nur an einem klebte.) Und er brach oder beeinflußte ihr Herz vielleicht mehr als andere. Aber wenn es um die Tiefe der Eindrücke und Wirkungen geht, wäre es sicher sinnvoller, nach einigen von diesen bösen, traurigen Jugendlichen zu suchen, sie aufzuspüren und vor deren Wohnungen zu lauern. Denn sie war schließlich nie dumm; sie hatte nie vor, sich auf einen Mann zu verlassen, auch auf Andrew nicht. Warum also jetzt er?

Vielleicht ist das auch nicht so wichtig. Mit Sicherheit ist sie nicht an seinem Körper interessiert oder auch nicht mehr an seiner Seele. Vielleicht geht es bei dieser verrückten Heckenhockerei nur darum herauszufinden, was er bedeutet, eine Frage, die nur sie betrifft.

Wäre das ein trauriges Ende?

Sie hört das Klappern des Briefkastens an der Vordertür. Ihr Herz schlägt bei der Aussicht auf ein Wort von der Außenwelt.

Eine Pizzawerbung. Ein Flugblatt von einem studentischen Malereibetrieb. Die Gasrechnung. Und ein Brief.

Keiner von einem dankbaren Jugendlichen von früher.

Sie hat seit einer Ewigkeit keinen Kontakt mehr mit Claudia. Mindestens ein Jahr. Charlotte erinnert sich, daß sie den letzten Brief geschrieben hat und auf Anwort wartete. Sie ließ lange auf sich warten. Und wie lange haben sie sich nicht gesehen? Gute fünf Jahre auf jeden Fall und da auch nur ein Wochenende. Sie schliefen in einem Zimmer wie in alten Zeiten, kicherten und redeten bis spät in der Nacht. Nicht lange genug, um zwei lange Leben aufzuholen, deren Umstände kaum unterschiedlicher sein konnten, aber sie waren trotzdem Freundinnen; sie hatten sich ihre erste Periode anvertraut und Jahre später ihre letzte. Sie hatten beobachtet, wie sie ihren Busen bekamen und wie er langsam schlaff wurde, sie gingen Arm in Arm von der Schule nach Hause, sie lachten endlos ohne besonderen Grund und feierten Triumphe und weinten bei allen möglichen Niederlagen.

Das ist ein Grund zu feiern, wenigstens für einen festlichen Scotch. Ein langer Brief von ihrer allerältesten Freundin sollte nicht stehend im Gang, sondern langsam und in Ehren gelesen werden.

Charlotte hat ihr Glas geleert, noch bevor sie den harten Kern des Briefes erreicht, der in all diesen Seiten versteckt ist. Sie nimmt gerade den ersten Zug ihres zweiten Scotch, als sie liest: »Bradley ist gestorben.« Sie läßt den Brief sinken, hält den Drink aber weiter fest.

Bradley ist gestorben. Arme Claudia. Auch wenn es stimmt, daß sich, nach Charlottes Ansicht, Claudia vor langer Zeit entschieden hat, einen Mann ohne Charakter zu lieben.

Aber was weiß Charlotte schon über den Versuch, siebenundvierzig Jahre lang zurechtzukommen, oder über die Disziplin, ein Gefühl zu erhalten? Von charakterlosen Männern allerdings versteht sie etwas.

Der braungebrannte und schlanke ältere Mann stand, nur als Umriß im Gegenlicht zu sehen, auf dem Rand ihrer Badetücher und fragte nach der Uhrzeit. Charlotte öffnete die Augen, setzte sich langsam auf, griff in ihrer Strandtasche nach der Uhr und sagte sie ihm. Als sie ihn richtig sehen konnte, raubte ihr seine Schönheit den Atem. Vollkommene Züge, vollkommener Körper. Sowohl sie als auch Claudia setzten sich auf und widmeten sich ihm.

Aber irgendwann müssen auch Dornröschen und Aschenputtel und ihre jeweiligen Prinzen ihren Mund aufmachen. Gemeinsame Themen finden. Selbst Small talk am Frühstückstisch kann eine Herausforderung sein. Denn was wußten sie schon voneinander, abgesehen vom Reiz des Wachküssens, dem gläsernen Schuh, von der einfachen Fürstlichkeit dieser Männer? Wenn sie sprachen, war dann nicht der Zauber gebrochen? Wenn sich nun herausstellte, daß sie langweilig waren, wie es echte Prinzen dem Hörensagen nach oft sind?

Der schöne Bradley sprach, stellte sich vor, und auch seine Stimme war schön. Pech, daß Claudia noch so unerfahren war, obwohl sie schon Anfang Zwanzig war. Ein Großteil ihres Charmes bestand jedoch immer schon in ihrer Leichtgläubigkeit. Sie hätte sich zum Beispiel nie darüber Gedanken gemacht, was später aus diesen jungen Frauen mit ihren Prinzen wird. »Und wenn sie nicht gestorben sind, dann leben sie noch heute«, genügte ihr vollauf als Antwort und als Ende.

Und das ist charmant. Aber auch stark. Denn diese Haltung hilft beim Überleben. Vielleicht hat diese Antwort auch Dornröschen und Aschenputtel genügt. Sie waren schon zufrieden, so weit gekommen zu sein.

Sobald Bradley den Mund aufmachte, fand ihn Charlotte langweilig und auch arrogant. Er hielt sich tatsächlich für wichtig. Weil er in Übersee gewesen war und jetzt etwas zum Angeben hatte? War er zurückgekommen in dem Glauben, er könne für immer vom Ruhm seines Krieges zehren?

Während sie lange zu dritt den Strand entlangwanderten und dann wieder zu dem Ort zurückkehrten, wo sie losgegangen waren, redete Bradley ununterbrochen von sich, wo er gewesen war und was er getan hatte. Und Charlotte dachte: Was für eine Schande, daß er so schön ist und dann den Mund aufmacht.

»Völlig von sich eingenommen«, so drückte sie sich selbst und später Claudia gegenüber aus, bevor sie bemerkte, daß das, was sie gesehen oder zumindest gehört hatte, in keiner Weise dem entsprach, was Claudia gesehen und gehört hatte.

Irgendwo hatten natürlich beide recht. Die Ehe hielt siebenundvierzig Jahre und endete nur mit dem Tod. Was auch immer Claudia anfangs angezogen hatte, muß also genauso wahr gewesen sein wie das, was auch immer Charlotte abgestoßen hatte.

Etwas anderes war auch noch wahr, und Claudia hat es nie erfahren: Bradley rief zuerst Charlotte an. Hätte sie es Claudia damals sagen sollen?

Das ist eine dieser Fragen, die immer wieder auftauchen und herumspuken: Als Claudia so hingerissen von seinem Anruf war, von ihren Verabredungen und schließlich von ihrer Verlobung – wenn da Charlotte irgendwann gesagt hätte: »Weißt du übrigens, daß er mich am Tag, nachdem wir ihn am Strand getroffen haben, angerufen hat? Er wollte mit mir ausgehen, aber ich habe nein gesagt« – hätte das Claudia gerettet? Sie wäre vielleicht verletzt gewesen, aber hätte es sie gerettet? Durch eine Unterlassungssünde, durch falsch verstandene Freundlichkeit könnte Charlotte für eine schreckliche Wende im Leben ihrer Freundin verantwortlich gewesen sein.

Oder nicht. Vielleicht wäre es Claudia nicht so wichtig gewesen. Und letztendlich war sie ja in vieler Hinsicht zufrieden. Sie hat vier Töchter, das muß am Ende als Gewinn verbucht werden.

»Ich fand Sie interessant«, hatte er gesagt, als er anrief, und dann schnell weitergesprochen, »und natürlich auch schön.« Als wäre sie beleidigt, wenn man sie nur für intelligent hielt. So wenig scharfsinnig war er, so wenig dachte er nach. »Aber ich habe mich gern mit Ihnen unterhalten. Ich dachte, vielleicht könnten wir uns mal weiter unterhalten.«

Sie konnte sich nicht vorstellen, daß ihm ihr Gespräch am Strand besser gefallen hatte als ihr. Er hatte von Schlachten und

Manövern geredet, von Militäraktionen, und sie hatte Daten und Geographie verbessert. Sie hatten über die Bedeutung von Schützengräben und Hügeln, von offensiven und defensiven Bewegungen gestritten. Sie war der Ansicht, ihm ziemlich klargemacht zu haben, was sie von ihm hielt.

Sehr wahrscheinlich hat er angerufen, um sie zu bekehren. Er wollte verführen, seinen Stolz retten, dann verschwinden. Selbst damals, so glaubt sie, durchschaute sie Bradley. Ziemlich schlau für eine so junge Frau. Oder es lag daran, daß Bradley ziemlich leicht zu durchschauen war.

Wenn auch nicht für Claudia, die ihn feierlich beobachtete, ihm feierlich zuhörte und ihm feierlich glaubte.

Noch etwas hat Charlotte Claudia nie erzählt: Ein paar Jahre, nachdem er mit Claudia verheiratet war, rief Bradley Charlotte noch einmal an. »Nur auf einen Drink oder zwei«, sagte er. »Ich weiß, daß wir uns nie sehr nahestanden, aber es wäre doch schön. Ich finde immer noch, daß Sie eine wirklich interessante Frau sind. Und attraktiv. Geben Sie uns doch eine Chance.« Was hat ihn wohl dazu getrieben? Wie kam er dazu?

Ehebruch fiel ihm so leicht – und er dachte vielleicht, das ginge jedem so. Außer Claudia natürlich. Er hätte sich nie träumen lassen, daß Claudia ihn betrügen könnte. Und er hatte recht. (Obwohl er es vielleicht als Betrug empfand, wenn Claudia alle Geschichten von ihm weitererzählte. Männer sind oft sehr empfindlich, was Gespräche unter Frauen angeht.)

Vielleicht verließ sich Bradley auf Claudias sanfte Tugend zum Ausgleich für seine diversen Gemeinheiten. Charlotte hat den Verdacht, das selbst auch schon getan zu haben.

War er gemein? Vielleicht nicht. Vielleicht nur ein gewöhnlicher Mann. Man stelle sich vor, siebenundvierzig Jahre mit einem gewöhnlichen Mann – man stelle sich überhaupt siebenundvierzig Jahre mit einem Mann vor.

Und da er Claudia zu Lebzeiten soviel Kummer gemacht hatte, würde Bradley natürlich auch nach dem Tod seinen Griff auf ihre Leidensfähigkeit kaum lockern.

Die sanfte Claudia und ihr entschlossener eiserner Wille. Charlotte erinnert sich an ein Abendessen bei Claudia und Bradley, als sie noch hier in derselben Stadt wohnten. Bradley sagte ungeduldig: »Wie kannst du so dumm sein, Claudia?« Es konnte nichts Wichtiges gewesen sein, sonst würde sich Charlotte daran erinnern. Charlotte hätte ihm ihren Drink ins Gesicht geschüttet oder das Zimmer und sein Haus verlassen. Claudia senkte verlegen die Augen und sagte: »Es tut mir leid.« Wenn sie das unter Willen versteht, dann ist Charlotte froh, nicht so stark zu sein.

Krebs. Nun, sie hofft, daß er nicht gelitten hat. Allerdings klingt es so, als habe er gelitten, wenn es über ein Jahr dauerte, bis er starb. Charlotte möchte wetten, daß er dafür gesorgt hat, daß Claudia ebenso litt wie er. Warum mußte sie ihn pflegen? Sie hätten sicher Leute engagieren können, oder er hätte ins Krankenhaus gehen können.

Charlotte hört ihn richtig: »Nein, Claudia, ich will niemand anderen als dich. Ich will, daß mich niemand so sieht und niemand anders diese Arbeit macht. Ich vertraue dir und niemandem sonst.«

Wie viele Male während ihrer Ehe hat er diese Worte in einem anderen Zusammenhang gesagt? »Ich will niemand anderen als dich«, oder: »Ich vertraue dir.« Als wäre all sein Fehlverhalten lediglich frivol und hätte nichts mit Claudia zu tun, die er wahrhaft wollte und der er tief vertraute.

Aber Claudia durchlitt harte Zeiten. In Bradleys Abwesenheit, wenn er ihr nicht in die Augen sah und in seinem aufrichtigstem Tonfall sprach, hatte Claudia durchaus ihre Zweifel. Manchmal rief sie Charlotte an und weinte.

Erinnert sie sich daran, oder ruft sein Tod jene wohltuende Amnesie hervor, die Charlotte bei anderen Witwen erlebt hat?

Aber auch nach Charlottes Erfahrung ist Liebe nicht logisch. Auch sie kann nicht all ihre Gefühle erklären. Aber sie ist sicher, daß sie gehört hätte, was Bradleys Worte wirklich ausdrückten, als er sagte: »Ich will niemand anderen als dich«, oder: »Ich vertraue dir.« Er mußte jemanden anlügen, er konnte kaum in alle

Richtungen die Wahrheit sagen. Wie immer man es also betrachtete, er war ein Lügner.

Dennoch: ob Bradley und seine Worte nun echt waren oder nicht. Claudia war sicher ehrlich. Ist es.

Charlotte und Claudia hatten eine Regel in ihrer Freundschaft: Sie gaben einander keine Ratschläge. Wenn sie das getan hätten, hätten sie vielleicht, so nimmt Charlotte an, die jeweiligen Fehler der anderen verhindern können. Aber wahrscheinlich wären sie keine Freundinnen mehr. Statt dessen sagten sie einander: »Du mußt das tun, was dir am besten erscheint. Was immer passiert, ich bin da, wenn du mich brauchst.«

Toleranz gilt jedoch nicht für Partner, die man vielleicht (wenn auch stillschweigend) streng beurteilt, schon weil sie soviel Schmerz verursachen. Oder auch milde beurteilt aufgrund der Freude, die man mit ihnen hat. Was fast noch schwieriger sein dürfte: weder eifersüchtig noch ärgerlich sein, sondern erfreut.

Es war schwierig, sich an die Abwesenheit von Männern zu gewöhnen. Auf Liebe oder sogar Lust zu verzichten, war schwer genug. Noch schwieriger waren das Trauern um Gesellschaft und der Verlust der gegensätzlichen Ansichten von Männern. Charlotte vermißt es, daß sie nicht mehr versuchen muß, manche Dinge zu erklären. Dinge, die bei einer Freundin wie Claudia überhaupt nicht erklärt werden müssen. Andrew (und andere) sahen sie mit einem solchen Unverständnis an angesichts der Kluft von Sprache, Sitte, Kultur. Wohingegen Claudia (und andere) den Code perfekt beherrschten. Charlotte genoß sowohl die Herausforderung von Männern wie die Nähe von Frauen.

Sie hätte auch nichts dagegen, berührt zu werden. Etwas Liebe wäre nett.

Wieviel schwerer muß es dann für Claudia sein, sich nach siebenundvierzig Jahren mit einem Mann an seine Abwesenheit zu gewöhnen – wie brutal, beschränkt und betrügerisch er auch gewesen sein mag. Wenn Bradley selbst nicht betrauert werden kann, so kann Charlotte zumindest für Claudia viel Mitleid aufbringen.

Ja, Charlotte erinnert sich an die Claudia von vor über sechzig Jahren. Das kleine Mädchen, das zögerte, dessen Augen den Boden betrachteten oder die Erde oder ihre eigenen Füße, die nie sprach, wenn sie nicht angesprochen wurde, und die nie laut lachte. Vielleicht sah die kleine Charlotte in dem ängstlichen, dicklichen, sommersprossigen stillen kleinen Mädchen eine ganz andere Art Kraft als ihre eigene.

Claudia sagt, Charlotte wäre von ihrer Kraft überrascht. Aber warum sollte sie?

Charlotte war nahe daran gewesen, sich bei der Hochzeit zu blamieren. Sie und Claudia waren etwa zweiundzwanzig. Bradley war uralt, neunundzwanzig. Charlotte konnte nicht aufhören zu weinen – wie peinlich! Sie übertrumpfte beim Weinen sogar die Mutter der Braut, und ihre Schultern zuckten vor Anstrengung, nicht zu laut zu schluchzen. Was war der Grund dafür? Hätte sie das gewußt, hätte sie vielleicht aufhören können, aber sie wußte es nicht.

Später, beim Empfang im Pfarrsaal der alten Kirche, sah sie, daß einige Leute sie neugierig anschauten. Sie hörte auch, wie eine Cousine von Claudia eine andere fragte: »Was war denn mit der los? Hat die ein lesbisches Verhältnis mit Claudia?« Charlotte wurde rot, aber brachte es nicht fertig, ihnen die passende Antwort zu geben. Sie fühlte sich auf seltsame Art verloren; oder als habe sie etwas Großes verloren. Vermutlich dachte sie, daß sie Claudia verloren hatte. Und daß diese Heirat ihrer Freundin nur schaden könne.

Und siehe da, sie hatte recht, denn was ist passiert? Nur siebenundvierzig Jahre sind vergangen, und jetzt ist Bradley tot, Claudia verlassen. Charlotte hatte von Anfang an gewußt, daß dieser Scheißkerl ihre Freundin auf die eine oder andere Art verlassen wird.

Sie gießt sich den dritten Scotch ein, inzwischen beschwipst mitten am Tag, um sich zu dieser korrekten Prophezeiung zu gratulieren. Auch wenn's fast fünf Jahrzehnte dauerte, bis sie recht behielt.

Aber was ist denn nun dieses große Geheimnis, von dem Claudia schreibt? Was konnte so schlimm sein, daß sie es Charlotte nicht schreiben kann? Ihre Loyalität ist tief und unerschütterlich. Charlotte kann sich nichts vorstellen, was so schrecklich wäre, daß Claudia Angst hat. Vor ihren Töchtern vielleicht oder vor anderen Freunden oder Nachbarn, sogar vor Bradley, wenn er nicht tot wäre. Aber sicher nie vor Charlotte.

Guter Gott, die schrecklichen Geheimnisse, die Claudia von ihr weiß!

Sie wird sich jetzt sofort eine Kanne Kaffee machen, wieder nüchtern werden und Claudia schreiben, auch wenn das bedeutet, daß sie heute nacht wach liegt. Früher konnte sie literweise Kaffee trinken und danach einfach einschlafen, aber in den letzten Jahren nicht. Und außerdem, wenn sie wach liegt und dafür morgen lange schläft, na und? Sie hat keinen vollen Terminplan, den sie erfüllen muß. Sie kann es sich leisten, am Morgen ein bißchen länger im Bett zu bleiben.

Das Bett ist nicht mehr das, was es früher war. Heute ist es eher Funktion als Vergnügen.

Vielleicht geht sie morgen noch mal zu Andrew und beobachtet, was es zu sehen gibt.

Aus Claudias Sicht war sie vermutlich eine Frau, die ihre Lieben und ihre Sexualität frei ausgelebt hat, die Männer ausgesucht und abgelegt hat. Und wenn Charlotte ihre Augen halb schließt und ihre Geschichte etwas unscharf und wie im Nebel betrachtet, kann sie es auch so sehen. Es ist wahr, daß sie den Vorteil der Vielfalt hatte. Sie hat sich nicht wie Claudia einem einzigen Fehler verschrieben.

Claudia vermißt Bradley? Sie betrauert ihn? Sagt sie jedenfalls.

Wenn Andrew stirbt, wird ihn seine Frau vielleicht auch vermissen und betrauern; aber was macht sie mit ihrem Zorn? Ihrer Wut über seine Fluchten und Seitensprünge? Denn wenn sie nicht absolut viel tauber, stummer, blinder und dümmer als

Claudia war, mußte sie etwas von Andrews Geheimnissen wissen.

Ist er zurück in sein Haus und zu seiner Frau gekrochen und hat seine Tage damit verbracht, im Garten herumzuwerkeln, in seinem Sessel zu lesen, fernzugucken, an ihr herumzunörgeln, sie mit seiner Beständigkeit zu verwirren?

Die Söhne, deretwegen er so oft von Charlotte wegmußte, sind offensichtlich längst erwachsen. Er ist also allein in diesem Haus, nur mit der Frau, die er nicht verlassen wollte.

Damals, in diesem Jahrzehnt, als sie zwischen dreißig und vierzig war, hielt Charlotte Andrews Frau für die glücklichere von ihnen beiden. Vermutlich, weil sie nichts von Charlotte wußte, während Charlotte natürlich nur zu gut über sie Bescheid wußte.

Wäre sie in der Lage von Andrews Frau gewesen, hätte Charlotte sicher gern Bescheid gewußt. Sie hätte gern alles gewußt, um bestimmte Entschlüsse selbst zu fassen und am besten entscheiden zu können, wie sie ihre Jahre verbringen sollte. Aber Andrew sagte, er ertrüge es nicht, so einen Bruch hervorzurufen. Und Leid natürlich. Damals gelang es Charlotte, das als Zeichen seiner Zärtlichkeit zu interpretieren.

Charlotte überlegt, ob Claudia nicht so ähnlich ist wie Andrews Frau. Ob Andrews Frau eine Freundin wie Charlotte hatte, die sich ihretwegen empörte?

Es ist nicht nur die Kombination von Scotch und starkem Kaffee, die Charlotte veranlaßt, allein in ihrem Wohnzimmer laut aufzulachen – nur jemand ohne den geringsten Humor wäre von dieser Ironie nicht amüsiert.

Es ist wahrscheinlich nichts, was sie in einem Brief an Claudia erwähnen sollte. Wenn sie aber beide hier säßen, kann sie sich durchaus vorstellen, daß sie sich ziemlich amüsieren würden.

4 *Wenigstens* hatte Claudia schon einige Schocks hinter sich und auch Erfahrungen mit Kummer, als vor vielen Jahren diese Frau an ihre Tür klopfte. Wer weiß, was sie sonst getan hätte?

Aber sie hatte zu dieser Zeit schon etwas realistischere Vorstellungen von ihrer Ehe. Sie war kein Kind mehr, keine unschuldige, gläubige Braut. Sie war damals in den Dreißigern, Mutter und eine praktische Frau; eine, die durchhalten konnte. Sie hatte eine Menge gelernt.

Sie und Bradley hatten bereits einmal jenes Ritual aus Leid und Erniedrigung durchgemacht, sie hatte also schon ein dickeres Fell. Und sie hatte sich dazu durchgerungen, daß für sie die Sicherheit der Ehe das Beste sei. Bradley kam immer nach Hause. Natürlich hätte es auch andere Möglichkeiten gegeben, aber wie sahen die damals aus? Eine Frau, Mitte Dreißig, mit vier kleinen Töchtern (auch wenn beim ersten Mal, als sie etwas bemerkte, erst zwei da waren. Wenn sie damals Schluß gemacht hätte, wäre es leichter gewesen, noch einmal neu anzufangen. Aber dann hätte sie Sharon und Susan nicht bekommen; und wenn man schon zwei Kinder hat, kommt es auf zwei mehr auch nicht mehr an). Sie hatte ihr Haus. Sie hatte ihre Kinder. Sie war in vielen wichtigen Bereichen abgesichert. Die Einsicht, daß man Kompromisse machen muß, war für sie ein Zeichen von Reife. Als sie jung war und ihr Leben erst anfing, konnte sie das noch nicht wissen. Junge Mädchen glauben alles. Wenn sie wirklich erwachsen sind (oder vielleicht besteht Erwachsensein genau darin?), erkennen sie, daß es Dinge gibt, für die sich Kompromisse lohnen. Jedenfalls war das Claudias Erfahrung, und auf ihre Art fand das sogar Charlotte. Ungefähr in jener Zeit sagte sie: »Ich lerne, mich zu bescheiden. Ich weiß, daß ich Andrew nicht wirklich haben kann, also versuche ich, mit dem, was ich habe, zufrieden zu sein.«

Claudia wußte nicht (weil auch Charlotte es nicht wußte), wie Andrew es anstellte, daß seine Frau nichts von seinem Doppelleben mit Charlotte erfuhr. Es muß ihn ziemlich viel Phantasie gekostet haben. Eine Phantasie, die der unbeholfene Bradley nicht hatte.

Beim erstenmal erfuhr sie es durch eine alberne Lüge. Er erzählte ihr, daß er einen alten Freund getroffen habe, daß sie getrunken und geredet und darüber die Zeit vergessen hätten. Er habe dann im Haus seines alten Freundes übernachtet, weil er zu müde und zu betrunken gewesen sei, um nach Hause zu fahren. (Oder um sie anzurufen. Sie saß so lange auf dem Sofa und wartete, bis sie einschlief. Und sie war morgens ungeduldig mit den beiden Mädchen, so erschöpft und besorgt war sie.) Er kam am Morgen zerknittert, übelriechend und verlegen nach Hause, aber er sagte: »Zumindest lebe ich noch, weil ich klug genug war, nicht mit dem Auto zu fahren. Und ich habe auch keinen überfahren. Und bin auch nicht von der Polizei erwischt worden. Es war einfach vernünftig.«

Vermutlich klang das für ihn auch vernünftig, und Claudia nahm es ihm sogar ab. Aber einige Wochen später kamen derselbe Freund und seine Frau an einem Samstagabend zum Essen, und Claudia erwähnte das kleine Abenteuer, nur zum Scherz, um Konversation zu machen. Der Freund war ganz überrascht und sagte: »Aber wir sind seit zwei Jahren nicht mehr zusammen in die Stadt gegangen«, begriff dann zu spät, stotterte herum, und kurz darauf brachen er und seine Frau auf. Claudia bemerkte, daß die Frau Bradley nicht auf Wiedersehen sagte, aber Claudia leicht über den Arm strich. »Wenn du mal Lust auf einen Kaffee hast, ruf mich an«, sagte sie. »Ich weiß, wie angebunden man mit kleinen Kindern ist.« Claudia hörte auch, wie der Mann Bradley zuflüsterte: »Tut mir leid, da habe ich etwas langsam geschaltet. Du hättest mich warnen sollen. Ich hoffe, es ist okay.«

Es war nicht okay.

Kaum war die Tür geschlossen, holte Claudia aus, um ihn zu schlagen. Ihre kleine Faust traf seinen Arm, aber die Jacke fing den Schlag ab. Es gelang ihr natürlich nicht, ihm weh zu tun, aber immerhin erregte sie seine Aufmerksamkeit. »Wofür war das denn?« Wie schnell er den Empörten spielte, um ihr dann die Schuld geben zu können. »Was ist denn los mit dir?«

Es ärgerte sie, daß sie weinen mußte. Sie wollte ihm weh tun, aber er packte sie an den Handgelenken (ähnlich wie er es am Ende tat, als er starb), und sie war hilflos. Hilflos in jeder Hinsicht, wie sie bitter erkannte.

»Du Schwein.« Selbst in diesem Moment flüsterte sie, ein böses, wütendes Flüstern, aber doch leise, um die Kinder nicht aufzuwecken – was würden sie denken, wenn ihre Eltern sich im Flur stritten, wenn sie miteinander kämpften und rangen, sie in dem Bemühen, sich zu befreien und ihn zu verletzen, er, sie zu halten?

»Was?« Ganz die gekränkte Unschuld.

»Du Lügner. Du Scheißkerl. Du Betrüger. Ich schufte, damit du ein schönes Zuhause hast, und ziehe unsere Kinder groß, und du betrügst mich.« Der Zorn sprach aus ihr, sie, die sonst so liebenswürdige, ja sanfte Frau, war außer sich.

Er merkte, daß er so nicht durchkam. Vielleicht hatte er Angst. Jedenfalls sah er sehr überrascht aus. »Ach, Claudie«, sagte er und senkte den Kopf, hielt aber ihre Handgelenke weiter fest. Als ob er sich nun schämte, sich immer noch unter Kontrolle hatte und immer noch Angst vor ihren Schlägen. Manchmal, wenn er zärtlich oder leidenschaftlich war, nannte er sie Claudie, dieses Mal zum erstenmal in einem Moment der Zerknirschung. »Ach, Claudie, es tut mir leid. Wirklich, es war nichts, glaub mir. Ich liebe dich. Ich würde dich nicht verletzen, um nichts in der Welt. Es war einfach – dumm. Es war nichts. Es wird nicht wieder vorkommen. Ich verspreche es. Ich wußte nicht, daß es dich so verletzen würde.« In seinen Augen, die sie jetzt anschauten, schien echter Schmerz zu liegen. Schmerz, weil er sie verletzt, ihre Welt durcheinandergebracht hatte. Sie beschmutzt hatte. Aber lag da nicht auch etwas Geringschätziges in seinem Blick? Wollte er herausbekommen, ob sie darauf hereinfiel?

Ach, sie fiel darauf herein; was hätte es bedeutet, es nicht zu tun? Sie war des Dramas schon überdrüssig, wie hätte sie es da ertragen, ihm nicht zu glauben, nicht zu vergeben, ihr ganzes Leben auf den Kopf zu stellen? Und das Leben ihrer beiden kleinen Töchter, die oben immer noch schliefen.

Sie erlaubte ihm, seine Arme um sie zu legen und sie hin- und herzuwiegen. Sie standen beide immer noch im Flur, bis sie aufhörte zu weinen und still wurde. Er strich ihr weiter über das Haar, so als wäre sie ein kleines, liebes Schoßtier.

Später saßen sie sich auf dem Sofa im Wohnzimmer gegenüber, ruhiger. »Sag mir, warum?« bat sie ihn. »Ich verstehe nicht, wie du so etwas tun konntest.« Es war mühsam, den Bildern aus dem Wege zu gehen, die dieses »so etwas« genau umrissen. Bilder von Körpern und bezaubernden, reizvolleren Frauen. Frauen, die keine Mütter waren, die Zeit und Geld hatten, um aus sich etwas Bezauberndes und Reizvolles zu machen. Frauen, die nicht jeden Morgen aufstehen mußten, um sich abzurackern.

Frauen, die den Reiz des Verbotenen kannten und sich abends fremde, bereits vergebene Männer ins Bett holten.

Frauen wie Charlotte? Charlotte sprach anders darüber. Für sie war es etwas Kompliziertes und Schmerzhaftes, das Verlust und Opfer bedeutete, Verlust und Opfer ganz anderer Art freilich als die von Claudia in diesem Augenblick.

»Ich weiß es nicht.« Er zuckte die Achseln. »Aber es hat nichts mit dir zu tun, bitte glaub mir. Es ist nur … ich glaube, Männer sind anders.«

»Was meinst du damit, Männer sind anders?« Das war noch keine richtige Vergebung, aber doch der Beginn von Neugier. Die Gelegenheit, einen Blick auf eine fremde Kultur zu erhaschen: die Männlichkeit. Jene Welt, zu der ihr Mann verheerenderweise gehörte.

»Ich weiß nicht. Ich glaube, für uns ist es nicht so wichtig. Es bedeutet überhaupt nichts. Es ist einfach etwas, das vielleicht interessant ist, aber es hat nichts zu tun mit … Ich meine, ich liebe dich. Deshalb arbeite ich so hart, für dich und für die Mädchen. Nur du zählst und niemand sonst.«

Wie rätselhaft, wie entmutigend, mit jemandem zusammenzuleben, der sagte, Sex spiele keine Rolle. Dem Liebesnächte nichts bedeuteten oder nur »etwas, das vielleicht interessant ist«, wie er es nannte.

»Wie viele?«

»Wie viele was?« Wieder dieses Unschuldsgesicht. Um Zeit zu gewinnen.

»Frauen, Bradley. Wie viele Frauen?«

»Ach komm, was spielt das für eine Rolle?« Eigentlich hatte er recht – was spielte es für eine Rolle, ob es eine oder ein Dutzend waren?

»Ich habe doch gesagt, daß mir keine was bedeutet hat, das ist doch die Hauptsache.«

»Aber wie konntest du mich so belügen?«

»Hättest du es lieber gehabt, wenn ich die Wahrheit gesagt hätte? Ich liebe dich zu sehr, als daß ich dich verletzen möchte. Ich wollte dich nie verletzen.«

Sie sieht ein, wie dumm das war. Und auch wie dumm sie war. Ihm nicht zu glauben (wie konnte sie ihm auch glauben?) und es doch zu akzeptieren.

»Haben sie etwas, was ich nicht habe? Was willst du, was ich nicht habe?« Und schon jetzt, nach so kurzer Zeit, suchte sie die Schuld bei sich. Irgendwie mußte es ihr Fehler sein, ihr Unvermögen. Natürlich – man mußte nur sehen, wie schön Bradley war! Frauen mußten ihn verführerisch finden. Sie mußten ihm nachlaufen; Claudia selbst tat es ja auch.

»Nichts, überhaupt nichts. Du bist die Beste, Claudie, wirklich, du bist die Beste.«

Er mußte es ja wissen. Nach so umfangreichen Studien.

Das war immerhin etwas: die Beste zu sein. Und sie war die,

die das Haus hatte, die Kinder, die, zu der er nach Hause kam. Normalerweise nach Hause kam.

Das war ihr Handel. Es war das erste Mal, daß sie sich darauf einließ, aber keineswegs das letzte Mal. Es ist ein wenig spät, sich heute zu fragen, ob das richtig war.

Jedenfalls hatte sie deshalb ein etwas dickeres Fell, als damals diese Frau an die Tür klopfte. An diesem Tag fing Claudia an, wirklich zu begreifen, was es mit ihren Möglichkeiten und ihrer Zukunft auf sich hatte.

Die Frau war so umwerfend, daß Claudia zuerst dachte, sie wolle Kosmetik verkaufen; in diesem Falle wäre sie vor dem falschen Haus gewesen – Claudia hatte kein Geld für Make-up, und übrigens auch wenig Zeit, sich um die Betonung ihrer Backenknochen oder die Umrahmung ihrer Lippen zu kümmern. Sie war gerade beim Waschen, die Bettlaken mußten in die altmodische Wäscheschleuder, die sie zweimal in der Woche aus der Kammer in die Küche schleppte, ein dampfender, unangenehmer Teil ihrer Arbeit. Zum Trödeln war sie nicht in Stimmung.

»Ja?« Sie klang sicher nicht sehr erfreut. Sie schob sich das feuchte Haar von der Stirn und wischte die Hände an der Schürze ab. Sie muß mitleiderregend ausgesehen haben. Wie ein Arbeitstier.

»Mrs. Mossman? Mrs. Bradley Mossman?«

»Ja, bitte?«

Die Frau senkte den Blick nicht. Unverfroren, fiel Claudia später dazu ein. »Ich glaube, wir sollten einmal miteinander reden«, sagte die Frau. »Kann ich reinkommen?«

»Warum?« Ahnte Claudia da schon etwas? Zumindest dachte sie nicht mehr, daß die Frau Kosmetik verkaufte.

»Weil es da ein paar Dinge gibt, die Sie wissen sollten und die Sie, glaube ich, nicht wissen. Und wenn Sie es wissen, wollen Sie sicher die richtige Entscheidung treffen.«

Richtig? Was konnte eine solche Frau über richtig und falsch wissen?

»Worum geht es denn bitte?« Auch wenn sie erregt und im Nachteil war, konnte Claudia durchaus frostig sein.

»O Entschuldigung, habe ich das noch nicht gesagt? Um Bradley. Ihren Mann. Wir müssen über Bradley reden.«

Sharon spielte hinten im Garten, Sonia und Sandra waren in der Schule. Susan war noch nicht geboren, noch nicht gezeugt. Claudia hob die Augenbrauen. »Was hat denn mein Mann mit Ihnen zu tun?«

»Genau darüber müssen wir reden. Aber ich würde lieber drinnen reden, wenn es Sie nicht stört. Und Sie sicher auch.«

Keine schlecht erzogene Frau. Gewählte Ausdrucksweise und beherrscht. Schlank, blond, in einem blaßgrünen Leinenkleid, hochhackigen weißen Schuhen, glatten Nylonstrümpfen, diskret geschminkt, mit schulterlangem Haar im damals modischen Pagenschnitt. Claudias Haar war für diesen Schnitt immer zu lockig gewesen. Es war nicht fair, daß sie nicht gewarnt worden war.

»Ich kann mir zwar nicht vorstellen, was Sie mit uns zu tun haben, aber gut, kommen Sie herein. Ich bin ziemlich beschäftigt, wie Sie sehen. Ich habe nur ein paar Minuten Zeit.« Sie bot ihr keinen Kaffee oder sonst etwas an. Sie deutete in Richtung Wohnzimmer und wünschte, es wäre aufgeräumt. Es lagen zu viele Kindersachen herum; aber vielleicht war das ja gar nicht schlecht? »Setzen Sie sich. Ich komme gleich.«

In der Küche schaltete sie die Waschmaschine ab und ließ die Bettlaken drin. Sie ließ kaltes Wasser ins Spülbecken laufen und wusch sich das Gesicht. Sie zog einen Kamm aus ihrem Beutel und fuhr sich damit durch ihr von der Hitze gekräuseltes Haar. Fast verzweifelt schaute sie in den Spiegel über dem Küchenausguß. Sie war blaß. Sie schlief selten lange genug und hatte dunkle Augenringe. Sie konnte sich die Nase pudern und die Lippen anmalen, und sie konnte sich statt des verschwitzten Hausmantels etwas Feineres anziehen, aber an die kühle und schlanke Frau in ihrem Wohnzimmer würde sie dennoch nicht heranreichen. Selbst wenn sie jede Menge Zeit hätte und sich noch so bemühte, diese zur Schau getragene Gelassenheit könnte sie nie erreichen.

Trotzdem.

Sie richtete sich auf. Schlenderte ins Wohnzimmer, setzte sich auf ihren Stuhl, der Bradleys gegenüberstand, lehnte sich zurück, schlug die Beine übereinander. Sie hatte schöne Beine, das wußte sie, und sie bemerkte, daß die andere Frau auch einen Blick auf sie warf. Die andere Frau hatte sich für das Sofa entschieden. Sie hatte einige Dinge beiseite räumen müssen. An einem Ende lag ungewaschene Wäsche. Erfreut sah Claudia Bradleys Shorts – das würde der Frau etwas sagen.

Was? Daß dies hier die arme erschöpfte Frau war, die seine Wäsche wusch? »Also«, sagte sie energisch. »Ich habe, wie gesagt, viel zu tun, vielleicht kommen Sie deshalb gleich zur Sache, was immer das ist, damit ich hier weitermachen kann.«

»Mrs. Mossman.« Die Frau beugte sich nach vorne und machte ein ernstes Gesicht. »Bradley wird Ihnen das nicht sagen. Darum bin ich hier, weil er Sie nicht verletzen will und es immer wieder hinausschiebt. Aber Sie müssen wissen, daß wir uns lieben. Er und ich. Wir wollen immer zusammensein, also muß er frei sein. Er will mit mir zusammensein. Ich habe ihm gesagt, daß ich sicher bin, daß Sie das verstehen würden, wenn er nur mit Ihnen reden würde. Ich meine, ich weiß, Sie haben Kinder, und ich versichere Ihnen, daß er für sie sorgen wird. Und für Sie natürlich auch. Ich weiß, daß Sie so schnell wie möglich eine Arbeit haben wollen und daß Sie vermutlich wieder heiraten wollen, Sie sind ja noch jung genug, aber Bradley würde Sie bestimmt bis dahin unterstützen. Vielleicht nicht in diesem Haus, das bräuchten Sie ja wohl nicht, aber er würde Sie nicht leiden lassen, das ist sicher. Er will nur frei sein. Wir wollen zusammensein. Verstehen Sie das?«

Die Frau schaute Claudia tatsächlich an, als erwartete sie, daß sie das verstünde. Erstaunlich!

Claudia schnappte nach Luft. Aber das allein half nicht. Das ist mein Haus, erinnerte sie sich. Ihre Hände griffen nach den Armlehnen ihres Stuhles. Das sind meine Möbel, dachte sie. Ich habe drei Töchter, und zwei von ihnen werden bald aus der

Schule kommen und hier hereinstürmen, und die andere kann jeden Augenblick aus dem Garten kommen. Aus meinem Garten. In ein paar Stunden wird Bradley wahrscheinlich nach Hause kommen. Er erwartet, daß ich das Abendessen gemacht habe. Vielleicht kommt er auch spät. Oder er taucht nicht auf. Vielleicht ist er mit dieser Frau zusammen. Ist es vielleicht wahr, was sie sagt? Aber er ist mein Mann.

Noch nie zuvor hatte sie so viel an Eigentum gedacht. Sie hatte sich bis jetzt auch noch nie eine wirkliche Vorstellung davon gemacht, wieviel sie zu verlieren hatte.

Jetzt ging es darum, nicht die Beherrschung zu verlieren.

»Wer, zum Teufel, sind Sie?« fragte sie.

Die Frau erschrak. »Ach, du lieber Gott. Es tut mir leid, habe ich vergessen, mich vorzustellen?« Kaum ihr größter Fehler, was ihre Manieren betrifft, dachte Claudia. Und war stolz auf sich, daß sie sie wenigstens aus dem Konzept gebracht hatte. »Ich bin Sophia Clarke.«

Wie kalt Claudia wurde. »Gut, Miss Clarke – ich nehme an, es ist Miss Clarke? Kein Ehemann, der diese so klaren Wasser trübt, oder?«

»Nein, Sie haben recht, ich bin unverheiratet.«

»Na, so ein Glück. Also, Miss Clarke, ich fürchte, ich muß mich kurz fassen, aber ich bin, wie gesagt, beschäftigt. Ich würde ja ein neues Treffen vorschlagen, da wir doch einiges gemeinsam haben, aber ich bezweifle, daß es viel Sinn hätte.«

Die Frau blickte sie verwirrt und abwartend an.

»Lassen Sie mich Ihnen also einfach sagen, daß ich fürchte, Sie haben einen Fehler gemacht. Oh«, mit erhobener Hand wehrte sie den Versuch der anderen Frau ab, sie zu unterbrechen, »ich bezweifle gar nicht, was Sie gesagt haben. Ich bin sicher, Sie und Bradley haben ein paar glückliche Zeiten zusammen erlebt. Aber ich glaube, Sie haben die Tiefe seiner Absichten überschätzt.« Woher kamen diese formellen Worte? In gewisser Hinsicht amüsierte sich Claudia richtig. Solange sie redete, mußte sie nicht an den Abgrund denken, auf den sie zusteuerte. Etwas Schreckliches würde geschehen; aber noch nicht sofort, nicht solange sie noch Worte hatte.

»Sehen Sie sich um, Miss Clarke. Das ist Bradleys Zuhause. Zwei seiner Töchter werden bald von der Schule heimkommen, die dritte spielt draußen. Sie hängen alle sehr an ihm und er an ihnen. Und ich bin natürlich auch noch da. Wir existieren alle. Und wir existieren hier zusammen. Wie gesagt, ich bezweifle nicht, was Sie sagen, aber wenn Sie glauben, daß das hier plötzlich aufhört zu existieren, dann sind Sie, fürchte ich, auf dem Holzweg.

Ich sage gar nicht, daß Bradley der perfekte Ehemann ist. Wenn Sie sich in meine Lage versetzen könnten, würden Sie sofort erkennen, daß er keineswegs vorbildlich ist. Andererseits, es gibt schlimmere Männer, und ich nehme an, Sie haben auch schon einige von dieser Sorte kennengelernt. Auf jeden Fall ist dies Bradleys Zuhause, und es ist mein Zuhause, es ist unser gemeinsames Zuhause, und ich habe nicht die geringste Absicht auszuziehen. Wie alt sind Sie überhaupt?«

»Sechsundzwanzig.«

»Ach ja. Ich bin etwas älter. Offensichtlich. Ich bin vierunddreißig. Wußten Sie, daß Bradley über Vierzig ist?«

»Ja natürlich. Wir haben keine Geheimnisse. Und mir ist es auch egal, wie alt er ist.«

»Da bin ich sicher, und er ist natürlich auch immer noch ziemlich attraktiv. Aber in den nächsten zehn Jahren wird sich das ändern. Wie bei allen Männern zwischen Vierzig und Fünfzig. Da werden sie alt. Wenn Sie ihn lieben, wird Sie das vielleicht nicht stören. Aber es wundert mich, daß Sie so alt sind, wie Sie sagen, und offensichtlich so wenig darüber wissen, wie Menschen zusammenleben. Ich verstehe, daß Sie mitten in einer romantischen Liebesgeschichte stecken, und ich nehme an, daß dadurch Ihr Blick etwas vernebelt ist. Aber ich hoffe, Sie sehen, daß ich mitten in einer Ehe stecke, das ist etwas ganz anderes, und ich habe nicht die Absicht, Ihre verschwommenen Leidenschaften über meine Interessen oder die meiner Kinder zu stellen. Nein,

Miss Clarke, ich werde dieses Haus nicht verlassen, ich werde keine Arbeit suchen oder in eine neue Wohnung ziehen oder mir gar einen neuen Mann suchen. Ich werde Bradley nicht verlassen, und ich glaube auch nicht, daß er mich verlassen wird, auch wenn Sie sich das einbilden. Ich glaube übrigens auch nicht, daß er sehr erfreut sein wird, wenn er erfährt, daß Sie hierher gekommen sind. Ich glaube eher, daß er sich darüber ärgern und Ihnen das auch sagen wird.

Aber jetzt«, und sie stand auf, »wartet die Wäsche auf mich, und ich muß das Mittagessen für meine Kinder machen. Vielleicht kommt Ihnen das langweilig vor, aber das ist meine Arbeit. Entschuldigen Sie, wenn ich nicht sehr gastfreundlich bin, aber es ist Zeit, daß Sie wieder an die Arbeit gehen. Welchen Job Sie auch haben, Sie sollten ihn lieber behalten.«

Sie deutete zur Tür, und auch die Frau erhob sich, verwirrt, wie Claudia erfreut bemerkte. »Aber ...«, begann sie, doch Claudia hob die Hand und bedeutete ihr zu schweigen.

»Nein, Sie haben gesagt, was Sie sagen wollten, und ich habe Ihnen gesagt, was ich dazu denke. Ich glaube, dabei sollten wir es belassen. Entschuldigen Sie, daß ich Ihnen nichts angeboten habe und auch nicht vorgeschlagen habe, daß wir uns einmal besser kennenlernen, wenn wir beide weniger unter Druck sind, aber ich bezweifle, daß das irgendeinen Sinn hätte. Ich glaube nicht, daß wir uns wiedersehen werden.«

»Ich glaube, Sie verstehen nicht ...«, begann die Frau erneut, und wieder unterbrach Claudia sie.

»Ich verstehe sehr gut. Machen Sie sich um mich keine Sorgen. Ich an Ihrer Stelle würde mich mehr damit beschäftigen, wohin Sie jetzt gehen werden. Ich meine nicht von hier aus, sondern von jetzt an. Darüber würde ich mir Sorgen machen, wenn ich an Ihrer Stelle wäre. Besonders, wenn Sie meinen Mann wirklich gern haben. Denn wenn Sie ihn gern haben, werden Sie lernen müssen, darüber hinwegzukommen, denn – glauben Sie mir – es gibt für Sie keine Zukunft mit ihm. Für mich hingegen schon, ob das nun gut oder schlecht ist. Und nun«, sie öffnete die Eingangstür und trat beiseite, um die andere Frau auf die Treppe zu lassen, »auch wenn ich nicht sagen kann, daß es mir ein Vergnügen war oder daß ich froh bin, daß Sie vorbeigeschaut haben, so hoffe ich doch, daß es mir gelungen ist, Ihnen ein paar Dinge verständlich gemacht zu haben. So daß Sie nun Ihr Leben weiterleben können. Auf Wiedersehen, Miss Clarke.«

Sie schloß die Tür; und erst jetzt, ohne Zeuge und Zuhörer, begann sie zu zittern. Sie beugte sich nach vorne und drückte ihre Arme an den Bauch, als ob sie furchtbare Schmerzen hätte. Die sie eigentlich auch hatte. Am liebsten hätte sie geschrien und geheult. Statt dessen rannte sie ins Bad und übergab sich.

Als die Mädchen zum Mittagessen nach Hause kamen, hingen die Bettlaken auf der Leine, und Claudia war zwar blaß und zitterte, hatte aber wieder ihr glattes Muttergesicht aufgesetzt. Sie hörte sie, ohne ihnen zuzuhören, und sie umarmte sie fest, als sie wieder in die Schule mußten.

Sie brachte Sharon für den Nachmittagsschlaf ins Bett.

Und dann? Ein ganzer freier Nachmittag, um über Betrug und Lügen nachzudenken. War sie böse? Jenseits von Verzweiflung gab es kein Wort mehr. Sie war so müde; so entsetzlich, rettungslos müde.

Diese Frau, diese Sophia Clarke war so hübsch. Und so jung. Ohne Sorgen. Eine sorglose junge Frau, aber auch dumm, weil sie hierher gekommen war. Aber darum ging es eigentlich nicht.

Es ging um Bradley. Der Versprechungen gemacht und sie nicht gehalten hatte. »Nie wieder«, hatte er gelobt. Hatte sie ihm geglaubt?

»Nie wieder«, hatte er gesagt, und sie hatten sich einander wieder zärtlich zugewandt und noch ein Kind gemacht.

Was wäre, wenn sie es nie erfahren hätte, beim erstenmal oder auch jetzt? Vielleicht wäre es besser gewesen, es irgendwie zu wissen, aber der Sache nicht ins Auge zu blicken.

Dieses entschlossene junge Gesicht.

Und wenn nun Sophia Clarke recht hatte? Claudia hatte so sicher geklungen, aber wenn nun Bradley sie, seine Töchter, sein

Haus und seine Verantwortung wirklich loswerden wollte, um dann mit einer schlanken, anmutigen, unbedarften, jungen Frau neu anzufangen?

Wenn Claudias Mann nun wirklich so ein verantwortungsloser, leichtfertiger Dummkopf war? Wenn sie sich nun wirklich in ihm getäuscht hatte und Charlotte von Anfang an recht gehabt hatte?

Charlotte kritisierte ihn nicht mehr so oft, als sie sah, daß es Claudia mit ihm ernst meinte. Aber hatte sie vielleicht deshalb bei der Hochzeit geweint? Hatte sie das hier vorausgesehen? Warum hatte sie dann nichts gesagt? Sie hätte es sagen müssen.

Allerdings muß Claudia zugeben, daß sie nicht darauf gehört hätte. Sie war von Bradley ebenso verzückt, wie es diese unglückselige junge Sophia Clarke zu sein schien.

Was würde Charlotte sagen? Jedenfalls nicht: »Ich habe es dir ja gesagt.«

Sie fragte sich, was Charlotte über Andrews Frau dachte.

Charlotte würde sicher nicht im Traum daran denken, an der Haustür dieser Frau aufzutauchen, dazu war sie viel zu stolz; aber machte sie sich Gedanken über das Leben von Andrews Frau? Darüber, wie sie morgens aufstand, über ihre täglichen Arbeiten und Pflichten und wie sie abends ins Bett ging?

Das war sicherlich am schwersten zu ertragen: zu wissen, daß sich Andrew und seine Frau schließlich doch gemeinsam ins Bett legten. So wie Claudia und Bradley. Wie sie es heute nacht wieder tun würden. Wie konnte sie das?

Doch es war merkwürdig: An Bradley und diese Frau zu denken, dann an Bradley und sie selbst, das war – interessant. Ziemlich aufregend. Eigentlich müßte sie sich ekeln, aber es war aufregend.

Und das war es noch, als Bradley – gar nicht mal so spät – am Abend durch die Tür kam. Sie war erregt, böse und auch ermattet vom Nachdenken und den Gefühlen, erschrocken über sich selbst und über ihn. Dennoch schaute sie ihn an, er fing an, langsam grau zu werden, hatte tiefe Falten um die Augen und um den

Mund, seine Schultern waren in diesen Tagen leicht gebeugt – dennoch schaute sie ihn an und dachte, daß sie, wenn die Kinder nicht da wären und dieser Tag anders verlaufen wäre, ihn an der Hand nehmen und ihn zu ihrem gemeinsamen Bett hätte führen können. Was sie noch nie im Leben gemacht hatte. An die Hand nehmen, das tat der Mann. Sie war sich nicht sicher, ob Frauen überhaupt Begehren zeigen sollten. Er könnte sie dafür weniger achten. Sie bezweifelte, daß er sehr viel von Sophia Clarke hielt.

»Ich hatte heute Besuch.« Ihre sonst so sanfte Stimme klang etwas nervös.

»Ja?« Er aß. Anscheinend hatte er ihre Nervosität nicht bemerkt.

»Eigentlich war es ja eine Freundin von dir und nicht von mir. Aber du warst ja nicht da, also mußte ich mich mit ihr unterhalten.«

Nun schien sie doch sein Interesse geweckt zu haben. »Wer war es denn?«

»Eine junge Dame. Ziemlich attraktiv, wirklich. Sophia Clarke, so sagte sie, sei ihr Name. Sie blieb nur, na, ich würde sagen, zwanzig Minuten, aber in dieser kurzen Zeit haben wir uns ziemlich gut kennengelernt.«

Wie blaß er wurde! Und dann rot. Sie betrachtete ihn nun leidenschaftslos und fragte sich, ob er einen Herzschlag bekommen und umkippen würde. Wäre das der Fall, müßte sie die Mädchen schnell nach oben schicken, damit sie ihren Vater nicht leiden sähen. Dann würde sie den Arzt rufen. Der würde vermutlich einen Krankenwagen schicken. Es gäbe Sirenen und Lärm und eine gerechte, wirksame Strafe mitten ins Herz für den bösen Bradley.

Eine Nachbarin würde bei den Mädchen bleiben. Claudia würde mit Bradley hinten im Krankenwagen mitfahren, seine Hand halten und auf ihn niederblicken. Er wäre hilflos. Er würde sie atemlos und voller Schrecken ansehen und erkennen, wie sehr er ihr ausgeliefert war. Wieviel er ihr schuldete. Und welche Macht sie über ihn hatte, über Leben und Tod.

Natürlich, er hatte ein kurzes Gedächtnis. Zweifellos würde er es vergessen, wenn die Krise einmal vorüber war. Krisen schienen sie nicht weiterzubringen.

Aber im Moment steckten sie mitten in einer Krise. »Habt ihr aufgegessen?« fragte sie die Mädchen. »Ihr könnt den Nachtisch mit hinaus in den Garten nehmen, weil es so schön ist. An so einem schönen Abend muß man draußen sein.«

»Okay«, sagte Sonia. »Kommst du auch?« Bradley wollte aufstehen, aber Claudia bedeutete ihm mit einer Geste sitzen zu bleiben. Wie geschickt sie darin wurde, Menschen mit bloßen Handbewegungen zu kontrollieren!

»Nein, dein Vater und ich werden hier zu Ende essen. Und ihr geht hinaus und spielt.«

Sie hatte nicht vorbereitet, was sie sagen wollte. Tausende von Wörtern waren ihr den ganzen Nachmittag durch den Kopf gegangen, aber kein Wort war geeignet, ihm gegenüber laut ausgesprochen zu werden. Doch sie war mit Sophia Clarke fertig geworden, und auf die war sie noch weniger vorbereitet gewesen.

»Also«, sagte sie, schob den Teller beiseite, stützte ihre Ellbogen auf den Tisch, faltete ihre Hände unter dem Kinn und schaute ihn kühl an, »unser Gast heute morgen erzählte mir, daß ihr beide euch liebt. Süß – ich war gerührt. Und was mich noch gerührt hat, war, daß sie sagte, du würdest zwar mit ihr leben wollen, aber du hättest es mir nicht gesagt, weil du mich nicht verletzen wolltest. Das war sehr rücksichtsvoll von dir, Bradley.« Er schaute nach unten in seinen Kaffee. Seine Schultern schienen noch gebeugter zu sein als vorher, als er heute abend durch die Tür getreten war. Sie glaubte, seine Hände zittern zu sehen. Claudia selbst hatte ihr Zittern schon hinter sich und fühlte sich ziemlich stabil.

»Dennoch hatte sie offenbar das Gefühl, sie müsse es mir sagen, und das ist natürlich irgendwie verständlich. Ich bin sicher, daß es viel einfacher ist, jemandem, den man nicht kennt, unangenehme Nachrichten zu überbringen.« Sie machte eine Pause; er war dran.

»Sie hätte nicht kommen sollen«, murmelte er. Sie wartete, aber das schien alles zu sein, was er zu sagen hatte. Immerhin schaute er sie kurz an, und sie hoffte, er würde sehen, was sie ihm signalisieren wollte: ein erkennbares Desinteresse.

»Natürlich hätte sie das nicht tun sollen, auch wenn das eine Sache zwischen euch beiden ist. Trotzdem finde ich, daß Informationen nie verschwendet oder unnütz sind. Wenn ich soviel zu Hause bin, habe ich nicht so viele Gelegenheiten, andere Leute zu treffen. Oder Erfahrungen zu sammeln. Ein Gespräch mit einer Fremden kann da zumindest sehr anregend sein. Besonders in diesem Fall, da es ja mit mir zu tun hatte. Das sind doch eigentlich die interessantesten Gespräche, nicht wahr, die mit einem selbst zu tun haben?«

Wieder machte sie eine Pause. Sehr bald würde es zu schwierig werden, ihre Hände oder ihre Stimme noch weiter ruhig zu halten. Was sie wirklich wollte, war ausholen und auf seinen gebeugten Kopf einschlagen.

Er schaute auf. »Sarkasmus steht dir nicht, Claudia. Es klingt nicht nach dir.« Er klang vorwurfsvoll, so als ob sie ihn enttäusche und eine Charakterschwäche offenbare. Fast bewunderte sie seine Fähigkeit, wie er seine eigenen Sünden noch gegen sie wendete.

»Vielleicht nicht«, stimmte sie ihm zu. »Aber du mußt natürlich bedenken, daß es Dinge gibt, die du nicht über mich weißt, genauso, wie es offensichtlich Dinge an dir gibt, von denen ich keine Ahnung hatte. Ich habe ein Talent zum Sarkasmus. Dafür hast du den Wunsch, auszuziehen und mit jemand anderem zu leben. Und du lügst und hältst dein Versprechen nicht. Ist es dumm, wenn ich denke, daß mein Sarkasmus verglichen damit vielleicht läppisch ist? Ganz offensichtlich ist keiner von uns beiden perfekt, aber glaubst du, daß wir in unseren Fehlern gleichwertig sind?«

»Ach Claudia, was willst du, was soll ich sagen?«

Gute Frage, genau die Frage, die sie zum Weinen bringen konnte, die das Bild des zur Schau getragenen Desinteresses, ja, die ganze Fassade zerstören könnte. Woher wußte er, wie das geht?

Ja, was wollte sie? Was sollte er sagen? Vermutlich dasselbe, was er schon einmal gesagt hatte: Daß er sie und ihre Kinder und ihr Zuhause liebe. Daß niemand anderes ihm etwas bedeutete. Daß Sophia Clarke alles mißverstanden hatte oder eine Lügnerin war oder verrückt. Daß er die Frau kaum kannte. Oder, daß er sie kannte, es ihm aber ganz schrecklich leid tue. Daß es nie wieder vorkommen würde, ganz bestimmt nicht. Ehrlich. Daß sie ihm diesmal glauben könne.

Das war das Beste, was sie von ihm erwarten konnte, und nichts davon würde ungeschehen machen, daß er mit Sophia Clarke zusammengewesen war. Denn auch wenn diese Frau übertrieben und etwas mißverstanden hatte oder vielleicht ebenso wie Claudia ein Opfer seiner furchtbaren Lügen war, er war zweifellos mit ihr zusammengewesen. Beim vorigen Mal hatte Claudia wenigstens keine Vorstellung davon, um wen es ging. Diesmal würde neben allem anderen auch noch dieses Gesicht und dieser Körper immer in ihrem Kopf sein.

»Schau, Claudia, was kann ich sagen?« Nun beugte auch er sich nach vorn, stützte in zerknirschter Ernsthaftigkeit die Ellbogen auf den Tisch – wie leicht, wie angenehm wäre es, ihm einfach jedes Wort zu glauben! »Ich kann nicht abstreiten, daß ich sie kenne. Zugegeben, ich habe ein bißchen über die Stränge geschlagen. Aber, meine Güte«, und er warf die Hände hoch, »ich weiß nicht, wie sie auf die Idee kommen kann, daß ich es ernst meine. Ich schwöre dir, Claudia, ich habe ihr niemals gesagt, daß ich mit ihr leben will. Ich könnte dich nicht verlassen, das weißt du. Ich kann es gar nicht fassen, daß sie hierher gekommen ist und dir so etwas erzählt – sie muß verrückt sein. Es tut mir leid, daß du ihretwegen Kummer hattest, das wollte ich bestimmt nicht. Sie muß durchgedreht sein.«

Claudia verstand, es war nun nicht mehr ihr Fehler, auch nicht ihr Sarkasmus oder sonst ein Mangel ihrerseits, sondern ganz und gar der Fehler einer fremden, verrückten Blondine, und

Bradley war einfach mißverstanden worden und konnte überhaupt nichts dafür.

»Es ist sicher nicht meine Aufgabe«, sagte sie, »diese Frau zu verteidigen. Ich hätte gedacht, daß du es vielleicht tun würdest, da du sie ja viel besser kennst, aber das ist eine Sache zwischen dir und ihr und geht mich nichts an. Es ist ihre Sache, wie sie sich verhält, und wenn sie Affären haben will, gut, dann muß sie eben damit leben. Das hat nichts mit dir oder mir zu tun. Aber für dein eigenes Verhalten, hier in diesem Haus, mußt du Rechenschaft ablegen.«

Er hing sich an dem Wort auf. »Rechenschaft ablegen?« sagte er. »Also muß ich über alles, was ich tue, Rechenschaft ablegen? Gibt es keinen Aspekt meines Lebens, der nichts mit dir zu tun hat? Willst du, daß ich jeden Abend nach Hause komme und dir über jede Sekunde des Tages berichte? Rechenschaft über mich ablege? Als ob du meine Bank bist? Willst du mich in einem Tresor?« In diesem Augenblick hätte sie ihn wohl am liebsten in einem Sarg gesehen.

»Für wie dumm hältst du mich eigentlich, Bradley? Glaubst du ernsthaft, daß ich das will? Ich werde dir etwas sagen.« Ihre Stimme zitterte nun, aber wenigstens vor Wut. »Wenn du deine sogenannte Freiheit willst, nimm sie und hau ab. Wenn nicht, dann werde endlich erwachsen. Halte deine Versprechen, und mache Absprachen, wie sie unter Erwachsenen üblich sind. Wenn du dieses Zuhause und diese Familie haben willst, mußt du auf ein paar andere Dinge verzichten. Es ist ganz einfach, es ist eine Entscheidung, die wir alle treffen müssen: entweder so oder so. Gar nicht so schwierig, wenn man es einmal kapiert hat.«

Seine Augen wurden schmal. »Ist das eine Drohung?«

»Es ist ein guter Rat, Bradley, und etwas ganz Normales. Und es ist eine klare Entscheidung. So oder so. Die meisten Entscheidungen, die wir treffen müssen, sind viel weniger eindeutig. Du hast also Glück. Das sollte es dir leichter machen.«

War sie zu weit gegangen? Wenn er nun dachte: »Ich habe zwar eigentlich nie daran gedacht, mit Sophia Clarke zusammenzuleben, aber besser als das hier ist es allemal. Wer konnte wissen, daß Claudia so streng ist? Gott sei Dank kann ich da noch raus. Besser ich haue ab, solange ich noch kann.« Was täte sie in diesem Fall? Wenn er aufstünde, nach oben ginge, seinen Koffer packte, herunterkäme, den Mädchen einen Kuß gäbe und verschwände? Könnte sie schlafen? Könnte sie am nächsten Morgen aufstehen? Wie konnte ein Tag alles so verändern? Und wie konnte man überhaupt auf soviel Veränderung vorbereitet sein? Mußte man jeden Tag so leben, als könne alles, was man kannte, sah, berührte und hörte, am Abend zerstört oder verschwunden sein?

Er stand auf. Sie spürte einen furchtbaren Schmerz in ihrer Brust. Aber er ging um den Tisch herum, stellte sich hinter sie, legte seine Hände auf ihre Schultern, beugte sich zu ihr hinunter und legte sein Gesicht auf ihren Kopf. »Es tut mir leid, Claudie.«

Er war also ein Feigling.

Aber sie auch, wie diese letzten paar Sekunden gezeigt hatten. Was für eine Familie.

Auf jeden Fall aneinandergekettet. Was auch geschehen würde, ab jetzt waren sie aneinandergekettet, das war ihr klar. Er hatte sich dafür entschieden, alles beim alten zu lassen, und sie ebenfalls. Es blieb ihnen nur noch, das Beste daraus zu machen. Zu lernen, damit zu leben. Sie fühlte sich ziemlich alt. »Es tut mir wirklich leid, Claudie«, wiederholte er. Seine Hände glitten von ihren Schultern über ihre Arme und dann vorsichtig tastend über ihre Brüste. Als sie ihn nicht abwies, wußte er Bescheid.

»Ich versuche, mich zu bessern, ehrlich. Du hast etwas Besseres verdient. Du bist eine gute Frau, Claudie. Ich liebe dich. Ich wollte dich nicht verletzen.« Sie seufzte und gab auf.

Die Mädchen kamen zurück, und Claudia räumte den Tisch auf. Aus dem Wohnzimmer drang Lärm. Es schien, als könne Bradley trotz der um ihn herumtobenden Mädchen die Zeitung lesen. Dann brachte sie die Kinder ins Bett und las jedem eine Geschichte vor, holte jedem ein Glas Wasser, machte das Licht aus und sagte ihnen, daß sie sofort einschlafen sollten.

Sie war so müde, daß sie auch gleich ins Bett ging, wobei sie ganz weit auf ihrer Seite der Matratze blieb. Bradley war immer noch unten. Sie fragte sich, ob er Sophia Clarke anrief und was er ihr dann sagen würde. Oder ob er warten würde, um mit ihr persönlich zu reden. Er würde sicher wütend sein und die Frau anschreien und ihr die Schuld dafür geben, daß er solchen Ärger hatte. Damit könnte es vorbei sein oder auch nicht. Sie könnten sich auf irgendeine Weise versöhnen, so wie es Bradley und Claudia getan hatten. Es würde davon abhängen, ob Sophia Clarke ebenso wie Claudia bereit war, sich anzupassen.

Sie hoffte, ihre Töchter würden einmal mutiger sein als sie. Bei ihrem schlechten Beispiel würde das allerdings schwer werden. Wäre es für sie nicht besser, wenn sie ihren Vater aus dem Haus würfe? Würden sie dann später denken: »Unsere Mutter hatte wirklich Mumm?« Unwahrscheinlich. Sie würden ihn vermissen. Und zweifellos würden sie ihr die Schuld geben. Sie würden vermutlich zu jener Sorte von Frauen heranwachsen, die den Männern in jedem Fall treu blieben.

Natürlich war mit diesem Tag das Vertrauen beendet; aber nicht die Ehe. Sie war vielleicht nicht das, was sie sich darunter vorgestellt hatte, sie war sicher nicht das, was sich junge Mädchen erträumen, aber sie hatte ihre Vorteile. Sie war – schlimmstenfalls – eine funktionierende ökonomische Partnerschaft, eine praktische Art, die Kinder großzuziehen. Da sich ihr Zorn und ihre Krisen auf große Dinge wie Betrug bezogen, stritten sie selten über kleine Sachen, und darum war ihre Verbindung letztlich auf seltsame Art friedlicher als viele andere Ehen.

Und auch Vergnügen war noch möglich. Sie kann ihn sogar jetzt, so viele Jahre später, fast noch spüren und die Sehnsucht nach seiner Haut. Er war sehr geschickt. Auch wenn sie wußte, wie er dieses Geschick erworben hatte, so genoß sie es noch lange Zeit.

Heute ist sie mehr als doppelt so alt wie damals, als Sophia Clarke an ihre Tür klopfte, und kann sich offensichtlich genausowenig vorstellen, was sie ohne ihn tun soll, wie mit Vierunddreißig.

Sie fragt sich, was aus Sophia Clarke geworden ist.

Vielleicht ging sein Verhältnis mit ihr doch weiter. Sie muß jetzt über Sechzig sein. Aus der Distanz ist es für Claudia keineswegs unmöglich, zu wünschen, daß es ihr gut ergangen ist. Sie fragt sich, ob sich Sophia Clarke rückblickend so ähnlich sieht wie Charlotte: als eine Frau, die ihre Abenteuer hatte, die vielleicht manche schlimmen, betrügerischen Dinge getan hat, aber nach ihrem eigenen Verständnis keine böse, betrügerische Person ist.

Sie hofft, daß sich Charlotte meldet.

5 *A*ls Charlotte noch an der Universität war und dort ohne rechtes Ziel studierte, sah sie eines Tages auf der Titelseite einer Zeitschrift das Bild eines mißhandelten Kindes. Das Kind hatte ein blaues Auge, eine gebrochene Nase, geschwollene und aufgeplatzte Lippen. Der Blick des Kindes war so ausdruckslos, daß sie stehenblieb. Gerade die Leere in diesen Augen schien Aufmerksamkeit zu fordern – sie mußte die Zeitschrift kaufen. Als sie sie las, erfuhr sie zum erstenmal etwas über mißhandelte Kinder. Ist es dumm, sein Leben aufgrund eines Illustriertenfotos zu ändern?

Sie war behütet und umsorgt aufgewachsen (sie ging sogar zur Universität, zu einer Zeit, als solche Träume und Entscheidungen nur wenigen Mädchen erlaubt waren) und hatte so etwas noch nie zuvor gesehen; geschweige denn sich vorstellen können.

Charlotte, die sich nicht nach eigenen Kindern sehnte, sehnte sich nach diesem Kind, wollte es in ihren Armen halten, wollte kämpfen, um es vor seinen Folterern in Sicherheit zu bringen. Sie konnte sich die Macht des Fotos nicht erklären; fand es dann auch bedeutungslos: Vielleicht gibt es einfach Botschaften im Universum, die Aufmerksamkeit fordern. Und es mußte da draußen Lösungen dafür geben, wenn man nur die Augen aufsperrte.

Sie wurde sich einer kosmischen Magie bewußt, die mit etwas Glück auch in Liebesdingen wirkte.

Ihr war klar, daß das Foto, das ihr Leben änderte (und das – mehrfach gefaltet und zerknittert – immer noch in ihrer Kommodenschublade bei den wichtigen Papieren liegt), vielleicht nicht einmal echt, vielleicht nur gestellt war. Es konnte auch ein

Model gewesen sein, das nur durch geschickte Kosmetik so brutal zugerichtet aussah. Aber echt oder nicht, es war wahr. Sie wurde Sozialarbeiterin. Sie bekam Arbeit bei einem Kinderschutzbund. Auch wenn sie heute an vielem zweifelt und vieles ihr fragwürdig erscheint – das Grundsätzliche, was sie mit diesen Fotos verbindet, gilt immer noch.

In langen Berufsjahren hat sie allerdings gelernt, daß nur wenig so einfach oder so klar war wie dieses Bild. Einiges schon: ein totes Kind – und davon gab es mehrere über die Jahre – mit gebrochenen Knochen, mit zerquetschten und zerschmetterten Organen, kleine Körper und dumpfe, erschreckte Erwachsene. Kinder mit Brandwunden von Schürhaken am Hinterteil oder von Zigaretten auf Brust, Rücken oder Schenkeln. Retardierte, hirngeschädigte Kinder, die so lange in der Badewanne unter Wasser gehalten wurden, bis ihnen der Sauerstoff ausging und sie mit glanzlosen Augen und auf Dauer betäubt wieder auftauchten – das waren klare Fakten.

Andere Linien ließen sich schwerer erkennen: besorgte, überlastete Mütter, die einfach ausrasten; angespannte, gestreßte Väter, die einen Augenblick lang die Beherrschung verlieren und losschlagen – und es dann furchtbar bereuen. Aber es passierte immer wieder. Empörte und beunruhigte Nachbarn riefen in Charlottes Büro an, und dann ging sie hin, klopfte an fremde Türen, voller Angst vor ihren eigenen möglichen Fehlurteilen. Manchmal wandten sich die Eltern gegen sie, und die Kinder hielten zu ihnen. Auch Geschlagene können sich aneinander klammern: »Wir lieben uns. Wir haben das nicht gewollt, aber manchmal passiert es einfach. Wir lieben uns, und außerdem geht Sie das nichts an.«

Die Eltern weinten vielleicht, aus Schuldgefühl, vor Angst, aus echter Reue, und sagten: »Ich verspreche Ihnen, es wird nicht wieder vorkommen. Es war schrecklich, aber es wird bestimmt nicht wieder passieren.« Natürlich passierte es wieder. Aber Kinder, die ihre Eltern weinen sahen und die Angst vor dieser fremden Person in ihrer Küche hatten und vor ihrer eigenen unbekannten Zukunft, schlangen die Arme um die Hälse ihrer schuldigen Eltern, klammerten sich an sie und weinten auch, so daß Charlotte oft das Gefühl hatte, sie selbst sei der Grund ihrer Ängste und Schmerzen. Was sollte sie tun? Wenn sie einen Fehler machte, konnte es passieren, daß sie bald danach zurückkommen mußte, um eine Kinderleiche abzuholen. Oder sie mußte ein Kind zu Trennung und Heimweh verurteilen, eine neue und andere Art von Brutalität.

Was auch immer geschah, wirklich heilen konnte sie nie. Es gab keine Lösung, die allen gerecht wurde. Es war schwer, sich daran zu gewöhnen, daß man nichts reparieren konnte. Nachdem sie an die Kraft ihres Willens geglaubt hatte, war es ein Schock zu erfahren, wie leicht dieser Wille durchkreuzt werden konnte: von elterlichen Einsprüchen, von gesetzlichen Barrieren und von den verängstigten, geschädigten Kindern selbst.

Da gab es zum Beispiel eine Frau, erst Ende Zwanzig – genauso alt wie Charlotte damals –, die aber zehn Jahre älter aussah und viele Jahrzehnte erschöpfter. Sie sah Charlotte mit leeren Augen an, und Charlotte redete unentwegt. »Sehen Sie«, sagte Charlotte, »es verstößt gegen das Gesetz, wenn Sie Ihre Kinder mit einem Springseil schlagen.« Das Spielzeug war zur Waffe geworden, so daß die drei Kinder große rote Striemen um die Beine, die Hüften und auf dem Rücken hatten. »Man könnte Ihnen deshalb die Kinder wegnehmen!«

Die Frau runzelte die Stirn, war erstaunt und unschuldig. »Aber ich wurde auch geschlagen. Und überhaupt, was soll ich denn machen, wenn sie nicht gehorchen. Anders tun sie es nicht.«

Und Charlotte sah in die müden Augen der Frau und sagte: »Wir müssen etwas anderes finden. Schlagen ist falsch, und wenn Sie so weitermachen, müssen wir Ihnen die Kinder wegnehmen, damit sie in Sicherheit sind, und Sie werden vor Gericht gestellt.« Sie machte eine Pause und hörte die Härte in ihrer Stimme, spürte ihr eigenes Verlangen zu bestrafen, holte Atem und sprach weiter: »Sie müssen lernen, Ihre Wut zu zügeln. Sie sind die Erwachsene, Sie müssen sich beherrschen. Kinder wissen nicht immer, wie sie sich verhalten sollen, und Sie müssen es ihnen zeigen. Ob es Ihnen genauso ging, steht jetzt nicht zur Debatte. Jetzt geht es darum, daß es nicht erlaubt ist. Wir erlauben es nicht.« Die Augen der Frau verengten sich. Es sah ganz so aus, als haßte sie Charlotte.

Vielleicht hatten sich ihre Augen so ähnlich vor Haß verengt, als sie von ihren Eltern geschlagen worden war, oder die Augen ihrer Kinder verengten sich so vor Haß, wenn sie sie schlug. Es ging immer weiter, und jetzt sah es so aus, als träte auch Charlotte in diesen Kreis der Schmerzen, mit ihrem kaum gebremsten eigenen Verlangen. War sie denn überhaupt besser?

Was würde sie anstelle dieser Mutter tun, mit drei wilden Kindern und einem Mann, der fast kein Geld nach Hause brachte? Wer weiß, wie sich diese junge Frau ihr Leben vorgestellt hatte? So jedenfalls nicht. Niemand möchte so ein Leben.

»Schauen Sie«, sagte Charlotte und beugte sich über den Tisch. »Sie schulden Ihren Kindern mehr als nur Nahrung und ein Dach über dem Kopf und Wärme. Das geben Sie ihnen, das kann ich sehen. Aber wenn Sie Kinder in die Welt setzen, schulden Sie ihnen auch Liebe und Schutz. Das ist Ihre Aufgabe. Stellen Sie sich Liebe wie Essen vor. Umarmen Sie sie genauso, wie Sie ihnen das Essen hinstellen, einfach automatisch. Küssen Sie sie, wenn sie etwas gut machen, statt sie zu schlagen, wenn sie etwas falsch machen. Gewöhnen Sie sich ab, ihnen weh zu tun. Denn was den Kindern weh tut, tut Ihnen auch weh, das sehe ich. Kinder haben so viel Liebe zu geben, das wollen Sie doch sicher nicht verlieren.«

»Meine Kinder lieben mich«, sagte die Frau mürrisch. Und auch die Kinder sagten das.

Charlotte fühlte sich an manchen Tagen von Elend umgeben, aber nicht selbst elend. Frustration und Sorgen, so glaubte sie damals, sind kaum dasselbe wie echte Verzweiflung. Andrew lehrte sie etwas anderes (und noch mehr), aber sie hatte ihn noch nicht kennengelernt.

Sie überlegte, wie Claudia zurechtkam. Damals hatte Claudia nur zwei Kinder, und sie und Bradley konnten sich gerade so über Wasser halten. Claudia war den ganzen Tag mit den Mädchen zu Hause. Wollte sie da nicht manchmal einfach losschreien? »Manchmal verhaue ich sie«, sagte Claudia, »aber nie fest und nie, wenn ich richtig wütend bin.« Mit Grausen hörte sie Charlottes Erzählungen zu. »Es ist kaum zu glauben, daß Menschen so gemein sein können«, sagte sie, »vor allem Eltern. Wie können sie nur? Kinder sind doch so ein Wunder!« Claudia betrachtete ihre Kinder als Wunder und war ganz vernarrt in sie. Charlotte fragte sich, was für ein Gefühl das wohl war, eine Mutter zu sein, die in ihre Kinder vernarrt ist.

Als Charlotte Andrew im Gang des Gerichtsgebäudes kennenlernte, hatte sie also bereits einige Erfahrung mit den Unzulänglichkeiten und Tragödien anderer Menschen und ebenso mit einigen eigenen Mängeln und Sorgen. Zurückblickend müßte sie allerdings sagen, daß sie gerade erst damit anfing, zu lernen, was es bedeutete, wenn ihre Wünsche wirklich abgelehnt wurden.

Die Zeit zwischen Dreißig und Vierzig verbrachte sie damit, das zu lernen.

Andere, erfreulichere Dinge natürlich auch.

Es war allerdings bemerkenswert, über einen Mann gestolpert zu sein, der ihre Intelligenz und ihre Unabhängigkeit (die er übrigens auch praktisch fand) ebenso schätzte wie ihren Körper und ihren Busen. Im Laufe von zehn Jahren vergaß sie allerdings, wie bemerkenswert das war, so daß ihre Dankbarkeit ein wenig nachließ. Ihr Scharfsinn hatte Männer oft erschreckt (und tat es auch später immer wieder). Andrew jedoch nicht (außer wenn sich ihr Scharfsinn gegen ihn richtete, das mochte auch er nicht).

Ein Mann, der sowohl ihren Verstand als auch ihren Körper zu schätzen wußte und dessen Verstand und Körper sie zu schätzen wußte, dessen Arbeit sie respektieren konnte und der ihre Arbeit respektierte; mit dem sie praktisch über alles sprechen konnte, mit dem sie Erlebnisse und Ideen durchsprechen konnte, mit dem sie freundschaftlich über verschiedene Sichtweisen diskutieren konnte, so daß sich ihrer beider Sicht erweiterte, verbreiterte und vertiefte – all dies erschien ihr wie ein Wunder: diese seltene Kombination von Respekt und (vernünftiger) Aufrichtigkeit und wirklich köstlicher Lust. Was für tolle Zeiten sie hatten!

»Du mußt ein paar ziemlich dumme Typen gekannt haben«, sagte er. »Oder miese.« Er sagte, er biete ihr Vertrauen, Freundschaft, Liebe an, eine Zuflucht für ihren Unglauben und ihre Bedenken. Er sagte, er suche bei ihr auch eine Zuflucht. Von der Pflicht, nahm sie an. Von Zwängen und Notwendigkeiten.

Es war eine romantische Sichtweise. Ihrer Ansicht nach tendierten Männer im allgemeinen dazu, schrecklich romantisch zu sein. In ihrer eigenen unsentimentalen Sicht fand sie das süß, aber unzureichend und einen ziemlichen Luxus. Romantik schloß Zweideutigkeiten aus; so bemerkte er nicht, daß er zwar einerseits eine Zuflucht für sie war, andererseits bei ihr aber auch Mißtrauen und Vorsicht auslöste. Und daß auch sie für ihn nicht immer eine Zuflucht sein konnte. Die Umstände, die ihr Leben bestimmten, ließen sie die ganze Zeit auf der Hut sein, bis zur unvermeidlichen Trennung. Es war nicht möglich, sich mit einem Mann einfach auszuruhen, der auf so viele andere Leute Rücksicht nahm.

Claudia sagte von sich: »Mit manchen Dingen lernt man zu leben. Du wägst sie gegeneinander ab und entscheidest dich.« Charlotte fand, daß sie das ebenso machte und mehr oder weniger erfolgreich.

Worin unterschied sich Bradley von Andrew? Charlotte und Andrew verbrachten fast ein Jahrzehnt zusammen (jedenfalls so viel sie zusammensein konnten, angesichts der Einschränkungen), bis zu dem Augenblick, als sie ihn ansah und dachte: »Ich bin so müde.«

Es war nicht unbedingt seine Schuld. »Aber es hat sich doch nichts geändert, nichts ist anders«, sagte er unter Tränen. »Ich dachte, es geht uns gut. Ich dachte, wir haben unseren eigenen

Weg gefunden, wie wir zurechtkommen. Ich habe mich so bemüht, Charlotte! Wie konntest du glauben, daß ich noch mehr tun könnte?«

Sie hatte sich auch sehr bemüht. Konnte auch nicht mehr tun.

Nichts hatte sich geändert, nichts war anders. Wie konnte es weitergehen?

Hundert- und tausendmal in den Jahren hatte er gesagt: »Ich liebe dich.« Und dann: »Ich muß jetzt nach Hause gehen.« Schließlich konnte sie es einfach nicht mehr ertragen, es noch ein einziges Mal zu hören. Es lag nicht an ihr oder gar an Andrew, daß er das nicht vorausgesehen hatte.

Wie erstaunlich, daß sie dreißig Jahre später immer noch diese Bitterkeit in ihren Gefühlen spürt. Was für einen Sinn hat das? Empfinden andere alte Frauen auch solche Reste von Wut, daß sie zittern, wenn sie zurückblicken?

Auch Claudia?

Wenigstens hat sich Andrew anders als Bradley nicht gegen sie gewendet, hat nicht versucht, sie für das Scheitern ihrer Beziehung verantwortlich zu machen. Sie kann sich sein kummervolles Gesicht nicht mehr vorstellen, aber sie kann sich erinnern, es gesehen zu haben. Auch an Wut kann sie sich erinnern, das muß gesagt werden. Sie erinnert sich, daß er gesagt hat: »Bist du sicher?« Und: »Oh, Charlotte, ich liebe dich doch. Bist du sicher? Ich werde dich so vermissen.«

Und hat er sie vermißt? Trauert dieser alte Mann hinter der blaugestrichenen Holztüre draußen in dem Vorort ihr noch jemals nach? Wünscht er sich je, daß er sich anders entschieden hätte?

Wünscht Claudia sich das? Hat Bradley sich das je gewünscht?

Wenn Charlotte ihre Freundin und deren Mann besuchte, kamen ihr Bradleys kindische, eigennützige und zermürbende Wutausbrüche immer wie eine Art Mißbrauch vor. Wie konnte er es wagen? Vor Charlotte schien er wenigstens Angst zu haben. In ihrer Gegenwart blieb er meistens stumm. Ob das Claudias Leben, wenn Charlotte dann fort war, schwerer gemacht hat?

Soweit sie weiß, hat Bradley Claudia nie geschlagen. Sie ist sicher, daß sie das wüßte. Aber er hatte andere Foltermethoden.

Wie konnte es Claudia ertragen, von ihm berührt zu werden? Aber sie machte weiter, bekam ihre Kinder, ihre Töchter. Für Charlotte ist der Tod der Liebe sofort der Tod des Verlangens. Sie stellt es sich schrecklich vor, mit jemandem zu schlafen, dem man nicht vertraut oder den man nicht respektiert.

Claudia sagte, das sei überhaupt nicht unmöglich, und lachte mit jenem heimlichen Vergnügen, wie es manche Frauen haben, wenn es ums Private geht. Sie sagte, es fiele ihr sonderbar leicht, Bradleys Körper zu genießen, solange sie nicht gerade an seine Verfehlungen dachte. Die Vorstellung ließ Charlotte schaudern.

All das war nun für sie beide viele Jahre her.

Vielleicht ist es Claudia und Charlotte gelungen, aus ihren beiden Leben ein einziges, vollständiges, erfülltes Leben zu schaffen. Vielleicht genoß Claudia tatsächlich Charlottes Ausflüge in das sogenannte Böse genauso, wie sie Bradleys Körper genießen konnte. Und vielleicht bot Claudia Charlotte aus der Ferne eine feste und normale Beziehung, etwa von der Art, für die in bestimmten Zeitschriften geworben wird.

Vielleicht sah Claudia Charlotte an und dachte: »Na gut, wenn Bradley in solchen Händen ist, ist es vielleicht nicht so schlimm. Zumindest ist es nicht beleidigend.«

Abgesehen davon, daß er auch in festen Händen, Ehemann und Vater war, der sehr ernste Versprechungen gemacht hatte, die er dann brach, war Andrew kein bißchen wie Bradley. Er war an Charlotte interessiert, an ihrem Leben und an ihrer Arbeit. Er stellte Fragen und sprach dann so selbstverständlich über sich, wie er es von ihr erwartete. Es schien fair. Er schien ungewöhnlich. Er war ungewöhnlich. Das muß es sein, warum er ihr so lebendig in Erinnerung ist.

Genauso war er mit seiner Familie, seiner Frau und seinen beiden Söhnen. Charlotte war schrecklich eifersüchtig, aber sie sah ein, wie komisch das war.

Komisch muß auch sein, in Umstände zu geraten, obwohl

man weiß, daß sie vermutlich irgendwann enden, und sogar errät *wie*. Hätte Charlotte es nicht besser wissen können?

Nein. Und ja. Sie wußte es besser.

Aber es war wie bei den Märchen. Es gab viel mehr Fragen als Antworten in den Geschichten. Die erwachsene Charlotte verstand die Regeln nicht immer. Ihr erschien es zum Beispiel unmöglich zu versprechen, daß die Liebe hielt. Was für ein Sinn oder welche Heiligkeit lag also in der Ehe? (Sie konnte natürlich ihren praktischen Nutzen erkennen, als eine wirksame Organisation, die bestimmte Schwierigkeiten oder auch das Überleben erleichterte.)

Liebe aber (und damit meinte sie nicht Romantik) war etwas Erstaunliches, in welcher Form sie sich auch zeigte. Da sie so selten und daher wertvoll war, wer wollte sich da von ihr abwenden, von der Kameradschaft, dem Lachen, der Loyalität und dem Vertrauen, der Zuneigung, dem Vergnügen (und dem Schmerz)? Vielleicht sollte man sich tatsächlich lieber abwenden, wenn einem die Liebe zum ungeeigneten Zeitpunkt oder unter unangenehmen Umständen begegnete, aber ihr erschien das absurd.

Andererseits war ihr klar, daß diese offensichtliche Absurdität der ganzen Welt unangenehm war; daß also das Sich-nicht-an-die-Regeln-Halten Heimlichkeit erforderte, Diskretion und eine schwerwiegende Dissonanz zwischen innerem und äußerem Leben.

Das erschien ziemlich einfach, wenn auch nicht leicht.

Sie wußte auch noch andere Dinge. Sie hatte die Erfahrung gemacht, daß man in der Liebe, wie immer sie auch aussieht, am Anfang bereits das Ende sehen kann. Im Gesicht und der Stimme und in den Worten des Geliebten am ersten Tag sind das Gesicht, die Stimme und die Worte des Geliebten am letzten Tag enthalten. Am letzten Tag ist das Gesicht allerdings vielleicht verzerrt und die Stimme kalt. Die Worte sind genauso intensiv. Nur sind sie dann von einer anderen Leidenschaft beherrscht und wollen verletzen.

Als Charlotte Andrew kennenlernte, wußte sie das alles so gut, daß sie ihn (an einem der seltenen Morgen, wenn seine Familie verreist war und er sich erlaubte, bei ihr zu übernachten) im Schlaf beobachten und in seinen friedlichen Gesichtszügen die Bitterkeit des Endes lesen konnte. Sie lauschte dem sanften Atem und begriff, daß dieser Atem eines Tages rauh werden könnte und zweifellos würde. Sie betrachtete die geschlossenen, faltigen Augenlider mit ihren langen, blassen Wimpern und sah dahinter die dunkelblauen, auch zum Haß fähigen Augen.

Obwohl sie, wie sich herausstellte, damit nicht ganz recht hatte.

Schauen Männer, die früher aufwachen als die schlafenden Frauen neben ihnen, diese auch prüfend an und suchen hinter Augenlidern und Lippen nach Geheimnissen? Überlegen sie, welche Worte in welchem Tonfall darauf warten, ausgesprochen zu werden? Herausgeschleudert zu werden? Sind sie sich bewußt, daß es Dinge gibt, die man nicht immer ertragen kann?

Vielleicht nicht. Vielleicht lernen sie von guten Frauen, von Ehefrauen etwas anderes. Es gibt offenbar Frauen, die die Gabe der Beständigkeit und der Treue haben. Oder wie Claudia meint, die Gabe von Entschlossenheit und Willenskraft: dafür zu sorgen, daß es hält.

Diese Frauen sind es wohl, die die romantischen Vorstellungen der Männer fördern. Was nicht sehr fair oder realistisch ist und für die ehrliche Geliebte Probleme bringt.

Ach ja.

Und komisch ist auch dieses Verlangen, sich jetzt einen Einblick in sein Leben zu verschaffen, sich einen Aussichtsposten in seiner Hecke zu suchen und von dort zuzusehen, wie sein Leben aussieht und sich anhört. Oder vom Buschwerk unter seinem Schlafzimmerfenster.

Wäre sie so mutig?

Vielleicht nicht, aber der Wunsch, noch mal hinzugehen, wird immer größer.

Claudia würde vielleicht sagen, daß Charlotte nie den Willen und die Entschlossenheit entwickeln mußte, weiterzumachen, die Claudia sich abverlangt hat, um siebenundvierzig Jahre lang mit Bradley zusammenzuleben. Und natürlich hat sie recht. Aber ein Jahrzehnt ist nicht gar nichts, zehn Jahre fordern auch allerhand Anpassungen; Abstriche und Änderungen von Wünschen und Wollen.

Und mehr als Abstriche und Änderungen: Es waren auch wirklich schreckliche Erlebnisse dabei.

Natürlich hat es keinen Sinn, etwas zu bereuen, und es ist auch keine Reue, nur eine Frage, wie es wohl gewesen wäre, ein Kind zu haben.

Charlotte hat von dem Verlangen nach Kindern, das anscheinend einige Frauen verspüren, nur gehört, sie hat es nie gespürt. Sie hat sich gefragt, ob es sich um ein echtes Bedürfnis handelt oder nur um einen angelernten Wunsch. Wenn es ein echtes Bedürfnis ist, dann würde sie dessen Nichtvorhandensein wohl zu einer Art Krüppel machen, da ihr dann ein normaler Bestandteil der Weiblichkeit fehlte. Und wenn sie darin unnormal wäre, war sie es womöglich in anderen Dingen auch.

Galt das wohl auch für eine gewisse Unfähigkeit zu Schuldgefühlen? Saugen nicht die meisten Frauen Schuld auf wie ein Schwamm? Atmen sie Schuldgefühle nicht mit der Luft ein und verwandeln sie in ein Grundelement? Das muß man annehmen, wenn man sieht, wie sie schon bei den kleinsten Sachen ein schlechtes Gewissen haben und wie gerne sie sich für alles verantwortlich fühlen.

Wenn ein Mann eine Frau schlägt, kommt die Frau zu Charlotte und sagt: »Es war meine Schuld, ich hätte merken müssen, daß er schlechte Laune hat.« Wenn er ihre Kinder schlägt, sagt sie: »Es war meine Schuld, ich hätte dafür sorgen müssen, daß sie ihm nicht im Weg sind. Ich hätte dafür sorgen müssen, daß sie still sind, ich hätte dafür sorgen müssen, daß er sich über nichts ärgern muß.« Immer geben Frauen sich die Schuld, und Charlotte möchte sie dann am liebsten schütteln.

Es sieht also so aus, als fehlten Charlotte diese beiden wesentlichen Voraussetzungen zur Mutterschaft: Kinderwunsch und Schuldgefühle.

Plötzliche Anwandlungen gab es natürlich. Dergleichen hatte sie gelegentlich, aber der Grund dafür war nicht so sehr der Wunsch, sondern eher Neugier oder Hoffnung. Hin und wieder dachte sie vielleicht: »Es wäre interessant, von diesem Mann ein Kind zu haben.« Oder von jenem Mann. Die Fragen waren: »Was für ein Kind würde das werden, und wie wäre ich dann?« Und der Mann natürlich, wie wäre er mit einem Kind in seinem Leben? Aber dieses Gefühl war nie so vorrangig, stark oder so entschieden, daß daraus etwas wurde.

Im Gegenteil eigentlich. Denn als etwas daraus wurde, richtete sich die Vorrangigkeit, die Stärke und die Entschiedenheit in die andere Richtung: Was in aller Welt sollte sie mit einem Kind? Andrew hatte bereits seine Söhne. Sie wollte es nicht zur Welt bringen und wollte es nicht haben, und darum brachte sie es mit einem gewissen Risiko für sich selbst auch nicht zur Welt und bekam es nicht.

Wie sie die Frauen beneidet, die mit der Antibabypille aufwuchsen, auch wenn sich gezeigt hat, daß die Pille gefährlich ist. Außerdem gab es später auch bessere Möglichkeiten für eine Abtreibung. Charlotte mußte sich damals auf weniger sichere Verhütungsmittel verlassen und dann, das eine Mal, auf eine gefährliche, schmerzhafte, teure und schlampige Operation. Nur ein Narr kann so etwas für einfach halten. Selbst wenn alles gutgeht, ist es nicht einfach. Wenn alles gutgeht, ist es immer noch ein Horror.

Aber damals bedeutete es auch Blut in einem Hinterzimmer, stechende Schmerzen und später allein dann die Angst vor dem Verbluten. Und Kummer natürlich – wer sagt, daß das ohne Kummer abgeht?

Es war interessant, Andrews Gesicht zu sehen, als sie es ihm mitteilte. »Ich bin schwanger«, sagte sie unverblümt, denn es gab keine sanfte Methode, darüber zu reden. »Wir haben nicht richtig aufgepaßt.« Sie sah, daß er sich bemühte, daß er sich angesichts seiner eigenen Lebensumstände ziemlich viel Mühe gab. Wenn sie nicht so auf sich selbst konzentriert gewesen wäre, hätte sie das gerührt. Aber auch so war ihr klar, daß er etwas Besonderes war. Sie kannte andere Männer in dieser Situation, auch unverheiratete, die schon Väter waren.

Aber all seine Güte konnte das Entsetzen, dann die Verzweiflung und dann die Angst nicht daran hindern, unmißverständlich über seine Gesichtszüge zu gleiten, bevor er sie unter Kontrolle hatte. »Was meinst du, was wir machen sollen?« fragte er dann. »Was willst du tun?« Seine Stimme war ruhig, und weder seine Stimme noch sein Gesichtsausdruck verrieten mehr. Seine Reaktion war natürlich korrekt, aber wie einsam sie sich einen Augenblick lang fühlte! Hatte sie auf etwas anderes gehofft?

Sie war immer vorsichtig mit ihren Hoffnungen gewesen. Sie hatte immer gewußt, daß es unklug ist, an eine vage Sehnsucht hochgeschraubte Erwartungen zu knüpfen. Deshalb hatte sie darauf verzichtet, sich zu genau auszumalen, wie es weitergehen könnte.

In dieser Situation konnte es kein zufriedenstellendes Drehbuch geben oder ein Happy-End.

Es war bereits klar, was sie machen mußte. Es wäre nur vielleicht netter gewesen, wenn er überrascht geschaut hätte statt erschrocken, erfreut statt verzweifelt. Oder wenn er einfach tröstlich seine Arme um sie gelegt hätte. Statt dessen fragte er brav: »Sag mir, was du tun willst.«

Sie nahm an, er verließ sich darauf, daß sie nicht so etwas sagen würde wie: »Du mußt deine Familie verlassen und mich heiraten.« Oder etwas Ähnliches. Sie vertrauten einander, daß sie sich gut benahmen.

»Abtreibung, glaube ich«, sagte sie. Sie sprach das Wort laut aus, und obwohl sie wußte, daß sie das sagen würde, mußte sie weinen, und das hatte zur Folge, daß er sie umarmte. Er weinte auch. Aber sie wußte, daß er andere Bilder sah als sie. Sie begriff, daß er seine Söhne vor Augen hatte. Vielleicht dachte er auch an die anderen Zusammenhänge, in denen er die Worte »Ich bin schwanger« gehört hatte; und da hatte es kein Zögern gegeben. Er war zwar jetzt traurig, genau wie sie, aber es war eine andere Traurigkeit.

So mußte es natürlich sein. Sie war weder unvernünftig noch irrational.

»O Gott«, sagte er. Dann: »Weißt du wie?«

»Das kann ich herauskriegen.« Was sie natürlich auch konnte, da sie so viele Leute kannte.

»Es tut mir so leid, Char.« Er wiegte sie. »Ich weiß nicht, wie das passieren konnte. Ich dachte, wir hätten aufgepaßt. Aber es tut mir so leid. Ich finde es furchtbar, daß du da durchmußt.«

Sie liebte ihn natürlich. »Es ist schon gut«, sagte sie und streichelte sein Haar.

Er fuhr sie zu dem Ort, den sie ausfindig gemacht hatte. Er bezahlte, wartete auf sie, fuhr sie nach Hause. Er saß bei ihr und machte ihr Tee, bis sie seinen Kummer über ihren Kummer nicht mehr ertragen und ihren eigenen nicht mehr zurückhalten konnte und ihn wegschickte. »Ruf mich an«, sagte er, »wenn du irgend etwas brauchst. Wenn irgend etwas weh tut, egal, wieviel Uhr es ist oder ob du bei mir zu Hause anrufen mußt, versprich mir, daß du keine Sekunde zögerst.«

Sie versprach es.

»Ich komme heute abend wieder«, sagte er. »Und schaue nach, ob es dir gutgeht.«

Die Stunden allein waren schrecklich und lang. Sie glaubte, sterben zu müssen, vor Schmerzen und vor Einsamkeit. Sie blutete die ganze Zeit. Es fühlte sich an, als wäre sie erstochen worden. Sie rief ihn nicht an, rief niemanden an. Sie war dankbar für seinen Kummer und seine Besorgtheit, aber sie hatte keine Kraft für irgend etwas, außer für ihre eigenen Wunden. Sie würde ihn nicht trösten oder beruhigen können, wenn er sie so sehen würde, zusammengerollt, schluchzend, blutend. Und er konnte ihr nicht helfen. Es tat so weh, er hätte sie nicht ablenken können.

Wenn sie starb, würde er sie finden. Es wäre unangenehm und schwierig, aber er würde etwas tun. Wenn sie starb, wäre es ihr sowieso egal. Schließlich schlief sie ein, und als sie aufwachte, war er wieder da und hielt ihre Hand, schüttelte sie sanft und war sichtlich bestürzt. »O Char«, flüsterte er, »es tut mir so leid. Ich dachte, ich verliere dich. Ich wollte gerade Hilfe holen. Ist es schlimm?«

Es war nicht mehr schlimm. Sie war nur erschöpft, in jeder Beziehung. Sie verstand nicht einmal, was er meinte, als er sagte: »Ich dachte, ich verliere dich.« Es konnte Kummer gewesen sein oder Egoismus oder nur Angst. Sie hielten sich eine Weile an den Händen ohne Worte, bis sie wieder einschlief.

Nach ein paar Tagen ging es ihr wieder gut. Sie war eine starke Frau. Es schien allerdings eine Zeit zu dauern, bis er sie als wiederhergestellt betrachten konnte. Mehrere Wochen lang behandelte er sie behutsam und demütig.

Sie fand, daß diese Erfahrung fast so intim war, wie ein gemeinsames Kind zu haben. Sie vermutete, daß es ein bißchen so war, wie er seine Frau behandelt hatte, nachdem sie ihre Söhne geboren hatte. Sah er Parallelen und Ähnlichkeiten? Sie stellte sich vor, daß sie in seiner Lage versuchen würde, Ereignisse und Emotionen zu rationalisieren, um so gut wie möglich mit ihnen fertig zu werden.

Vielleicht fühlte er sich in beiden Fällen einfach schuldig: weil er soviel Aufruhr und Schmerzen verursacht hatte, bei der Geburt und bei der Geburtsverhinderung. Daß sie diese Erfahrung gemeinsam durchgestanden hatten – soweit es überhaupt möglich war, eine so persönliche Erfahrung gemeinsam durchzustehen –, schweißte sie zusammen. Sie waren auf eine sehr ernste Weise verbunden. So wie nach Charlottes Vorstellung auch er und seine Frau in wichtigen Erfahrungen auf eine sehr ernste Weise miteinander verbunden waren.

Sie selbst war erleichtert. Sie wollte gewiß kein Kind, wäre mit einem Kind nicht zurechtgekommen, hatte keinerlei Verlangen nach den verschiedenen Arten von Unterbrechungen, die ein Kind bedeutet hätte. Sie fühlte, daß ihr Körper wieder ihr gehörte, schmerzfrei und unbesetzt.

Sie glaubte auch nicht, daß sie eine gute Mutter gewesen wäre. Soweit sie gesehen hatte, war das meistens eine sehr riskante Angelegenheit für alle Beteiligten.

Aber sie vergaß es nicht und hat es bis heute nicht vergessen. Seit jenem zehnten August, als Charlotte zweiunddreißig Jahre alt war und blutend und mit Schmerzen einem Fremden ausgeliefert auf einem Tisch in jenem Hinterzimmer lag, hat es keinen zehnten August mehr gegeben, an dem sie sich nicht daran erinnert hat. Lange Zeit war diese Erinnerung mehr oder weniger unabhängig von Andrew, aber jetzt scheint er wieder dazuzugehören. Sie kann ihn wieder sehen, wie er sich besorgt über sie beugt und ihre Hand streichelt.

Bevor sie an jenem Tag das Hinterzimmer verlassen hatte, wurde ihr die Form des Fötus gezeigt. Man konnte nicht viel sehen. Sie drehte den Kopf weg. Später wunderte sie sich, daß jemand, der auf diese Art seinen Lebensunterhalt verdiente, es für notwendig hielt, die Person, die ihn beauftragt hatte, die ihm Arbeit verschaffte, zu bestrafen. Als ihre Kräfte zurückkehrten, wurde sie wütend und wünschte, ihr wäre damals ein passender Kommentar dazu eingefallen.

Sie fragte sich, was man mit dem Fötus gemacht hatte. Obwohl es kaum eine Rolle spielte. Wie bei anderen Dingen auch – etwa mit Andrew selbst – war sie durchaus in der Lage, sich zu erinnern und traurig zu sein, ohne auch nur einen Augenblick lang Reue zu empfinden.

Sie erzählte es natürlich Claudia – was für eine anstrengende Freundin sie für diese nette, geduldige Ehefrau und hingebungsvolle Mutter war! Charlotte hat wirklich alles verkörpert und fast alles getan, was Claudia verachten mußte.

»Er war toll«, sagte Charlotte von Andrew. »Es muß furchtbar sein, so etwas allein durchzustehen. Ich habe wirklich Glück.« Für Claudia muß Charlottes Vorstellung von Glück vermutlich ziemlich sonderbar geklungen haben, aber es entsprach der Wahrheit: Er hatte bei einem außergewöhnlichen und scheußlichen Ereignis zu ihr gehalten und sich um sie gekümmert. Und danach paßte er immer sehr gut auf, daß es sich auf keinen Fall wiederholte.

Sie hat nie daran gedacht, ihn zu fragen, welche Entscheidung er sich von ihr gewünscht hätte. Jetzt kommt es ihr erstaunlich vor, daß sie nicht gefragt hat; und bemerkenswert, daß er es nicht gesagt hat. Vielleicht hätte er es schön gefunden, wieder Vater zu sein.

Nicht, daß das etwas geändert hätte.

Erinnert er sich je an einem zehnten August daran, was das für ein Tag ist, was damals geschehen war? Sie könnten inzwischen ein erwachsenes Kind haben. Einen Jungen; der Fötus war männlich, hatte man ihr gesagt.

So oder so, als mit Andrew Schluß war, konnte sie sich kaum noch daran erinnern, wie sie vorher gewesen war. Ihre Arbeit war ziemlich die gleiche geblieben, die Kinder, ihre Beschäftigung mit ihnen und was sie ändern wollte; aber sie konnte sich nicht mehr erinnern, wie sie wirklich gewesen war, bevor sie dreißig wurde und mit Andrew zusammenstieß. Wie verdorben sie vorher gewesen sein muß, wie verwöhnt und undiszipliniert. Sie fühlte sich, als wäre sie durch einen Schmelzofen gegangen in jenen zehn Jahren und zu Stahl geworden.

Als sie vierzig wurde, glaubte sie fast, daß sie Heilige verstehen konnte: große, freiwillige Opfer zu bringen, sogar das Leben hinzugeben im Namen von, zum Wohle der, in der Hoffnung auf, im Glauben an: Liebe.

Charlottes eher strenge Großmutter hätte das zweifellos blasphemisch genannt. Aber Charlotte konnte manche Aspekte ihrer Erfahrung als eine Art weltliche Heiligkeit sehen: Opfer, die einer ernsten, unromantischen, harten und schwierigen Liebe gebracht wurden.

Gut. Was war ihr großes Opfer?

Ihm Nacht für Nacht auf Wiedersehen zu sagen. Sich vorzustellen, wie er seine Frau umarmte, mit seinen Söhnen spielte, sie zu so guten Männern erzog, wie er es war. Wie er am Samstagabend grillte und ins Kino ging, zu Einladungen, zu Freunden.

Die ganze Struktur der Ehe, glücklich oder nicht; das System und die Erwartungen. Er sprach selten darüber, ob er glücklich verheiratet war. Anscheinend war er zumindest zufrieden verheiratet. Charlotte sagte ihm Nacht für Nacht auf Wiedersehen.

Jemand wie zum Beispiel Claudia konnte Charlottes Erfahrung kaum als heilig oder Opfer betrachten.

Ohne Zweifel brachte auch Andrew Opfer. »Für mich ist es auch nicht leicht«, sagte er ihr gelegentlich. Zum einen mußte er mit treuherzigem Blick lügen, um zu erklären, wo er die vielen Nächte in all den zehn Jahren gewesen war. Sie nahm an, er sagte, er würde arbeiten, aber vielleicht war das nur ihr eigener Mangel an Phantasie. Da er daran gewöhnt war, sich Verteidigungsstrategien für seine Klienten auszudenken, war er vielleicht auch bei Alibis erfahrener.

Es ist also nicht so, daß nur sie alle Opfer brachte oder alle Liebe gab. Es ist nur so, daß er alles wollte und es haben konnte, und daß Charlotte auch alles wollte, sich aber mit Bruchteilen zufriedengeben mußte.

Am Ende war sie zwar stark und war auch an einige Formen des Verlassens gewöhnt, aber ihre eigene Fürsorglichkeit und Liebe verloren zu haben – das war schrecklich. Als sie dachte: »Es ist vorbei. Es berührt mich nicht mehr«, als sie merkte, daß ihr Herz ziemlich leer war, wenn sie ihn ansah, war das eine Art von Tod.

Ist es das, was Claudia jetzt als Witwe durchmacht – diese Leere, dieses Nichts, dieses tiefe, schwarze, leere Loch, wo früher die großen Gefühle waren?

Sie erinnert sich, wie sie Andrew nachblickte, als er das letztemal wegfuhr. Ihre Brust war angefüllt und geschlossen, zuzementiert. Sie hatte das Gefühl, nicht atmen zu können. Sie kroch in ihr Bett, rollte sich in ihrem Unglück zusammen, zu leer, um zu weinen. Sie fragte sich, was jetzt aus ihrem Leben werden würde. Sie sah überhaupt keine Zukunft. Sie überlegte sogar, ob sie ihn nicht zurückrufen sollte; denn alles war besser als der Abgrund, in den sie starrte.

Aber wenn sie das täte, wäre es das nächstemal genauso. Wenn sie hingegen jetzt weiter in die Dunkelheit starrte, sah sie vielleicht den Weg hinaus.

Sie fühlte sich verwandelt, verklärt in der klaren, weißen Reinheit des Schmerzes. Sie versuchte, diesen Kummer mit dem Kummer anderer zu vergleichen: dem Kummer von Flüchtlingen, die ihren Familienmitgliedern, die sie geliebt haben, ein letztes Lebewohl sagen, von Müttern, die verhungerte, tote Kinder wiegen, oder sogar dem verzerrten Kummer der schrecklichen Familien, die durch Charlotte selber zerrüttet wurden. Nichts davon spielte eine Rolle. Der Versuch, Kummer zu quantifizieren, ließ ihn nicht verschwinden oder auch nur kleiner werden.

Sie war überrascht, daß sie wieder aufwachte, überrascht, daß sie geschlafen hatte. Sie konnte wieder atmen, auch wenn sie immer noch keine Zukunft erkennen konnte. Sie war unendlich einsam. Sie hatte das Gefühl, als wäre ihre eigene Stimme innerhalb ihres Kopfes die einzige Stimme in der Welt, die sie hören konnte.

Schließlich setzte sie sich auf, griff zum Telefon und wählte Claudias Nummer. Kaum ertönte Claudias Stimme, fing sie an zu schluchzen, konnte nicht aufhören, konnte nicht sprechen und mußte auflegen. »O Charlotte«, rief Claudia, als sie es wieder versuchte, »ich dachte, jemand wäre gestorben! Ich habe gerade zum Hörer gegriffen, um dich zurückzurufen. Ich wollte gleich rüberkommen.«

Sie war sehr nett. Sie sagte: »O Char, es tut mir so leid, daß man dir weh getan hat.« Das Netteste war, daß sie nicht sagte: »Ich weiß nicht, was du erwartet hast.« Sie sagte auch nicht: »Ich kann mir nicht vorstellen, warum du ausgerechnet von mir Mitleid erwartest.« Wollte sie das sagen? Mußte sie sich zurückhalten?

Sie sagte: »Hör zu, Charlotte, pack deine Tasche, schnapp dir ein Taxi und komm für ein paar Tage her. Du kannst im Bett herumliegen oder in der Sonne, und wir trinken morgens Tee und nachmittags Gin, und du bist einfach weg! Ich weiß, daß es schwer ist. Vielleicht hilft es, wenn du von zu Hause weg bist.«

»Und was ist mit den Mädchen?« Inzwischen waren alle vier auf der Welt. »Und Bradley?«

»Die Mädchen können auf sich selbst aufpassen. Und er übrigens auch. Komm her, Charlotte. Pack deine Tasche und komm jetzt gleich!«

Und das machte sie. Sie meldete sich bei ihrer Arbeit krank, und die nächsten paar Tage tranken sie am Morgen Tee und redeten, und am Nachmittag tranken sie Gin und redeten. Am Abend kümmerten sie sich in einer verschwommenen, wohlwollenden Weise ein wenig um Claudias Familie. Sie benahmen sich wieder wie sorglose, hoffnungsfrohe Mädchen. Charlotte machte sogar ein paar Witze über Andrew, und dann kicherten sie darüber. Claudias Töchter lachten über sie beide. Bradley schlich ziemlich still um sie herum und kritisierte Claudia ab und zu wegen irgendwelcher Versäumnisse im Haushalt, aber er wurde nicht heftig. Er sah vielleicht, daß Charlotte in einer etwas gefährlichen Verfassung war.

Nach einer Woche kehrte Charlotte wieder in ihr eigenes Zuhause zurück. Es tat weh, durch die Haustür zu treten. Alles schien etwas von Andrew zu enthalten. Zu jedem Möbelstück, jeder Wand und jeder Vase und jedem Buch gehörte ein Wort oder eine Handlung. Eine Zeitlang überlegte sie, ob sie das Haus nicht verkaufen und umziehen sollte.

Sie überlegte, ob er sie wohl angerufen hatte, während sie weg war. Vielleicht war er sogar besorgt hergekommen, hatte mit seinem Schlüssel aufgemacht, das Haus leer gefunden, die stickige Luft eines geschlossenen Hauses bei heißem Wetter eingeatmet. Oder er hatte sie beim Wort genommen und war verschwunden. Sie vermißte ihn. Sie wußte nicht, was sie mit den Stunden anfangen sollte, die er ausgefüllt hatte. Ihr Körper war ruhelos und verloren in Einsamkeit. Sie fing an, ihn aus ihrem Gedächtnis zu verbannen.

Das Leben ging natürlich weiter. Sie rief Claudia an, um zu sagen: »Ich wollte dir nur danken, daß du dich so lieb um mich gekümmert hast.«

»Geht es dir gut?«

»Besser. Es wird schon wieder. Dank dir.«

Denn wer weiß, zu welch drastischen Mitteln sie ohne Claudia gegriffen hätte?

Sie hatte sich während ihres Jahrzehnts mit Andrew dieses Haus gekauft, denn sie wollte einen persönlichen Ort, zu dem sie gehörte, nicht nur ein Apartment. Selbstverständlich verkaufte sie es nicht. Andrew ist immer noch hier und andere auch. Es ist gemütlich. All diese Jahre umgeben sie, inklusive ihrer Wutanfälle und Sünden und diverser Leidenschaften – all dies ist in die Böden und Wände eingesickert.

Sie überlegt, was für Verluste und Freuden in die Böden und Wände von Andrews Haus eingesickert sind. Sie überlegt, ob sie, wenn sie ganz nah herangeht, die Augen schließt und ganz tief einatmet, den Geruch seines Lebens einfangen kann.

Oje. Wirklich. Hier sitzt sie, den Brief ihrer alten Freundin noch in der Hand, und denkt nur oder hauptsächlich an sich selbst. Und an weitere, möglicherweise katastrophale Abenteuer. Der Kaffee hat sie nicht erfrischt nach all dem Scotch.

Sie könnte Claudia gleich anrufen und das tun, was Claudia einst für sie getan hat. Sie könnte sagen: »Nimm den nächsten Zug morgen früh und komm so schnell wie möglich her. Wir legen uns in die Sonne (denn wie könnte das unserer Haut in diesem Stadium noch schaden?) und reden und trinken und essen und machen zwischendurch ein Nickerchen. Du kannst viel schlafen und den Kummer auskurieren. Komm, sobald du kannst.«

Aber sie kann sich vorstellen, daß sich Claudia nach dieser anstrengenden Zeit bei überraschenden Anrufen schnell unter Druck fühlt, daß sie unfähig ist, sich spontan zu entscheiden, und leicht ärgerlich und gereizt wird. Wahrscheinlich ist es besser zu schreiben.

Wie läßt sich ihre Freundschaft erklären? All die Jahre mit Worten und Schweigen, Nahrung und Hilfe, Zuneigung, Liebe und Loyalität? Es hat sicher nicht nur mit der Langlebigkeit zu tun: eine Kameradschaft, die in der Kindheit begann und die einfach alt wird. Vielleicht liegt es daran, daß sie, obwohl sie ganz verschiedene Frauen mit ganz verschiedenen Leben gewesen sind und immer noch sind, auch einiges gemeinsam haben: Sturheit, Stolz und einen fürchterlichen Drang nach Perfektion.

Vielleicht waren diese gemeinsamen Charaktereigenschaften auch ihr jeweiliger Untergang. Ihre Fehler haben sie zwar ein wenig aufgefangen, aber auch viel Chaos angerichtet.

Wenn nun Claudia, statt stur bei Bradley zu bleiben, ihren eigenen Weg gegangen wäre? Kaum vorstellbar. Claudia steckte immer in einer Beziehung: mit Charlotte ihre Kindheit hindurch, mit Bradley seither. Und sie hatte ihre Kinder. Aber was hat sie jetzt? Jetzt ist sie jedenfalls allein.

Genau wie Charlotte.

Ihr Perfektionismus: offensichtlich mit verschiedener Ausrichtung und sicher mit verschiedenen Ergebnissen. Hieß das, daß Claudia, als es mit Bradley zu Ende ging, keine nennenswerten Schuldgefühle hatte? Kann sie wie Charlotte überleben, weil sie weiß, daß sie ihr Bestes getan hat, alles gegeben hat, sich so klar ausgedrückt hat, wie sie konnte, und sicher ist, daß sie nicht mehr hätte tun, geben oder sagen können? Charlottes Erfahrung nach haben einige Menschen, vor allem Männer, wenn es zu Ende ging, alles falsch verstanden und waren verwirrt. Aber Charlotte war inzwischen hart. Denn warum haben sie nicht hingeschaut, warum haben sie nicht besser aufgepaßt?

Claudia hat bei Bradley ihr Bestes getan, und am Ende vermindert das sicher den Kummer, oder man sieht alles in einem anderen Licht.

Unglücklicherweise hat Bradley das vermutlich nicht bemerkt. Er betrachtete es wohl einfach als Claudias Aufgabe, ihr Bestes zu geben. Den Tod der Liebe kannte er nur aus seiner Sicht, als er selbst die Liebe tötete.

Die Liebe stirbt genauso wie Menschen oder Tiere oder Pflanzen. Manchmal in einem Augenblick: einem Moment des Umkippens, wenn sie zu tiefem Desinteresse wird. Nach Charlottes

Erfahrung ist die Bedrohung der Liebe nicht der Haß, sondern der Tod des Interesses.

Das kann sie kaum in einem Brief schreiben. Was kann sie sagen?

»Liebe Claudia«, fängt sie an. »Es tut mir so leid. Ich habe heute gerade Deinen Brief bekommen und habe mich so gefreut, als ich ihn sah, daß ich mir gleich einen Scotch eingegossen habe, um zu feiern, daß ich von Dir höre. Und dann las ich ihn, nahm noch ein paar Drinks und dachte über uns nach, und wie traurig Du klingst. Und jetzt bin ich ein bißchen wackelig vom Whisky und weiß nicht genau, was ich sagen soll, nur daß es mir leid tut und ich wünschte, ich hätte es gewußt. Ich wäre gekommen und hätte Dir geholfen, wenn Du das gewollt hättest. Ich bin keine Krankenschwester, und ich nehme auch nicht an, daß Bradley mich als seine Krankenschwester gewollt hätte, aber ich hätte für Dich und mich um Mitternacht Tee machen können und am Morgen Toast und Dir vielleicht die Schultern massiert, wenn Du erschöpft warst. Aber vielleicht wolltest Du allein sein.

Aber wie geht es Dir jetzt? Deinen Brief zu lesen war, wie Deine Stimme zu hören – Du klingst sehr nach Dir selbst! Jetzt sitze ich hier ganz allein und trinke Kaffee und wünschte, Du wärst bei mir. Willst Du herkommen? Hättest Du Lust wegzufahren? Ich verspreche Dir, wir reden, wenn Du Lust hast, und ich lasse Dich in Ruhe, wenn Du das willst.

Mir fällt es schwer, einzusehen, daß wir alt sind. Menschen sterben. Es ist seltsam. Ich jedenfalls finde es seltsam. Ich weiß nicht, was Dein Geheimnis ist, aber ich habe auch eines oder zwei. Vielleicht könnten wir wieder so lange aufbleiben wie früher und uns unsere Geheimnisse erzählen?

Ja, ich erinnere mich, wie wir uns kennengelernt haben – und was für Babys wir waren! Und dann ein ganzes Leben von Ereignissen und Aufregungen und Freuden. Ich erinnere mich daran, wie wir unsere Busen verglichen haben, als wir jung waren. Meiner hängt übrigens jetzt ziemlich traurig herum – und Deiner? Komm mich besuchen, dann können wir wieder vergleichen.

Ich habe manchmal Angst, und ich finde, daß Angst einige merkwürdige Auswirkungen hat. Wie ist es bei Dir? Vielleicht ist es die Kürze der Zukunft. Und die Ungewißheit natürlich. Ich finde es unfair, daß der letzte Augenblick wie ein Damoklesschwert über einem hängt.

Verzeih mir, das war geschmacklos – nur ein Pfeifen im dunklen Wald. Was ich eigentlich sagen wollte: Ich bin auf jeden Fall Deine Freundin, und ich würde mich freuen, Dich zu sehen.

Und nachdem wir über unser Leben und unsere ganzen Lebensumstände geredet haben, könnten wir vielleicht auch die netteren Seiten des Altwerdens diskutieren, denn die gibt es schließlich auch. Nur, daß ich immer noch darauf warte, weise zu werden. Du auch?

Ach Claudia, bitte komm, es wäre so schön.

Alles Liebe

Charlotte.«

6

Claudia ist sich keineswegs sicher, ob sie überhaupt in der Lage ist, den Mädchen gegenüberzutreten, aber sie kommen morgen und bleiben übers Wochenende. Sonia, die Organisatorin, hat gestern angerufen, um ihr mitzuteilen, daß alles bereits arrangiert ist.

Glauben sie, daß sie nichts zu tun hat? Denken sie etwa, ohne ihren Vater habe Claudia kein eigenes Leben, und sie könnten bei ihr praktisch ohne Vorwarnung einfallen?

»Also, ich nehme Sharon mit, Sandra nimmt den Zug, und Susan kommt mit ihrem eigenen Auto. Wir werden alle so um die Mittagszeit ankommen. Susan hat gesagt, sie kann nur bis Sonntag morgen bleiben, aber wir anderen haben bis zum Abendessen Zeit. Ist das okay?«

Ein bißchen spät, die Frage. »Natürlich, ich freue mich auf euch.«

»Wir haben einfach gedacht, daß du vielleicht ein bißchen Aufheiterung vertragen kannst. Kannst du jetzt besser schlafen?«

»Jaja. Es geht mir gut. Ich hoffe, du hast dir keine Sorgen gemacht. Kommt ihr deswegen?«

»Bestimmt nicht.« Die übertriebene Betonung zeigte, daß Sonia log. Im Gegensatz zu ihrem Vater oder Susan konnte Sonia die Wahrheit noch nie gut verheimlichen. »Wir haben einfach beschlossen, daß wir dich besuchen wollen, um ein bißchen mit dir zusammenzusein, auch wenn es nur kurz ist. Es ist gar nicht so leicht für uns, alle zur selben Zeit freizunehmen.«

Natürlich geht es. Bei der Beerdigung ihres Vaters hat es ja auch geklappt; aber Notfälle sind etwas anderes. Diesmal ist es richtig rührend. Aber kann sie mit diesen Frauen, die sie großgezogen hat, ein Wochenende verbringen und dabei immer die Unschuldige spielen? Sicher, wenn sie diese Unschuld erwarten. Und sie halten sie ja für tugendhaft, genauso wie Bradley. Sie müßte sich schon sehr ungewöhnlich und auffällig benehmen, um ihre Meinung zu ändern. Und selbst dann würden sie es vermutlich auf ihren Kummer schieben.

Es könnte interessant sein, sich auffällig zu benehmen und in ihrem Beisein in eine neue Existenz zu schlüpfen, wie immer die auch aussehen mag. Sie ist keine Ehefrau mehr, und auch wenn sie immer ihre Mutter bleiben wird, sind ihre Töchter allesamt schon eine ganze Weile erwachsen und sollten vielleicht auf einer etwas anderen Ebene behandelt werden. Sie hat so viel an sich gedacht, daß sie vielleicht den Auswirkungen, die der Tod des Vaters auf die Mädchen hatte, zu wenig Aufmerksamkeit geschenkt hat; er muß ihnen schließlich auch etwas bedeutet haben.

Aber was? Sie fragt sich, was sie von ihm hielten, was für Gefühle sie ihm gegenüber hatten, und ob sie sich auch seit seinem Tod verändert haben und manches anders sehen. Sie fragt sich, was die Mädchen wußten und wissen. Sie fragt sich, ob es möglich ist, manche Dinge nun laut auszusprechen; und ob es nun, endgültig ohne ihn, sicher wäre.

Dennoch ist sie immer noch ihre Mutter, und es ist immer noch ihre Aufgabe, sie zu beschützen, wenn sie Schutz brauchen. Aber wenn jemand das Schweigen bräche, was würden sie dann sagen? Vielleicht kämen jahrelang gehütete Geheimnisse zutage, immerhin waren es mit ihr fünf Frauen, die so lange im selben Haus zusammengelebt hatten und dabei einen einzigen Mann beobachteten.

Zumindest muß sie nicht so tun, als vermisse sie ihn, denn das tut sie wirklich. Oder sie vermißt zumindest noch den Raum, den er in ihrem Leben eingenommen hat: all die Stunden, all die Gedanken. Seine Allgegenwart in den ganzen Jahren und besonders im letzten.

Es wird eine Freude sein, ein paar Tage lang wieder einmal Geräusche im Haus zu hören. »Kommen die Kinder mit?« wollte sie von Sonia am Telefon wissen.

»Nein, nur wir. Es ist ein Wochenende ganz für uns.«

Vielleicht brauchen sie das wirklich. Vielleicht liefert sie ihnen einen guten Vorwand, um einmal, wenn auch nur kurz, ihrem anstrengenden Leben zu entkommen? Außer Susan, die aus Gründen, die sie zweifellos nicht verraten wird, ganz schnell zurückmuß. Susan war schon immer in sich gekehrt. Claudia fragt sich, ob irgendeine der anderen Schwestern viel über sie weiß. Claudia selbst wußte jedenfalls nie sehr viel. Aber von den vieren haben ihr Susan und Sonia die wenigste Mühe bereitet. Sonia, weil sie planen und organisieren kann, eine praktische Frau ist; Susan aus weniger klaren Gründen, was aber wohl bedeutete, daß sie sich um sich selbst kümmern konnte. Schon als Kind bat sie nicht um Hilfe. Wenn sie vom Fahrrad fiel, machte sie sich selbst das Knie sauber und klebte ein Pflaster drauf. Als sie zum erstenmal ihre Periode bekam, ging sie sich allein Binden kaufen und stieg später aus eigenem Antrieb auf Tampons um. Von allen vier Mädchen hat Susan ihrer Mutter am meisten das Gefühl gegeben, unwichtig zu sein. Vielleicht dachte sie, daß ihre Mutter ihr, was Rat und Tat anging, wenig zu bieten hatte. Aber an ihren Vater wandte sie sich auch nicht.

Ein Segen, was aus ihnen geworden ist: wunderbare Mädchen.

Mädchen wohl kaum. Susan ist gerade sechsunddreißig geworden. Sonia ist vierundvierzig. Welche Frau macht das heute noch: vier Kinder in acht Jahren. Claudia erinnert sich an die Kinderzeit ihrer Töchter als an eine laute, aber trotz der gelegentlichen Streitereien im Grunde ungetrübte Zeit. Sie kann sich auch an ihre eigene Erschöpfung erinnern, an ihre Ungeduld, ihre Gereiztheit, an Tage, ja Wochen, als sie morgens kaum aus dem Bett kam, weil sie so mutlos war. Sicher, sie liebte ihre Töchter (natürlich!), aber wie sah die Zukunft aus? Manchmal hatte sie den Eindruck, in einer Falle zu sein: Bradley, die Töchter, die endlosen Pflichten und kein Entkommen. Was war aus der jungen Frau geworden, die in dem Haushaltswarengeschäft arbeitete und mit dem Gedanken gespielt hatte, einmal Lehrerin zu werden? Hatte die Liebe sie so verwirrt, oder waren es die Hände, die über ihre Brust und ihr Rückgrat strichen und sich warm zwischen ihre Beine stahlen?

O ja, das hatte sie verwirrt. Und auch all die anderen Dinge, die Heiraten für sie bedeuteten: Sicherheit und endlose Zuneigung.

Aber auch wenn sich zeigte, daß es ihren Vorstellungen an Genauigkeit und Scharfsinn mangelte, aufgeben konnte sie sie nicht. Wenn Erschöpfung und Entmutigung der Preis dafür waren, so mußte sie eben lernen, ihn zu bezahlen. Sie brauchte nur Charlotte anzusehen. Die trieb ihr Glücksspiel immer weiter, gab eine Sache für die nächste auf, die vielleicht besser war oder auch nicht, aber was hatte sie davon? Claudia hatte nach zehn Jahren Ehe immerhin diese Familie, die sie auf Trab hielt, die sie beschäftigte, aber die sie ja auch liebte, abgesehen von den Zeiten, wo die Liebe offenbar auf Urlaub war. Und was hatte Charlotte in diesen zehn Jahren erreicht? Sie hatte eine Geschichte. Einen Stapel romantischer und unromantischer Erinnerungen. Einen schwierigen und mühsamen Beruf. Und dann Andrew.

»Er ist nicht der erste, der verheiratet war«, erzählte ihr Charlotte, »aber der erste, der mir wirklich wichtig ist.«

Was waren denn dann die anderen gewesen? Unwichtig? Reiner Zeitvertreib? Was im Himmel erwartete sie, daß Claudia, die Ehefrau, dazu sagen sollte? Schimpfworte lagen ihr auf der Zunge. »Über Leichen gehen«, kam ihr in den Sinn. »Herumtreiberin.« Niederträchtige Bosheit, deren Folgen katastrophal und verheerend sein könnten. Claudia sah überall gebrochene Herzen voraus, verursacht von dieser leichtfertigen und gefährlichen Frau. Die aber auch ihre Freundin war. Die etwas anderes war als etwa Sonia Clarke. Charlotte vermittelte Claudia Mut und Leichtigkeit, aber auch Durchsetzungskraft. Vielleicht tat sie genau das auch bei den Männern. Vielleicht brauchte sie sich nicht an die Regeln zu halten, weil sie diese Talente hatte? Vielleicht war sie etwas Besonderes. Oder Claudia mochte sie einfach zu gern.

»Sei vorsichtig«, versuchte Claudia ihr zu sagen, »laß dir nicht weh tun. In jedem Fall werde ich für dich dasein. Ich hoffe, es geht gut.« Was immer das für sie beide bedeuten mochte.

Charlotte schien die Sache mit ihm ernst zu nehmen. Natürlich mußte sich eine Freundin angesichts der komplizierten Lage Sorgen machen. Was würde geschehen, wenn Charlotte sehr verletzt werden würde? Sie könnte Angst bekommen, argwöhnisch werden und nicht mehr in der Lage sein, die andere Hälfte von Claudias Leben zu sein.

Claudia war erschrocken: War es das, was Charlotte für sie war? Und wenn, bedeutete das, daß sie, Claudia, die Hälfte ihres Lebens versäumte?

Sie mußte lachen. Wann hätte sie denn überhaupt Zeit für mehr? Das halbe Leben, das sie führte, hielt sie genug auf Trab.

Sie traf Andrew mehrere Male. Er war sehr nett zu Charlotte und auf intelligente Weise behutsam. Er lachte gern. Sie hatten ihre Schwierigkeiten, von manchen erfuhr auch Claudia. Es schien wirklich nicht leicht zu sein. Allein die Vorstellung, einen Mann zu haben, der jedesmal aufstand, um nach Hause zu einer anderen Frau zu gehen! Der Tatsache ins Gesicht zu sehen, daß es da noch eine andere gab. Claudia fragte sich, ob sie eine schlechte Freundin war, weil sie ein gewisses klammheimliches Vergnügen daran hatte, zu wissen, daß Andrew Charlotte jede Nacht verließ und nach Hause ging. Ob Charlotte, wenn sie Claudia sah, je an Andrews Frau dachte, und wenn, mit Neid oder Mitleid?

Was wäre geschehen, wenn Claudia irgendwann Bradleys Sachen gepackt und sie rausgeschmissen hätte und ihn gleich mit? Es wäre ein ganz anderes Leben geworden. Zweifellos ein weniger bequemes Leben. Schwer, sich das vorzustellen. Aber sie hat ja überlebt. Und die Mädchen auch, die sich jetzt so um sie sorgen und morgen zu Besuch kommen. Bradley ist tot, aber sie und die Mädchen leben weiter; vielleicht ist das eine schöne Art der Rache.

Kann er sie sehen? Kann er hören, was sie denkt? Hat er einen Aussichtspunkt, von dem aus er beobachten kann, wie sie ohne ihn weiterlebt? Ist er zufrieden damit, wie sehr sie ihn doch vermißt? Oder beleidigt, daß sie nicht zusammengebrochen ist? Ist er erstaunt über die Bitterkeit, mit der sie an ihn denkt? Er muß fuchsteufelswild sein, wenn er da, zum Schweigen verurteilt, alles mitbekommt, ohne eingreifen zu können! Es muß ihn rasend machen, nun, wo er nichts dagegen machen kann, zu erfahren, wie klar sie alles gesehen hat und wer sie wirklich war. Es muß ihn erzürnen zu begreifen, welchen heimlichen Handel sie da mit ihm abgeschlossen hat und ihn damit – auf ihre Art – mehr benutzt hat als er sie.

Aber hat er sie benutzt? Das würde eigentlich bedeuten, daß er den Wert, den sie für ihn hatte, abgeschätzt hat, um ihn dann mit anderen möglichen Vergnügungen zu vergleichen. Sie bezweifelt, daß es so war. Alles sprach dafür, daß er einfach nur ein Mann war, der sie zweifellos mochte, aber andere – vielleicht etwas weniger – eben auch. Ein Mann, der ohne viel nachzudenken genoß, was immer sich ihm darbot.

Die Ehe besteht aus vielen Kleinigkeiten. Es gibt viele Dinge, von denen nur die beiden Beteiligten wissen. Das müssen gar keine Geheimnisse sein, sondern es sind einfach Dinge, die gar nicht erwähnt werden, Selbstverständlichkeiten, die man eben weiß. Was ist intimer als dieses Wissen?

Sie bekamen ihre Töchter, eine nach der anderen, das Haus wurde voller und lauter. Ihre Aufmerksamkeit wandte sich mehr den Kindern zu. Alles, was er von ihr viele Jahre lang hatte, war ein Heim, wenn er es wollte, und ihren Körper, wenn sie Lust dazu hatten. Und gelegentlich ein Wutanfall. Es wird ihn wohl ziemlich erstaunen, auf seinem Aussichtspunkt dort irgendwo, wenn er erkennt, daß die sanfte, mütterliche Frau, mit der er so lange zusammengelebt hat, weitaus brutaler und berechnender war, als er sich das von sich selbst je vorgestellt hätte. Sie ist diejenige, die eine Kosten-Nutzen-Rechnung anstellte.

Sie hat großen Hunger. Es stimmt, was sie Charlotte geschrieben hat, sie hat fast immer Hunger. Sie ißt: Sandwiches aus dikken Brotscheiben, verschwenderisch mit Butter beschmiert und darauf getürmt Roastbeef, Schinken oder frisch gebratenen Speck mit Eiern oder Tomaten oder beidem; auch Kuchen, selbstgebackenen wie gekauften, getränkt mit Zuckerguß und Kalorien; Kartoffelchips, Plätzchen, ganze Schachteln mit Crakker. Wenn sich die Abende bei laufendem Fernseher dahinziehen, tasten ihre Hände fast unbewußt in ziellloser Suche nach etwas Eßbarem.

Selbst jetzt noch ertappt sie sich dabei, daß sie den Fernseher leiser stellt, um sicher zu sein, daß sie Bradleys Rufe hören kann. Wie merkwürdig diese Stille ist; und wie merkwürdig, hier sitzen zu können und nicht aufspringen zu müssen, um ihn zu bedienen, ihn umzudrehen und seine Schmerzen zu lindern.

Schon daran zu denken, ist schwer erträglich.

So viele Geheimnisse, in so vielen Jahren; aber wie viele davon waren überhaupt keine Geheimnisse? Die Mädchen waren ja nicht dumm, und außerdem gab es ja auch noch die schreckliche Beerdigung. Sie werden das alles unter sich besprochen haben. Sie hofft, daß sie nicht auch noch mit ihr darüber sprechen wollen.

Vielleicht wollen sie über Claudias Zukunft sprechen: ihr Dasein als Witwe in geordnete Bahnen lenken. Claudia war überrascht, wie wenig Bradley hinterlassen hat, und mußte einige Einschränkungen hinnehmen. Sie hat natürlich das Haus, das bereits seit Jahren abbezahlt ist. Solange die Steuern, die Nebenkosten und die gelegentlichen Reparaturen bleiben, wie sie sind, ist es billiger, das Haus zu behalten, als es zu verkaufen und eine Wohnung zu mieten. Eine Wohnung reizt sie ohnehin nicht. Sie kann sich nicht vorstellen, nicht mehr auf ihre Veranda zu treten, auf ihren eigenen Rasen, in ihren eigenen Garten. Vielleicht kommt der Tag einmal, aber noch ist es nicht soweit.

Er hinterließ auch eine Versicherung und die Rente von der Post. (Hat er dort Frauen getroffen, als er ihnen Briefmarken verkaufte und ihre Pakete wog?) Auch auf dem Sparbuch ist ein kleiner Betrag. Man kann ihm keinen großen Vorwurf machen. Es war nicht billig, vier Mädchen großzuziehen. Es gab schwierige Zeiten für ihn und Claudia; sie mußten hart arbeiten, um zurechtzukommen. Wenn er sich auch seinen Luxus leistete.

Auf keinen Fall haben ihn die anderen Frauen wegen seines Geldes ausgesucht. Der Kriegsheld (wie er es darstellte) wurde ein Postangestellter. Kein Wunder, daß er sich nach Glanz sehnte, kein Wunder, daß er in Bars sitzen, schwatzen, lachen und neue Leute kennenlernen wollte. Und es waren auch nicht immer Frauen, er hatte auch seine Kumpel. Vielleicht mochte er Frauen gar nicht besonders, auch wenn er sie offensichtlich haben wollte. Da Claudia nie solche Aufregungen wie den Krieg erlebt hatte, war sie natürlich viel leichter zufriedenzustellen. Aber am Anfang hatte sie so große Erwartungen. Wer so schön redet, dachte sie, aus dem kann etwas Großes werden – nicht unbedingt ein berühmter General oder Politiker oder Künstler – sie hatte keine spezielle Vorstellung –, aber etwas, das sich irgendwie zeigen würde. Auch er schien darauf zu vertrauen, wenn auch ebenso vage.

Wie enttäuscht war er, als sich herausstellte, daß es nur ein ganz normales Leben wurde? Selbst seine Betrügereien waren ganz normal. Dieses Haus ist normal, und seine Töchter sind es auch – nur Claudia hält sie für außergewöhnlich. Und Claudia selbst – was könnte normaler sein als eine ziemlich freundliche, vergleichsweise friedliche und alles in allem pflichtbewußte Ehefrau? Vielleicht schaute er sich manchmal um und konnte es kaum ertragen.

Nickt er ihr jetzt verständnisvoll zu und hat Mitgefühl mit ihr? Meint er, so groß könnten die Lüge und der Verrat nicht gewesen sein, wenn selbst sie für seine Sicht der Dinge Verständnis aufbringt?

Wenn er das glaubt, erkennt er nicht, wie unwichtig seine Sicht der Dinge inzwischen für sie ist.

Jedesmal, wenn sie von einem seiner Abenteuer erfuhr, ihn in Verdacht hatte oder sicher war, es aber nicht beweisen konnte, verringerte sich ihre Leidenschaft beim Protestieren ein wenig, nahm die Kraft, zu weinen oder ihn zu schlagen, etwas ab. Dennoch genoß sie es weiter, mit ihm ins Bett zu gehen. Sie fragt sich, was für ein Vergnügen er an ihr hatte. Komisch, das nicht zu wissen. Sie sprachen über diese Dinge nicht; vielleicht fällt das den Paaren heute leichter. Nach dem, was man so liest und hört, gehen die Leute heute ja ziemlich klinisch mit Körperlichem um: berühr dies, mach jenes, o ja, das mag ich – Bradley sagte so etwas nie. Sie auch nicht, aber er schien es auch so zu wissen. Mag sein, daß sie, die nur seinen Körper kannte, von einer ganzen Reihe seiner Lüste nichts wußte. Und daß er diese dann woanders befriedigte.

Nun wird sie wahrscheinlich nie mehr einen Penis sehen, der sich ihr mit Verlangen und Lust entgegenreckt. Diese Tatsache ist so traurig, daß sie sie am besten verdrängt.

Sie hofft, daß ihre Töchter ihren Spaß hatten. Die meisten Mütter wissen wahrscheinlich darüber auch heute nicht Bescheid. Und alle Spekulationen in dieser Hinsicht sind sinnlos – das Privatleben der Menschen ist immer für Überraschungen gut, so versteckt wie es ist. Claudias eigene Schauspielkünste sind durchaus ansehnlich, auch wenn sie sie meistens für andere Dinge einsetzt.

Wie ist es mit Sonia, hat sie mit ihrem Mann in diesen fast fünfundzwanzig Jahren ihren Spaß gehabt? Oder Sandra, geschieden, mit einem zwölfjährigen Sohn, hat sie intime Freunde? Sharon ist ebenfalls geschieden, hat aber die letzten sechs Jahre mit einem Mann zusammengelebt, das spricht für Freiwilligkeit und damit für Vergnügen. Sie sagen, sie wollen nicht heiraten, aber sie haben fröhlich ein Wunschkind gezeugt, eine Tochter, die jetzt vier ist. Die geheimnisvollste ist Susan – wer weiß schon etwas über sie? Was Claudia weiß, erinnert sie an Charlotte.

Susan hat zwei Kinder, und Claudia hat keine Ahnung, wer die Väter sind. Offenbar hat Susan keinen Kontakt mehr zu ihnen. Das war für Claudia ziemlich verwirrend (und führte bei Bradley interessanterweise zu größter Empörung und zu Aggressionen). Aber allen vier Töchtern scheint es gutzugehen, jeder auf ihre Art. Natürlich hat Claudia es aufgegeben, sie beraten zu wollen. Sie sind Erwachsene und müssen ihre Entscheidungen selbst treffen.

Wie hätte Claudia entschieden, wenn sie sich das zugetraut hätte? Ihre Mutter hat immer gesagt: »Wie man sich bettet, so liegt man.« Das war vielleicht mal so, aber heute können die Leute sich betten, solange es ihnen gefällt, und dann wieder aus dem Bett springen und etwas anderes ausprobieren.

Andererseits haben mutige Menschen das schon immer gemacht. Charlotte zum Beispiel.

Aber das sah so chaotisch aus! Die ganzen Dramen mit Charlottes Liebhabern und dazu die Tragödien ihrer kleinen mißhandelten Klienten, das hörte sich unerträglich an. Wie konnte sie sich dabei je ausruhen? Claudia, die viele Jahre lang auch nur wenig Ruhe fand, konnte sich wenigstens auf bestimmte feste, beruhigende Muster verlassen. Für Charlotte barg jeder Tag die Möglichkeit neuer Überraschungen, aber auch unerwarteter Schrecken in jedem Bereich ihres Lebens.

Manchmal ertappte sich Claudia dabei, wie sie ihren Mädchen sagte, wie gut sie es hätten. Sie brauchten nicht zu hungern und zu frieren, und sie wurden geliebt – verglichen mit den Kindern, die Charlotte betreute, war das alles ein großes Geschenk. Mißhandelte Babys, verprügelte Kinder, vergewaltigte junge Mädchen, es konnte einem das Herz brechen. Claudia hatte manchmal das Bedürfnis, ihre Töchter ganz hart anzufassen, in der Hoffnung, nichts könnte sie berühren.

Nun sind sie schon so lange weg, daß sie ihr fast wie Fremde vorkommen. Was weiß sie überhaupt noch von ihnen? Fast widerstrebt ihr der Besuch; hat sie die Kraft, ihnen aufrecht zu begegnen, sie zu beruhigen und vor allem, sich ihretwegen nicht selbst zu betrügen?

Was würden sie denken? Wie würden sie sie beurteilen?

Sie wünschte, sie könnte mit Charlotte reden. Sie hört sie direkt sagen: »Was heißt, du machst dir Sorgen? Mein Gott, du bist ihre Mutter, und sie lieben dich.«

Aber Charlotte weiß nicht alles.

»Schau mal, Claudia«, würde Charlotte sagen und dabei fast ungeduldig klingen, »wenn sie jemandem nicht verzeihen würden, dann wäre es doch wohl Bradley, meinst du nicht? Selbst wenn sie nichts von all den anderen Geschichten wüßten, sie haben doch gesehen, wie er dich behandelt hat, und gehört, wie er mit dir geredet hat. Unterschätze sie nicht, Kinder bekommen mehr mit, als du glaubst. Und deine Töchter sind keine Kinder mehr, sondern Frauen, und sie sind nicht dumm.«

Aus Charlottes Mund klingt das alles sehr beruhigend. Natürlich sind es eigentlich Claudias eigene Worte, die sie Charlotte in den Mund legt. Aber vielleicht hilft es Claudia, standhaft zu bleiben und nichts zu verraten. Sie hat immer versucht, ihre Töchter zu beschützen, und nun weiß sie etwas, vor dem sie sie wirklich beschützen muß. Zu ihrem und zu Claudias Bestem, so selbstsüchtig ist sie.

Sie konnte auch früher schon tapfer und kühl sein. Wenn sie die Sache mit Sophia Clarke gemeistert hat, dann wird sie ja wohl ein Wochenende mit ihren vielgeliebten, manchmal schwierigen, aber im Grunde anständigen Töchtern überstehen. Wie hungrig sie schon wieder ist! Sie macht sich noch ein Riesensandwich. Vielleicht sollte sie überall im Haus Essen verstecken, wenn der Besuch kommt. Es könnte peinlich sein, wenn sie andauernd in die Küche rennt und dort alles verschlingt, was ihr in die Finger kommt. Sie könnte in ihrem Schrank einen Vorrat Kekse horten. Cracker in ihrer Handtasche und Spaghetti unter ihrem Bett.

Wovor hat sie solche Angst? Wäre es so schrecklich, wenn sie alles erfahren würden? Nun ja. Sie könnte es nicht ertragen, wenn ihre Töchter sie entsetzt anstarren.

Der bloße Gedanke daran hat dazu geführt, daß ihre Töchter heute nacht in ihren Visionen und Alpträumen auftauchten. Sie standen zusammen, anklagend und eiskalt. Ihre Gesichter drückten Verachtung aus. Als sie im Sonnenlicht aufwacht, ist sie verschwitzt und hat Kopfschmerzen; der Tag fängt voller Angst an.

Aber natürlich ist die Wirklichkeit anders. Sie kommen bepackt mit Essen und Blumen, haben Hunger, und jede hat andere Neuigkeiten. Sie bringen Lärm und Gelächter in ihr stilles Haus, und sie bringen sie zum Lächeln. Am Anfang reden sie vor allem über ihre Kinder, Claudias Enkel. Sie vergißt, richtig hinzuhören, so gefangengenommen ist sie vom Klang ihrer Stimmen. Sie schwirren und tanzen um sie herum, und wenn sie die Augen schließt, klingt es wie Musik.

Sie weiß, sie sollte zuhören, sollte interessiert daran sein, von diesen kleinen Geschöpfen zu erfahren, die es ohne sie gar nicht gäbe. Und Bradley natürlich. Sie beide haben diese Frauen hervorgebracht, die Mütter dieser Kinder, und sie sollte ein bißchen neugieriger sein, was aus ihren Bemühungen bis heute geworden ist. Es ist interessant, über die Fortsetzung ihres eigenen und Bradleys Leben in dieser Form nachzudenken: Generation nach Generation und in jedem kleinen Wesen ein kleiner Teil von ihnen. Ob auch etwas von ihrer Freude und ihren Schmerzen dabei ist?

Die Mädchen setzen sie in die Küche und fangen an zu kochen, Claudia soll nichts machen und sich bedienen lassen. Sie bereiten eine Art Picknick vor, mit Salaten, Wurst und Brötchen und hinterher Eiscreme und Kakao. All das tragen sie ins Wohnzimmer, um es dann auf dem Schoß zu essen. Claudia ist die einzige, die auf einem Stuhl und nicht auf dem Boden sitzt. Sharon hatte die Idee, daß sie im Nachthemd das Abendessen zu sich nehmen. »Dann ist es eine Pyjamaparty«, sagte sie. »So machen Mädchen das.«

Claudia kommen viele Fotos von früher in den Sinn, allerlei Szenen, Silhouetten, Bewegungen und Gesichter. Sie denkt, daß auch das hier dazu werden wird, diese Versammlung ihrer Töchter an einem Samstagabend, einige Wochen nach dem Tod ihres

Vaters. Lange nach den Kämpfen und Eifersüchteleien, den kleinen Stürmen des Heranwachsens scheinen sie sich nun mehr oder weniger zu mögen. Sie sind entspannt, und es macht ihnen Spaß zusammenzusein.

Vielleicht ist es gar nicht so wichtig, daß Claudia auch da ist.

Sie sind reizend, ihre Töchter, auf ganz unterschiedliche Art: Sonia, mit ihrem krausen, kurzen Haar, ihren breiter werdenden Hüften ist schon auf dem Weg zur Matrone; bei Sandra, die schlaksig ist wie ihr Vater, treten die Backenknochen jedes Jahr mehr hervor, was ihre Charakterzüge betont; Sharon, dunkelhaarig und rundlich, wie sie schon als Kind war; und Susan, die Geheimnisvolle, mit langem Haar, das teilweise grau wird und ihr ins Gesicht fällt. Sie hat ihre Arme um die Knie geschlungen, ihr schmaler Körper sieht aus, als wäre er zu schwach für das, was sie ihm abverlangt. Claudia muß wieder daran denken, daß Susans Leben vielleicht verwegener und schwieriger ist als das der anderen, aber das kann auch daran liegen, daß sie sich kaum eine Vorstellung davon machen kann. Sie schaut auf diese Gruppe lachender, immer noch junger Frauen, und ihr Herz strömt über von Liebe und Dankbarkeit. Auch von Stolz. Das hat sie gut gemacht.

Hat Bradley auch dabei geholfen? Glaubte er, daß er viel mit ihnen zu tun hatte? Glaubten sie das? Zweifellos prägt Abwesenheit ebenso wie Anwesenheit.

»Habt ihr eigentlich je gedacht«, hört sie sich plötzlich sagen, »daß ich schwach bin? Glaubt ihr, daß ich ein schlechtes Beispiel war?«

»Was?« fragen zwei Stimmen gleichzeitig. In den Gesichtern spiegelt sich plötzliche Ernüchterung und Verwirrung. Alle vier schauen sie an.

Na, da hat sie ja etwas angefangen. Es ist ihr einfach so herausgerutscht. Jetzt weiß sie nicht, was sie eigentlich überhaupt wissen wollte, und wünscht, sie hätte nichts gesagt.

»Was meinst du damit, Mutter?« fragt Sonia. »Was denn für ein schlechtes Beispiel?«

»Schwach?« fragt Sharon. »Wie meinst du das?«

»Tut mir leid.« Claudia winkt vage mit der Hand. »Ich hätte nichts sagen sollen. Ich weiß selbst nicht, was ich sagen wollte. Ich habe nur zugehört und gedacht, wie stolz ich auf euch bin, und dann fiel mir auf, wie sehr sich euer Leben von meinem unterscheidet, und ich habe mich plötzlich gefragt, ob das vielleicht auch damit zu tun hat, daß ihr als Frauen anders sein wolltet als ich.« Sie macht wieder eine Handbewegung, diesmal ungeduldig. »Nein, das klingt, als würde ich meinen, daß ich irgend etwas falsch gemacht habe. Oder daß ich von euch nun hören will, daß ich es gut gemacht habe. Aber darum geht es mir nicht. Entschuldigt, es war nur so ein Gedanke. Vergeßt es.«

Sie bedauert, daß sie ihre Musik unterbrochen hat, die Musik von vier zufriedenen Stimmen auf Besuch. Nun ist das Bild, an das sie sich erinnern wollte, fort, verdrängt durch ein plötzliches Aufrichten der Körper und fragende, neugierige Gesichter.

Susan hebt den Kopf, streicht sich das Haar hinter die Ohren, um besser zu sehen, und lacht. »Du lieber Himmel, Mutter, uns allen macht es Riesenspaß, über uns selbst zu reden.« (Gerade bei ihr stimmt das am wenigsten.) »Wie wir zu dem wurden, was wir sind, über unsere Kindheit, mein Gott, und was unsere Eltern gemacht haben und was nicht. Aber ich glaube nicht, daß du schwach warst oder ein schlechtes Vorbild. Ich glaube, du hast das Beste getan, was du tun konntest. Ich glaube, der große Unterschied zwischen dir und uns besteht einfach darin, daß wir in einer anderen Welt aufwuchsen. Wir hatten andere Möglichkeiten.«

Glaubt sie, Claudia sei eine bloße Sklavin ihrer Zeit gewesen? Das würde sie zu einer Frau machen, der es an jedem Willen gefehlt hat. Der der Mut fehlte, mehr aus dem zu machen, was sich ihr bot. Steckt hinter dem Lächeln Susans nicht im Grunde ein gönnerhafter Zug gegenüber ihrer alten Mutter, die ihr Bestes versucht hat, mehr war eben nicht drin?

Und ist Claudia so gereizt, weil sie solche Gedanken hat?

Sie scheint weder sich selbst noch ihre Töchter sehr gut zu kennen.

Es gab zu viele Geheimnisse, viel zu lange. Es ist wohl an der Zeit, sie zu lüften (die meisten jedenfalls).

Schließlich – wie Charlotte sagen würde – sind ihre Töchter ja nicht dumm. Die meisten Geheimnisse, die Claudia hat, sind wahrscheinlich gar keine mehr.

»Das stimmt«, sagt Sonia langsam. »Du warst eine sehr gute Mutter. Ich glaube, wir haben immer gewußt, daß du dein Bestes gegeben hast. Du hast durchgehalten, und das habe ich bewundert. Du warst ein gutes Vorbild.«

»Ja«, sagt Sandra, »ich verstehe nicht, wieso du glaubst, du wärst schwach gewesen. Ich fand, daß du tapfer warst.«

»Natürlich«, fügt Sharon hinzu, »mußtest du Kompromisse machen, das war klar. Manchmal habe ich mich richtig schuldig gefühlt, weil ich sah, wieviel du unseretwegen aufgeben mußtest. Hast du dich nicht manchmal wie in einer Falle gefühlt?«

Wie merkwürdig: Keine von ihnen hat in all den Jahren je nach ihren Gefühlen gefragt. Claudia ist gerührt über das Interesse und die Neugier. Aber gleichzeitig ist sie auch etwas entsetzt darüber, welchen Zorn es in ihr auslöst, daß sie noch nie danach gefragt haben. Und auch jetzt tun sie es nur, weil sie das Thema angesprochen hat.

»Ja«, sagt sie und registriert zufrieden den Schock, den ihre Antwort auslöst. Das haben sie nicht erwartet. Möchte sie sie verletzen? Warum?

Sie hofft, daß es nicht an Bradleys Tod liegt, daß sie sich nun plötzlich so frei fühlt, auch grausam zu sein. Oder daß sie nun auf Unschuldige einschlägt, weil sie ihn, den Schuldigen, nicht mehr treffen kann. »Aber die Falle wart dabei nicht ihr, es waren die Umstände. Es gab keine Minute, in der ich nicht glücklich war, daß es euch gab. Ihr wißt, was ich meine, weil ihr alle Mütter seid.« Aber nur zwei von ihnen sind noch mit den Vätern ihrer Kinder zusammen. Und was heißt das? Vermutlich, daß die Zeiten einfach anders sind, wie Susan gesagt hat. Daß sie durchaus wie eine Gefangene ihrer Zeit gewirkt haben kann.

Diese neuen Zeiten interessieren sie wirklich; und auch diese

Frauen selbst, diese Töchter, die einst ihr Leben bevölkert haben. Da sitzen sie, in dem langsam dunkel werdenden Raum, und in dieser intimen Runde verblaßt manches von der Schwere und dem Zwang von einst. Diese Frauen sind ihr gleichzeitig absolut vertraut und völlig fremd. Ob sie das ebenso empfinden? Und es auch als Befreiung sehen?

Sie fühlt sich merkwürdig benommen.

»Findet ihr es nicht schwer, eure Kinder allein aufzuziehen?« fragt sie die beiden, die dies tun. »Ist das nicht sehr anstrengend, habt ihr nie Angst? Ist es das wert?«

»Also mich«, Sandra streckt sich, »macht es fertig. Darum ist es auch wunderbar, hier zu sein, selbst wenn es nur kurz ist. Was weiß ich schon davon, wie man einen Jungen erzieht? Aber er ist nun mal da, zwölf Jahre alt, und vor den nächsten Jahren habe ich wirklich Angst. Ja, manchmal wäre es schon gut, wenn Nick da wäre, von Jungen zumindest würde er was verstehen. Aber«, sie grinst, »dann koche ich mir einen großen Teller mit Pasta, und danach mach ich ein Kohlehydratnickerchen, und wenn ich wieder aufwache, sehe ich wieder Licht. Was ich auch mit Nicky alles falsch mache, noch schlimmer wäre es, wenn er Nick als Vorbild hätte, da bin ich ziemlich sicher.«

Nick hatte eine Affäre, Sandra fand es heraus, und schon ließen sie sich scheiden. Claudia sagte damals: »Bist du dir sicher? Es war doch nur ein einziges Mal, oder?«

»Das behauptet er. Aber einmal reicht auch.« Als ob sie über die Konsequenzen gar nicht nachdenken müßte. Wo hat sie das gelernt? War es so einfach, so klar?

Heute bedauert es Claudia, daß sie nicht nachgefragt hat. Sie hätte sicher etwas Wichtiges gelernt.

»Bei mir ist die Sache so«, sagt Sharon, »ich kann es nicht ertragen, gebunden zu sein. Ich fühlte mich so verpflichtet, als ich verheiratet war. Vielleicht ist das dumm, ich könnte mich auch Chris gegenüber verpflichtet fühlen, wir sind immerhin schon länger zusammen, als meine Ehe gedauert hat. Und wir haben ja auch Sarah. Aber es ist ein Unterschied, wenn man dieses Stück

Papier nicht hat. Ich glaube, so passen wir mehr auf, und ich bin mehr auf der Hut. Chris sagt das auch. Aber«, sie zuckt die Achseln, »bei anderen Menschen ist es vielleicht anders. Ich empfehle es nicht jedem, aber für mich ist es gut so.«

»Ich finde das seltsam.« Natürlich ist es Sonia, die das sagt. »Mir gibt dieses Stück Papier Sicherheit. Wir haben einander etwas versprochen, und das wollen wir auch halten.«

»Aber wenn es einer nicht hält?« Sandra klingt scharf.

»Ich weiß es nicht. Wirklich nicht. Ich weiß nicht, was ich dann tun würde.« Claudia würde Sonia gerne raten, zumindest darüber nachzudenken.

»Das ist süß, Sonia.« Susan lächelt ihre älteste Schwester an. »Es macht mir Mut, wenn jemand so viel Vertrauen hat.«

»Hast du das nicht?« fragt Claudia.

Susan zuckt die Achseln. »Es kommt darauf an. Aber wenn es darauf ankommt, dann kann es eigentlich kein richtiges Vertrauen sein. Ich habe, glaube ich, Vertrauen, aber dann passiert etwas, und dann habe ich wieder Vertrauen, und dann passiert wieder etwas.« Sie grinst, während sie sich über sich selber lustig macht. Typisch Susan, diese unvollständige, ungenaue Antwort, die nicht das geringste über ihre Verhältnisse aussagt. Ihr Leben scheint eher eine Abfolge von Rhythmen als von Ereignissen zu sein, auch wenn das natürlich unmöglich ist.

Vielleicht wissen ihre Schwestern genauer, was sie meint. Claudia weiß es jedenfalls nicht. Sie will schon fragen, da fährt Susan fort. »Auf jeden Fall«, sagt sie, »mit all dem nimmt man die Männer zu wichtig, stimmt's?« Ihre Schwestern schauen unsicher. »Ich meine, wir haben doch unser eigenes Leben. Gut, sollen die Männer tun, was sie eben tun, aber ich muß mich doch davon nicht abhängig machen.«

»Fragst du dich, ob du Männer überhaupt magst?« Sharons Frage klingt eher rhetorisch, aber Claudia verkrampft sich. Seit Bradleys Tod ist sie auf größere Enthüllungen nicht mehr so recht vorbereitet. Aber nett ist es schon. Wie schwesterlich sie klingen. Haben sie immer so miteinander geredet? Haben sie nur vergessen, daß sie hier ist, oder schließen sie sie einfach in ihre Schwesterlichkeit mit ein?

Wie komisch (und auch schrecklich), daß sie die Mädchen immer nur im Verhältnis zu sich (und Bradley) gesehen hat und nie als eine kleine soziale Welt für sich. Sie hat noch nie an einem solchen Gespräch teilgenommen, aber den Mädchen scheint es etwas ganz Vertrautes zu sein, sie haben offensichtlich ein ganzes Leben voller gemeinsamer Worte.

»Du meinst«, fragt Susan, »ob Frauen nicht besser wären?«

»Ja. Oder einfach bloß, was ich gesagt habe: Mögen wir Männer?«

»Es stimmt«, sagt Sandra, »insgesamt mag ich Frauen lieber. Sie haben mich nur nie gereizt. Ihr wißt schon, wie ich das meine. Andererseits kann ich auch nicht sagen, daß ich Männer nicht mag. Manche mag ich, und das hat auch gar nichts mit dem Bett zu tun.«

»Ich glaube«, sagt Sharon, »es ist eigentlich traurig, Frauen lieber zu mögen, aber nicht mit ihnen zu schlafen, und dann mit Männern zu schlafen, die man manchmal gar nicht besonders mag. Merkwürdig, wenn man sich das mal richtig überlegt.«

»Wieso?« Sonia klingt beleidigt. Claudia fragt sich, ob es nicht auch ihr Fehler ist, daß Sonia sich diese angepaßten, sicheren Grenzen setzt, selbst in ihren Worten. »Und überhaupt. Ihr redet alle so, als hättet ihr mit Dutzenden von Männern geschlafen, und ich weiß, das kann gar nicht stimmen. Und daß man einen Mann attraktiv findet, das ist doch die Stimme der Natur, oder nicht? Und wenn es bloß zum Zwecke der Reproduktion ist.«

»Du lieber Himmel, Sonia, und was ist mit dem Spaß?« platzt Susan heraus. »Ich finde, es gibt kaum etwas, das schöner ist als ein guter Fick. Und dabei Frauen zu bevorzugen, ist für mich nur ein anderer Geschmack.«

Soweit Claudia weiß, hat noch nie jemand in diesem Haus dieses Wort gesagt. Aber offensichtlich sind hier viele Wörter gesprochen worden, die sie nicht gehört hat.

Ob Bradley seinen Frauen gegenüber unanständige Wörter benutzt und Obszönitäten genossen hat? Und warum sollte sie sich darüber wundern? Sonia schnappt nach Luft, sagt streng: »Susan!« und schaut ängstlich zu ihrer Mutter. Selbst Susan sieht ein bißchen besorgt aus. Aber Claudia zuckt die Achseln, lächelt und überlegt: Wenn sie Spaß an Bradleys Körper hatte, aber sonst an so wenig bei ihm, wäre das dann nicht das passende Wort? Wichtiger im Augenblick aber ist, daß nun, da dieses Wort hier laut ausgesprochen wurde, sich das Verhältnis zwischen ihnen geändert hat. Sie sind jetzt einfach fünf Frauen verschiedenen Alters und mit unterschiedlichen Erfahrungen, und nicht mehr eine Mutter und ihre Töchter.

Es ist angenehm, sich nicht immer nur als ihre Mutter zu sehen. Und es macht ihr etwas Angst, nun selbst einen mutigen Schritt in diese Richtung zu machen, aber sie ist an der Reihe. »Wißt ihr«, sagt sie, »bevor ich heiratete, sagte mir Charlotte immer, auf wieviel ich mich freuen könnte. Sie war erfahrener als ich. Ich fand euren Vater sehr sexy, als ich ihn kennenlernte. Ich glaube zwar nicht, daß ich das in diesen Worten gedacht habe, aber er hat mich auf jeden Fall sehr stark angezogen.«

»Und?« fragt Susan. »War es so gut, wie Charlotte gesagt hat?«

Claudia grinst sie an, dankbar für ihre Hilfe. (»Susan!« sagt Sonia wieder streng.) »O ja, ich muß sagen, diesen Teil habe ich fast immer genossen.« Sie fühlt, wie in ihr Tränen aufsteigen; nicht aus Kummer (und sie hofft, das merken sie), sondern weil es so ungewöhnlich ist, mit ihnen als wirklich vertraute Menschen zu sprechen. So, als seien sie Freundinnen, als seien sie wie Charlotte. »Es ist ein seltsames Gefühl, wenn man daran denkt, daß man das nie wieder erleben wird. Es ist schwer, sich daran zu gewöhnen, daß etwas vorbei ist.«

»Du mußt ihn sehr vermissen.« Wie so oft nimmt Sonia die Dinge einfach als gegeben an. Sie sollte sich lieber angewöhnen zu fragen, anstatt etwas festzustellen.

»Eigentlich sind es eher andere Dinge, die ich vermisse. Es hat wohl etwas mit dem Alter zu tun, nehme ich an, damit, daß man sich daran gewöhnt, daß man manche Dinge einfach nicht mehr erleben wird. Wenn man jung ist, denkt man nie, daß etwas das letztemal sein könnte.«

»Aber vermißt du Papa nicht?« Diesmal fragt Sonia.

»Ich vermisse einiges, natürlich.« Claudias Antwort ist vorsichtig. Sie ist schließlich immer noch ihre Mutter. »Bestimmte Gewohnheiten, Geräusche und ähnliches. Selbst als er krank war, hatten wir unsere Gewohnheiten. Da waren sie vielleicht sogar besonders wichtig. Aber, um ehrlich zu sein, vielleicht ist es noch zu früh, um genau zu wissen, was ich vermisse. Ob es mit ihm zu tun hat, ob es die Dinge sind, die wir zusammen machten, oder einfach Dinge, an die ich gewöhnt war. Es ist nicht leicht, das alles nach so vielen Jahren auseinanderzuhalten.«

»Ist es denn wichtig, das alles voneinander zu trennen?« fragt Sandra. »Also ich vermisse Nick nicht, und auch nichts, was mit ihm zu tun hat.« Sie macht eine Pause. »Ich wüßte jedenfalls nicht, was. Aber für mich war es auch eine Strafe, die ganze Sache hat mich fertiggemacht.«

»Dann ist es wahrscheinlich auch richtig so, Liebes.« Claudia lächelt. »Vielleicht wird es mir auch wie eine Strafe vorkommen, wenn ich es mal richtig durchgedacht habe. Aber siebenundvierzig Jahre, das ist eine lange Zeit. Ich muß weiterleben, und ich weiß noch nicht recht wie, also muß ich mehr über mein Leben wissen. Das klingt albern. So, als ob ich bis jetzt noch nie darüber nachgedacht hätte. Aber was ich meine, ist, daß ich jetzt auf eine andere Art denken muß.«

Diese Erkenntnis scheint ihnen neu zu sein. Alle blicken sie mit einer gewissen Überraschung an; als ob sie erwartet hätten, daß sie so bleibt, wie sie immer war (oder wie sie dachten, daß sie war – und wie war das?). Es ist einen Moment lang still, und dann fragt Sandra: »Mochtest du ihn?«

»Euren Vater?« Wie wird sie antworten? Nun sind sie wieder Mutter und Töchter und nicht einfach nur Frauen, die miteinander reden. Auch groß gewordene Kinder möchten – wenn es geht – über ihre Eltern am liebsten etwas Erfreuliches hören, an das sie glauben können.

»Ja. Ich meine, abgesehen von allem anderen, mochtest du ihn als Menschen, einfach als jemanden, mit dem du gerne zusammenwohnst?«

»Ich weiß es eigentlich gar nicht. Ich glaube, das ist eine der Fragen, die ich noch klären muß. Bevor wir geheiratet haben, habe ich über solche Dinge sicherlich nicht nachgedacht. Ich glaube, heute denken die Menschen mehr übereinander nach, aber ich war jung und romantisch, und ich glaubte ihn zu lieben, und nur darum ging es. Ich fand ihn umwerfend und hübsch, und es schmeichelte mir, daß er mich attraktiv fand. Ihr haltet das wahrscheinlich für lächerlich. Und ich selbst heute wohl auch.« Bei der Erinnerung daran, wie jung und hoffnungsvoll sie gewesen ist, kommen Claudia wieder die Tränen. Was würde sie diesem Mädchen von damals heute sagen, wie würde sie es warnen? Würde das Mädchen ihr zuhören, oder würde es – wie Claudia vermutet – nicht eher fest darauf vertrauen, daß Katastrophen gar keinen Platz hätten in einem Leben, das damals von starken Armen und Begehren erfüllt war?

»Ich weiß nicht, wie du das durchgehalten hast.« Das ist Sharon. Ihr Ton ist unerwartet scharf und bitter.

Oje. »Was durchgehalten?« Vielleicht ist das nicht fair und verstößt gegen die neuen Regeln, die sie heute anscheinend aufgestellt haben; aber was wissen sie? Sie hat sich so bemüht, die elterlichen Auseinandersetzungen vor ihnen zu verheimlichen.

Und wenn ihr das nicht gelungen ist? Hieße das, daß die jahrelange Geheimhaltung vergeblich war? Daß sie sich viel näher hätten sein können?

Vielleicht hat sie den Kindern die Dinge gar nicht verheimlicht, um sie zu schützen, sondern weil sie es nicht ertragen hätte, von ihnen bemitleidet zu werden? Vielleicht war es nur ihr Stolz, der die Kinder im ungewissen ließ.

Oder eben doch nicht im ungewissen ließ.

»Ihn. Wie er sich herumgetrieben hat. Ich weiß nicht, wie du da bei ihm bleiben konntest. Ich konnte seinen Anblick kaum noch ertragen, als ich es herausfand. Ich weiß noch, daß ich eine Weile nicht mehr mit ihm sprach, aber vielleicht hat er das nicht einmal bemerkt.«

O Gott. »Wann war das?«

»Ich war, glaube ich, vierzehn oder so. Ich sah ihn mit jemandem im Auto. Aber eigentlich habe ich es schon davor gewußt. Ich erinnere mich, wie ich euch einmal unten an der Treppe flüstern hörte, als ich noch viel kleiner war. Du warst wirklich böse. Es war kein nettes Geflüster. Und ich hörte, wie er dich schubste, ich hörte, wie du gegen die Wand schlugst, so, als habe er dich gegen sie gestoßen. Und noch mehr solche Geräusche.«

»Warum hast du nichts gesagt? Warum hast du nicht gefragt?«

»Das hätte ich nie gekonnt!« Sharon klingt schockiert.

»Aber warum nicht?«

»Weil du nie etwas gesagt hast. Und ich wollte dich nicht beunruhigen. Ich nahm an, du wolltest nicht, daß wir etwas davon mitbekamen, sonst hättest du ja etwas gesagt. Es hätte dich also beunruhigt, wenn du gewußt hättest, daß wir etwas wissen.«

Claudia muß lachen. »Ach, wie dumm wir doch waren. Weißt du was? Diese schlagenden Geräusche – ich wette, das war ich und nicht er. Ich habe ihn geschubst. Einige Male habe ich ihm ganz schön zugesetzt.« Sie wird wieder ernst. »Aber du hast recht. Ich habe immer gehofft, daß ihr nichts mitbekommt. Ich wollte, daß ihr alle glücklich seid. Ich war der Meinung, daß Kinder nicht mit den Schwierigkeiten der Erwachsenen konfrontiert werden sollten.« Claudias Enkel kennen die Schwierigkeiten, die Erwachsene sich und anderen bereiten können, wohl nur zu genau. Vielleicht hatte sie es falsch gemacht. Vielleicht sind ihre Enkel besser vorbereitet und realistischer.

Aber vielleicht wird der Nutzen des Realismus auch überschätzt. War Sharon mit Vierzehn darauf vorbereitet, ihren Vater mit einer Frau im Auto zu sehen? Was taten sie? Nichts Unschuldiges.

»Also, ihr alle habt es gewußt?«

»Klar.« Sandra breitet die Arme aus. »Das Haus ist nicht groß, irgendwer von uns hörte immer mal etwas. Oder sah etwas, wie Sharon. Wir reimten uns die Dinge zusammen. Das ist etwas«, und sie lächelt, »was ich bei Nicky nie vergessen will: Er erfährt sowieso alles, ob ich es ihm sage oder nicht. Kinder sind nicht blöd.«

»Hätte ich also mit euch reden sollen?«

Sie schauen einander an; etwas verstohlen, so wie sie es oft gemacht haben müssen, wenn sie etwas wußten, was Claudia nicht wußte. »Ich weiß nicht«, sagt Sharon schließlich. »Vielleicht auch nicht. Was hättest du sagen können? Und außerdem, wenn wir Fragen gehabt hätten, so wären es Fragen an ihn gewesen und nicht an dich. Ich hätte, glaube ich, gerne von ihm gewußt, warum er das macht.«

»Nicht, daß er es uns erzählt hätte«, meint Sandra. »Oder es überhaupt gekonnt hätte. Nick konnte es auch nicht erklären, jedenfalls nicht so, daß ich es verstanden hätte. Ich glaube, es liegt daran, daß wir nach Gründen fragen, und sie offenbar keine haben. Du mußt ihn doch auch gefragt haben, Mutter. Was hat Papi gesagt?«

Papi? Wie zärtlich.

Wie eine Miniatur: ein kleiner Mann, ein Diminutiv in ihrem Herzen.

»Nichts. Du hast recht, es gab nie Gründe, die ich verstanden habe. Es war auch keine Liebe im Spiel. Oder wenn sie im Spiel war, hat er sie verleugnet. Ich habe mich gefragt, ob es nicht schlimmer war, daß er nur aus reiner Neugier loszog: Wenn er zugegeben hätte, daß es ihm etwas bedeutete, wäre es ja vielleicht wenigstens den Kummer wert gewesen. Andererseits ist er so wenigstens immer wiedergekommen.«

Es ist außerordentlich schwer, das zu diskutieren. Sie hat es eigentlich noch nie gemacht; außer mit Charlotte. Und natürlich mit Bradley selbst.

»Aber warum wolltest du überhaupt, daß er zurückkommt.

Warum hast du ihn zurückkommen lassen?« Susan klingt zornig. Sind sie nun böse auf sie?

»Mein Gott, ich weiß es nicht.« Claudia ist plötzlich erschöpft. Sie würde gern ins Bett gehen. Die Decke hochziehen und schlafen. Und sie hat solchen Hunger. »Wie hätte ich euch zum Beispiel alle aufziehen sollen? Ich dachte auch, daß Familien zusammenbleiben müssen. Ich hielt das für wichtig.«

»Es war also unseretwegen?« Wie entsetzt Susan schaut. Und zu Recht.

»Nein, entschuldige, das habe ich nicht gemeint. Es ging um mich und darum, wie ich mir das Leben vorstellte. Und ich weiß zwar nicht, ob ich ihn mochte, aber attraktiv fand ich ihn auf jeden Fall.« Selbst jetzt könnte sie ihren Töchtern nicht ihre Sehnsüchte gestehen: nach seinem Körper, seinen Händen, nach seinem Geschick und seiner Wärme, die er trotz allem bei ihren Akten der Liebe (oder was immer es war) nie verlor. Sie erschauert bei der Erinnerung. Wie soll sie den Rest ihres Lebens ohne diese Hände durchstehen? Ohne daß ihr Körper berührt wird? Selbst in den letzten Jahren und während seiner Krankheit, als sie wußte, daß er bald sterben würde, hat sie nicht ganz begriffen, daß all das für sie nun vorbei war.

Aber wer weiß? Vielleicht findet Charlotte für sie einen Mann zum Spielen. Charlotte war immer großzügig.

»Mutter!« Sharon lacht. »Du grinst ja! Woran denkst du denn?«

Alle kichern, und auch Claudia lächelt. »Na ja, ihr wißt schon. An das Vergnügen. An Männer, trotz allem.« Selbst Sonia lächelt ein bißchen. »Ich hatte ja, wie ihr wißt, keine anderen Erfahrungen. Vielleicht war er ja furchtbar, aber wie hätte ich das erkennen sollen?« Sie kann es nicht fassen, daß sie so etwas sagt, aber es ist wunderbar zu lachen.

»War er der einzige Mann, mit dem du je geschlafen hast?«

Wie kann Sandra so etwas fragen? »Natürlich. Wann hätte ich denn je einen anderen treffen, geschweige denn, mit ihm etwas anfangen können? Oder auch nur den Wunsch dazu haben können. Auf die Idee bin ich gar nicht gekommen, was glaubt ihr denn?«

»Natürlich nicht, Mutter«, sagte Sonia schnell. »Sie machen nur Spaß. Das ist nicht nett, wißt ihr« – sie wendet sich an ihre Schwestern – »und sehr komisch ist es auch nicht.«

»Weißt du, Sonia«, sagt Sandra, und ihre Stimme ist wieder scharf, »wenn du nie lernen mußtest, wie man auch wirklich ernste Dinge mit Humor nimmt, dann kann ich nur sagen: Hast du ein Glück gehabt.«

»Manche Dinge sind trotzdem nicht komisch.« Sonia bleibt steif.

»Ach, Scheiße«, fährt Susan sie an. »Sandra hat recht, du mußt doch auch mal lachen können. Ich weiß noch, wie wir uns nach Papis Beerdigung vor Lachen nicht mehr eingekriegt haben.«

»Das stimmt.« Sonia taut etwas auf. »Aber wir haben nicht über ihn gelacht.«

»Nein, aber seinetwegen. Und weil wir uns aufgeregt haben und alles so merkwürdig war. Himmel, schau uns doch an! Unser Lebensstil und dann der von Mutter dagegen: Sie hat in fast siebzig Jahren nur einen Mann an ihre Wäsche gelassen, und er hat herumgebumst – ist das nicht lustig? Das ist doch zum Totlachen!« Und trotz der gewissen Bitterkeit in Susans Stimme bekommen sie alle einen Lachkrampf, wie Kinder, selbst Sonia und Claudia. Die Tränen rinnen ihnen herunter, und sie halten sich den Bauch. Keine von ihnen könnte sagen, was denn nun so komisch ist, denkt Claudia; außer, daß es eben diese nicht zu definierende kosmische Komödie ist.

»Erinnert ihr euch noch an die Beerdigung? Die Frau, die hinten so geheult und geschrien hat?« fragt Sandra, und das Gelächter, auch Claudias, bricht wieder los. Wenn sie darüber lachen können, dann haben sie recht – alles ist möglich.

»Die mit diesem komischen schwarzen Schleier?« Sharon schnappt nach Luft. Jetzt brüllen sie vor Lachen. »Die an sich herumzerrte und Papis Namen schrie? Mein Gott!« Aber das geht zu weit. Plötzlich sieht und hört Claudia alles wieder zu deutlich, und das Lachen hört auf.

»Hast du eigentlich je erfahren, wer das war, Mutter?«

»Ich fürchte, ich habe ihren Namen nicht mitbekommen.« Claudia versucht, daß ihre Worte leichthin klingen, doch ihre Stimme ist etwas brüchig. »Hinterher habe ich aber gedacht, das arme Ding, vielleicht war er ihr wirklich wichtig, und dann stirbt er, und sie kann ihn nicht einmal sehen. Während ich mich jeden Tag die Treppen rauf- und runterschleppe, um ihn zu versorgen – du meine Güte.« Sie hat es wieder ins Komische gezogen, und erneut geht die Kicherei los.

Aber damals war es natürlich überhaupt nicht komisch. Es war schrecklich und peinlich. »Ich mußte daran denken, wie entsetzt euer Vater gewesen wäre. Er verabscheute Öffentlichkeit. Ich vermute, daß er sich oft gefragt hat, wo wohl das nächste Drama passiert, sein ganzes Leben über muß er sich vor Skandalen gefürchtet haben.«

Die arme Frau. Sie hatte offensichtlich sehr an Bradley gehangen, sie trauerte wirklich um ihn. Unter anderen, besseren Umständen hätten Claudia und sie vielleicht ihre Erfahrungen ausgetauscht. Vielleicht hätte Claudia sie sogar gemocht. »Wir könnten im Gästebuch nachsehen. Möglich, daß sie sich dort eingetragen hat.« Vielleicht schaut sie eines Tages wirklich nach. Macht ein paar Anrufe. Gibt eine Einladung. Es könnte interessant sein herauszufinden, ob Bradleys Frauen etwas verbindet. Was hat ihn angezogen? Vielleicht hatte er bestimmte Maßstäbe oder wenigstens bestimmte Neigungen.

»Hast du das Gästebuch noch?«

»O ja. Und die Karten von den Kränzen und all das. Ich habe alles in einer Kiste im Keller, weiß der Himmel warum.« Was soll man mit dem Beerdigungsschutt machen? Es widerstrebt einem, ihn wegzuschmeißen – eine Respektlosigkeit angesichts des Todes. Aber man hat auch wenig Lust, ewig über diesen Dingen zu brüten.

»Hat sie Blumen geschickt?«

»Die geheimnisvolle Frau? Ich glaube nicht.«

Jetzt können die Mädchen darüber lachen, aber damals waren sie verärgert. Als der Gottesdienst vorbei war, umstellten sie Claudia wie Soldaten zu ihrer Verteidigung, mit harten und strengen Gesichtern. Susan stürzte sich mit wehenden Haaren auf die immer noch weinende Frau. Sie meinte vielleicht, daß sie leise sprach und diskret war, aber Claudia konnte durch das Stimmengewirr hören, wie sie sagte: »Verdammt noch mal, halten Sie Ihren Mund und hauen Sie endlich ab.« Sie klang ganz wild. Claudia war stolz auf sie; stolz auf sie alle. Niemand erwähnte die Sache damals.

Sie hielten ihre Mutter für eine unschuldige Witwe.

Claudia dachte damals, daß sie Bradley immer böse sein würde: Die Art, wie er gelebt, und all die Dinge, die er getan hatte, ließen sie nicht einmal bei seiner Beerdigung Ruhe finden. Selbst dort mußte sie all ihre Würde und all ihren Mut zusammenreißen. Aber nachdem sie eine Nacht gut geschlafen hatte, erschien ihr dieser Ärger geringfügig. Und in der Nacht nach der Beerdigung schlief sie sehr gut: Erleichtert sank sie ins Dunkle, ins Leere. Mit diesem Ärger zu leben, das hatte sie bestimmt nicht vor.

Und bis heute war er auch nicht wieder hochgekommen. Trotz des Lachens konnte sie den furchtbaren Zorn wieder fühlen.

Sie steht auf. »Es war ein wunderbarer Abend, es ist wie ein Geschenk, euch alle hier bei mir zu haben. Aber ich gehöre schon längst ins Bett. Ich bin müde. Räumt ihr bitte auf?« Sie schauen schuldbewußt, alle vier: Haben sie sie gequält? Sie lächelt. »Mir tun alle Rippen weh. So viel habe ich seit Jahren nicht gelacht. Es war großartig.«

»Ist alles in Ordnung mit dir?« fragt Sharon.

»Mehr als das. Wirklich. Und wißt ihr was?« Sie macht eine Pause und sucht nach Worten. »Ich mag euch, ich liebe euch nicht nur, ich mag euch auch.«

Tränen? Anscheinend. Sie war wohl keine Mutter, die solche Dinge schnell oder oft gesagt hat. »Also gute Nacht.«

»Gute Nacht, Mama. Weißt du«, sagt Sharon, »ich kann mich nicht erinnern, je einen schöneren Abend in diesem Haus erlebt zu haben.«

»Es war toll«, fügt Susan hinzu. »Ich bin froh, daß wir gekommen sind.« Das heißt etwas bei ihr.

Claudia beugt sich zu jeder von ihnen hinunter, küßt sie auf die Backe und spürt, wie sie ihre Arme hochstrecken und um sie legen, so wie sie es gemacht haben, als sie Kinder waren.

Aber es gibt immer noch Geheimnisse. Würden sie sie auch umarmen, wenn sie alles wüßten?

7

*D*as war knapp.

Will sie erwischt werden, oder was?

Charlotte zittert immer noch ein bißchen. Sie hat die Kontrolle über ihre Beine und Hände noch nicht ganz wiedererlangt; also wird sie noch ein paar Minuten hier im Auto hinter dem Steuerrad sitzen bleiben, bis sie wieder normal fahren kann. Hoffentlich fällt sie jetzt niemandem auf, nachdem sie gerade so knapp entkommen ist.

Dumm. Dumm und leichtsinnig. Was in aller Welt hat sie sich gedacht?

Sie hatte das Auto an derselben Stelle wie letztesmal geparkt, ein Stück von Andrews Haus entfernt. Inzwischen hatte sie auch einen Plan: Sie wollte mit jedem Besuch ein bißchen mehr von Andrews Tag erfassen. Am Ende wollte sie vielleicht einmal sogar spät nachts herfahren, schwarz gekleidet wie ein Dieb, um jene Momente am Ende des Tages auszuspionieren, wo man die Füße hochlegt, vielleicht nicht mehr so aufpaßt und am ehesten die Wahrheit sagt. Sie hatte sich das alles gut ausgedacht.

Und ihre Angst vor Entdeckung? Und ihre Visionen, wie sie sich rechtfertigen würde: vor Nachbarn, der Polizei, vor Andrew oder Elizabeth?

Offensichtlich hat sie das einfach vergessen. Als habe sie angefangen, das Ganze hier für normal zu halten. Als gäbe es nichts zu erklären, wenn man sie fände; als könne sie dem Polizisten einfach nur unschuldig und naiv in die Augen schauen und sagen: »Wie, was ich hier mache?« Als wäre ihr Verhalten in keiner Weise sonderbar.

Als dieses Unternehmen vor ihrem geistigen Auge eine so feste

Gestalt annahm, daß es ihr bereits ganz normal erschien, muß sie vergessen haben, daß es jeden anderen immer noch schockieren würde. Sie muß vergessen haben, wie sehr sie selbst erschrecken würde, wenn sie plötzlich Andrew gegenüberstünde. Besonders wenn er erkannte, wer sie war.

Jetzt fällt ihr das wieder ein. Kann sie schon sicher fahren? Sie will nach Hause. Sie möchte sich gern ein bißchen hinlegen. Dann, wenn sie ruhig ist, vielleicht morgen, kann sie es ja wieder versuchen, vorsichtiger.

Ach du großer Gott, kann sie das wirklich denken? Vielleicht braucht sie Hilfe. Woran merkt man eigentlich, wenn man den Verstand verliert?

Wahrscheinlich daran, daß man anfängt, so verrückte Sachen zu machen wie sie gerade.

Das ist viel schlimmer als die Panik neulich im Supermarkt. Die sie, wie ihr einfällt, mit diesem Abenteuer eigentlich heilen wollte. Sie wollte ihre Kühnheit wiedererlangen, aber sie scheint zu weit gegangen zu sein: bis zur Tollkühnheit. Sie benimmt sich so auffällig wie ein schlechter Ladendieb. Ebensogut könnte sie laut rufen: »Hier bin ich, hier bin ich!«

Also war das heute eine gute Lektion. Sie hat Glück.

Und glücklich läßt sie den Motor an und fährt davon, zurück nach Hause.

Übrigens auch eine gute Warnung: Man kann sich eben auf nichts mehr verlassen. Gerade solche Unternehmungen verlaufen nicht immer so glatt, wie man das erwartet und hofft. Überall lauern Überraschungen, wie sorgfältig man den Plan auch ausgeklügelt hatte.

Und sie war durchaus vorsichtig gewesen: Sie hatte sich extra neue, unauffällige Kleider für die Hecke angezogen. Das erstemal hatte sie ihren dunkelgrünen Trainingsanzug getragen: bequem, locker, vielseitig und weich, in einer passenden Tarnfarbe – genau das richtige für einen nicht mehr sehr wendigen, schlaffen und gebeugten Körper.

Aber sie fand einen Trainingsanzug nicht würdevoll genug,

schließlich war ihr Ausflug etwas Besonderes, wenn auch ein bißchen seltsam.

Sie brauchte bequeme und praktische Kleidung, die diesem Ereignis angemessen war, der man die Heimlichkeit und das Herumschleichen nicht ansah. Sollte man sie dann entdecken, könnte sie unauffällig aus der Hecke treten (sofern sie dazu noch in der Lage war) und sähe so normal aus wie eine Frau beim Einkaufen.

Oder so normal wie Andrews Frau an jenem Morgen, als sie ihrem Sohn und ihren Enkeln zum Abschied winkte und Andrews Hand locker auf ihrer Schulter ruhte.

Ebenso dumm wäre es natürlich zu protzen. Fröhliche Farben wären falsch. Sie will ja nicht erwischt werden.

Sie sah ihre Garderobe durch: Sie besaß passende Kleider für Essenseinladungen, fürs Theater, den Supermarkt, den Hinterhof, für ihre Veranda; aber nichts für Andrews Hecke.

Sie mußte wirklich lachen.

Wie hat sie sich eigentlich früher für Andrew angezogen? Hübsch, wenn sie sich recht erinnert. Kleider und Kostüme und Unterwäsche und Nachthemden, die nicht nur schön aussahen, sondern sich auch gut anfühlten. Stoffe und Schnitte, locker und anliegend, die Anmut und Figur betonten.

Nicht nur für Andrew; sie zog sich auch vor und nach ihrer Zeit mit ihm so an, und übrigens auch heute noch, außer wenn sie mal einen Trainingsanzug trägt. Aber damals war sie sich auch ihrer Nachteile bewußt. Eine Geliebte darf sich keine Blöße geben. Sie kann sich nicht den Luxus abgetragener Kleider und Nachthemden leisten. Nur Ehefrauen, mit der Sicherheit des Ringes, des Trauscheins und der Kinder, können sich ungekämmte Haare leisten, Blusen, die nicht ganz zur Hose passen, Unterwäsche, die lediglich praktisch ist. Nur Ehefrauen können es sich leisten, nachlässig zu sein.

Natürlich ist nichts davon wahr, das weiß sie. Aber es klingt wahr, daß sie, verglichen mit Andrews Frau, nur wenige Möglichkeiten hatte zu gefallen und daß sie sich anstrengen mußte.

Seine Frau hätte das zweifellos ganz anders gesehen.

Aber das alles lag über dreißig Jahre zurück. Die Mode war anders; ihr Körper auch. Er hatte Freude an ihrem Körper. Sie waren beide nicht mehr ganz jung, aber das bedeutete auch, daß sie beide nicht mehr unerfahren waren oder tolpatschig. Er fuhr mit der Zunge über ihren Körper. Sie erforschte mit ihren Fingern seine Haut, die sich über Rippen, Wirbelsäule und Wangenknochen spannte.

Sie lachten auch oft. Offenbar konnten sie im Bett ihr Leben und manche Ereignisse von einem anderen Standpunkt aus betrachten und darüber kichern. Zu vieles war in der Vertikalen und bei Licht ernst und schwer – seine Fälle und ihre Fälle, die Situation als solche –; im Dunkeln und von der Horizontalen aus betrachtet, erschien alles freundlicher.

Als sie sich überlegte, wie sie sich für die Hecke anziehen sollte, kehrten diese Erinnerungen, die so viele Jahre verschwunden waren, zu ihr zurück. Woran sie sich allerdings nicht erinnerte, war, wie oft die Pläne mit einem Mann, der so vielfältige Interessen und Verantwortlichkeiten hatte, nicht erfüllt oder unerwartet verändert wurden. Das ist ihr jetzt klarer.

Er hatte einen griffigen Hintern, straffe und muskulöse Oberschenkel, dunkle Haare auf der Brust, lange Zehen und diesen herrlichen Penis, der bei Berührung sofort wuchs, sich aufrichtete und ihr entgegenstreckte – ach, die Erinnerung kann sie immer noch erschauern und sehnsüchtig werden lassen.

Am Anfang und am Ende einer Beziehung wird Lust verschwendet: Am Anfang gibt es einige Jahre lang eine vage und unerfüllte Sehnsucht (bis sie nicht mehr unerfüllt ist), und jetzt, offensichtlich am Ende, ist die Sehnsucht sogar noch stärker und schmerzhafter, denn sie richtet sich auf etwas Bestimmtes, Intimes, köstlich Bekanntes und Erinnertes und Beendetes.

Ihre Mutter und andere Mütter, auch Claudia, haben von Phasen gesprochen: daß Kinder verschiedene Phasen des Verhaltens durchlaufen, während sie ihren Charakter ausprobieren und formen. Aber vielleicht ist das nicht nur bei Kindern so. Vielleicht sind Menschen nie ganz fertig und probieren immer wieder irgend etwas aus – wer sagt einem, wann ein Charakter voll ausgebildet ist? Menschen sind ja schließlich etwas anderes als Kuchen oder ein Laib Brot, wo man genau sagen kann, wann er fertig ist. Dieser Ausbruch von Neugier und Verlangen könnte also nur eine Phase im Leben einer alten Frau sein, und wer weiß, was aus ihr noch alles wird?

Natürlich ist es komisch, aber ihre Neugier und ihr Verlangen gilt nicht dem Andrew von heute, der sie erschreckt hat. Ein alter Mann, der sich ein bißchen langsam bewegt und weißes, aber noch volles Haar hat, zieht sie nicht an. Was sie interessiert, ist ein viel jüngerer Andrew und wie er so wurde, wie er heute ist. Und vielleicht auch, warum.

Was hielt ihn hier fest? Was hält ihn immer noch hier fest? Welche Kräfte wirken hinter den undurchsichtigen und unschuldigen, blau gestrichenen Türen?

»Du bist der beste Teil meines Lebens«, sagte er zu ihr. Und: »Ich kann mir ein Leben ohne dich nicht vorstellen.« Nun, er war oft genug ohne sie. Und hätte es ihn nicht ebenso wundern müssen wie sie, daß er mit dem besten Teil seines Lebens nicht öfter zusammensein wollte?

Sie hätte ihn nicht geheiratet. Sie wollte ihn, keinen Vertrag. Und sie wollte ihn getrennt von diesen mächtigen Rivalen, die zu Hause immer auf ihn warteten.

Damals waren die Dinge schwieriger, glaubt sie. Heute wäre es vielleicht anders. Wenn er heute in derselben Situation wäre, hätte er sich vielleicht anders entschieden. Damals sagte er: »Die Jungen brauchen mich. Und ich liebe sie, weißt du.« Er sprach, als wäre ihr, der Kinderlosen, die Liebe zu Kindern nicht begreiflich. Für einen Anwalt konnte er mit Worten furchtbar taktlos und unbeholfen sein. Aber dafür war sie für eine Sozialarbeiterin vielleicht ein bißchen leichtfertig mit Gefühlen.

Manchmal kaufte er ihr schwarze Unterwäsche zum Geburtstag, denn Weihnachten konnten sie natürlich nicht zusammen verbringen. Sie lachten, denn schwarze Unterwäsche war schließlich ein Witz; aber sie trug sie trotzdem, und er zog sie ihr geschickt aus.

Ach ja.

Vor ein paar Wochen beugte sich beim Zahnarzt der Zahnarzthelfer über sie und sagte: »Sie haben so hübsche Augen und Wangenknochen!« Er klang überrascht. Charlotte sollte vermutlich dankbar für das Kompliment sein: daß sie trotz ihrer faltigen Haut noch gut aussieht. Junge Leute können natürlich in Falten keine Geschichte sehen, sie selbst konnte es bestimmt auch nicht. Die Fähigkeit zu irgendeiner Leidenschaft wird mit dem Alter unsichtbar.

Claudia gestand ihr vor langer Zeit – im Vertrauen –, daß sie trotz allem die Berührung von Bradleys Händen, seine Haut liebte. Aber wer sonst, der Claudia oder Charlotte jetzt sieht, wüßte, wie sich ihre Körper lustvoll unter und über den Körpern geschmeidiger Männer bogen? Stellten sich Claudias Töchter das zum Beispiel vor? Und wenn nicht, konnten sie dann wirklich irgend etwas über sie wissen?

Nein, das ist dumm, natürlich konnten sie das. Charlotte hat mit Claudia vielleicht über intime Dinge gesprochen, aber diese Mädchen, Frauen, haben ihr Leben Tag für Tag beobachtet, und was könnte intimer sein als das? Vielleicht ist die Berührung von Haut und Händen im Vergleich dazu nichts.

Genau das hat sie an Andrews Frau beunruhigt (und an anderen Frauen): die Vertrautheit im Alltag, während sie nur Haut, Hände und bei Gelegenheit auch Liebe kannte. Das kannte sie, aber die Ehefrauen kannten die Launen ihres Mannes am Morgen, sein Kratzen und Schnarchen, seine Reparaturen im Haushalt, überhaupt den Haushalt. Die Ehefrauen hätten sie wegen ihrer Eifersucht vielleicht ausgelacht. Vielleicht sind sie mitten in der Nacht aufgewacht und hatten das Bedürfnis, ihre schnarchenden Ehemänner zu erschießen. Vielleicht wußten sie nach einer Weile schlechtgelaunte Männer, die dumm und melancholisch am frühen Morgen im Haus herumwanderten, gar nicht mehr zu schätzen.

Auch wenn es ironisch klingt, so war es wohl.

Hätte irgendeine von Bradleys Frauen ihn ständig um sich gewollt? Claudia aber wollte das. Und es gab mindestens eine weitere: eine, die sogar an Claudias Tür klopfte, um zu zeigen, daß es sie gab. Wie wütend Charlotte stellvertretend für Claudia war, als sie davon hörte!

Und in gewisser Weise war sie auch um ihrer selbst willen wütend: um aller Frauen willen, die in einer solchen Situation etwas Würde bewahren. Sie war erstaunt über das Ausmaß der Erniedrigung, Unhöflichkeit und Selbstgerechtigkeit, das sich da zeigte. Selbst an den schlimmsten Tagen ihres Unglücks hätte Charlotte nichts dazu bringen können, so etwas zu tun. Dafür hatte sie wohl zu viel Stolz und Anstand; aber sie war auch nicht dumm. Ihr war klar, daß letzten Endes immer die Ehefrauen gewinnen. Frauen wie Claudia halten ihre Männer, Frauen wie Charlotte nicht. Und Frauen, die an Türen klopfen, ganz bestimmt nicht.

Es stand für Andrew »außer Frage«, wie er sich ausdrückte, seine Frau zu verlassen. Er sagte, der Grund dafür seien seine Kinder, aber obwohl Charlotte einsah, daß Kinder ein zwingender Grund waren, vermutete sie, daß es noch mehr Gründe gab: Gewohnheit, Zufriedenheit, die Regelmäßigkeit seines Alltagslebens. Sie hätte nicht gesagt, daß er sie nicht liebte; er sagte, daß er sie liebte, und sie glaubte ihm, soweit es ging. Und es ging ziemlich weit und ziemlich lange.

Aber Elizabeth (so ein langweiliger Name, Charlotte hatte ihn bereits vergessen, bis sie ihn heute wieder hörte, sie hatte Linda oder Susan vermutet) teilte sein Bett und tut es offensichtlich noch heute, erzog seine Kinder und wachte mitten in der Nacht von seinem Schnarchen auf, mit dem Wunsch, ihn zu erschießen.

Durch das Lauschen und Beobachten von der Hecke aus ließ sich eigentlich nicht feststellen, ob er heute glücklich über seine Entscheidung ist. Und was ist mit Elizabeth? Ist sie glücklich?

Claudia sah manchmal so aus, als bereue sie ihre Entscheidung. Einmal schlug sie sich selbst mit der Faust gegen die Stirn und schrie: »Ich bin so ein Feigling. Warum lasse ich mir das gefallen?«

Charlotte hatte keine gute Antwort parat. Außerdem waren sie in einem Restaurant, und es war ihr unangenehm, daß die Leute zusahen, wie sich ihre Freundin in aller Öffentlichkeit an die Stirn schlug. Das war ungefähr ein Vierteljahrhundert her. »Du hast schließlich die Mädchen. Du wirst nie gar nichts haben.«

»Ja, ich danke Gott für die Mädchen. Meistens jedenfalls.« Der Gedanke an ihre Töchter beruhigte Claudia.

Charlotte war erstaunt, in welcher Geschwindigkeit Claudia sie zur Welt gebracht hatte, so viele in so wenigen Jahren. Dachte sie nie: »Ohne sie könnte ich frei sein?« oder: »Wenn ich jetzt aufhöre, bin ich früher frei?« Wollte sie eigentlich je frei sein?

Wahrscheinlich nicht. Über die normalen Anstrengungen der Erziehung hinaus, bei der es verschiedene explosive Phasen zu überleben galt, schien sie ihre Töchter mit einer Leidenschaft zu lieben, die sich Charlotte nicht vorstellen kann. (Wenn sie sich das vorstellen könnte, hätte sie wahrscheinlich auch selbst den Wunsch gehabt, ein Kind zur Welt zu bringen.)

Es gab jedoch all die anderen Kinder und all die anderen Familientragödien. Und dann gab es auch Männer wie Bradley. Oder Andrew und noch andere: keine Kriminellen, aber auch nicht unbedingt Musterexemplare für Familienleben oder Erfolg, Vertrauen oder Freude. Und es gab Frauen wie sie selbst. Wie die Frauen, die Claudia so viel Leid zugefügt haben (auch wenn sie sich vielleicht selbst Leid zufügten, wie Charlotte).

Niemand kommt ohne Strafe davon. Gut, Bradley vielleicht. Aber auch er ist gestorben und offenbar auf eine ungemütliche Art, was man vielleicht als eine Art Vergeltung ansehen kann.

Andrew sah nicht so aus und klang auch nicht so, als wäre er irgendwie leidend. Hätte sie das gern? Aber sie hat auch nicht besonders gelitten, höchstens an Neugier. Und an Erniedrigung, der sie knapp entronnen ist. Aber darüber will sie im Augenblick nicht nachdenken. Sie konzentriert sich lieber auf das Autofahren, damit sie sicher nach Hause kommt.

In ihren zehn gemeinsamen Jahren haben sie zweimal richtig Ferien zusammen gemacht. Zweimal! Die Zeit hatten sie damals nur, weil Elizabeth allein oder nur mit den Kindern weggefahren und er dadurch frei war. (Er nannte Elizabeth übrigens immer mit dem vollen Namen, nie Liz oder Betty oder Beth, was ihr eine Würde verlieh, die er Charlotte nicht zukommen ließ. Sie nannte er oft Char – wie sensibel sie in solchen Kleinigkeiten war, die sie als Zeichen von Liebe und Respekt betrachtete.)

Allerdings betrachtete er sich in diesen Ferien nicht als frei. Was er natürlich auch nicht war. Er hätte sich aber ihr zuliebe mehr Mühe geben können, so zu tun als ob. (Das war Charlottes bittere Sicht der Dinge und keinesfalls die einzige.)

Für ihre ersten Ferien mieteten sie eine Hütte an einem Strand, von dem sie annahmen, daß er weit genug entfernt lag, so daß die Möglichkeit, Bekannte zu treffen, gering war. Sie schmiedeten Pläne, trafen Vorbereitungen, freuten sich, malten sich alles aus und fuhren schließlich los. Sie waren glücklich, empfanden es als Luxus, diese paar Tage zusammen zu haben.

Es war seltsam, sich aneinander zu gewöhnen. Sie hatten so viel Zeit damit verbracht, sich in ihrem Wohnzimmer über Karten und Broschüren zu beugen, daß der Zwang, sich vergnügen zu müssen, riesig war. Außerdem waren sie im großen und ganzen mit ihren jeweiligen Gewohnheiten nicht vertraut. Andrew war an seine Frau gewöhnt und nicht an Charlotte, und Charlotte war nur an sich selbst gewöhnt. Schließlich stritten sie sich (natürlich über etwas Belangloses – Charlotte hatte den Deckel des Erdnußbutterglases nicht wieder zugeschraubt, bevor sie zu einer einsamen Schwimmrunde nach dem Frühstück aufgebrochen war. Andrew war wütend, als er sich seinen Toast machte, ging mit verkniffenen Lippen zum Strand hinunter, um sie zur Rede zu stellen, wurde noch wütender, als sie, bis zur Taille im Wasser stehend, die Hände in die Hüfte gestemmt, ihren Kopf zurückwarf und lachte). Als der Streit vorbei war, entspannten sie sich ein bißchen.

Das, was Charlotte für das eigentliche Problem hielt, wurde

jedoch nicht angesprochen. Sie fand ihn manchmal abwesend, gedankenverloren und nahm an, daß er an seine Familie dachte. Sie vermutete, daß er sich Sorgen darüber machte, daß man sie entdeckte, und auch, daß irgend etwas mit seiner Familie passieren könne, daß jemand verletzt war oder krank oder im Sterben lag und daß Elizabeth vergeblich versuchen würde, ihn zu erreichen. Oder daß er sich einfach nur schuldig fühlte. Charlotte fand es traurig, daß er sich nicht aus vollem Herzen mit ihr vergnügen konnte, ohne Sorgen oder Schuldgefühle jenen Phantomen gegenüber, jenen anderen, jenen realen Personen seines realen Lebens.

Sie selbst war nicht besorgt und hatte keine Schuldgefühle, höchstens im Traum. Manchmal hatte sie ziemlich lange und verworrene Träume von seiner Frau.

Aber es gab Pinienwälder und einen felsigen Strand, und sie machten lange Spaziergänge, hielten sich an den Händen und machten am Abend Lagerfeuer. Sie liebten sich heftig. Charlotte hatte das Gefühl, daß ihnen ihre gemeinsame Zeit davonrannte, davonraste, und natürlich rannte und raste sie davon, so daß sie praktisch gar keine Zeit hatten, bevor sie wieder im Auto saßen und nach Hause fuhren.

Aber es war interessant. Ein Vergnügen, solange sie in dieser sporadischen Art vergnügt sein konnten.

Vier Jahre später machten sie ihren zweiten Urlaub. Sie flogen nach Mexiko, in eine Ferienwohnung an der Küste, die Charlotte von dem Grundstücksmakler mietete, der ihr Haus gefunden hatte. Der Ort war einigermaßen preisgünstig. Das spielte eine Rolle, weil Andrew sein Geld zusammenhalten mußte, nicht, weil er von jemandem kontrolliert wurde, wie er erklärte, sondern weil er für andere verantwortlich war.

Als ob man sie daran erinnern mußte.

Sie gaben acht, daß sie keine Spuren hinterließen.

Sie betrachtete sich als verantwortungsbewußt und fair. Heute aus der Distanz heraus sieht es wie Irrsinn aus oder zumindest ganz untypisch für sie: daß sie so lange, so verantwortungsbewußt und fair, eine derartige Rolle für sich und in seinem Leben akzeptiert hat.

Auch nicht weniger verrückt als das, was sie heute gemacht hat.

Ach, aber es war schön mit ihm. Sie lachten. Und sie waren auch ernst. Sie hatten nie genug Zeit, um über all das zu reden, worüber sie sprechen wollten: über seine Arbeit, ihre Arbeit, über das, was sie wollten, und das, was sie taten. Sie hatten viel gemeinsam. Sie stimmten darin überein, daß ihre Arbeit Mühe erforderte, um Fairneß oder Gerechtigkeit zu erreichen, daß man gegen den Strom schwimmen mußte, wenn es so aussah, als gebe es keine natürliche Fairneß oder Gerechtigkeit und schon gar keine Garantien. »Wir sind privilegiert«, sagte er. Das hieß, daß sie für die, die es nicht waren, eine gewisse Verantwortung hatten. Und das wäre lediglich karitativ oder gönnerhaft gewesen, wenn sie ihre Arbeit nicht lieben würden. Sie fanden sie zwar nicht befriedigend oder immer erfolgreich, aber es machte ihnen Spaß, ihre Fähigkeiten gut einzusetzen. Sie hatten beide ihre Zweifel an der Reinheit der Motive jener tugendhaften Kollegen, die scheinbar die Heiligkeit gepachtet hatten.

Dennoch waren ihre Gespräche schwierig; ein falsches Wort konnte alles mögliche auslösen. Andrew litt zum Beispiel gelegentlich an Widersprüchlichkeit (ein Fehler bei einem Anwalt, fand Charlotte) und sprach einmal von seiner Frau wie von einer Heiligen. »Sie ist es, die die Kinder erzieht«, sagte er. »Sie hat es nicht leicht.«

Er verstand Charlottes Wut nicht, als sie »Wirklich?« sagte und die Augenbrauen hochzog. »Und was glaubst du, hat sie dann davon?« fragte sie kalt. »Also, wenn sie die ganze Arbeit macht und so viel erträgt, hältst du sie dann wirklich für eine Heilige, oder glaubst du, daß ihr diese Rechtschaffenheit Kraft verleiht? Vielleicht hat sie genau das, was sie will, hast du daran gedacht?« Sie wußte natürlich, daß sie hätte still bleiben sollen, daß sie nur sich selbst schadete und seiner heiligen Frau nicht im geringsten. Aber es mußte mal gesagt werden.

Er war natürlich beleidigt. Für seine Frau und auch selbst. Er nannte Charlotte zynisch, was für sie das genaue Gegenteil von heilig war.

Trotzdem. Alle Paare streiten sich. Bei Menschen, die so intensiv aneinander interessiert sind, muß es Dispute und Meinungsverschiedenheiten geben. Also stritten sie natürlich auch. Sie lachten auch, im Bett und auch außerhalb, und redeten stundenlang. Sie entwickelten eigene Muster von Zeit und Ärger, von Leidenschaft und Zorn, von Humor und Liebe. Fast hätte sie es verpaßt, sich selbst zu retten.

Aber warum sollte das wieder eine Rolle spielen?

Weil es ihrer Meinung nach ein wichtiger Teil des Menschseins ist, bestimmte Ereignisse zu bewerten. Muster. Lebensweisen. Und weil es nützlich sein könnte, ein paar Dinge zu wissen, etwa, ob Liebe überhaupt dauerhaft sein kann oder ob sie selbstzerstörerisch ist und unter ihrem eigenen Gewicht zusammenbricht oder ob es die wahre, ewige Liebe gibt.

Ist es möglich, daß Elizabeth Andrew liebt?

So etwas schnitzen Jugendliche mit Taschenmessern in Bäume, nichts als Romantik und Gefühl.

Manchmal war sie verzweifelt. Und sah keinen Ausweg. Aber das kommt vielleicht auch in der Ehe vor. Vielleicht starren auch verheiratete Paare gelegentlich verzweifelt und geblendet ins Leere und fragen sich, wie sie so weit gekommen sind und wie sie da wieder herauskommen. Und stellen fest, daß es weder verborgene Tunnel noch sichtbare Wege gibt.

Und lernen dann vielleicht auf diese Weise etwas, das Charlotte ziemlich lange zu lernen versuchte, daß Stillhalten auch seine Freuden und Annehmlichkeiten hat.

Eine Lektion, die sie vorhin vergessen zu haben scheint.

Wie langweilig die Kleider sind, die sich für die Hecke eignen. Jetzt, auf der Heimfahrt, hat sie das Gefühl, als habe sie unverhältnismäßig viel Aufwand und Zeit damit verschwendet, um die Sachen zu finden, die heute so kurz von Nutzen waren.

Für alte Frauen gibt es nur Hosen mit diesem furchtbaren

Gummizug, im Grunde sehr praktisch, weil er sich deiner Körperform anpaßt. Sie fand marineblaue und dunkelgraue Hosen und auch eine taillierte, waldgrüne Bluse mit langen Ärmeln und eine graue Baumwollbluse zum Drübertragen. Nichts, wofür man sich zu schämen braucht. Und bequem, zum Spionieren und Autofahren. Heute trug sie die dunkelgrüne Bluse und dunkelgraue Hosen.

Und neue Schuhe. Das Leder ihrer einzigen flachen Schuhe war ein bißchen steif. Diese Marineturnschuhe sind zwar nicht gerade hübsch, aber sie erschienen ihr schneller. Falls sie rennen müßte. Bei dem Gedanken, daß sie rennen müßte, hoffentlich nur der altersschwache Andrew oder die langsame Elizabeth hinter ihr her wären, mußte sie lachen. Turnschuhe würden sie schließlich kaum zur Schnelläuferin machen.

Nun, rennen mußte sie Gott sei Dank nicht.

Als sie heute morgen aufwachte, wußte sie jedenfalls genau, was sie machen wollte. Sie mußte allerdings einen Augenblick überlegen, was für ein Tag heute war. Wochenende und Wochentage unterscheiden sich nur wenig voneinander, daher muß sie manchmal überlegen. Aber sie machte sich deshalb keine Sorgen. Es ist nur verständlich, daß jemand, der nicht arbeitet, sich nicht mehr groß Gedanken darüber macht, was für ein Tag es ist.

Sie hoffte, daß Claudia inzwischen ihren Brief hatte, aber so etwas kann auch unerwartet lange dauern.

Sie strich ihr Haar zurück und band es hinten zusammen. Im großen Spiegel an der Innenseite ihrer Schlafzimmertür sah sie eine einigermaßen gutgekleidete, einigermaßen vornehme, einigermaßen würdevoll aussehende Frau, die völlig unverdächtig wirkte.

Sie fuhr vorsichtig, aber nicht zu langsam, und hielt einen Stadtplan griffbereit neben sich. Von ihrem Haus zu Andrews Vorort braucht man länger als eine halbe Stunde, und im Labyrinth der Vorstädte kann man sich leicht verfahren.

Sie fuhr einmal an seinem Haus vorbei. Niemand war zu

sehen. Es war noch nicht ganz neun Uhr. Die Leute im Nachbarhaus waren schon zur Arbeit gegangen. Ihr Weg war frei.

Sie parkte und ging mit großer Selbstverständlichkeit um die Ecke, die Straße entlang, in die Einfahrt und zur angrenzenden Hecke des Nachbarn. Sie bog die Zweige zur Seite, wobei sie sich ein paar leichte Kratzer auf dem Gesicht und an den Händen zuzog, und roch die dunkelgrüne Kühle. Es ist eine feste alte Hecke. Sie bewegte sich vorsichtig und fand einen mit Zweigen gepolsterten Stamm, an den sie sich lehnen konnte.

Sie hörte Vögel und eine Straße weiter ein paar Autos, aber es war wieder seltsam still, und sie wunderte sich, wie das irgend jemand aushalten konnte.

An einem so warmen Tag waren die Fenster offen. Sie hörte etwas, das wie das Klappern von Töpfen beim Abwaschen klang. Das Geräusch kam vom Ende des Hauses aus dem Fenster, das der Hecke am nächsten lag, der Küche. »Andrew?« hörte sie. »Der Kaffee ist fertig. Willst du ihn hier oder draußen?«

Genau diese Art privater Konversation hatte sie sich früher immer mit wehem Herzen ausgemalt.

»Komme gleich.« Das schien vom Ende des Ganges zu kommen – vielleicht aus dem Bad? Eines Tages würde sie sich vielleicht trauen, näher heranzukriechen, sich bis zum Haus durchzuschlagen, wo sie sich unterhalb eines offenen Fensters verstecken und jeden Seufzer hören könnte. Aus der jetzigen Entfernung hörte sie nämlich einige Minuten lang überhaupt nichts; dann wieder seine Stimme, diesmal näher: »Er ist kalt! Warum hast du schon eingegossen, ich war doch noch gar nicht da?«

»Weil du gesagt hast, daß du gleich kommst. Wenn du nicht wolltest, daß ich dir eingieße, hättest du mir das sagen können. Wenn er kalt ist, gieß dir einen neuen ein, das ist mir egal.«

Das war besser. Erfrischende Gereiztheit, vielleicht sogar Feindseligkeit. Aber Andrew klang auch schlechtgelaunt. Charlotte konnte sich vorstellen, daß sie genauso schnippisch geantwortet hätte, wenn Andrew so mit ihr geredet hätte wie eben mit seiner Frau. Es muß eine ziemliche Prüfung sein, dieses tägliche

Zusammenleben der beiden in diesem Haus. Kein Wunder, daß seine Frau ihren Sohn und ihre Enkel so ungern wegfahren sieht.

Wenn Charlottes Haus still ist, ist es wenigstens ihre eigene Stille. Und wenn schlechte Laune in der Luft hängt, dann ist es nur ihre eigene Laune und nicht die einer anderen Person, und sie muß sich selbst davon befreien. Vielleicht lebt sie deshalb heute noch allein.

Aber wenn sie mit jemandem zusammenleben würde – wenn zum Beispiel Andrew sein Leben anders eingerichtet hätte –, könnte dieser Mensch sie aufheitern und sie ihn. Freunde tun so etwas füreinander und Liebende erst recht. Und schließlich kann schon eine Kleinigkeit die Stimmung heben und Hoffnung einkehren lassen: eine Nachricht auf einem Kissen, Champagner, eine lustige Postkarte, ein albernes Geschenk. Vielleicht vergessen das die Menschen. Gewöhnen es sich ab. Haben sogar das Vergnügen satt.

»Hast du Pläne für heute?«

»Ich dachte, ich mach mal den Keller.« Könnte sie sein Alter an seiner Stimme erkennen, wenn sie es nicht wüßte? Klingt er wie siebzig?

Man stelle sich vor: Andrew siebzig!

»Was ist denn mit dem Keller?«

»Herrgott, hast du dir mal angeguckt, wie es da unten aussieht? Offenbar schmeißt du einfach alles in den Keller. Gestern nach dem Regen bin ich hinuntergegangen, um nachzuschauen, ob Wasser durchgesickert ist, und kam nicht mal bis zur Mauer durch, weil soviel Zeug rumsteht.«

Charlotte erinnert sich an ihren eigenen Keller. Der würde ihm auch nicht gefallen, weil er genauso vollgestellt ist, mit leeren Schachteln und möglicherweise nützlichem Schrott, den sie über die Jahre angesammelt hat. Sickert bei ihr auch Wasser durch? Wie praktisch, jemanden zu haben, der an so etwas denkt und sich darum kümmert.

Aber wie abschreckend jemand, der deswegen gereizt ist.

»Du willst einen schönen sonnigen Tag im Keller verbringen?«

»Na, irgendwer muß sich doch mal darum kümmern. Die Dinge erledigen sich nicht von selbst, Elizabeth.«

Oh, genau jetzt hätte sich Charlotte gewehrt. Elizabeth aber nicht. »Nein, das tun sie nicht«, sagte sie ruhig. Aber klang sie nicht etwas spitz? »Aber es ist viel Arbeit. Ich hoffe, du beherrschst dich und versuchst nicht, alles auf einmal zu machen. Du weißt, was der Arzt gesagt hat, daß du immer zu Extremen neigst und wie schlecht das für dein Herz sein kann. Du willst doch keinen zweiten Herzinfarkt, oder?«

Einen Herzinfarkt? Andrew hatte einen Herzinfarkt? Hat diese erstickenden Schmerzen gehabt, Angst, Krankenhaus? War Elizabeth dabei, und hat sie den Krankenwagen geholt? Charlottes eigenes Herz schlägt schneller. Und sie erinnert sich an die Vision, die sie vor Jahren hatte: daß eine verheerende Krankheit ihn ihr wegnehmen könnte und ihn von ihr fernhalten würde. Und jetzt, siehe da, sie hatte recht! Wenn die Liebe nicht gestorben wäre und sie all die Zeit überlebt hätten, dann wäre genau das geschehen. Er im Krankenhaus, mit Kanülen und an alle möglichen Maschinen angeschlossen, und sie wäre ganz allein mit ihren Sorgen und ihrem Kummer, ohne Verbindung zu ihm, und müßte sich jeden Augenblick fragen, ob er überhaupt noch lebt.

Er lachte damals über sie. Er sagte: »Großer Gott, Char, das ist ein bißchen weit hergeholt.« Aber das war es keineswegs.

»Großer Gott, Elizabeth«, hörte sie, »hör auf, mich zu bemuttern! Es ist mein verdammtes Herz, ich weiß, wann ich aufhören muß.«

Vielleicht fragt er sich auch alles mögliche. Vielleicht ist er gereizt, weil nicht Charlotte seine Frau ist, und er trauert um all die Jahre, die sie hätten zusammensein können. Vielleicht kann er es kaum ertragen, die falsche Entscheidung getroffen zu haben.

Aber das hätte ihn nicht weniger unfreundlich klingen lassen. Es war schließlich nicht die Schuld seiner Frau, daß er es vor dreißig Jahren nicht über sich gebracht hatte, sie zu verlassen. Charlotte hätte es noch schöner gefunden, wenn seine Frau und nicht Andrew schlechtgelaunt und unvernünftig gewesen wäre.

»Und du?« fragte er.

»Du meinst, was ich vorhabe? Nichts Besonderes. Ich wasche ab, wenn du fertig bist, und arbeite dann noch ein bißchen im Garten. Ich wollte dich noch wegen dem vorderen Zaun fragen, wenn du Zeit hast. Und ich will noch das Buch fertiglesen. Der Tag ist wirklich zu schön, um drinnen zu bleiben. Wir könnten den Keller auch mal zusammen machen, wenn das Wetter nicht so schön ist. Es muß doch nicht heute sein.«

Charlotte fand das extrem großzügig. Sie konnte sich einen Tag mit ihm in dieser Stimmung in ihrem eigenen Keller vorstellen, wie er über den überflüssigen Kram meckert, den sie aufgehoben hat.

»Ich will ja nicht den ganzen Tag dort sein.« Seine Stimme war sanfter. »Ich fange nur mal an, ein oder zwei Stunden lang.«

Soso. Elizabeth hatte ihn also ganz still und ruhig umgestimmt. Es hatte keinen Streit gegeben, keine Konfrontation. Vielleicht funktionierte es immer so. Vielleicht soll eine Ehe überhaupt so funktionieren. Jedenfalls wußte Charlotte jetzt, warum es mit ihr nicht funktioniert hätte. Sie hat nicht so ein ausgeglichenes Temperament.

»Aber«, fuhr er fort, »ich schau erst mal mit dir in den Garten, wenn du willst.« Charlotte wich in der Hecke ein wenig zurück.

Sie hatte geglaubt, daß sie sie besser hören könnte, wenn sie erst mal draußen waren. Das wäre auch der Fall gewesen, wenn nicht ein kleiner, warmer Wind aufgekommen wäre, der die Worte in die andere Richtung blies. Sie standen direkt vor ihrer Eingangstür. Elizabeth beugte sich hinunter und berührte Pflanzen und sah fragend auf. Einmal schloß sie ein paar Sekunden lang die Augen, vielleicht, so dachte Charlotte, betete sie um Geduld.

Andrew stand mit den Händen in den Hüften da, sah sie an und sagte manchmal kurz etwas. Charlotte hörte von der Hecke aus nur Gemurmel.

Sie konnte nicht näher herangehen. Jenseits der Hecke war nur eine Wiese.

Andrew trug Shorts und hatte, wie sich zeigte, sehnige Altmännerbeine. Elizabeths Beine waren weiß, und sie hatte geschwollene, blaue Venen.

Wenn Elizabeth stürbe, wenn dieses Venenleiden tödlich wäre, wäre Andrew dann einsam? Was ihre eigenen Beine angeht, ist Charlotte ein bißchen eitel. Sie sind noch immer straff, auch wenn die Qualität der Haut, zum Beispiel an der Innenseite der Schenkel und Waden, zu wünschen übrig läßt.

Jedenfalls sahen sie wie ein normales altes Ehepaar aus, mit normalen Alte-Leute-Körpern, faltig und schlaff an manchen Stellen, genau wie bei ihr.

Sie wünschte, er sähe nicht normal aus. Sie wünschte, man sähe ein Zeichen von ihr, man sähe, daß sie einen dauerhaften, sichtbaren Eindruck hinterlassen hat, man sähe, daß sie irgendeine kleine Veränderung an ihm bewirkt hat.

Wer konnte das schon sagen? Vielleicht hatte sie das. Er war alt, und mit dem Mann von damals hatte er wenig Ähnlichkeit.

Hatte er früher nicht eine sonore Stimme? Er war gewöhnt, in Gerichtssälen zu sprechen, gewöhnt, sich Gehör zu verschaffen. Er konnte mit der Stimme Emotionen wecken. Und jetzt würde Charlotte am liebsten über den Rasen rufen: »Sprich lauter!«

Viel schlimmer wäre das auch nicht gewesen. Denn sie beugte sich immer weiter in Richtung Gemurmel, um wenigstens die Stimmung mitzukriegen, die Gefühlslage, wenn schon nicht die konkreten Worte, und plötzlich fiel sie vornüber, seltsam sanft, versuchte, sich irgendwo festzuhalten, und griff nach dem Zedernstamm. Gaben ihre Knie nach, oder hatte sie das Gleichgewicht verloren? Jedenfalls purzelte sie nach vorne und erwischte einen Zweig anstelle des Stammes, hörte ihn abbrechen, hörte das Rascheln ihrer Füße, die das Gleichgewicht halten mußten, hörte ihr eigenes Keuchen (wenigstens schrie sie nicht laut auf), und endlich, endlich (es konnte aber nur einen Moment gedauert haben, weniger als eine Sekunde) lehnte sie an einem dieser stabilen, geraden Stämme, er hatte sie aufgefangen. Nun stand sie jedoch fast außerhalb der Hecke und war nur noch von wenigen Zweigen verborgen.

Sie hatte Glück, daß sie alt waren und sich nur langsam umdrehten.

»Was war das?« fragte Elizabeth. Jetzt sprach sie laut, oder der Wind hatte nachgelassen. Jetzt konnte Charlotte sie ganz gut hören.

Beide blickten in Richtung Hecke. Wenn sich Charlotte auch nur ein bißchen bewegte, würden sie sie sehen. Sie wünschte, sie hätte den grünen Trainingsanzug an. Sie wagte nicht zu atmen. Sie hatte Angst, einer von ihnen würde das Zittern der Zweige bemerken und das Zittern ihrer Gliedmaßen. Sie waren sich schrecklich nahe, sie und Andrew und Elizabeth. Sie sah Andrews wachsame Augen so klar, sie hatte das Gefühl, daß sie und er einander direkt anstarrten. Wie war es möglich, daß er sie nicht sah?

Und wenn er sie sah?

»Klang wie irgendwas in der Hecke«, sagte er. So war es. Charlotte hatte den verrückten Impuls, wie ein Kätzchen zu miauen. Sie überlegte eine Sekunde, was für ein Geräusch wohl ein Eichhörnchen macht und ob sie das auch nachahmen könnte.

Aber Elizabeth war womöglich eine Frau, die Kätzchen und sogar Eichhörnchen an ihren Busen drückt. Bei einem Miauen würde sie wahrscheinlich auf sie zulaufen. (Obwohl Charlotte im Grunde gar nichts von ihr wußte. Sie wußte nur, daß Elizabeth eine Frau war, die streunende Tiere vergiftet. Vor Jahren gab es eine Zeit, als Charlotte Elizabeth für eine Hexe hielt, für keine gute, sondern für eine böse Hexe.)

Und jetzt stellt sich heraus, daß sie lediglich eine kleine alte Frau mit Krampfadern ist.

Es folgten ein paar Augenblicke absoluter Stille. Andrew und Elizabeth blickten so intensiv auf die Hecke, als glaubten sie, mit ihren Augen hören zu können. Wie war es möglich, daß sie Charlottes blasses, erschrecktes Gesicht nicht durch die dünnen

Zweige sahen? Noch ein paar Zentimeter, und sie wäre direkt durch die Hecke gefallen, so nahe war sie der Katastrophe.

Was für einen Plumps das gegeben hätte, wenn sie auf ihren ordentlichen, grünen Rasen gestürzt wäre. Sie hätte sich sogar etwas brechen können. Auf jeden Fall wäre sie auf dem Boden gelegen und hätte hilflos und erschreckt zu Andrew und zu einer verwirrten Elizabeth aufgeblickt. Als Charlotte und Andrew zusammen waren, entwickelten sie ein Talent zu lügen. Was würde ihnen beiden bei dieser Gelegenheit einfallen?

Charlotte könnte vielleicht sagen, daß sie eine Zeugin Jehovas sei. Die eine Abkürzung gehen wollte. Und dabei außerdem ihr Fleisch mit Zederndornen zerkratzt, um bald erlöst zu werden.

Andrew würde mit ihr wie mit einer Fremden sprechen. Was sie natürlich nach dreißig Jahren auch ist. Aber er würde sie vielleicht später besuchen, um sich die Sache erklären zu lassen. Es wäre nett, wieder mit ihm zu sprechen. Von ihm persönlich zu erfahren, wie sein Leben verlaufen ist.

Ist es das, was sie eigentlich wollte? Ist sie deshalb diese Risiken eingegangen?

Schließlich zuckten beide die Achseln und wandten sich wieder dem Garten zu. »Es war wohl irgendein Tier«, sagte Andrew. Und das konnte Charlotte auch hören. Endlich.

Und den Rest. Anscheinend sprechen langverheiratete Paare über sehr wenig. Sie redeten über dieses und jenes Unkraut und ob sie es bekämpfen sollten und ob sie lieber Hühnersalat oder Omelette zum Abendessen machen sollten. Wie viele Tage mit solchen nutzlosen Gesprächen verschwendet werden, dachte Charlotte. Sie hatte nie eine Begabung zum Small talk – wie erschöpft man nach so vielen Stunden sein muß, in denen man nur Trivialitäten ausgetauscht hat. Welch ein Luxus war dagegen ihr eigenes Leben. »Sollen wir jetzt zusammen den Keller in Angriff nehmen«, schlug Elizabeth schließlich vor, »nur ein bißchen, nicht lange?«

Fand sie diese ewige Anpassung nicht langweilig und ermüdend?

Charlotte ginge es bestimmt so.

Durch Beobachtung und Lauschen allein konnte sie nicht feststellen, auf welche Art Andrew Elizabeth dazu gebracht hatte, sich anzupassen. Vielleicht waren das subtilere Methoden. Oder drastischere. Und seine große, unsichtbare Anpassung bestand vielleicht darin, daß er überhaupt bei ihr geblieben war.

An dieser Szene gab es jedenfalls nicht viel Beneidenswertes. Charlotte wollte ihre eigenen kostbaren letzten Jahre jedenfalls nicht mit Plackerei und Kompromissen vorbeifliegen lassen.

Es war allerdings auch nicht viel besser, daß sie einige Augenblicke ihrer eigenen kostbaren letzten Jahre offensichtlich damit verbrachte, sich an den schmalen Stamm einer Zedernhecke zu pressen und die normalen Gespräche eines normalen alten Ehepaars zu belauschen und nur knapp der Entdeckung zu entkommen.

»Ja, geht in den Keller«, flehte sie stumm. »Geht jetzt gleich. Bitte, geht wenigstens ins Haus, damit ich hier wegkomme!« Und siehe da, die mächtige und zwingende hexenähnliche Willenskraft der Exgeliebten – sie gingen weg! Nicht ohne eine letzte sichtbare Geste, die Charlottes Herz einen kleinen Stich versetzte: Andrew, der direkt hinter seiner Frau ging, legte seine Hand auf ihren Rücken, nicht um sie zu halten oder anzutreiben, sondern einfach, um sie zu berühren. So.

Mit diesem Schmerz und den diversen Schmerzen in ihrem Körper – die Handflächen schmerzten von der rauhen Zedernrinde, die Knie und Schenkel taten weh von der Anspannung, die Schultern waren verspannt vom Anlehnen – gelang es Charlotte relativ gut, sich freizukämpfen und einigermaßen würdig zu ihrem Auto zurückzugehen. Trotzdem hoffte sie, daß sie niemand beobachtete, falls sie sich doch nicht so würdig bewegte, wie sie sich das vorstellte.

Jetzt, wo sie fast zu Hause ist, erinnert sie sich, wie sie in den alten Zeiten manchmal darüber erschrak, wie klar Andrew sie sah. Er konnte ihre wahren Stimmungen und Gefühle intuitiv erfassen, wenn sie selbst hätte schwören können, daß sie sie verborgen hatte. Er gab ihr das Gefühl, transparent zu sein. Was er immer sofort erkannte und was sie am wenigsten verbergen konnte, war Neid. Schreckliche, häßliche, tiefsitzende Eifersucht.

Aber sie mußte wohl annehmen, daß sie sich die Bedingungen ihrer Beziehung selbst ausgesucht hatte. Sie war nicht der Meinung, daß dies ein sehr erfreulicher Teil ihres Wesens war oder ein sehr normaler. Wer, Mann oder Frau, würde sich denn freiwillig aussuchen, jemanden zu lieben, der hauptsächlich woanders engagiert ist?

Jemand, der keine Begabung zum Small talk hat vielleicht. Jemand, der ein Alltagsleben nicht ertragen könnte. (Obwohl sie sich einbildete, sich danach zu sehnen, es aber woanders verachtete.) Oder eine Frau, die ihre eigenen Interessen irgendwo unerreichbar in ihrem Herzen eingeschlossen hatte.

Sie fragt sich, was für ein Buch Elizabeth heute draußen lesen will. Wenn sie den Titel wüßte, würde das wahrscheinlich etwas über diese Frau aussagen.

Hat sich Andrew so sehr verändert? Sie weiß, daß er früher sehr nett war, aber heute klingt er ziemlich unangenehm – wie ist das passiert? Würde er finden, daß sich Charlotte sehr verändert hat?

Als sie in ihre Einfahrt biegt, ist sie bereits wieder neugierig.

Den Rest des Tages will sie damit verbringen, sich einen Tee zu machen und sich dann, wie Andrews Frau, ein wenig draußen hinzusetzen und zu lesen. Später, wenn es draußen nicht mehr so schön ist, sollte sie vielleicht mal einen Blick in den Keller werfen. Er ist wirklich ein Chaos, und wer weiß, ob nicht irgendwo hinten das ganze Fundament zerbröckelt. Und wenn sie sich nicht um diese Probleme kümmert, kümmert sich niemand darum.

Das kann sie Einsamkeit nennen oder Verantwortlichkeit und Kompetenz. Aber darüber wird sie später nachdenken. Inzwischen wird sie versuchen, dankbar dafür zu sein, daß sie wieder sicher zu Hause ist und ihre Würde nicht verloren hat.

8

Zur Zeit liest Claudia jeden Morgen begierig die Zeitung. Das ist für sie ein Luxus, den sie nie kannte, der aber inzwischen zu einer Art Sucht geworden ist. Was hat sie eigentlich früher gemacht, ohne all diese Mitteilungen aus der Außenwelt?

Sie war beschäftigt. Sie hatte ihre eigene Welt, die genug von ihr forderte.

Als Bradley sich immer weniger selbst versorgen konnte, bestand er darauf, daß sie ihm die Zeitung vorlas. Sie las die Überschriften, und er nickte oder schüttelte den Kopf: interessiert oder nicht. Es war das erste Mal, daß sie Nachrichten wirklich wahrnahm. Er interessierte sich besonders für bewaffnete Auseinandersetzungen, und davon gab es genug. Am liebsten mochte er Berichte von Schlachten und militärischen Aktionen, insbesondere, wenn es um Strategie und Taktik ging. Die Opfer schien er nicht wahrzunehmen; merkwürdig für einen Mann, der selbst im Krieg war. Sie las ihm die Berichte vor und dachte an die Menschen, vor allem an die Frauen und Kinder, die fliehen mußten, die Hunger litten und verletzt waren. Sie stellte sich vor, wie sie selbst vor vielen Jahren versucht hätte, ihre vier kleinen Töchter zu retten, wie sie zusehends schwächer geworden und vielleicht sogar gestorben wären.

Sie und Bradley besprachen die Nachrichten nicht. Er machte seine Bemerkungen, sie las vor und behielt ihre Gedanken für sich. Sie glaubte nicht, daß er an ihrer Meinung interessiert war; vielleicht irrte sie sich. Vielleicht hätte ihm eine Diskussion Spaß gemacht, und sie wären zu Ergebnissen gekommen, in die ihre und seine Ansichten eingeflossen wären.

Das wichtigste Ergebnis der Lektüre war für sie, daß ihr ihre eigenen Sorgen klein und unwesentlich vorkamen. Nichts, was sie je erlebt hatte, wäre auch nur eine Zeile in den Nachrichten wert gewesen. Sie hielt das für einen großen Segen: überlebt zu haben, ohne daß es je zu einem Drama gekommen war, das öffentliche Aufmerksamkeit erregt hätte.

Wer wäre so vermessen, Untreue mit Hungersnöten zu vergleichen? Oder ärgerliches Flüstern mit Vergewaltigungen und gelegentliche Mut- und Hoffnungslosigkeit mit dem langsamen oder schnellen Tod durch eine Kugel?

Es war gut, ihre Sorgen einmal aus diesem Blickwinkel zu sehen.

Und auch ihre Freuden natürlich. Sie hat zwar nie in der Lotterie gewonnen (auch wenn Bradley in der Hoffnung auf ein leichtes Leben immer wieder Lose kaufte), aber sie hatte ein Heim und viele Bequemlichkeiten. Vielleicht hat sie nie etwas außergewöhnlich Gutes oder Heroisches vollbracht, aber immerhin hat sie vier wohlgeratene Frauen großgezogen. Auch wenn sie nicht unbedingt den Eindruck hatte, ihr Leben sei besonders friedlich gewesen – wenn sie die Zeitung las, erschien es ihr plötzlich so.

Sie fragt sich, ob das heute anders ist: ob sie heute eine Notiz, eine kleine Überschrift, ein paar Zeilen wert sein könnte.

Heute schaut sie sich die Fotografien von Kriminellen genauer und interessierter an. Wie sie gebückt und in Handschellen von stämmigen Polizisten ins Gericht gebracht werden und dabei oft den Kopf unter ihren Mänteln verstecken. Sie scheinen besonders gefährlich zu sein, sonst würde man nicht diese Fotos von ihnen machen. Und fast ausnahmslos sind es Männer.

Dennoch glaubt sie, daß es so etwas wie eine Verbindung zu ihnen gibt, daß sie mit manchen von ihnen etwas gemeinsam hat.

Vielleicht aber auch nicht. Vielleicht überschätzt sie ihr Geheimnis. Vielleicht ist es wie immer bei ihr: Verglichen mit den großen öffentlichen Ereignissen sind ihre Angelegenheiten unbedeutend. Soweit sie weiß, ist sie, mit den Augen der Außenwelt gesehen, wohl immer noch absolut normal, zufrieden und glücklich.

Auf ihre alten Tage ist sie fasziniert davon, wie verschieden die Menschen leben können, wie viele unterschiedliche Charaktere es gibt und zu welch merkwürdigen Verwicklungen es kommen kann. All diese Dinge scheinen in besonderen Momenten zusammenzutreffen und Nachrichten verschiedenster Art hervorzubringen. Vielleicht sind dazu eben diese drei Dinge nötig: ein Lebensstil, ein bestimmter Charakter und ein besonderes Ereignis. Vielleicht hat bei ihr nur das Zusammenprallen dieser drei Dinge gefehlt, und darum ist nie etwas über sie in ihrer Zeitung erschienen.

Warum hätte das auch passieren sollen?

Charlottes Name dagegen stand früher öfter in der Zeitung, nicht weil sie selbst etwas erlebt oder erlitten hatte, sondern weil sie eine Art Expertin für die Tragödien und Schwierigkeiten anderer Menschen war. Sie hatte zweifellos ein Talent, hinter den verschiedenen Ängsten der einzelnen die tiefere, allgemeine Bedeutung zu sehen und das auch ausdrücken zu können. Es ist wichtig, daß es Menschen gibt, die so etwas können. Sie sorgen zumindest dafür, daß andere Menschen nicht völlig im Chaos und der Anarchie versinken, sondern erkennen, daß es selbst im Schrecken Ordnung und Berechenbarkeit geben kann.

Charlottes Erfahrungen lagen vor allem auf dem Gebiet der häuslichen Katastrophen, was nach Claudias Ansicht nicht einer gewissen Ironie entbehrte.

Zweifellos hat sie heute weitaus mehr Zeit zur Verfügung und kann sich deshalb der Morgenzeitung mehr widmen; genauso wie es sicher vor allem der Mangel an Zeit war, daß sie diese Beziehung früher nicht hatte. Sie betrachtet es wirklich als eine Beziehung: Sie wacht morgens mit einer Vorfreude auf, als würde ein interessanter Freund an der Tür warten, der ihr Nachrichten von draußen bringt. Sie hat nicht einmal das Gefühl, daß die Beziehung einseitig ist, auch wenn die Zeitung davon wohl kaum eine Ahnung hat. Ihr Interesse, ihre Interpretation der Ereignisse, ihr Verlangen nach Wissen, all das sieht Claudia als ihren Teil, ihren Beitrag zu der Beziehung.

Mit der Zeitung ist es, so scheint ihr, ein bißchen wie mit Charlotte: Sie bringt ihr Ereignisse, Begebenheiten, Analysen und Leidenschaften ins Haus. Allerdings gab es mit Charlotte natürlich auch noch die Dimension von menschlicher Wärme.

Sicher hat Charlotte inzwischen Claudias Brief bekommen. Wenn sie zu Hause ist und wenn sie lebt – wie konnten sie so sehr den Kontakt verlieren, daß Claudia das nicht einmal weiß? Und daß Bradley einige Zeit tot sein konnte, ohne daß Charlotte es wußte.

Aber ihre Freundschaft hat schon manche Unterbrechungen überlebt. Es hat lange Perioden gegeben, in denen es genügte zu wissen, daß die andere lebt und damit die gemeinsamen, aber auch die getrennten Erinnerungen.

In der Welt, die in Claudias Zeitung beschrieben wird, ist selbst Freundschaft ein großer Luxus. Beim Kampf ums bloße Überleben kappen die Menschen ihre Wurzeln, verlassen ihre Orte, ihre Familien – alles, was sie kennen, um sich auf gefahrvolle, unwiderrufliche Reisen zu begeben. Sie sagen letzte Adieus und gehen einfach davon: über Meere, in denen sie ertrinken können, durch Wüsten, in denen sie verhungern können; als ob sie über die Kante der Welt schritten, mit geschlossenen Augen, in blinder Hoffnung.

Verglichen damit muß selbst jener Augenblick, der Claudia so unglaublich erscheint, armselig wirken. Es ist durchaus möglich, daß es Leute gibt, die darauf sogar stolz wären. Sie selbst würde es vielleicht so sehen, wenn sie nicht diese zweideutigen Motive dabei hätte. Hinter Verhaltensweisen, die als edel beschrieben werden, stehen oft gemischte Motive, das ist normal und gerade bei sogenannten guten Taten besonders häufig. Claudia glaubt nicht an Heilige. Sie glaubt nicht daran, daß man etwas ohne Hintergedanken macht. Jede Investition wird irgendwann belohnt.

Was war ihre Belohnung dafür, daß sie Bradley gepflegt hat?

Warum hat sie sich so bemüht? Sie ist ziemlich sicher, daß sie es nicht gemacht hat, um irgendwelche Schulden abzuzahlen; eher war es der Wunsch nach einem perfekten Abschluß.

Und was die zweideutigen Motive angeht, so hätte sie wohl nichts dagegen gehabt, wenn Bradley sich nicht nur todkrank gefühlt hätte, sondern auch unterlegen, schuldig und minderwertig. Wenn er sie wenigstens einmal angesehen und dabei gedacht hätte: »Ich verdiene diese Frau nicht, sie ist so gut und großherzig, und ich war so gemein, so unaufrichtig, nie habe ich ihr alles gegeben, immer etwas für andere aufgespart – und selbst jetzt, wo ich verfalle und auch mir dieser Geruch der Fäulnis nicht verborgen bleibt, ist sie auf den leisesten Wink hin für mich da, bedient mich, umsorgt mich, ach, ich verdiene diese Frau nicht« – wenn er sie doch nur einmal angesehen und so etwas gedacht hätte! Sehr unwahrscheinlich! Absolut unvorstellbar. Er konnte nur fordern, bis zum Schluß.

Vielleicht ist sie lieblos. Und unfair. Vielleicht braucht sie das: daß sie nur das Schlechteste von ihm denkt.

Eigentlich sollte sie sich jetzt ganz leicht fühlen – so als wäre sie angefüllt mit Sauerstoff oder Helium. Zum erstenmal seit Jahren könnte sie durchatmen, schweben, fliegen. Sie sollte sich frei fühlen und wagemutig, bereit, alles mögliche zu tun.

Abenteuer sind für sie schwer vorstellbar, zu viele Jahre lang hat sie sich das Träumen aberzogen. Sich mit dem Gegebenen abzufinden erschien ihr wichtiger als Wagemut.

Aber vielleicht wird sie ihre eigene Geschichte doch noch einmal im Licht der letzten Ereignisse überprüfen. Denn vielleicht denkt sie das alles nur, weil es im Augenblick das Beruhigendste und Bequemste ist, und stimmt mit dem, was wirklich war oder wie sie es damals empfand, gar nicht überein.

Geschichte kann sich ziemlich schnell, im Laufschritt sozusagen, verändern. Ihre Zeitungen zeigen das täglich: Was gestern noch ein Verbrechen war, wird heute bei genauerer Betrachtung der Fakten zu einem verständlichen, ja sogar notwendigen Ereignis. Oder umgekehrt: Was gestern noch eine gute und notwendige Tat war, wird heute bei genauerem Hinsehen zu einer Mischung aus Arglist und Profitdenken. Politik und Krieg. Depression und Rezession. Wohlstand und Unterdrückung, Gewalt, Hoffnung und Mitleid – all diese großen Dinge sind letztlich nur die Resultate individueller menschlicher Impulse, die in bestimmter Weise aufeinanderprallen oder auch miteinander verschmelzen. Es stimmt zum Beispiel nicht, daß Kriege nichts mit persönlichen Dingen zu tun haben. Ursache ist immer auch das Aufeinandertreffen verschiedener Gefühle des Stolzes und der Begierde. Wenn es so etwas wie eine Seelenwissenschaft gäbe, wäre es vielleicht möglich, diese Ereignisse auf die kleinsten Komponenten der dabei beteiligten menschlichen Gefühle zurückzuverfolgen; so wie Mikrobiologen mit starken Vergrößerungen arbeiten, um die winzigsten Organismen zu erkennen, und dabei feststellen, wie klein das Leben sein kann und zu welch riesigen Wirkungen es dennoch fähig ist.

Der Grund dafür, daß die Menschen nicht versuchen, Motive und Ereignisse bis auf ihre wahren, winzigen Ursprünge zurückzuverfolgen, ist zweifellos der, daß man nicht weiß, wo es hinführt. Denn was man auch weiß, was immer auch der Mikrobiologe sagen kann – das, was wirklich passiert, ist immer noch unendlich viel kleiner und gleichzeitig doch mächtiger.

Und es ist einfach nicht möglich, für jeden Atemzug und jedes Flüstern offen zu sein, jeden Sinneseindruck wahrzunehmen, zu hören und zu riechen. Es ist für das Überleben notwendig, manche Sinne abzustumpfen – das Sperrfeuer der Wahrnehmungen wäre unerträglich und übermächtig – man wäre erschlagen, gehetzt, entnervt und schließlich taub.

Das Erwachsenwerden, so vermutet Claudia, besteht in diesem Prozeß des Sich-Abschottens und Sich-Verschließens. Erst wenn man sich genügend abgeschottet hat, ist man reif. Allerdings gibt es da ein Problem: Völlige Anästhesie kann sehr gefährlich werden. Diese Gefahr bestand allerdings bei Claudia nie. Sie zuckte bis zum Schluß zusammen, wenn sie seine Stimme hörte und er nach irgend etwas verlangte, und sei es nur ein

Schluck zu trinken. Und wenn seine Finger nach ihrem Handgelenk griffen, bekam sie nervöse Zuckungen. Seine Worte konnten sie noch verletzen; das, was er ihr unbedingt noch erzählen wollte.

Nun ist ihr Herz größer, ihre Augen und Ohren können mehr aufnehmen, mehr sehen und mehr hören. Die Wunden etwa und die Schreie, die jeden Tag wie Rauch aus ihrer Zeitung aufsteigen. Sie stammen von Menschen, die weitaus ernster verletzt sind, als sie oder Bradley es je waren.

Charlotte wußte über diese Dinge wohl immer Bescheid. Sie war diesen Wunden und diesen Schreien sicher viel näher. Diese Sichtweise ließ die Verletzungen, die sie sowohl verursachte als auch erlitt, mehr oder weniger harmlos erscheinen.

Eine solche distanzierte Sicht der Dinge mag tröstlich sein, solange sie aufrechterhalten werden kann. Besonders menschlich ist sie wohl kaum. Selbst Charlotte machte ab und zu schmerzliche und niederschmetternde Erfahrungen, die sie persönlich so trafen (und vielleicht vorhersehbar waren), daß sie für anderes keinen Blick mehr hatte. Selbst den noch so verzweifelten Schrei eines mißhandelten Kindes hörte sie dann nicht mehr. Claudia selbst wollte diese Distanziertheit nie. Es hätte bedeutet, daß sie bei all dem Lärm der Waffen und des Weinens in der Welt die Hilferufe ihrer eigenen Töchter nicht mehr gehört hätte. Es gibt auch so etwas wie zuviel Distanz.

Sie hätte ihren Töchtern besser zuhören sollen, als sie über ihre Kinder, Claudias Enkel, sprachen. Bis jetzt kennt sie sie kaum. Im Leben von Kindern ist ein Jahr eine unglaublich lange Zeit; ein großer Teil der Zeit, die sie überhaupt auf der Welt sind. Sie wachsen und ändern sich jeden Monat, ja, jeden Augenblick. Claudia hat so viel versäumt, als sie sich um Bradley kümmerte.

Jetzt, wo es vorbei ist, scheint es, daß ihr Wille, das Beste zu tun (oder der Wunsch nach einem Schnitt und perfekter Rache), dazu geführt hat, daß sie etwas anderes, vielleicht sogar Wichtigeres verloren hat. Sie hat zwar ihren untreuen, dummen Mann beerdigt, aber die kleinen, hoffnungsvollen Menschen, die ihm nachfolgten, hat sie aus den Augen verloren.

»Du mußt uns besuchen, Mutter«, sagte Sonia, als sie und ihre Schwestern am Ende ihres Besuches die Sachen für die Heimfahrt packten. »Es wäre so schön, dich bei uns zu haben.« Die anderen stimmten zu und luden sie ebenfalls ein (außer Susan, die früh am Sonntag morgen abgereist war mit einer leichten, aber zärtlichen Umarmung, einem Lächeln und einem kurzen »bis bald, Mama«).

Sandra nickte. »Du mußt hier nicht allein bleiben, wenn du nicht willst.«

Sharon sagte: »Unsere Kinder würden sich freuen. Sie haben wirklich Sehnsucht nach dir.«

Nun, einige dieser »Kinder« sind durchaus alt genug, um sie allein zu besuchen, wenn sie das wirklich wollen. Besonders Sonias Kinder. Aber vielleicht hatten sie keine Gelegenheit, sich an Besuche bei den Großeltern zu gewöhnen, sei es allein oder wie auch immer. In dem Jahr, als Bradley krank war, hielten sie sich sehr zurück mit Besuchen. Die wenigen Male, die sie kamen, fanden sie ihren Großvater (oder seinen Zustand) quälend, ja erschreckend. Was natürlich auch der Fall war, kurz vor dem Tod, ein Zustand, der geheimnisvoll und beängstigend auf Kinder wirken mußte.

Und Bradley war auch für sie nicht gerade eine angenehme Gesellschaft. Ihre Anwesenheit irritierte ihn, manchmal schaute er sie voller Verachtung an. Vielleicht beneidete er sie um ihre Jugend. Daß sie noch das ganze Leben vor sich hatten. Vielleicht schaute er sie an und erkannte einfach nicht, was an ihnen so wichtig war: daß sie das waren, was von ihm und Claudia bleiben würde. Daß sie, auch wenn sie nicht der Sinn und Zweck seines und Claudias Lebens gewesen waren, doch aus ihnen hervorgegangen waren.

Oder er erkannte, daß er am Ende doch einfach vergessen werden würde, und ärgerte sich darüber. Diese Kindeskinder würden wenig von ihm wissen und die nachfolgende Generation gar nichts mehr. Bradley hinterließ so wenig Spuren. Außer bei Claudia. Und bei einigen anderen Menschen, wie sie weiß.

An wie viele ihrer Liebhaber erinnert sich Charlotte noch intensiv oder mit Wehmut? Claudia hörte von Bradley bis zu seinem Tod immer nur einen Teil seiner Sicht der Dinge: »Es war nicht wichtig«, und: »Sie hat mir nichts bedeutet, ehrlich.«

Ehrlich! Welch ein Wort aus seinem Mund!

Was war ihm wichtig? Warum versuchte er immer, sie zu halten? Er trieb sich so gerne herum, aus bloßer Neugierde, wie er sagte, was war dann so wichtig an ihr, daß er sie im Haus haben wollte? Sie kann sich nicht vorstellen, daß es das war, was er sagte: daß er sie vor allem und über alles liebte. Das war einfach absurd; es widersprach jeder nur möglichen Definition der Liebe, die sie kannte.

»Ich liebe dich« muß er zumindest einigen dieser anderen auch gesagt haben. Es kann nicht allen egal gewesen sein, ob er es tat oder nicht. Was im Himmel meinte er, wenn er Liebe sagte?

Claudia meinte, was sie immer gemeint hat und noch heute meint: Standhaftigkeit, Fürsorglichkeit, Loyalität und Mitgefühl im Denken und Handeln. Eine Liebe, die den Freuden oder gar den Leiden des Partners gleichmütig gegenübersteht, ist für sie keine Liebe.

Inzwischen hat sie sich von seiner Gegenwart genügend befreit, um zu erkennen, daß ihr Leiden und das Leiden mancher seiner weiblichen Bekanntschaften vermutlich vieles gemein haben. Sie ist noch nicht frei genug, um sich für das Leiden dieser Frauen besonders zu interessieren.

Selbst ihre eigenen Leiden fangen an, sie ein bißchen zu langweilen.

Charlotte war in diesen Dingen besser. Wenn ihr erster Kummer vorüber war, zuckte sie normalerweise mit den Achseln. »Was vorbei ist, ist vorbei«, pflegte sie zu sagen. »Was willst du machen, wenn es nicht klappt? Du machst einfach etwas anderes. Irgendwas passiert schließlich immer. Und immer taucht etwas Neues auf.« Es geschah nicht häufig, daß Claudia bei Charlotte

Kummer erkannte; so entnervt, wie sich Claudia manchmal fühlte, war Charlotte selten.

Aber Claudia hatte auch nicht die Gabe, jemanden verlassen zu können. Statt dessen schien sie die Gabe zu haben (wenn es denn eine Gabe war), bei jemandem zu bleiben, egal, was geschah. Und ihre Töchter – wenn man ihnen glauben will – halten sie für mutig und sagen, daß sie sie bewundern. Sie selbst leben allerdings ganz anders. Sie scheinen die Einstellung ihrer Mutter nicht zu teilen, weder ihre Sturheit noch ihre Hingabe – was immer es war, das sie in diesem Hause und bei diesem Mann hielt.

Es wäre leicht, einfach zu sagen: »Ich habe ein Versprechen gegeben, und ich halte meine Versprechen.« Aber selbst Claudia glaubt nicht daran, daß man dumme Versprechen halten muß. Sie glaubt nicht, daß an einem Gelöbnis, das offensichtlich absurd geworden ist, irgend etwas Heiliges ist.

»Vielleicht«, denkt sie, »bin ich letztlich nur meinem eigenen Charakter treu.« Egal, wie er ist. Und wie dumm und absurd das möglicherweise auch sein mag.

Ein Mensch in ihrem Alter sollte das eigentlich wissen. Sie sollte ihren eigenen Charakter kennen und nicht nur ihre Charakteristika. Sie hört sich an wie ein Horoskop: Wenn du heute Geburtstag hast, dann bist du treu, freundlich, verläßlich, entschlossen – und so weiter.

Sie sagte den Mädchen, daß sie sie gerne besuchen würde. »Wir könnten dich einfach immer von einer zur anderen weiterreichen, und du müßtest nie mehr nach Hause kommen«, sagte Sharon lachend. Claudia fragte sich, ob ihre Töchter auch dieses Frösteln spürten, das sie bei Sharons Worten ergriff. Das hörte sich an, als wäre sie im Begriff, eine Vagabundin zu werden.

Aber sie lachte mit. »Ihr braucht kein Zimmer für mich einzurichten. Ich werde euch besuchen, sobald ich wieder festen Boden unter den Füßen habe, aber ich könnte nie lange von zu Hause weg sein.«

Warum nicht? Sie hat keine Ahnung, ob es stimmt. Sie war nie lange weg von zu Hause. Und sie hat bis auf die letzten Wochen nie ohne Bradley gelebt. Sie weiß wirklich nicht, wie sie nun, wo sie sich selbst überlassen ist, leben will.

Gab es je eine Zeit, in der sie sich selbst überlassen war? Sie kann sich nicht daran erinnern. Vielleicht entdeckt sie, daß sie lieber allein ist, trotz ihres Versprechens, die Mädchen zu besuchen. Einem eigenen Rhythmus, den eigenen Wünschen, dem eigenen Herzen zu folgen, vielleicht genießt sie diesen Luxus?

Oder sie stürzt sich angesichts der Schrecken der täglichen Nachrichten in Aktivität: tut etwas mit vollem Einsatz für irgendeine kleine Sache, um dem großen Ziel zu dienen. Es scheint nicht viele große Dinge zu geben, die sie tun kann, und dennoch könnte ihr Einsatz nützlich sein. Irgend jemand muß schließlich das Essen in den Armenküchen austeilen; an den Telefonen sitzen und den verzweifelten Stimmen zuhören, die Sterbenden besuchen, die Opfer von Vergewaltigungen in die Arme schließen. Es gibt Leute, die das machen.

Und sie war eine Mutter, es fehlt ihr gewiß nicht an Geschick, wenn es um das Verteilen von Essen, um Rat und um Trost geht. Eine Mutter will handeln, will helfen, will heilen. Nicht nur jammern. Was hilft es, Tragödien voller Mitleid als unabänderlich und unlösbar zu analysieren?

Aber entspricht das ihrem Wesen? Und ist es nicht entmutigend, diese Frage überhaupt zu stellen, nachdem sie vier Töchter großgezogen hat? Sich da zu fragen, ob es eigentlich ihrem Wesen entspricht, eine Mutter zu sein; mütterlich?

Sie hat Bradley gepflegt, und sie würde nicht sagen, daß das ihrem Wesen entsprach. Vielleicht hat sie ihre Zeit einfach nur damit verbracht, von Anlaß zu Anlaß zu funktionieren.

Sie war an kleine Ziele gewöhnt: Essen zu bestimmten Zeiten, Abwasch erledigen, Medizin verabreichen, Wäsche waschen und aufhängen, Einkäufe machen, bezahlen und in Schränke verstauen, Essen vorbereiten. Waren das Ziele oder einfach Termine? Ohne sie fühlt sie sich jedenfalls nicht wohl: wie ein Entdecker, der den entscheidenden Fluß nicht mehr sieht, wie ein sorgloser Führer, der irgendwo auf der Route den Kompaß verloren hat.

Man hat die Wahl, entweder weiterzustolpern und darauf zu hoffen, daß man zufällig auf sicheres Terrain gelangt, oder sich einfach hinzusetzen und zu hoffen, daß man in der Umgebung Hinweise findet, die einem helfen, oder daß Rettung kommt.

Sie sollte ihren Blick vielleicht auf ein unverrückbares Ziel richten, so wie ein Entdecker auf einen entfernten Berg zugeht oder sich an einem ihm bekannten Stern orientiert. Claudia feiert in zwei Monaten ihren siebzigsten Geburtstag. Sie könnte sich vornehmen, bis dahin ihre Zukunft zu planen.

Jeder Narr kann seine Zukunft planen. Das Problem ist, die passende Zukunft zu finden. Sie will sich nicht in einer schlechtsitzenden, unbequemen Zukunft wiederfinden, die ihr nicht steht.

Immerhin haben diese nächtlichen Visionen nachgelassen. Seit die Mädchen da waren, konnte sie leichter einschlafen, und ihr Schlaf war ungestörter. Sie fragt sich, wohin diese Geschöpfe verschwunden sind, die in ihrem Kopf auftauchten, wenn ihre Aufmerksamkeit auch nur ein bißchen nachließ. Sie waren durchaus real, sind sie das nun nicht mehr? Dinge, die einmal existiert haben, hören sicher nicht einfach auf zu existieren. Sie waren nur ein Teil von ihr. Diese Teile – wenn man sie so nennen will – waren böse, häßlich oder zumindest bedrückend. Aber Teile von einem selbst verschwinden nicht einfach wie amputierte Gliedmaßen oder ein toter Ehemann.

Vielleicht hat sie sich nur an ihre eigene Bosheit gewöhnt.

Neben der Bosheit lauert auch die Gefahr des Sich-gehen-Lassens: dieses ewige Suhlen in der Vergangenheit und in Fragen, die keine Antwort haben. Früher hatte sie nie Zeit. Vielleicht wäre es richtiger zu sagen, sie hätte es früher gar nicht ertragen können. Denn es ist schwer, zwei Dinge gleichzeitig zu machen, besonders, wenn sie sich widersprechen. Wenn sie je Zeit gehabt hätte nachzudenken, wirklich nachzudenken, und erkannt hätte, daß ihr ihr Leben nicht paßte – was hätte das genutzt, was hätte es an Gutem bewirken können?

Nicht, daß sie jetzt unbegrenzt Zeit hätte – sie ist schließlich alt. Und kann nicht in jedem Alter irgendein letzter Klumpen der Innereien auf das Herz zurasen, es bedrohen und dann plötzlich zum Stillstand bringen? Niemand will etwas von ihr, niemand braucht etwas. Es kann nicht wahr sein, aber es kommt ihr vor, als ob dies das erstemal so ist: Sie ist völlig frei.

Charlotte war genau das Gegenteil. Sie hat immer nach ihrem eigenen Rhythmus und ihren eigenen Wünschen gelebt; sie ist im übrigen der einzige Claudia bekannte Mensch, der das geschafft hat. Außer vielleicht Bradley, der etwas Reizvolles sehen konnte und ihm einfach hinterherlief, so wie ein Vogel manchmal von glänzenden Gegenständen im Gras in Bann gezogen wird; aber bei Bradley war es einfach eine Schwäche, eine Unfähigkeit, sich zu konzentrieren. Charlotte dagegen konnte sich sehr gut konzentrieren: auf den Rhythmus und das Schlagen ihres Herzens. Sie hatte Forderungen und Wünsche, nicht bloß einen Impuls oder eine Laune.

Auch Charlottes siebzigster Geburtstag ist bald. Die beiden sind fast gleich alt, sie haben sogar dasselbe Sternzeichen. Zeigt das nicht, was für ein Unsinn die Astrologie ist, wenn man sieht, wie verschieden sie sind?

Charlotte hat immer versucht, alles einmal gemacht und alles einmal gehabt zu haben. Natürlich ist das nicht möglich. Charlotte hat eine Menge gemacht, viel versucht und sich waghalsig (so schien es Claudia jedenfalls) in die verschiedensten Abenteuer gestürzt: Aber natürlich hat sie nicht alles gehabt. Kinder hat sie zum Beispiel nicht gehabt, auch keinen Mann und die soliden sicheren Verhältnisse, die sich aus diesen besonderen Strukturen ergeben.

Natürlich würde Claudia gerne ihre Töchter besuchen; ihren Enkelkindern zusehen und zuhören, herausfinden, wie sie sind, sich vorstellen, was aus ihnen wird; sich mit geschlossenen Augen zurücklehnen und den Geräuschen dieser vier durchaus verschiedenen Häuser lauschen und dabei versuchen herauszubekommen, ob alle Teile funktionieren – so wie man bei einer Maschine, bei einem Motor etwa, horcht, ob etwas schleift oder ob alles glatt läuft. Natürlich würde sie das gern tun.

Aber im Augenblick sehnt sie sich noch mehr danach, Charlotte zu sehen, ihre allerälteste Freundin. Charlotte kennt eine ganz andere Claudia als Claudias Töchter. Sie kennt sowohl das kleine verängstigte Mädchen wie die hoffnungsvolle junge Frau und die gelegentlich am Boden zerstörte ältere Frau. Sie hat – vielleicht – eine Ahnung von Claudias Seele und von ihrem Leben. Claudia würde sich gerne mit Charlotte mit einem Drink in bequemen Sesseln niederlassen und ohne festes Ziel durch die Ereignisse streifen, hier und da Ähnlichkeiten feststellen und auch den Unterschieden nachspüren.

Wenn Claudia glaubt, Charlotte habe eine Ahnung von ihrer Seele, heißt das, daß sie ihrerseits eine Ahnung von Charlottes Seele hat? Zumindest ist da eine tiefe Zuneigung; wild und geheimnisvoll. Und auch etwas, das zweifellos nicht da wäre, wenn sie sich jetzt das erstemal begegneten. Wenn es jetzt überhaupt eine Gelegenheit dazu gäbe. Nein, ihre Geschichten sind zu unterschiedlich. Charlotte würde Claudia sicherlich anschauen und denken: »Wie langweilig. Armes kleines Hühnchen, was für ein anstrengendes Leben voller Pflichten.« Und Claudia – wie könnte jemand wie Claudia jemanden wie Charlotte ansehen und dabei nicht wütend werden? Eine Schlampe und Herumtreiberin, eine Frau, die die Existenz anderer Frauen zerstört hat (das wäre freilich nicht ganz richtig, Charlotte hat nie die Existenz einer anderen Frau zerstört), eine lüsterne Amateurin, die das Leben erwachsener, verantwortlicher Menschen durcheinanderbringt. Würde Claudia Charlotte heute kennenlernen – gegen Ende ihrer beider Leben, mit all den unterschiedlichen Erfahrungen, die zwischen ihnen stehen, sie würde sie sicherlich verachten.

Ist sie also böse auf Charlotte? Würde sie sie selbst heute noch gerne mit diesen Worten beschimpfen? Ihr Vorwürfe machen? Vielleicht. Ausschließen kann es Claudia nicht.

Aber natürlich lernen sie sich nicht heute kennen, sie haben sich vor mehr als sechs Jahrzehnten kennengelernt. Ihre Freundschaft ist ein Rückgrat, das mit ihnen gewachsen ist. Und auch wenn es hie und da einmal schmerzt und sich abnützt, auch wenn sich gewisse Unbeweglichkeiten entwickelt haben, die Vorstellung, es gäbe es nicht, ist unmöglich. Was täte man ohne Rückgrat? Es kann gut sein, daß sie sich nicht mögen würden, wenn sie sich jetzt träfen. Aber das hat nichts damit zu tun, was sie einander bedeuten.

Und es stimmt auf jeden Fall, daß etwas Magisches oder Geheimnisvolles zwischen ihnen ist. Denn als sie ihre Post öffnet, findet sie einen Brief von Charlotte. Endlich! Er ist sehr leicht. Claudia betastet den Umschlag und vergleicht ihn mit dem dikken Brief, den sie Charlotte geschickt hat. Worte und Zeilen, die zu Absätzen und dann zu Seiten wurden – so als habe sie das ganze letzte Jahr ihres Lebens auf das Papier geschwitzt. Sie hatte versucht zu beschreiben, wie es sich anfühlte, wie es roch, wie es wirklich war; nur das Geheimnis hatte sie nicht ausgesprochen, war den Fakten ausgewichen. Worte sind Waffen, wenn sie zu schonungslos benutzt werden. Sie können explodieren, von den Blättern springen und zerstören. Aber dieser Brief – hat Charlotte so wenig zu sagen?

Aha, Charlotte hatte also einen Drink in der Hand, als sie Claudias Brief las. Einen Scotch, sagt sie. Keine schlechte Idee, auch wenn Claudia Scotch verabscheut. Sie kann sich nicht vorstellen, daß Charlotte dieses Zeug trinkt. Sie selbst gießt sich ein kleines Glas Weißwein ein.

»Alles Liebe, Charlotte.« So hört der Brief auf. Gut. Nun kann sie den Brief ordentlich von vorne lesen. Manchmal wirft Claudia auch bei Büchern einen Blick auf die letzte Seite; nur um sicher zu sein, nur um ihre Angst und ihre Spannung nicht zu groß werden zu lassen.

Charlotte sagt, wenn sie gewußt hätte, daß Bradley krank war, wäre sie gekommen und hätte geholfen. Claudia geholfen, nicht Bradley. Er hätte ihre Unterstützung nicht gewollt, da hat sie recht. Und eben deshalb hat Claudia auch nicht angerufen oder geschrieben (abgesehen davon war sie auch erschöpft und hätte Schwierigkeiten gehabt, alles in Worte zu fassen). Es wäre ihr auch zuviel geworden. Sie hätte es nicht ertragen: Charlotte bietet Hilfe an, Bradley lehnt sie ab, und sie selbst dazwischen, am Telefon, in Briefen oder im Haus.

Jetzt aber könnte sie Hilfe gebrauchen. Und – was für eine vollkommene Freundin – »Ich wünschte, du wärest hier«, schreibt Charlotte. »Ich wünschte, wir könnten einander helfen.«

Ja, sie sind alt, wie Charlotte sagt. Die Menschen sterben wirklich, auch sie beide werden sterben. In einer plötzlichen Vision sieht Claudia sich bei Charlottes Beerdigung – würde sie weinen, so wie Charlotte bei ihrer Hochzeit geweint hat?

»Vielleicht könnten wir wieder so lange aufbleiben wie früher«, schreibt Charlotte, »und uns Geheimnisse erzählen.«

Wenn es irgend jemanden gibt, dem Claudia es erzählen kann, dann Charlotte.

Kann Charlotte Angst haben? Sie sagt es. »Ich finde gerade heraus, daß Angst einige merkwürdige Auswirkungen hat.« Claudia kann sich nicht erinnern, daß Charlotte je zuvor von Angst gesprochen hat; jedenfalls nie von ihrer eigenen. Es war eine jener Eigenschaften, die Claudia immer erstaunt haben; wenn sie Charlotte wäre und Charlottes Leben führen würde, dann hätte sie wahrscheinlich ununterbrochen Angst. Und wenn es nur die Angst vor dem Unbekannten wäre.

»Komm her«, schreibt Charlotte. Sie sagt, ihre Brüste seien schlaff geworden. Claudias eigener Busen berührt beim Sitzen fast den Bauch. Und er war doch so straff, sie war so stolz auf ihre vollen, großen, weißen Brüste. Klar, daß Charlottes Brüste nur schlaff werden; sie waren nie so groß wie Claudias.

Und jetzt ist das allen egal, außer vielleicht ihnen beiden. Ihre Busen interessieren und reizen absolut niemanden mehr. Wie traurig: vorbei die Freuden an Brüsten und Penissen.

Vielleicht werden manche Menschen mit dem Alter weise.

Vielleicht verstehen sie, daß das alles nicht so wichtig ist. Vielleicht können sie sogar besser mit Resignation umgehen als Claudia. Es klingt jedoch nicht so, als könne Charlotte das. Immerhin ein Trost.

Am Wochenende sprach Claudia mit den Mädchen auch über Charlotte. »Ich wollte immer so eine beste Freundin haben, so etwas, wie ihr beide es wart«, sagte Sandra. »Und Papa war so eifersüchtig!«

»Ich glaube, Charlotte hat ihm Angst eingejagt«, sagte Sharon. »Er hat immer ganz verbissen geschaut, wenn ihr beide miteinander telefoniert habt.«

Claudia lachte. »Er dachte, sie habe einen schlechten Einfluß auf mich. In gewissem Sinne hatte er damit sogar recht.«

»Sicher«, sagte Susan. »In seinem Sinne. Ich hielt sie immer für phantastisch. Sie hatte soviel Mut.« Es war sicherlich falsch, daß Claudia einen Moment lang von Eifersucht ergriffen wurde: daß ihre Töchter nicht sie, die Standhafte und Stoische, sondern die frevelhafte, sorglose Charlotte für das passende Vorbild hielten.

Andererseits scheint es auch gut gewesen zu sein, daß sie den Vergleich hatten. Und es scheint auch, daß Sonia, die Tochter, die sie am wenigsten schätzt (auch wenn sie natürlich alle tief und innig liebt), ihr wohl am ähnlichsten ist. Und daß ihr Susan wahrscheinlich die liebste ist, die, von der sie am wenigsten weiß, von der sie aber annimmt, daß sie ähnlich mutig ist wie Charlotte.

Dieses Haus ist eine sehr kleine Welt. Wenn sie sich umsieht, spürt sie, daß die Zimmer, zum Beispiel dieses Wohnzimmer, nicht sehr gesund für sie sind. Wenn sie Abstand sucht, so ist das in diesen engen Wänden wohl kaum möglich.

Es wäre wunderbar, Charlotte zu sehen. Es täte ihr auch gut, mit Abstand auf diesen Ort, dieses Leben und all ihre Erlebnisse zu blicken und herauszubekommen, ob der Abstand die Dinge vielleicht verändert.

Sie kann sich vorstellen, daß sie bei Charlotte die richtigen Worte findet. Sie kann sich vorstellen, daß Charlotte aufmerksam zuhört, am Ende ernst nickt und Claudias runde Hand zwischen ihre langen Finger nimmt. Sie hört Charlotte sagen: »Wie schrecklich für dich, es tut mir so leid. Aber du bist ein guter Mensch, zweifle nie daran.« Damit wäre das Geheimnis zwar nicht aus der Welt, aber es könnte sich im Gedächtnis von Claudia einen bequemen Platz suchen, sich dort noch ein- oder zweimal herumdrehen und sich dann hinlegen und still sein.

Sie fragt sich, was Charlotte zur Zeit bewegt. Sicherlich irgendein Abenteuer; irgend etwas Interessantes, das sie aus Gründen des Taktes in ihrem Beileids- und Einladungsbrief nicht erwähnt hat. Wie sie reden werden! Und was sie sich zu erzählen haben!

9

Vielleicht hätte Charlotte Claudia doch lieber anrufen sollen, statt zu schreiben. Wenn sie das getan und Claudia zugestimmt hätte, wäre Claudia womöglich jetzt schon hier zu Besuch, eine nette Abwechslung zur Hecke. Vielleicht hätte Claudia ihr schon ihr unaussprechliches Geheimnis anvertraut. Und Charlotte hätte Claudias Erkenntnisse zum Thema Erhaltung der Ehe aufgesogen.

Sie hätten sich in jeder Hinsicht viel zu erzählen.

Aber auch Claudia hat geschrieben, statt zu telefonieren. Und Charlotte muß auf ihr Geld achten. Manchmal fragt sie sich, wofür sie all die Jahre so hart gearbeitet hat – sicher nicht für ein sorgloses Alter. Das wäre aber letztlich auch ein armseliges Ziel gewesen.

Trotzdem ist auf dieser Welt alles verkehrt. Tag für Tag verrichtete sie die Mistarbeit in diesem Zirkus, mal war es gefährlich und tragisch, mal langweilig und bürokratisch. Nach der glanzvollen Vorstellung räumte sie den Müll weg. Wenn der Zirkus die Stadt verlassen hat, will niemand mehr große, dampfende Haufen von Elefantenkot sehen. Ebensowenig will man mit dem Horror konfrontiert werden, der sich hinter ganz normalen Wohnungstüren abspielen kann. Schauspieler und Athleten, sogar Buchhalter und Anwälte verdienten mehr Geld und bekamen größere Pensionen, als Charlotte je kriegen würde.

Sie stellt sich vor, daß Claudia in einer sehr ähnlichen Situation ist, nach einer ähnlich undankbaren Karriere.

Undankbar zumindest von außen betrachtet. Von innen betrachtet vielleicht weniger. Claudias Töchter müssen ihr dankbar sein; das sollten sie jedenfalls. Charlotte fällt niemand ein, der ihr dankbar sein sollte, aber trotzdem hat sie, wie bei anderen Dingen auch, ihr Bestes getan. Oder zumindest das, was sie zu dem jeweiligen Zeitpunkt für das Beste hielt. Man riskierte natürlich immer, das Falsche zu tun.

Es wäre wirklich interessant (interessanter als Andrew? Jedenfalls weniger erniedrigend) herauszufinden, was aus Lissa und Tim geworden ist. Wenn sie sich konzentriert, kann sie sich an eine ganze Anzahl von Kindern, die durch ihr Leben gegangen sind, ziemlich genau erinnern. Ebenso genau kann sie sich an die Liebhaber erinnern, die es außer Andrew noch gegeben hat (Paul? Brian? Na ja, so wichtig waren sie nicht). Ebenso wie Andrew stehen Lissa und Tim nicht nur für einen größeren Aufwand an Mühe und Zeit, sondern auch für Ergebnisse und Hoffnung: Lehren für das Leben.

Sie lassen sich sicher nicht so leicht aufspüren wie Andrew. Daß sie ordentlich im Telefonbuch stehen, ist eher unwahrscheinlich. Es sprach wenig dafür, daß ihr Leben je so geordnet sein würde und sie sich lange genug an einem Ort niederließen, um eine Telefonnummer zu bekommen.

Wo sie jetzt wohl sind?

Damals waren sie Straßenkinder. Ein paar Monate nach dem Ende ihrer zehnjährigen Beziehung mit Andrew stieß sie mit ihnen zusammen und lernte sie kennen. Sie waren damals fünfzehn oder sechzehn. Wenn sie überlebt haben, müßten sie jetzt in den mittleren Jahren sein und wären sicher nicht wiederzuerkennen. Nicht so wie Andrew.

Der erfolgversprechendste und wirksamste Weg, sie zu finden, wäre vermutlich nicht über das Telefonbuch, sondern über das Strafregister. Damals erhoffte sie etwas Besseres für sie, ohne jedoch allzusehr daran zu glauben. Und sie hat Zweifel, ob ihr Einfluß so groß war, daß er die Richtung ihres Lebensweges geändert hat. Es sieht schließlich auch nicht so aus, als habe sie Andrews Leben sehr verändert.

Sie begegnete ihnen auf eine ähnliche Art wie Andrew – mit einem körperlichen Zusammenprall. Tim trat nämlich plötzlich aus einem Laden in der Innenstadt und versuchte, ihr die Handtasche zu entreißen.

Der Dummkopf – er war viel zu schmächtig und schlecht ernährt. Aber er war verzweifelt, und Verzweiflung verleiht selbst dem Schwächsten Kraft. Charlotte verfügte damals jedoch ebenfalls über ein gewisses Maß an Wut und Verzweiflung. Und sie war nicht schmächtig. Sie erwischte den Jungen, packte ihn beim Handgelenk und drehte seinen Arm so lange um, bis er ihre Handtasche losließ. Und dann hielt sie ihn fest. Er hatte blonde, lange und dreckige Haare. Sein Hemd war an der Schulter zerrissen. Darunter konnte sie eine dürre, haarlose Brust erkennen, die vor Kälte zitterte. Sie fand seine Augen böse.

Sie wollte diesem Kind weh tun, sie hatte das Bedürfnis, ihn zu schlagen, bis er hinfiel, und ihn dann zu treten, bis er sich wimmernd zusammenkrümmte. Sie wollte ihn heulen sehen.

Sie war entsetzt.

»Was fällt dir denn ein?« fragte sie.

»Lassen Sie mich los!« Er sah sie nicht mehr an. Er schlug die Augen nieder und sah weniger böse aus.

»Nein. Wolltest du mein Geld? Da wärst du aber enttäuscht gewesen.« Aber das war nicht wahr. Sie sah, daß er alles brauchte, was er kriegen konnte. »Wozu brauchst du Geld?«

»Lassen Sie mich los.«

»Drogen? Essen? Alkohol? Um irgendwo einzubrechen?«

»Sie haben kein Recht dazu, mich festzuhalten. Lassen Sie mich los!«

Als plötzlich das Mädchen aus dem Laden kam, ließ Charlotte den Jungen vor Schreck beinahe los. »Tim? Gehen wir, komm, hauen wir ab, was machst du?« Das konnte gefährlich sein, zwei gegen einen. Bis jetzt war sie dankbar für das Desinteresse der Passanten gewesen, aber wenn diese beiden sich gegen sie verbündeten, konnte sich das sehr nachteilig auswirken. Das Mädchen war stärker als ihr Freund, etwas größer und kräftiger, gesünder. Noch nicht so lange auf der Straße, vermutete Charlotte, obwohl sie genauso schäbig und dreckig war. Ihr dunkles

Haar war ebenso strähnig wie seins. Auf der Straße konnte man nicht sauber leben.

»Ich habe deinen Freund gefragt, was er wollte«, sagte sie zu dem Mädchen. »Geld natürlich, aber wofür? Seid ihr hungrig, oder braucht ihr es für Drogen?«

Das Mädchen starrte sie an. »Wen interessiert das. Lassen Sie ihn los, okay? Sie haben Ihre Handtasche, also wen interessiert das?«

»Mich.« Sie war nicht mehr böse, nachdem sie nun keine Fremden mehr waren. Jetzt waren sie einfach Kinder und erfolglose Handtaschenräuber. »Wenn ihr Drogen braucht, kann ich nicht viel machen, aber wenn ihr was zu essen haben wollt, kann ich das.« Sie verstärkte wieder ihren Griff um das Handgelenk des Jungen, der sich noch immer freizukämpfen versuchte. »Wenn ihr was zu essen wollt, kann ich euch zum Essen einladen.«

»Sind Sie verrückt?« Der Junge sah sie an, und sie konnte erkennen, daß er tatsächlich überlegte, ob sie verrückt war. Daß sie möglicherweise irgendeinen gefährlichen Dachschaden hatte. Daß er und seine Freundin in die Hände einer Frau mit unvorhersehbaren bösen Absichten gefallen waren.

Charlotte lachte. Es gefiel ihr gut, gefährlich zu sein.

Sie hatte auch manchmal Freude daran gehabt, Andrew zu erschrecken, wenn auch auf andere Art. »Nein, ich bin nicht verrückt«, sagte sie ruhig. »Aber offenbar braucht ihr ganz dringend etwas, sonst würdet ihr nicht versuchen, Handtaschen zu stehlen. Und wenn ich euch so anschaue, seht ihr ziemlich hungrig aus, und ich könnte auch etwas zu essen vertragen. Also gehen wir alle drei in das Restaurant da drüben«, sie deutete mit ihrer freien Hand auf einen Schnellimbiß, »und essen was. Denn«, fügte sie hinzu, »ihr habt versucht, meine Tasche zu stehlen, und ihr hättet mich niederschlagen oder verletzen können, aber da ich euch erwischt habe und es nicht geklappt hat, finde ich, daß ihr mir etwas schuldet. Entweder ich hole die Polizei, oder ihr geht mit mir essen. Ihr habt die Wahl.«

Sie beobachtete sie, wie sie einander ansahen. Sie waren nicht sehr gut in wortloser Kommunikation. Schließlich zuckte das Mädchen die Achseln. »Okay, dann Essen. Jetzt lassen Sie Tim los, gut? Wir gehen mit Ihnen ins Restaurant, wenn Sie das wollen.«

Natürlich würden sie bei der ersten Möglichkeit weglaufen. Charlotte achtete darauf, daß der Junge vor ihr auf die rote Plastikbank rutschte, und setzte sich neben ihn, so daß er durch sie und den grauen Tisch vor ihnen eingesperrt war. Das Mädchen saß ihnen gegenüber; wenn sie ohne ihn weglaufen wollte, hätte sie das schon getan.

Charlotte ließ sein Handgelenk los. »Dreimal Milch«, sagte sie zur Kellnerin. »Drei Kaffee. Fünf Cheeseburger mit allem. Dreimal Pommes. Und dann sehen wir weiter.«

Sie konzentrierte sich auf ihr Essen. Nach einem kurzen Zögern machten die beiden das auch. Charlotte hielt Kinder für so etwas wie scheue Tiere – wenn man sie einmal fing, mußte man sie mit einer Art abwesenden, unauffälligen Freundlichkeit behandeln, bis sie sich entspannten. Bei Kindern dauerte es nur länger und war schwieriger als bei scheuen Tieren.

Das Mädchen hieß Lissa. »Ach du Scheiße«, sagte sie, als Charlotte ihr auf ihre Frage hin erzählte, was für einen Beruf sie hatte. »Sozialarbeiterin, du lieber Gott!«

»Ja, ich weiß«, sagte Charlotte ruhig. »Aber vor allem ist klar, daß Sozialarbeiter kein Geld haben. Wenn ihr also meine Handtasche gekriegt hättet, hättet ihr Pech gehabt. Aber heute bin ich nur einkaufen. Also habt ihr zumindest ein bißchen Glück, stimmt's?«

Sie wußten nicht, was sie von ihr halten sollten, wie sie da saß und sie angrinste. Wahrscheinlich mißtrauten sie ihr, aber sie verwirrte sie. Und da sie wie die meisten Leute von der Kombination aus Interesse und Schweigen entwaffnet waren, erzählten sie ihr etwas über sich.

Nicht sehr viel, sie hatten genug erlebt, um nicht naiv oder vertrauensselig zu sein, aber auch genug, um sich, wie sie vielleicht fanden, ihr Essen zu verdienen. Auch Charlotte hatte genug erlebt, um nicht mehr naiv und vertrauensselig zu sein, und sie hatte keinen Grund anzunehmen, daß sie ihre wahre Geschichte erzählten.

Sie stammen beide aus Vororten, allerdings aus verschiedenen. Tim sagte, daß er vor zwei Jahren, mit vierzehn, von zu Hause weggegangen sei, da sein gutsituierter und charmanter Vater, wenn er vom Büro oder vom Golfklub heimkam, regelmäßig eine Verwandlung durchmachte. »Er hat mich wegen jeder Kleinigkeit geschlagen«, sagte Tim. »Und meinen kleinen Bruder und meine Mutter auch.«

»Und ist das hier jetzt besser?« fragte Charlotte.

»Klar! Aber für die anderen ist es blöd, nehme ich an. Manchmal denke ich, daß ich zurückgehe und sie auch da raushole. Oder ihn umbringe.« Nun, das klang nach Wahrheit. Und ungewöhnlich war die Geschichte sicher nicht. Charlotte hörte die ganze Zeit solche Geschichten; das konnte entweder heißen, daß sie stimmte oder daß sie so normal war, daß Tim sie einfach von irgendwem aufgeschnappt hatte.

Lissa ging weniger aus sich heraus. Oder sie hatte weniger Phantasie. Sie zuckte die Achseln. »Meine Eltern haben immer nur gemeckert. Darum bin ich gegangen.«

»Wie lange ist das her?«

Sie zuckte wieder mit den Schultern. »Ich weiß nicht. Paar Monate.«

»Glaubst du, daß sie sich Sorgen um dich machen?«

»Ja, wahrscheinlich. Das hoffe ich.«

Interessant, dieses Verlangen nach Rache. Wofür? Sicher für mehr als nur für ständiges Meckern. Jedenfalls war sie zäher als Tim.

»Wovon lebt ihr? Vom Handtaschenstehlen?«

Jetzt war Tim dran mit dem Achselzucken. »Schnorren. Ladendiebstahl. So was.« Charlotte sah, wie er unbehaglich zu Lissa blickte.

Die sah Charlotte direkt in die Augen und sagte: »Ich gehe auf den Strich. Zwanzig Scheine fürs Blasen, zwei- oder dreimal am Tag, und wir sind aus dem Schneider, wir können leben.«

»Macht dir das Spaß?«

»Natürlich nicht, das ist Scheiße, das sind Arschlöcher. Widerlinge. Alte Männer.«

»Aha«, Charlotte wandte sich an Tim, »und dir macht das nichts aus? Daß du von deiner Freundin lebst, die alten Männern einen bläst? Männern wie deinem Vater? Zum Beispiel?«

Tim begann zu zittern und schlug mit der Faust auf den Tisch. »Hey, hauen Sie ab, ein Cheeseburger gibt Ihnen noch lange nicht das Recht, so eine Scheiße zu erzählen.«

»Stimmt, das tut es nicht. Aber ich habe mir überlegt, ob du daran gedacht hast, daß dein Vater vielleicht so ein Typ ist, der in der Stadt herumstreift und nach jungen Mädchen Ausschau hält. Wie alt bist du, Lissa?«

»Siebzehn.«

»Na, wohl eher fünfzehn, stimmt's?«

»Ja, gut. Na und? Das geht Sie doch nichts an, oder? Wir brauchen keine Sozialarbeiter oder irgendwelche Beratungszentren oder Kliniken oder sonst eine Scheiße, uns geht es gut. Wir passen auf uns selber auf, ich und Tim.«

»Ja, das glaube ich.« Charlotte warf einen Blick auf die Rechnung, holte ihr Geld heraus und riß sich zusammen. »Und das ist nett, nehme ich an. Es ist gut, wenn man einen Freund hat, der auf einen aufpaßt. Ihr habt Glück.« Auf seltsame Art stimmte das wirklich: Sie hatten Glück, daß sie einander hatten. Die meisten Kinder waren auf sich allein gestellt. Charlotte fühlte sich damals auch mehr als sonst auf sich allein gestellt.

Sie sahen verwirrt aus. »Also«, sagte Tim, »und was jetzt?«

»Was jetzt? Ich werde meine Einkäufe erledigen. Und«, Charlotte wandte sich an Lissa, »ich gebe euch noch dreißig Dollar. Mehr Bargeld habe ich nicht. Damit könnt ihr die Rechnung hier bezahlen, und den Rest könnt ihr behalten. Das erspart dir fast einmal blasen.« Inzwischen war sie aufgestanden und sah auf sie herab. Zwei Männer am Nebentisch blickten pikiert herüber und runzelten die Stirn – wahrscheinlich hörten sie nicht oft, daß eine gutgekleidete Frau in mittleren Jahren ein Wort wie »Blasen« benutzte, und zweifellos mißbilligten sie das auch. Sie hielt ihrem Blick stand. Lissa lachte. Charlotte und sie grinsten einander an.

»Und wenn ich einfach alles behalte?« fragte Lissa. »Was ist, wenn wir die Zeche prellen?«

»Dann habe ich wohl einen Fehler gemacht.« Jetzt zuckte Charlotte die Achseln. »Viel Glück. Vielleicht sehen wir uns mal.« Sie machte ein paar Schritte und drehte sich noch einmal um. »Das meine ich ernst. Ich weiß, wie es klingt, aber ich möchte, daß es euch gutgeht.« Was immer das für die beiden heißen konnte. Das bloße Überleben schien ihre größte Hürde zu sein.

»Also, wir sehen uns.« Und sie sahen sich wieder. Sie traf sie danach öfter, als daß es Zufall hätte sein können. Und es entstand auch eine Art Beziehung. Aber trotzdem würde sie wetten, daß keiner von beiden heute ein Zuhause hat, das sie ausfindig machen und in dessen Hecke sie sich verstecken könnte.

Es gab Dinge, die besonders viel Klarheit verlangten. Definitionen und Unterscheidungen. Andrew hatte ihr zum Beispiel gesagt, daß sie unromantisch sei. Sie sagte ihm, daß sie Romantik für einen Luxus hielt. Daß sie die Liebe der Romantik vorzog und Gefühl der Sentimentalität. Für einen Mann, der mit Worten arbeitete, war er mit Definitionen nicht besonders gut. Er hatte leicht verwirrt die Stirn gerunzelt und sie nicht ganz ernst genommen.

Charlotte mußte diese Dinge wissen. Sie mußte zum Beispiel die Unterschiede zwischen Disziplin und Mißbrauch, zwischen Entmutigung und Verzweiflung, Zuneigung und Abhängigkeit sehr genau kennen. Bei Fragen von Leben und Tod kam es auf Feinheiten an.

Bei solchen Einschätzungen ließ sie sich nicht nur von der Vernunft leiten, sondern sie vertraute ihrem intuitiven Wissen: einer Kombination aus Wissen und Erfahrung und einem weniger bestimmbaren Abwägen von Aussichten und Wahrscheinlichkeiten. Vernunft allein zum Beispiel hätte ihr geraten, in ihrem Kontakt mit Tim und Lissa äußerst vorsichtig zu sein. Die Erfahrung sagte ihr, daß die beiden in Schwierigkeiten waren, die spiralförmig zunehmen und schlimmer werden. Ihr intuitives Wissen jedoch veranlaßte sie, sich wieder mit ihnen in der Stadt zu treffen, sie sorgfältig und genau zu beobachten und dann zum Essen zu sich nach Hause einzuladen. Oberflächlich betrachtet gefährlich: Sie hatten am hellichten Tag, auf offener, belebter Straße versucht, ihre Handtasche zu stehlen; was würden sie nach Einbruch der Dunkelheit tun, allein mit ihr zu Hause, wo sie überdies noch einige interessante Besitztümer verwahrte?

Aber so konnte sie nicht leben. »Essen bei Ihnen zu Hause?« fragte Lissa erstaunt, was auch verständlich war. Sie und Tim mußten die Lage natürlich auch abschätzen. Rein logisch betrachtet war es durchaus möglich, daß Charlotte mit ihnen irgendwelche finsteren Absichten hegte. Alle drei mußten überlegen und abwägen. Sie standen in einem kleinen Kreis auf dem Bürgersteig und erwogen schweigend die verschiedenen Möglichkeiten.

»Okay«, sagte Lissa schließlich. Ein Mädchen, das fremden Männern Oralverkehr anbietet, braucht bestimmt ein genauso scharfes und rasches Urteilsvermögen in Sachen Gefährlichkeit wie Charlotte.

Und so standen die beiden eines Tages etwas verlegen vor ihrer Tür. Als sie sich im Haus umsahen, versuchte Charlotte, nicht den Eindruck zu erwecken, sie dabei zu kontrollieren. Aber sie sah auch, daß es bei ihr eigentlich gar nicht so viel zu stehlen gab: Fernseher, Stereoanlage, das war schon alles. Die wirklich wichtigen Dinge hatten keinen materiellen Wert: die kleinen geschnitzten oder gläsernen Figuren, die Vasen, die Bilder – Geschenktes oder Gekauftes, das mit dem Auf und Ab ihres Lebens zu tun hatte.

»Nettes Haus«, sagte Tim und nickte anerkennend.

Die Häuser, in denen sie aufgewachsen waren, sahen ganz anders aus als ihres, erzählten sie bei Salat und Spaghetti.

Jetzt, wo sie Andrews Haus gesehen hat, stellt sie sich vor, daß Lissa und Tim in ähnlichen Häusern aufgewachsen sind, aber damals hatte sie natürlich noch kein richtiges Bild davon.

In ihrem Eßzimmer schienen die beiden aufzublühen. Die meiste Zeit mußten sie wohl ziemlich unter Druck stehen.

»Wenn ich jetzt zu Hause wäre«, sagte Tim, »würden alle gerade essen. Ich schätze, das machen sie jetzt auch. Samstags haben wir immer Pizza kommen lassen.«

»Ja?« Lissa sah beeindruckt aus. »Wir haben nie etwas zu essen kommen lassen. Mein Vater hat immer gesagt, meine Mutter hätte schließlich nichts anderes zu tun, als zu kochen, und warum zum Teufel sollte er sein Geld für etwas ausgeben, das wer anders gekocht hat, wenn das ihr Job war.«

»Mein Gott«, murmelte Charlotte. »Offenbar kein sehr spendabler Mann. Nicht gerade lebenslustig.«

Lissa grinste. »Wirklich nicht.«

»Mein Vater hat meiner Mutter andauernd Geschenke mitgebracht«, sagte Tim. »Blumen und Pralinen, so was alles. Immer wenn er sie zusammengeschlagen hatte, hat er ihr hinterher was geschenkt. Meinem Bruder und mir auch, ich habe einen Lastwagen voll Zeug, aber das gab's immer, weil er uns verprügelt hat, und darum habe ich die Sachen in eine Kiste weggepackt. Ich schätze, jetzt essen sie gerade Pizza, und dann gibt's wahrscheinlich Pralinen.«

Er war noch ein Kind. Beide waren Kinder. Das machte sie aber natürlich nicht ungefährlicher.

»Ja, und bei mir zu Hause«, sagte Lissa bitter, »gab es Abendessen, und dann hat mein Vater noch mehr getrunken, und meine Mutter hat abgeräumt. Und dann hat sie gesagt, sie sei müde, und ist ins Schlafzimmer mit einem Buch, einem Liebesroman, und sie wußte es! Sie muß es gewußt haben, und es war ihr einfach egal. Ich habe immer versucht, daß ich vor ihr aus dem Zimmer komme, aber es hat nie geklappt. Er hat immer gesagt, ich soll dableiben, und sie sagte: ›Ja, du leistest deinem Vater Gesellschaft, ich bin so müde‹, und dann hat er mich auf dem Wohnzimmerboden gefickt, während sie oben war und ihre scheißblöden Bücher gelesen hat.«

Tim legte ihr den Arm um die Schultern. So saßen sie am Tisch gegenüber von Charlotte, zwei Kinder, die einander festhielten. »Ach, Scheiße«, sagte Lissa und richtete sich auf. »Scheiß auf sie.« Charlotte konnte sie durchaus verstehen.

Wie hatten sie es geschafft, diese Häuser zu verlassen, statt mit Messern oder Pistolen oder Fäusten auf ihre verantwortungslosen, gemeinen Eltern loszugehen? Warum haben sie sich für die Straße entschieden? Andererseits wußte sie, daß es für jedes Kind schwierig ist, sich gegen die eigenen Eltern zu stellen, ganz gleich, wie sehr es verletzt worden ist. Nicht nur aus Angst, sondern weil sie sonst niemanden hatten.

Und jetzt hatten sie einander.

Ob sie sich immer noch haben? Das wäre ein glückliches Ende, aber wohl zu schön, um wahr zu sein.

»Danke«, sagten sie verlegen am Ende des Abends. Sie bot ihnen nicht an, bei ihr zu übernachten oder sie in die Stadt zu fahren. Sie wollte weder für sie verantwortlich sein, noch sie mit Fürsorglichkeit erschrecken. Sie konnte sie nicht retten. Sie konnte ihnen jedoch ein paar Möglichkeiten zeigen; Wege, wie sie sich selbst retten könnten und was sie davon hätten.

Sie ermunterte sie nicht ausdrücklich, über ihre Vergangenheit zu sprechen. Aber manchmal taten sie es von selbst. Sie setzte ihnen auch nicht wegen ihrer Zukunft zu, machte keine Liste von Kursen, die sie belegen, oder Berufen, die sie ergreifen könnten. Statt dessen sprachen sie davon, was alles so in der Welt passierte, und sahen zusammen fern, manchmal ziemlich alberne Sendungen. Aber Charlotte merkte, daß das, was sie albern fand, für Lissa und Tim eine angenehme Entspannung und Zerstreuung war.

Sie kamen alle paar Wochen zum Essen. Tims Kummer war rührend, und Lissas offener Zorn klang hoffnungsvoll. Niemand brach spät nachts bei Charlotte ein, um sich mit ihrem Fernseher aus dem Staub zu machen oder sie in ihrem Bett niederzuschlagen. Sie tat zwar nichts besonders Gutes, aber sie schadete ihnen auch nicht, und sie taten ihr ganz bestimmt nichts Böses. Ihr Gefühl für Definitionen und Unterscheidungen, das wesentlich sensibler war als Andrews, trog sie also nicht. Sie hatte recht, wenn sie zwischen der Gefährlichkeit eines Pärchens wie Tim und Lissa und anderen unterschied, die sie nicht mal im Traum zu sich einladen würde. Dennoch hätte sie Schwierigkeiten, diesen Unterschied in Worte zu fassen. Und am Schluß verlor sie ihre Spur und hat keine Ahnung, was aus ihnen geworden ist.

Genauso wie sie Andrews Spur verloren hat und keine Ahnung hatte, was aus ihm geworden war.

Hat sie immer die falschen Entscheidungen getroffen? Gibt es letztlich doch etwas, das sie bereuen muß?

Was ist, wenn sie mit der Zeit ihr eigenes Altwerden zu hassen beginnt? Vielleicht hätte sie es gern, daß die erwachsene Lissa und der erwachsene Tim bei ihr vorbeischauen, vielleicht mit ihren eigenen Kindern, und sie sehen könnte, wie gut alles geworden ist? Daß sie zusammen in der Sonne sitzen und über ihre Vergangenheit sprechen wie von einem weit entfernten fremden Land, dem sie erfolgreich entflohen sind?

Oder hätte sie es vorgezogen, mit einem alten vertrauten Mann im Garten herumzuwerkeln und über nichts zu reden?

Mit Einsamkeit kann sie ziemlich schlecht umgehen. Wenn sie wie eine Welle über ihrem Kopf zusammenschlägt und sie hinunterzieht, weiß sie nicht, was sie tun oder fühlen soll und wie sie sie wieder los wird.

Sie hat vielleicht zuviel erwartet und ist daher einfach zur Unzufriedenheit verurteilt. Vielleicht hatte sie immer das Große und Unmögliche angestrebt, und wenn das nicht klappte, mußte sie eben mit dem täglich Erreichten zufrieden sein. Bei Andrew bemühte sie sich zum Beispiel sehr, mit dem, was war, zufrieden zu sein. Und das war eigentlich eine ganze Menge: ein Geliebter, ein Freund, alles in einem – aber es entsprach nicht ihrer Natur.

Und ihre Natur, mehr zu wollen, machte ihn wütend, und Wut machte ihn traurig, und Kummer ließ ihn frostig werden, was wiederum ihr weh tat, so daß sie versuchte, noch mehr von ihm zu fordern. Es gab Zeiten, in denen sich beide nicht sehr anziehend fanden.

Dennoch hielt ihre Beziehung ein Jahrzehnt. Länger als viele Ehen. Vielleicht lag das daran, daß sie beide sehr stur waren. Andererseits maß sie ihre Zeit in Stunden und nicht in Tagen, ihre zehn Jahre sind deshalb kaum ein ganzes Jahrzehnt.

Damals schien es lange genug zu sein.

Am Ende dieses gefährlichen Tages, an dem sie fast entdeckt worden wäre, nippt sie an einem aufbauenden und verdienten Scotch. Und ihr wird klar, daß der eigentliche Sinn des Versteckens und Lauschens zu diesem viel zu späten Zeitpunkt wahrscheinlich der Versuch ist, das Wesen der Liebe zu entdecken.

In bezug auf sie selbst natürlich: An dem Thema allgemein, das so gründlich und ermüdend von Dichtern, Psychologen und von allen möglichen Hirn- und Seelendoktoren erforscht wurde, ist sie nicht besonders interessiert. Nur was ihr eigenes Wesen der Liebe ist, will sie wissen. Kann sie lieben? Hat sie je geliebt? Konnte sie lieben und hat die Fähigkeit dann wieder verloren? Gibt es so etwas wie Liebe, oder ist sie nur ein bequemer oder unbequemer dramatischer Mythos, der wie das Fernsehen nur zur Unterhaltung erfunden wurde? Um Geschichten zu liefern und das Überleben im Alltag etwas interessanter zu machen?

Vielleicht hätte sie Tee trinken sollen. Scotch scheint eine schrecklich deprimierende Wirkung zu haben.

Natürlich gibt es so etwas wie Liebe. Sie erinnert sich an die Kraft der Liebe, an ihre Hitze, die sie wie eine Decke wärmte und tröstete. Was für ein Quell der Freude sie täglich war.

Aber ist das nicht letztlich nur Romantik?

Nein, denn sie kann sich daran erinnern. »Ich werde dich nie vergessen«, versprach sie Andrew früher, und das scheint wahr zu sein.

Das Wesen der Realität ist etwas völlig anderes. Ebensowenig wie sie die Liebesvisionen von Dichtern und Psychologen interessieren, fesseln sie die Ansichten der Philosophen über das Wesen der Realität. Sie glaubt eher, daß es genauso wie mit den Definitionen von Wörtern ist: Jeder fügt den Begriffen wie Glück oder Liebe die Schatten seiner eigenen Geschichte hinzu. Und ebenso ist es mit den Erfahrungen und Ereignissen, die die Realität ausmachen. Denn zwei Menschen können einen Tag zusammen verbringen und sich abends mit völlig unterschiedlichen, ja sogar gegensätzlichen Eindrücken niederlegen. Ist das noch erstaunlich, wenn es doch so oft passiert?

Dies muß auch die eigentliche Wurzel des Konfliktes sein: Das ist passiert, aber nein, überhaupt nicht, denn du hast das und das getan, und das hat das für mich bedeutet, ich habe gehört, was du gesagt hast, ich habe gesehen, was du getan hast, und wie kannst du auch nur denken, daß es nicht genau das bedeuten würde? Bist du verrückt, so war es doch gar nicht, und so weiter.

Claudia und Bradley zum Beispiel: Er hatte seine Affären, kam zurück und sagte: »Aber es war wirklich nichts.« Für ihn mag das sogar gestimmt haben. Es wirft zwar kein gutes Licht auf Bradley, aber es hat womöglich gestimmt. Für Claudia war es jedoch ein Vertrauensbruch, und es brach ihr das Herz. Charlotte kam es so vor, als habe manchmal weniger der eigentliche Ehebruch (was für ein Wort!) ihr Herz gebrochen, als die Tatsache, daß Bradley sich nicht genug um Claudias Gefühle kümmerte und seine entsprechend zügelte. Und die Lügen natürlich. Die kamen auch noch dazu.

Aber wenn Charlotte Bradley für sein Versagen, auf ihre Freundin Rücksicht zu nehmen, verachtete, wofür verachtete sie sich dann selbst oder Andrew?

Gut, Verachtung ist vielleicht ein zu starkes Wort. Aber vielleicht lag an der Wurzel ihres Versagens ein verhängnisvoller Mangel an Respekt füreinander: ihre mangelnde Bereitschaft, auf Elizabeth Rücksicht zu nehmen; und seine nur schwer (aus Charlottes Sicht) zu ertragende Fähigkeit, auf sie beide Rücksicht zu nehmen. Und auf sich natürlich auch.

Charlotte stand ihrer eigenen Feigheit nicht blind gegenüber: Er hatte recht damit (wenn auch aus den falschen Gründen), daß sie Elizabeth hätte kennenlernen sollen. Zumindest so weit, daß sie sie sich vorstellen konnte, ihre Stimme, ihren Charakter. Es war nicht sehr mutig, sie nur als vage, unsichtbare Konkurrentin zuzulassen.

Aber irgendwie mußte man ja auch leben.

Sie hörte Claudia sagen: »Aber dann sagt er mir, daß es nichts war und daß er mich liebt.« Und sie hörte Andrew zärtlich mit seiner Frau sprechen, in ziemlich demselben Tonfall, den er bei Charlotte verwendet: »Ich liebe dich, weißt du. Wirklich.« Und er meinte es auch. Charlotte hatte nie das Gefühl gehabt, daß er log, wenn er es zu ihr sagte, daher log er vermutlich auch bei Elizabeth nicht.

Aber wenigstens mußte er nicht wie Bradley sagen: »Es war nichts.« Denn er war natürlich in der Lage, ein Geheimnis zu hüten.

Welche Geheimnisse verbarg er vor Charlotte? Er erzählte ihr nie, daß er mit seiner Frau über Liebe gesprochen hatte. Charlotte war allerdings sicher, daß er das tat. Und das war der Mangel an Respekt, der dazu führte, daß ihre Beziehung schließlich wie von Würmern zerfressen wurde.

Aber auch Würmer haben einen bestimmten Blickwinkel. Die Menschen laufen vergnügt dahin, und die Würmer sehen über sich nur Stiefelsohlen und Fluchtwege oder Zerstörung. Was für den einen ein kleiner Ausflug ist, bedeutet für den anderen Gefahr und Tod. Das ist nach Charlottes Ansicht das Wesen der Realität.

Und was wäre Elizabeths Ansicht?

Das ist nun eine Frage, die einige Möglichkeiten bereithält. Die Aussicht auf weitere Aktionen, die sie noch gar nicht erwogen hat: etwa direkt den Weg zum Haus hinauf zu gehen und an diese blaugestrichene Tür zu klopfen.

Charlotte könnte sich leicht als Kosmetikvertreterin ausgeben oder als jemand, der für Wählerstimmen wirbt oder Geld für einen guten Zweck sammelt. Oder eine Umfrage durchführt. Letzteres wäre besonders schlau, Frauen lieben Umfragen; Elizabeth könnte wohl nicht widerstehen.

»Was für Ansichten haben Sie über die Ehe?« könnte Charlotte, mit Clipboard und Kugelschreiber bewaffnet, fragen. »Speziell über Ihre eigene, aber keine Angst, das ist alles streng vertraulich und anonym und wird zusammen mit Tausenden anderer Fragebögen ausgewertet. Also Ihr Fall speziell: Wie lange sind Sie schon verheiratet? Kinder? Enkelkinder? Gehört das Haus Ihnen? Waren Sie berufstätig? Und Ihr Mann?«

Natürlich kennt sie die Antworten schon, aber die leichten, sachlichen Fragen würden Elizabeth beruhigen und ihr die Antwort auf die schwierigeren und vertraulichen Fragen erleichtern. Sie würde Kaffee für sie beide eingießen und sich gegenüber von Charlotte auf einen Stuhl in jenem Wohnzimmer (mit Kamin) setzen, wo Charlotte niemals gewesen ist. Sie würde ihre Tasse vielleicht mit beiden Händen halten und im Kaffee nach den richtigen Worten für ihre Antwort suchen. Oder sie sieht Charlotte vielleicht direkt in die Augen, während sie vertrauliche Dinge ausspricht, sich ihrer Ehe sicher ist und ebenso ihrer Version davon.

Wäre Charlotte fähig, direkt in dieses kleine, runde Gesicht zu blicken, in diese reinen, vertrauensvollen Augen?

Na gut, das müßte sie nicht. Sie würde sich auf ihr Clipboard konzentrieren.

Es ist natürlich sehr abwertend, Elizabeth mit solch hündischen Eigenschaften auszustatten: reine, vertrauensvolle Augen, also wirklich!

»Welchem Umstand schreiben Sie es zu, daß Ihre Ehe so lange gehalten hat?« könnte sie fragen. »Bitte antworten Sie so detailliert, wie Sie können.« Und: »Waren Sie Ihrem Mann je untreu? Und Ihr Mann Ihnen, soweit Sie es wissen?« (Was für eine Überraschung es wäre, wenn Elizabeth dann sagen würde: »O ja, ich hatte mehrere Liebhaber, das hielt unsere Ehe jung. Wissen Sie, ich war immer sehr beliebt. Ich hatte immer das Gefühl, daß ich eine Alternative hätte, ich saß also nie in der Falle. Ich glaube, das ist wichtig.«)

Ein einziges Mal fragte Charlotte Andrew, ob er sich vorstellen könnte, daß sich Elizabeth in jemand anderen verliebt. »Großer Gott, nein.« Wie schockiert er war. »Elizabeth doch nicht!«

Sie wagte nicht zu fragen, warum er die Vorstellung so unfaßbar fand oder schockierend oder unmöglich. Und sie wies ihn auch nicht darauf hin, daß er sie wieder einmal beleidigt hatte, eine in Liebesdingen offensichtlich skrupellose Frau im Vergleich mit der heiligen, vertrauenswürdigen Elizabeth.

»Hatten Sie das Gefühl, daß die Kinder Sie einander näherbrachten oder einen Keil zwischen Sie trieben?« könnte Charlotte fragen und fleißig mitschreiben. »Waren Ihre Kinder geplant oder nicht geplant? Arbeitete Ihr Mann oft noch spät abends? Kam Ihnen seine Abwesenheit je verdächtig vor? Haben Sie sich eigentlich darum gekümmert, wo er war oder gewesen sein könnte? Haben Sie je gedacht, daß Sie vielleicht absichtlich nichts bemerken wollten? Wenn Sie ihm vertraut haben, was unternahm er, und welche Worte benutzte er, um dieses Vertrauen zu pflegen? Würden Sie sagen, daß Sie sich oft geliebt haben, nicht oft genug oder fast nie? Wie oft genau, würden Sie sagen? War es mehr eine Gewohnheit oder eine Erwartung, oder war es wirklich ein Sichlieben? Welche Stellungen haben Sie bevorzugt? Und er? Machten Sie sich im Schlafzimmer gegenseitig glücklich? Macht es Ihnen etwas aus, mir Ihr Schlafzimmer zu zeigen?«

Spätestens jetzt würde sogar Elizabeth diese Umfrage merkwürdig finden. Oder diese Frau, die die Umfrage macht. »Wer sind Sie?« würde sie schließlich fragen. »Das sind doch ziemlich sonderbare Fragen, nicht?«

»Was glauben Sie«, würde Charlotte gern wissen, »was Ihr Mann von der Ehe gehalten hat? Glauben Sie, daß er glücklich war (was immer das heißen mag)? Glauben Sie, daß er zufrieden war? Glauben Sie, daß er sich durch Ihre Existenz sicher gefühlt hat oder abgesichert oder daß er einen Ort hatte, an den er gehörte? Haben Sie ihn je für einen Feigling gehalten? Haben Sie das Gefühl, daß er auf Sie Rücksicht nahm? Oder hatten Sie je das Gefühl, daß er Sie für etwas Selbstverständliches hielt? Hatten Sie kleine zärtliche Gewohnheiten, mit denen Sie sich einander in Erinnerung brachten? Ich meine so etwas wie Nachrichten auf dem Kissen oder ein kurzes Streicheln über den Nacken, wenn man aneinander vorbeiging. Sie müssen irgendwelche Signale, Codes, Redegewohnheiten gehabt haben, die nur für Sie beide eine Bedeutung hatten – könnten Sie mir bitte einige davon nennen?«

Nur zu, Salz in die Wunde reiben.

»Glauben Sie, daß er, wenn er zum Beispiel je eine Affäre gehabt hat, ähnliche Ausdrücke und Signale und Codes verwendet hätte, einfach um nicht durcheinanderzukommen? Glauben Sie, daß er mit einer anderen Frau die gleichen oder andere Dinge im Bett getan hätte?

Hat er Sie je mit einer Stellung oder einer Technik oder mit Wörtern überrascht, die Ihnen sonderbar anders oder neu vorkamen?

Können Sie ihn mir beschreiben? Seinen Charakter, so wie Sie ihn sehen, meine ich. Was für eine Art Mann ist er, würden Sie sagen? Wenn er je eine Affäre gehabt hätte, welche Art Frau, glauben Sie, hätte er sich dazu ausgesucht? Können Sie beschreiben, was Sie von ihr halten würden? Können Sie beschreiben, was für einen Charakter sie wahrscheinlich haben müßte? Sehen Sie sie eher als schlampig, frivol oder als eine vernünftige, gute Frau, wie Sie es sind? Wieviel hätte es Ihnen ausgemacht? Oder wußten Sie es? Wußten Sie es und waren dankbar, daß er sich einer anderen zuwandte? War es eine Erleichterung? Wußten Sie es und haben einfach Ihr eigenes Leben weitergeführt?

Und wenn es so war, wie ist es dann jetzt, wo er im Ruhestand und den ganzen Tag zu Hause ist – war das eine große Umstellung? Er war so viele Jahre so viele Stunden weg, war es da nicht ein Schock, nun ständig zusammenzusein? Erschien er Ihnen nicht wie ein Fremder? Beeinflußte seine Gegenwart wesentlich Ihren Alltag oder Ihre Freude?

Sagen Sie mir, mögen Sie ihn? Lieben Sie ihn? Vertrauen Sie ihm? Glauben Sie, daß er Sie mag, Sie liebt und Ihnen vertraut?

Was ist Ihrer Meinung nach das Geheimnis der Ehe? Was ist Ihrer Meinung nach das wahre tiefe Wesen der Ehe?«

Eine Umfrage wäre schon deshalb eine gute Idee, weil sie alle Antworten aufschreiben und später nachlesen könnte. Wie bei einer richtigen Umfrage könnte sie versuchen, die Antworten zueinander in Beziehung zu setzen, Muster herauszulesen, womöglich sogar Graphiken und Diagramme zu erstellen, um ihre Bedeutung zu illustrieren.

Oder sie könnte einfach immer nur auf bestimmte Passagen starren. Einige Kombinationen von Wörtern könnten alles auf verheerende Weise klarmachen.

Warum verheerend? Elizabeth könnte auch lächeln, die Achseln zucken und sagen: »Oh, wir haben nie zusammengepaßt, wie waren nie glücklich. Wir haben fast nie miteinander geschlafen. Es war lediglich eine Sache der Bequemlichkeit. Ich habe mich nie viel um ihn gekümmert oder darum, was er tat.«

Sie kann sich Elizabeths Antworten nicht vorstellen. Alles wäre möglich. Andrew hütete ihre Privatsphäre sehr streng (seine eigene natürlich gleichzeitig auch), und Charlotte wußte nie etwas. Aus dem kleinen, runden Äußeren läßt sich sicher nicht ablesen, was für eine Frau Elizabeth ist. Trotzdem wäre die Bequemlichkeits-Ehe-Antwort sehr unwahrscheinlich, außer sie war eine ebenso clevere Lügnerin wie Andrew. Wenn es nur Bequemlichkeit gewesen wäre, hätte er sich nicht so angestrengt, sein Geheimnis zu hüten.

Seltsam, sich selbst als Geheimnis zu sehen: Es reduziert sie auf bloße Worte, die nicht gesagt, und Handlungen, die nicht enthüllt werden konnten.

Und wenn sie nun in diesem Wohnzimmer säße, in diesem Sessel, eine Tasse Kaffee auf dem Tisch neben ihr, das aufgestellte Clipboard auf dem Schoß, und mit gezücktem Kugelschreiber Elizabeth Fragen stellt, nickt und schreibt und dabei versucht, unbeteiligt und unberührt auszusehen – was wäre, wenn dann

Andrew hereinspaziert käme? Würde er sie erkennen? Hätte sie ihn überall erkannt? Vermutlich. Obwohl er sich anders bewegt. Seine Gestalt ist ein bißchen verändert, und mit seiner Frau spricht er in einem Charlotte unvertrauten Tonfall.

Sie wollte nicht glauben, daß er seine Frau liebte, aber es macht ihr auch nichts aus zu glauben, daß er mit ihr immer so herrisch gesprochen hat.

Aber andererseits war da seine Hand, so sanft auf Elizabeths Rücken, als sie sich umdrehten und ins Haus gingen.

Vielleicht ist jede Ehe anders; und doch gibt es sicher ein gemeinsames Geheimnis bei all den Ehen, die halten, und sogar bei denen, die nicht halten. Es muß ein Wissen geben, wie zwei Menschen zusammenleben oder warum. Was es auch sein mag, Charlotte hatte keine Begabung dazu. Ihr fehlt ein Talent, das in der Welt üblich ist.

Claudia muß es wissen. Natürlich betrachten Leute, die bestimmte Talente haben und sie im täglichen Leben einsetzen, diese nicht als etwas Besonderes. Sie verstehen nicht unbedingt, daß das, was für sie offensichtlich ist, für andere ein Geheimnis sein kann.

Es kann also sein, daß Charlotte einfach nur fragen muß.

Ach, Scotch ist eigentlich doch nicht so deprimierend. Er eröffnet Möglichkeiten, erweitert die Vorstellungskraft. Und jetzt wird sie sich eine Kanne Tee machen und nüchtern erkennen und es sich selbst mit aller Deutlichkeit klarmachen, daß sie niemals in Elizabeths Wohnzimmer sein wird (Elizabeths, nicht auch Andrews?) und eine eingebildete Umfrage durchführt. Sie muß einfach die Unterschiede zwischen unterhaltsamer Phantasie und echter Gefahr auseinanderhalten. Ganz zu schweigen von schlechtem Benehmen. Sie ist keine schlechte Frau.

Auch wenn sie bis jetzt gelauscht, spioniert und sich allgemein erniedrigt hat. Auch wenn der Körper von Elizabeths Ehemann bei ihrem Körper gelegen hat und sie viele zärtliche Worte ausgetauscht haben. Ist das nicht schlecht?

Gut, es ist wahrscheinlich schlecht. War schlecht. Aber trotzdem ist sie keine schlechte Frau.

Während sie jetzt hier mit ihrem Tee sitzt, sollte sie lieber anfangen, darüber nachzudenken, wie sie Befriedigung und Zufriedenheit in ihr Leben bringen könnte. Nützliche Projekte – vielleicht herausfinden, was aus Tim und Lissa geworden ist? Das wäre sicher eine Verbesserung gegenüber Ausflügen wie heute früh. Es gibt nicht mehr soviel Zeit, die sie verschwenden kann, bevor sie alt oder krank oder schrullig ist oder stirbt. Wie dumm, auch nur daran zu denken, noch mehr Zeit in Andrews Hecke zu verbringen.

Sie fragt sich, ob jemand die gebrochenen Zweige bemerkt. Sie waren auf der Seite der Nachbarn. Wer weiß, vielleicht kamen sie von der Arbeit nach Hause und fanden plötzlich Spuren von irgendeinem großen Tier, das durch die Grünanlagen gewildert ist. Und wunderten sich.

Vor dreißig Jahren war Andrews Zuneigung ein Geheimnis. Was veranlaßt sie zu denken, daß sie das nun entwirren könnte? Oder daß dieses Wissen irgend etwas bedeuten könnte?

Es wäre angenehm zu lernen, ein zufriedener Mensch zu sein. Sie würde gern zu sich selbst sagen können: »Na ja, jedenfalls habe ich ein paar sehr interessante Sachen gemacht. Ich glaube nicht, daß ich viel versäumt habe, zumindest was Gefühle angeht oder sogar Erfahrungen. Ich bereue nicht, keine Berge erklommen oder mich aus Flugzeugen gestürzt zu haben, und ich bereue auch keine bescheideneren Vergnügen. Ganz bestimmt aber habe ich alle großen Leidenschaften erlebt – Liebe und Haß, Verzweiflung und Freude, Eifersucht, Wut, Zärtlichkeit – alles ist hier irgendwo drin, in irgendeiner Form. Und es ist noch nicht vorbei.«

Ja, das wäre schön. Sie besaß nie die Gabe der Zufriedenheit, aber jetzt wäre die Zeit, sie zu kultivieren. Allerdings ein etwas fades Ziel. Klein, lächerlich und verhängnisvoll.

Vielleicht noch ein einziger Versuch? Oje.

Aber sie könnte sich vornehmen, daß es das letzte Mal ist, was auch passiert, auch wenn sie niemanden sieht und nichts hört. Und auch wenn sie ein großes häusliches Drama mitkriegt und aufwühlende, bedeutungsvolle Worte hört, würde sie nie wieder hingehen. Sie könnte ihrer unmöglichen, offenbar unbezähmbaren Neugier einen letzten Termin setzen und sich daran halten, und das wäre es dann.

Und wenn es ihre Entdeckung bedeutete? Hat sie den Schreck vergessen, als sie heute glaubte, auf den Rasen zu fallen, vor die Füße von Andrew und Elizabeth? Sie erschauert. Aber trotzdem.

Ach, gerettet. Wie selten ihr Telefon nur noch klingelt. Das Klingeln erschreckt sie, so daß sie eine fahrige Handbewegung macht und Tee auf ihr Kleid verschüttet. »Charlotte?« hört sie. Sie braucht eine Sekunde, um die Stimme zu identifizieren, die so lange nicht mehr zu hören war.

»Claudia! Ach, meine liebe Claudia, wie geht's dir? Hast du meinen Brief bekommen? Kommst du? Ich würde dich so gerne sehen, bitte komm! Rufst du deswegen an?«

Sie hört Claudias altes vertrautes Lachen. »Es ist auch wunderbar, deine Stimme zu hören, Charlotte, aber sei mal still, damit ich etwas sagen kann.« Und Charlotte lehnt sich in die Kissen ihres Sofas zurück zu einem Gespräch über die nächsten ausgefüllten Tage, in dem kein Wort von Andrew oder Ehe oder Hecke fällt, das aber sehr viel mit dem Wesen der Liebe zu tun hat.

10

Charlottes Stimme ist so klar und lebendig, wie Claudia sie in Erinnerung hat. Und auch lieb und aufgeregt – sie scheint sich zu freuen. »Ich nehme dich beim Wort«, sagt Claudia, »du hast gesagt, ich kann kommen. Wenn das noch gilt, komme ich gerne.«

»Bald?« fragt Charlotte. »Morgen?«

Sie klingt, als könne sie es gar nicht erwarten. Stimmt vielleicht etwas nicht? »Nun, nicht ganz so schnell, ich muß noch ein paar Dinge erledigen. Aber vielleicht übermorgen? Ich wollte nur wissen, ob es dir wirklich recht ist. Ich habe viel an dich gedacht. Ich will dich sehen.«

»Ich dich auch. Ach, Claudia, es ist wunderbar, deine Stimme zu hören. Ich habe schon gedacht, ich hätte anrufen sollen, statt zu schreiben, aber dann habe ich mir gesagt, daß du das Telefon vielleicht satt hast. Ich bin so froh, daß du jetzt anrufst. Ich kann es gar nicht erwarten, dich zu sehen.«

»Ich auch nicht. Aber mach dir keine Umstände, ja?«

»Was denn für Umstände? Wie lange kannst du bleiben? Du weißt, daß du so lange bleiben kannst, wie du willst.«

Claudia kommt sich etwas blöd vor. Über die Länge ihres Besuches hat sie noch gar nicht nachgedacht. Sie hat sich nur vorgestellt, wie er anfangen wird, wie sie und Charlotte sich zum erstenmal seit fünf Jahren wiedersehen. An das Ende, wenn sie sich umarmen und sich wieder verabschieden, hat sie noch gar nicht gedacht. »Ich weiß nicht genau.«

»Macht nichts. Nimmst du den Zug? Ich kann dich abholen, wenn du mir sagst, wann du kommst.«

»Ich ruf dich an und sag es dir, sobald ich es weiß.«

»Mein Gott, ist das aufregend! Es ist ewig her, wir könnten ja schon tot sein, ohne daß wir uns wiedergesehen haben! Ach Gott, entschuldige.« Sie kichern beide. Schon besser.

»Geht es dir gut, Charlotte?«

»Hört man das nicht?« Eigentlich nicht. Sie klingt hektisch, so als würde sie sich beim Reden nicht bremsen können. »Ich freue mich nur so, daß du kommst.«

»Aber du bist gesund?«

»Ziemlich. Ich fühle mich etwas merkwürdig, aber gut.«

»Was meinst du mit merkwürdig?«

»Nicht senil, mach dir keine Sorgen. Aber wenn du mir deine Geheimnisse erzählst, erzähle ich dir meine. Wir essen und trinken und erzählen uns Geheimnisse, okay?« Ihre Stimme wird ernst, und sie spricht langsamer. »Aber hör zu. Du kannst alles machen, was du willst. So, als ob du zu Hause wärst. Wenn du allein sein willst, brauchen wir nicht einmal im selben Raum zu sein. Du kannst alles machen, was dir gerade in den Sinn kommt. Aber wenn du Gesellschaft haben möchtest, werde ich da sein. Und Essen und Alkohol und alles was du willst.«

»Danke, Char. Aber wirklich keine Umstände, bitte. Ich will dich nur sehen.«

»Keine Umstände, gut. Du bist meine Freundin, nicht mein Gast, also mach dir keine Sorgen.«

Claudia lacht. »Ich wollte nicht sagen, daß du dir überhaupt keine Mühe geben sollst. Völlig ignorieren mußt du mich auch nicht.«

Auch Charlotte lacht. »Ich sehe, du erinnerst dich daran, wie es ist, wenn man hier nicht wie ein Gast behandelt wird. Aber ich werde mich schon um dich kümmern.«

»Weißt du, Char, ich weiß nicht, wie es ist, fort von hier zu sein. Ich war noch nie fort. Wenn ich also Heimweh oder so etwas bekomme, sei bitte nicht böse, wenn ich dann plötzlich verschwinde, es hat nichts mit dir zu tun. Ich weiß zur Zeit einfach nicht, was alles mit mir passieren kann, wie ich mich fühlen und wie ich mit allem klarkommen soll. Es gibt so vieles, was mich überrascht. Alles ändert sich dauernd, oder ich sehe alle Dinge jedesmal anders, wenn ich sie betrachte. Oder über sie nachdenke. Darum kann ich dir einfach nichts Genaues sagen. Ist das okay?«

Und ist das zu verstehen? Wie zusammenhanglos sie klingt. Fast scheint es, als würde sie die Sprache der Gefühle neu erlernen; oder sie lernt einfach so viele neue Gefühle kennen, für die sie vorher keine Worte hatte. Das sagt sie Charlotte.

»Claudie, du kannst alles machen, was dir Spaß macht. Kommen und gehen, ausruhen und schlafen, essen und trinken oder reden oder nur dasitzen. Wie dir eben ums Herz ist, ja?«

»Du Gute!«

Neben Claudias Vater und Bradley ist Charlotte die einzige, die sie Claudie nennt.

»Und noch was, Char. Kauf nicht soviel zum Essen ein. Wir können zusammen einkaufen gehen, wenn ich da bin. Ich habe dir doch geschrieben, daß ich zuviel esse, weiß der Himmel. Aber ich verspreche dir, daß ich dir nicht die Haare vom Kopf essen werde und daß ich für meine Naschsucht bezahlen werde. Und für deine auch, falls du sie haben solltest. Und noch eins mußt du mir versprechen.«

»Was denn?«

»Sag mir, wenn ich zuviel esse. Es wäre mir peinlich, wenn ich in deinem Wohnzimmer platze. Manchmal tu ich das nämlich. Zuviel essen, meine ich.«

»Wenn du jemanden brauchst, der dir Selbstdisziplin beibringt, bist du bei mir an der falschen Adresse, das weißt du doch noch?« Sie hat recht: Eine Expertin in Zurückhaltung war Charlotte nie.

»Ich rufe dich an, wenn ich meinen Zug weiß. Ich sollte jetzt nicht zu lange telefonieren. Die Rechnungen – das ist mein erstes Ferngespräch – außer mit den Mädchen –, seit ich alle davon benachrichtigen mußte, daß Bradley gestorben ist. Als ich die Telefonrechnung sah, dachte ich, ich könnte nie wieder einen Hörer in die Hand nehmen.« Claudia lacht. »Wenn ich allerdings nicht soviel essen würde, könnte ich vermutlich vierundzwanzig Stunden pro Tag rund um die Welt telefonieren.«

»Aber du kommst zurecht?«

»Mit dem Geld? Es geht schon. Ich muß einfach nur etwas aufpassen.«

»Okay, dann hören wir jetzt auf, und wenn du wieder anrufst, sagst du mir nur, wo und wann, und wir sehen uns dann übermorgen. Ach, Claudie, ich kann es kaum erwarten.«

»Ich auch nicht. Danke, Char.«

»Ach, ich liebe dich.«

»Ich dich auch.«

Wie lange ist es her, daß jemand zu Claudia »Ich liebe dich« gesagt hat? Wie lange ist es her, daß sie diese dankbare Aufwallung von Zuneigung gespürt hat? Gut, bei den Mädchen natürlich. Als sie in ihren Nachthemden im Wohnzimmer auf dem Boden saßen. Stimmen wie Musik. Sie erinnert sich.

Aber Erwachsene? Natürlich sind auch ihre Töchter inzwischen Erwachsene, aber sie meint jemanden, der so erwachsen ist wie sie selbst.

Wie oft hat Bradley ihr gesagt: »Ich liebe dich«, und es nicht nur als Teil irgendeiner Entschuldigung gemeint? »Es tut mir leid«, sagte er immer, »ich liebe dich.« Vielleicht gab es Zeiten, wo er es spontan und mit Inbrunst sagte. Sie erinnert sich heute einfach nicht mehr daran.

Er kam vom Arzt nach Hause und setzte sich schwer auf einen Küchenstuhl. Sie stand am Spülbecken, wusch ab und dachte an nichts Böses. »Ich habe die Untersuchungsergebnisse«, sagte er.

»Ach ja?« Sie dachte immer noch nicht an etwas Schlimmes.

»Es ist bösartig. Es ist Krebs.«

Das Wort »bösartig« brachte sie noch nicht dazu, mit der Arbeit aufzuhören. Erst das Wort »Krebs«.

»Was?« Sie drehte sich zu ihm um, vom Spültuch tropfte Seifenwasser auf den Fußboden.

»Krebs.«

Also Operation, aber die Metastasen waren schon zu verbreitet. Dann Therapien, nach denen er sich immer und immer wieder übergeben mußte. Sein ganzes lockiges Haar fiel aus. Wer hätte gedacht, daß er solche Knoten auf dem Kopf hatte? Sie dachte an die alte Lehre von der Phrenologie: Was könnte sie erfahren, wenn sie seinen Schädel mit ihren Händen abtastet? Das neue Krankenhaus war ihr unsympathisch, aber sie wußte, daß sie auch ein altes und schäbiges nicht gemocht hätte. Doch dieser schicke Eingang, die sauber gestrichenen Korridore mit ihren fröhlichen Postern, die merkwürdige Abwesenheit eines Geruches gefielen ihr überhaupt nicht. Es hätte zumindest nach Desinfektionsmitteln riechen können. Dieses Krankenhaus aber war offenbar darauf angelegt, jede auch nur mögliche Aura von Krankheit zu vermeiden. Die Patienten, die in ihren Rollstühlen durch die Korridore irrten, schienen dort nicht hinzugehören. Mit ihrem Leid, ihren Verletzungen und Verstümmelungen zerstörten sie das saubere neue Erscheinungsbild des Krankenhauses.

Natürlich haßte auch Bradley das Krankenhaus; wie auch nicht? Wer würde das nicht tun? Schließlich sagte er: »Ich will nach Hause. Ich will wieder in meinem eigenen Zimmer sein. Würdest du mich pflegen, Claudie?«

Das war fast wie die Situation, von der sie einmal geträumt hatte: er krank, hilflos und in ihrer Gewalt, wie er zu ihr aufblickte. Sie brauchte. Was hatte sie damals geträumt, was sie machen würde? Kühl auf ihn hinunterschauen. Rachsüchtig? Sie sagte: »Wenn du es wirklich willst. Was sagt denn der Arzt?«

Bradley schnaubte: »Er sagt, daß ich sterben werde, nur daß er es nicht offen ausspricht. Aber ob ich nun hier bin oder zu Hause, sterben werde ich. Ich will zu Hause sein.«

Sie dachte, er hätte schon vor ein paar Jahren den Wunsch haben können, zu Hause zu sein. Aber offenbar hatte er in all den anderen Zimmern und all den anderen Betten nie den unwiderstehlichen Drang verspürt, zu Hause zu sein.

Oder vielleicht doch. Vielleicht ist er deshalb am Schluß immer zurückgekommen.

Er war immer nachlässiger geworden. Wie konnte er ernsthaft denken, daß sie ihm glauben würde, wenn er im Morgengrauen nach Hause kam und erzählte, er habe mit ein paar Kumpels die ganze Nacht gepokert? Sie hatte nur einfach keine Lust mehr, darüber zu diskutieren, daß sie ihm kein Wort glaubte.

Sie dachte: »Es ist nur mein Stolz, der verletzt wird, nicht ich. Und Stolz ist nicht gut. Wenn ich meinen Stolz überwinde, bin ich auf jeden Fall ein besserer Mensch.« War das falsch?

Der Arzt sagte: »Es wird schwer für Sie werden. Sie werden Hilfe brauchen. Ich werde dafür sorgen, daß jemand vorbeikommt. Wir werden einen Plan ausarbeiten. Und wenn Sie es nicht schaffen oder er es sich anders überlegt, kommt er wieder hierher zurück. Es ist keine besonders gute Idee. Ich hoffe, Sie wissen, auf was Sie sich da einlassen. Sie können selbst krank werden dabei. Ist alles schon passiert.«

Wie hätte sie wissen sollen, worauf sie sich einließ? Sie hatte doch keine Ahnung, daß er mit seinen knochigen Händen nach ihren Handgelenken greifen und sie unentwegt mit seinen Geheimnissen traktieren würde. Und sie dabei beobachten würde. »Warum in aller Welt erzählst du mir das?« fragte sie ihn einmal. Er konnte offenbar nicht anders. Es schien, als sei die Offenbarung von Geheimnissen zu einer Sucht bei ihm geworden.

Vielleicht dachte er, daß ihr Schmerz seinen eigenen ertränken könne.

Frauennamen flossen nur so von seinen Lippen. Welche Körperteile ihm an den Frauen am besten gefallen hatten und welche seiner Körperteile ihnen. »Sie mochte es, wenn ich sie leckte«, sagte er, »und dann bekam sie einen Orgasmus nach dem anderen.«

»Sie nahm mich in den Mund«, sagte er. »Warm, feucht und gefährlich. Ich kam so stark, daß sie fast erstickte. Ah, das war herrlich, wenn ich in ihrem Mund kam und sie würgte.«

Sie blickte ihn an, als wäre er ein Fremder. Der er ja auch war. Wenn sie ihn dann als Fremden sah und nur seine Worte hörte, konnte sie manchmal denken: Ich wünschte, wir hätten das auch gemacht. Wie sich das wohl anfühlt? Manchmal wurde ihr Körper ganz warm dabei.

Vielleicht wollte er gar nicht grausam sein. Vielleicht war es nur eine perverse Art, ihr den Hof zu machen: der Versuch, sie zu gewinnen, zu reizen, zu verführen.

Aber seine wachsamen Augen waren grausam, und auch die Knochen seiner Hände, die ihr Handgelenk umschlossen.

Wie eine Litanei leierte er die Namen herunter. Konnten es so viele gewesen sein? Einmal lachte sie, sagte: »Du lieber Gott, Bradley, mußt du potent gewesen sein!« Seine Augen wurden schmal. Wäre er noch stark und gesund gewesen, hätte sie wohl Angst gehabt. Aber er war es nicht mehr. Trotzdem wich sie ein bißchen zurück.

Vielleicht war das alles auch eine Art von Wohltätigkeit; sein letztes Geschenk an sie. So hatte sie die Freiheit zu entscheiden, ob sie sich um ihn kümmern wollte. Er brauchte sie immer noch, aber er bemühte sich sichtlich, sie dazu zu bringen, daß sie sich immer weniger um ihn kümmerte.

Aber manchmal, nur sehr selten, faßte er auf eine andere Art – nicht mit diesem festen Griff – nach ihrer Hand und sagte etwas Freundliches. Einmal sagte er: »Danke, Claudie. Ich weiß, was du für mich getan hast.« Sie wußte nicht genau, was er meinte, aber es klang lieb. »Ich wäre kein richtiger Mann gewesen, wenn ich dich nicht getroffen hätte.« Wieder verstand sie nicht ganz, was er damit meinte.

Und einmal sagte er in einem Anfall von Dankbarkeit: »Ich weiß, daß das alles schwer für dich ist. Aber es wird nicht ewig dauern. Ich könnte es nicht ertragen, jetzt ohne dich zu sein. Du bist alles, was mir geblieben ist.« Es klang, als sei sie so etwas wie das, was nach einem Schiffbruch oder einem Feuer übrigbleibt, aber er meinte es wohl gut.

Als es zu Ende ging, fing er an, hie und da zu sagen: »Ich hoffe, du verstehst, daß ich dich immer geliebt habe.«

Sie verstand überhaupt nichts, wie sollte sie auch?

Und später ergriff er dann wieder ihr Handgelenk und fing

erneut mit der Litanei seiner privaten Abenteuer an. Dachte er, sie sei sein persönlicher Beichtvater, dem er beichten müsse, bevor ihm ein friedvoller Tod beschieden war? Oder daß er von ihr eine Art Segen erhalten müsse?

Sie las ihm aus der Zeitung vor, gab ihm Tabletten genau zur vorgeschriebenen Zeit und drehte ihn im Bett um, wobei sie versuchte, nicht zu atmen. Sie beobachtete ihn genau, um Tag für Tag auch die kleinste Veränderung mitzubekommen. Aber da sie ununterbrochen zusammen waren, verschwammen diese Veränderungen, und es wurde schwierig, sie immer zu bemerken. In den wenigen Momenten, die sie abends für sich hatte, bevor sie ins Bett ging, um erschöpft einzuschlafen, fragte sie sich, ob sie aus all dem irgendeine Art von Vergnügen zog. Und wenn, ob das sehr gemein war oder nur menschlich. Die Tatsache, daß sie sowohl in diesem Haus wie in ihrem Leben so völlig abgeschlossen lebte, machte es immer schwieriger, sich daran zu erinnern, was eigentlich gemein, menschlich oder gut war. Die Krankenschwester, die dreimal in der Woche morgens kam, sagte ihr: »Sie machen das wirklich gut. Die meisten Menschen würden das nicht auf sich nehmen, und wenn sie die Person noch so liebten. Es ist einfach zu anstrengend.«

Claudia hatte nicht das Gefühl, daß sie es gut machte. Sie war vor allem verwirrt.

Sie starrte ihn an und dachte: »Siebenundvierzig Jahre!« Sie dachte, sie müßte sich eigentlich an mehr erinnern, als sie es offenbar tat. »Und wie geht es Ihnen?« fragte der Arzt. »Kommen Sie zurecht?«

Natürlich kam sie zurecht. Sie kam immer zurecht. Sie hatte nicht die leiseste Idee, wie man nicht zurechtkommen sollte. Manchmal wünschte sie, es gelänge ihr, nicht zurechtzukommen. Manche Menschen kamen ganz gut damit zurecht, nicht zurechtzukommen – Bradley zum Beispiel.

Sie fragte sich, wie sie sterben würde. Gewiß hätte sie keinen, der sich so um sie kümmern würde. Andererseits gab es auch niemanden, den sie damit bestrafen wollte.

Nach einer Weile vergaß sie, daß sie einsam war. Sie vergaß sogar, daß sie müde war. Es war fast tröstlich, genau zu wissen, was zu tun war, einen so festgelegten Tagesablauf zu haben, der nie von normalen Ereignissen unterbrochen wurde. Sie erinnerte sich vage daran, daß das normale Leben oft und leicht gestört wurde und es dadurch immer wieder zu ungewöhnlichen Rhythmuswechseln kam.

Und dann kam natürlich die verhängnisvollste Störung, dieser dramatischste aller ungewöhnlichen Rhythmuswechsel. Und jetzt ist sie hier.

Hier ist sie, in diesem Zuhause so vieler Jahre, in dieser kleinen Stadt, in die sie vor fast zwei Jahrzehnten gezogen waren. Warum verließen sie die Stadt, wo sie begonnen hatten, wo Claudia und Charlotte sich immer schnell erreichen konnten, wo Claudia und Bradley ihre Kinder großzogen, wo eine fremde Frau an die Tür geklopft hatte, wo Claudia und Bradley in der Eingangshalle so wild gerungen hatten und oben in ihrem Schlafzimmer mit den blauen Tapeten Haut an Haut gelegen hatten? Eines Tages kam Bradley nach Hause und sagte: »Ich finde, diese Stadt ist zu groß. Ich könnte einen Job in einem etwas kleineren Ort bekommen, und das Leben wäre auch billiger. Ich habe es satt, so weit zur Arbeit fahren zu müssen. Wir könnten auch ein hübscheres Haus kriegen. Und es wären nur ein paar Stunden Fahrt, wenn wir mal in die Stadt wollen. Es wäre jedenfalls eine Möglichkeit. Wenn ich will, bekomme ich den Job. Was meinst du?«

Ihr bisheriges Leben aufgeben?

Aber andererseits gab ihr bisheriges Leben auch sie langsam auf. Die Mädchen verließen sie Schritt für Schritt, fingen mit ihrem Beruf an, heirateten, begannen ihr eigenes Leben. Natürlich gab es Charlotte, aber sie würden sich ja immer noch sehen können, es waren ja nur ein paar Stunden Fahrt, wie er sagte.

Entscheidend war, daß sie eine Woge der Hoffnung in sich aufsteigen fühlte. Seine Worte klangen wie eine Art Wiederholung des Eheversprechens. Was war dieser Vorschlag anderes als ein Gelöbnis, noch einmal frisch und offen von vorne anzufangen, an einem neuen Ort, den keiner von ihnen kannte und wo niemand sie kannte, wo es nur sie beide geben würde? Und natürlich noch die beiden kleineren Mädchen, aber eine wirkliche Familie.

Dann fragte sie sich, warum er das wollte. Was brachte ihn auf diese Idee, warum wollte er so plötzlich einen Neuanfang, was war in dem anderen Teil seines Lebens geschehen? Natürlich hätte es keinen Sinn gehabt, danach zu fragen.

Es gab Zeiten, in denen Claudia ihn ansah und am liebsten ein scharfes Messer oder ihre bloßen Hände genommen hätte, um seinen Kopf zu öffnen und zu sehen, was er enthielt. Am liebsten hätte sie all die geheimen Szenen, die sich da drin befanden, auf den Küchentisch oder die Anrichte gekippt, um sie dann genau zu untersuchen.

Zu anderen Zeiten schloß sie ganz fest ihre Augen und wollte sich einfach gar nichts vorstellen. Wenn sie wirklich alles sehen könnte, wie sollte sie dann je weitermachen können?

Jedenfalls zogen sie um. Sie und Charlotte umarmten sich und versprachen einander, in ständigem Kontakt zu bleiben. Das blieben sie auch mehr oder weniger, abgesehen von diesem letzten Jahr und den unvermeidlichen Veränderungen, die auftreten, wenn es nicht selbstverständlich ist, daß man sich jederzeit sehen kann. Was auch immer (oder wen auch immer) Bradley verließ, behielt er für sich. Die Mädchen wuchsen heran. Claudia schuf ein neues Zuhause, das jetzt ein altes Zuhause ist. Und Bradley – Bradley suchte sich neue heimliche Abenteuer. Und dann ging er in Rente, dann wurde er krank, und schließlich starb er. Das ist alles.

Zumindest alles, was man sieht.

Und nun? Was bedeutet ihr nun dieses Haus, diese kleine Stadt oder sonst etwas ihres Lebens in den letzten beiden Jahrzehnten? Was hält sie, und was berührt sie überhaupt nicht?

Als sie hierher kam, bemühte sie sich, dieses Haus hübsch und einladend zu gestalten; vielleicht wollte sie ihn mit Bequemlichkeit, ansprechenden Farben und anmutigen Formen verführen. Auf jeden Fall war sie sehr geschäftig, malte, tapezierte, arrangierte die Möbel, steckte Gardinen und Stores ab, nähte und säumte sie. Es kam ihr vor, als wäre sie frisch verheiratet, wie damals, als sie in ihr erstes Haus gezogen waren. Nur daß sie diesmal mehr Geld hatten, denn das Leben war, wie er gesagt hatte, hier wirklich billiger, und der Verkauf ihres alten Hauses hatte ihnen eine hübsche Summe eingebracht.

»Gefällt es dir?« fragte sie ihn, wenn er von der Arbeit oder sonstwoher kam. Er schien neue Freunde und Bekannte zu haben.

»Ja, sehr nett, wirklich hübsch, ja.«

Sie merkte, daß dieser Versuch, ihn wieder zurück nach Hause zu bringen, nicht funktionieren würde. Aber dafür wurde es dann viel mehr ihr Zuhause als seines.

Heute sieht sie, daß sie seit damals kaum noch irgendwelche Veränderungen oder Verbesserungen vorgenommen hat. Die erste Anstrengung blieb das einzige Mal, daß sie dieses Interesse aufbrachte. Die Tapete ist inzwischen ausgebleicht, die Farben, die einmal so frisch und glänzend waren, sind heute stumpf, die Möbel sind alt. Nicht antik, sondern einfach schäbig und abgenutzt. Warum hat sie das nie zuvor bemerkt? Es muß Jahre her sein, daß sie sich ihr Haus wirklich genau angesehen hat. Offenbar hat sie eine ganze Reihe von merkwürdigen blinden Punkten zu ihrem eigenen Schutz gehabt.

Haben es die Mädchen denn nicht bemerkt? Sie sind allerdings nicht so oft hier und wohl einfach daran gewöhnt, wie es hier aussieht. Überbordende Schäbigkeit wäre ihnen aber sicherlich aufgefallen.

Ach herrje, was hat wohl die Krankenschwester gedacht, die dreimal die Woche gekommen ist?

Nicht, daß es völlig verschmutzt ist, so ärmlich sieht es nun auch wieder nicht aus. Nur zu abgewohnt. Als klar wurde, daß es keinen frischen Neubeginn geben würde, keinen neuen Versuch der Liebe oder was sie sich sonst noch erhofft haben mochte, muß irgend etwas ausgegangen sein: vielleicht der Dampf, vielleicht der Atem.

Nachdem er in Rente war, ging Bradley jeden Morgen in ein Restaurant, um sich mit Freunden zu treffen. Sie tranken Kaffee und kauten die Weltpolitik durch, so sagte Bradley. Manchmal kam er zum Mittagessen nach Hause, manchmal nicht. Manchmal gingen sie nach dem Restaurant für den Nachmittag in eine Bar. Er war damals schon alt; zu viel mehr war er vermutlich nicht mehr in der Lage, außer, daß er vielleicht noch die Kellnerinnen tätschelte. Obwohl über so etwas heutzutage die Nase gerümpft wird; Kellnerinnen sehen es nicht mehr als Teil ihres Jobs an, getätschelt zu werden, so wie sie das vielleicht früher taten.

Alles in allem wurde Bradleys Leben zweifellos viel weniger unterhaltsam. Trotz seiner Ausflüge war er viel mehr zu Hause. Aber diese Veränderung kam für Claudia zu spät. Und er tat es auch nicht freiwillig, so wie er es früher jederzeit hätte machen können. Es war ihm aufgezwungen, durch sein Rentnerdasein, durch sein Alter und durch seine notwendigerweise schwindenden Kräfte – jedenfalls nahm sie an, daß sie schwanden, denn wenn er nun nach ihr verlangte, dann nur aus dem Bedürfnis nach Trost und Bequemlichkeit, nach jemandem, der ihn im Arm hielt.

Wenn sie also bei ihrem Besuch bei Charlotte Heimweh bekommen sollte, wie sie angedeutet hat, wonach hätte sie dann eigentlich Heimweh?

Sie kann es sich nicht vorstellen, wenn sie sich so umsieht. Aber deswegen fährt sie ja auch weg: um einen anderen leidenschaftslosen, neutralen Blickwinkel aus der Ferne zu bekommen, der ihr die Dinge klarer machen soll. Und wenn er das nicht tut? Wenn sie sich von einem bloßen Ortswechsel einfach zuviel erhofft, wie damals, als sie mit Bradley hierher zog?

Übermorgen! Ihre erste Reise nach so langer Zeit, und dann auch noch zu Charlotte – sie kann Charlotte schon sehen auf diesem riesigen, belebten, geschäftigen, phantastischen Bahnhof, wie sie am Ende des Bahnsteigs mit geöffneten Armen steht und lächelt.

Claudia muß sich beeilen. Sie hat noch einiges zu erledigen. Zuerst ruft sie beim Bahnhof an und reserviert einen Platz im Zug: »Erste Klasse?« Das ist verführerisch; aber nein, ein zu großer Luxus für ein paar Stunden. Für so etwas hat sie wirklich kein Geld.

Sie ruft an, um ihre Zeitung abzubestellen. »Nein, ich kann Ihnen noch nicht sagen, ab wann ich sie wieder haben will. Ich rufe Sie dann an.« Der Verzicht auf die Zeitung ist ein wenig schmerzhaft; aber Charlotte hat sicherlich auch eine Zeitung abonniert.

Sie geht zur Bank. »Sind Sie sicher, daß Sie soviel Bargeld wollen? Man sollte nicht soviel mit sich herumtragen«, sagt ihr der junge Schalterbeamte und macht ein besorgtes Gesicht. Claudia weiß, was er meint – sie könnte wegen ihres Geldes überfallen und verletzt werden –, aber sie fühlt sich beleidigt. Würde er junge Menschen warnen?

»Ganz sicher«, sagt sie schnippisch. Und macht eine Pause, und hört dem Tonfall ihrer Worte nach; obwohl die Antwort ganz spontan kam, hat sie einen für sie ungewohnten Ton. Eine neue Entschiedenheit? Ziemlich faszinierend, vielleicht sollte sie diesen Ton kultivieren. Mit dieser Entschlossenheit und Strenge könnte sie wohl jeden, der sie berauben will, in die Flucht schlagen. Und jeden gönnerhaften jungen Bankangestellten.

Sie ruft den Jungen aus der Straße an, der ihr den Rasen mäht und die Hecke in ihrem kleinen Garten schneidet. »Ich weiß nicht, wie lange ich weg bin. Wenn du vorbeikommst, gebe ich dir einen Scheck und den Hausschlüssel. Bitte, sieh ab und zu nach dem Rechten und halte den Garten in Ordnung. Ich bezahle dich dafür. Für den Fall, daß irgend etwas passiert, schreibe ich dir die Telefonnummer auf, wo ich zu erreichen bin. Ich weiß wirklich nicht, wie lange ich fort sein werde. Vermutlich nicht sehr lange. Aber ich brauche jemanden, der meine Post ins Haus bringt und der dafür sorgt, daß es nicht in die Luft fliegt oder abbrennt.« Wie gut kennt sie den Jungen eigentlich? Vielleicht kommt er auf die Idee, in ihrem Haus wilde Parties zu feiern, mit Saufgelagen, Rauchen, Kotzen, Orgien, plärrender Musik, die durch die Scheiben dringt und die Nachbarn stört, vielleicht hakken sie ihre Möbel zu Kleinholz, verschmieren die Wände mit obszönen Sprüchen und machen wer weiß was? In der Zeitung steht so was andauernd.

Er scheint ein netter anständiger und gut erzogener junger Mann zu sein, aber sie kann sich noch daran erinnern, was für eine Versuchung die Freiheit sein kann. Und wie man sich nicht mehr um ihre Grenzen schert.

Aber es geht auch um ihre Freiheit, und sie fängt gerade damit an, sie zu schätzen. Da sollte sie einem jungen Mann nicht die seine mißgönnen, und schon gar nicht, wenn es auf ihre Kosten ginge. Hat sie nicht gerade das schon viel zuviel gemacht: ihre eigenen Wünsche zurückgestellt im Interesse anderer, für ihre Töchter oder sogar für Bradley?

Das schmeckt nach unerfreulichem Märtyrertum.

Sie ruft die Mädchen an, damit sie wissen, wo sie in der nächsten Zeit sein wird. Sie will ja schließlich nicht alle Verbindungen kappen und irgendwohin ins Unbekannte entschweben. Sie hat ihre Wurzeln.

Sie wirbelt durch das Haus, macht einen hastigen Hausputz, damit es wenigstens ein bißchen ordentlich aussieht (für die Teenagerparties?). Sie will einfach nicht, daß etwas herumliegt oder etwas Wichtiges nicht erledigt ist. »Ich weiß nicht, wann ich wieder da bin«, sagt sie dem Jungen noch einmal, als er vorbeikommt, um den Scheck und den Schlüssel abzuholen. »Aber ich werde vorher anrufen und es dir sagen. Bitte, paß gut auf alles auf.«

Er ist ein braver Junge. »Meine Mutter möchte Ihnen das leihen, solang Sie weg sind.« Er hält ihr eine Zeitschaltuhr hin. »Ich kann sie an Ihre Wohnzimmerlampe anschließen, so daß sie immer angeht, wenn es dunkel wird, dann sieht das Haus bewohnt aus, okay? Wenn ich sie auf sieben Uhr stelle, geht sie dann am

Morgen aus. Meine Mutter sagt, ich soll die Vorhänge am Morgen aufziehen und in der Nacht zuziehen. Ist das okay?« Wenn er hier Parties machen will, dann hat er die Pläne dazu offensichtlich noch nicht ausgearbeitet. Seine Stimme und seine Augen wirken ausgesprochen unschuldig und vertrauenswürdig. Claudia schämt sich ihrer Zweifel. Aber das ist nicht die erste unschuldige Stimme, die sie hört, und es sind nicht die ersten vertrauenswürdigen Augen, in die sie blickt.

»Bitte, glaube mir«, pflegte Bradley sie zu beschwören, und er klang dabei so verzweifelt. »Vertrau mir« zu sagen, hat er sich irgendwann abgewöhnt.

Eilig greift sie zum Telefon, um Charlotte anzurufen. »Ich komme um elf Uhr sieben an«, sagt sie. »Jedenfalls so ungefähr. Ist es nicht wunderbar, wie sehr sie bei der Bahn an ihre eigene Pünktlichkeit glauben?«

»Ich werde dort sein. Gibt es irgend etwas Spezielles, was du machen möchtest? Einkaufen? In den Zoo gehen? Ins Museum? Segeln? Männerstriptease? Ganzkörpermassage?«

Claudia kichert. »Das alles und noch mehr.«

»Gut. Ich treffe dich dann morgen um elf Uhr sieben.«

»Oder so ungefähr. Charlotte?«

»Ja?«

»Danke. Ach, ich liebe dich.«

»Ich dich auch, Claudie. Ich kann es kaum erwarten, dich zu sehen.«

Striptease! Massage! Natürlich werden sie das nicht machen, Charlotte hat nur Spaß gemacht (denkt Claudia), aber allein die Vorstellung! Abenteuer liegen vor ihr, nur noch ein, zwei Tage. Völlig neue Erlebnisse.

Wie lange ist es her, daß neue Bilder in ihrem Kopf aufgetaucht sind? Daß sie auch nur einen einzigen, ihr unvertrauten Gegenstand gesehen hat?

Vielleicht sieht sie doch noch mal einen erigierten Penis? Auch wenn er sich nicht nach ihr streckt. Und sie könnte es sich auch nicht leisten, so wie andere Frauen den Strippern Geld in ihre knappen Höschen – oder was auch immer sie an Kleidung anbehalten – zu stecken.

Ob Bradley in Striptease-Shows gegangen ist? Vielleicht. Sie kann sich zwar nicht vorstellen, daß er das Bedürfnis dazu hatte, aber wer weiß, was er alles für seine Bedürfnisse hielt? Offensichtlich waren sie ziemlich ausschweifend.

Auf jeden Fall gehen Frauen, so hat sie gelesen, ganz anders als Männer an solche Dinge heran. Mehr zum bloßen Amüsement als aus wirklicher Geilheit. Und vielleicht ist das der Grund dafür, daß so viele Männer – Bradley eingeschlossen – ihre Versprechen nicht halten und untreu werden. Vielleicht müssen sie sich ständig beweisen, daß niemand lacht.

Aber hinterher müssen sie doch ihre Zweifel haben: Ist nicht doch gelacht worden?

Bradley haßte es, daß sie soviel Zeit mit Charlotte verbrachte. »Worüber, zum Teufel, könnt ihr nur soviel reden?« fragte er immer.

»Ach, über alles, was uns so gerade einfällt«, antwortete sie leichthin. Vielleicht glaubte er, daß das auch seinen Penis mit einschloß.

In gewissem Sinne stimmte das sogar. Dessen Kapriolen waren manchmal durchaus Thema ihrer Gespräche. Allerdings kaum zum Zwecke der Erheiterung.

Vielleicht hätten sie lachen sollen. Vielleicht hätten sie und Charlotte nicht nur seinen Penis, sondern ihn selbst wie einen großen, lächerlichen Witz behandeln sollen, der den ganzen Ärger gar nicht wert war.

Ob Charlotte das mit der Massage ernst gemeint hat? Macht sie so etwas inzwischen? Ach, herrje – Claudia weiß nicht mal, ob ihr das überhaupt gefallen würde. Die Hände eines Fremden auf ihrem Körper? Ihr zerknitterter, faltiger Körper mit seinen diversen Pölsterchen hier und dort ist kaum das richtige für die Augen eines Fremden. Kaum attraktiv. Für Charlotte mag das ja noch angehen: Wie faltig sie auch sein mag, sie ist zumindest schlank. Claudia aber wacht manchmal auf und findet ihre

Hände auf ihrem weichen und überbordenden Bauch, so als wäre er ein Kind, das sie die Nacht über gestreichelt hat, das sich aber nun im wachen Zustand merkwürdig und abstoßend anfühlt.

Und das möchte sie nicht von einem anderen betasten lassen.

Wenn sie es aber versuchen würde, wie würde sie beschreiben, wo es weh tut, wo die Muskeln verspannt und verhärtet sind, wo kundige Hände ihr Erleichterung verschaffen können? Vermutlich kann jemand, der Massagen verabreicht, so etwas mit einem Blick erkennen oder dadurch, daß er mit dem Finger über den Körper fährt. Aber wo im Körper bildet der Kummer seine Knoten? Wo verstecken sich die Schuldgefühle?

Natürlich hat Charlotte nur Spaß gemacht. Viel wahrscheinlicher ist es, daß sie einen Kreis bedrohlicher Heranwachsender um sich hat, die plötzlich zum Abendessen auftauchen und dann gern eine alte Dame massakrieren.

Ihre eigenen Mädchen waren so friedlich im Vergleich zu den Jugendlichen, mit denen es Charlotte zu tun hatte, oder denen, die Claudia heute auf dem Weg zur Bank sah. Selbst dort, im Zentrum ihrer Kleinstadt, lungern diese merkwürdigen Jugendlichen nun herum. Einen Augenblick lang fragte sie sich, ob sie nicht doch auf den jungen Schalterbeamten hätte hören sollen, anstatt beleidigt zu sein. Schon an der nächsten Straßenecke gegenüber der Bank schossen zwei Jugendliche aus einem Eingang, einem Spielsalon, wie sie noch bemerkte. Sie hatten ölige Haare, die seltsam abstanden. Einer von ihnen streifte ihre Schulter, wobei er sie zwar nicht umwarf, aber doch ein bißchen aus dem Gleichgewicht brachte und sie damit gehörig erschreckte. »Hoppla, Oma, aufpassen!« Sie kann es nicht leiden, wenn man ihr ihre Zerbrechlichkeit vorhält.

»Ich bin nicht deine Oma.« Die Worte entschlüpfen ihr in diesem neuen scharfen Ton, bevor sie überhaupt nachdenken konnte. Aber die Jugendlichen waren schon weg. Sie kümmerten sich gar nicht um sie und liefen lachend die Straße hinunter.

Es waren nur Jungen. Und auch Mädchen sah sie, als sie durch die Tür in den dunklen Spielsalon spähte. Was wohl geschehen würde, wenn sie da hineinginge? Sicher waren sie unter der Verkleidung ganz normale Kinder, die sich von ihren Töchtern damals in dem Alter kaum unterschieden. Was wäre, wenn sie mit ihnen ein Gespräch anfinge? Vielleicht würde sie ganz normale Dinge erfahren: daß sie Angst haben, schwanger zu werden, die Schule nicht zu schaffen oder es im Leben nie zu etwas zu bringen. Ihre eigenen Mädchen sprachen über solche Sachen fast nie mit ihr, aber natürlich sind das die immer wiederkehrenden, ganz normalen Ängste, dieselben damals wie heute oder auch zu ihrer Zeit. Eines der Mädchen lachte. Ihre Lippen waren violett, ihre Zähne fast schwarz. Ach je.

Charlotte wäre vielleicht hineingegangen; Claudia tat es nicht.

Claudia sollte allerdings nicht vergessen, daß ihre Töchter so ganz makellos nun auch nicht waren. Als Sharon zum Beispiel beim Ladendiebstahl erwischt wurde – wie schnell war sie da am Telefon, um Charlotte anzurufen. »Ich weiß, es waren nur ein Lippenstift und ein Paar Strümpfe, aber ich vertehe nicht, warum sie so etwas macht. Sie bekommt ihr Taschengeld, sie braucht nicht zu stehlen. Warum tut sie das, Charlotte? Ich dachte, ich hätte ihnen beigebracht, was gut und was böse ist. Was soll ich jetzt tun? Was habe ich falsch gemacht?«

Und dann Chars ruhige Stimme, so als ob das die kleinste und unbedeutendste Verfehlung war, von der sie je gehört hatte: »Haben sie sie angezeigt?«

»Nein! Nichts dergleichen. Sie kennen mich. Sie haben mich nur angerufen, um sie abzuholen.«

»Wo ist sie jetzt?«

»Oben, in ihrem Zimmer.«

»Hatte sie Angst? Hat sie sich entschuldigt?«

»Ja, natürlich. Und sie hat geweint – sie weint immer noch –, und sie hat versprochen, daß sie es nie wieder macht. Aber was soll ich tun, damit es wirklich nie mehr passiert? Was soll ich ihr sagen?«

Sharon war fünfzehn. Charlotte sagte: »Vielleicht mußt du gar nichts sagen. Ich wette, schon die Tatsache, daß sie erwischt worden ist und daß du es weißt, ist für jemanden wie sie Strafe genug. Sie ist doch ein braves Mädchen und keine Kriminelle. Etwas völlig anderes als die Kinder, mit denen ich es zu tun habe. Ich möchte wetten, daß sie es nie wieder tut. Wenn sie es aber doch tut, dann müssen wir uns natürlich etwas einfallen lassen. Hast du es Bradley gesagt?«

»Nein. Ich will nicht, daß er sich aufregt. Ist besser so. Er würde wütend werden und die Sache nur noch schlimmer machen. Aber vielleicht sollte ich es doch tun. Vielleicht könnte er irgend etwas mit ihr machen. Ich muß wohl irgendwann etwas falsch gemacht haben, sonst wäre das nicht passiert.«

Charlotte schnaubte. »Ehrlich, Claudia, ich würde dich am liebsten schütteln, wenn du immer meinst, alles sei deine Schuld. Du machst dich doch nur wichtig damit.«

Da mußte Claudia dann doch lachen.

Und Charlotte hatte recht, es geschah nie wieder.

Aber war ihr Ratschlag nicht zu sorglos? Wie sich zeigt, wußten die Mädchen Dinge, die sie nicht bemerkt hatte. Vielleicht hatte Sharon versucht, ihr mit dem gestohlenen Lippenstift und den Strümpfen etwas mitzuteilen. Sie hätte, um Claudias Aufmerksamkeit zu erhalten, anfangen können, Tiere zu quälen oder sich die Pulsadern aufzuschneiden. Charlottes lockerer Ratschlag hätte katastrophale Folgen haben können. Und ebenso natürlich die Tatsache, daß Claudia ihn so erleichtert befolgt hatte.

Aber es gab keine katastrophalen Folgen. Charlotte hatte recht. Es geschah nie wieder.

Claudia scheint unter dem ständigen Eindruck gestanden zu haben, daß Charlotte klüger, wachsamer und erfahrener ist als sie. Und daß Charlottes Ratschlag immer richtiger war als jeder ihrer eigenen Instinkte.

Stimmt das?

Eigentlich hat sie Charlotte selten um einen Rat gebeten, und Charlotte hatte ihn ihr auch nie angeboten, wenn Claudia nicht darum bat. Vielleicht wäre es gut gewesen, wenn Charlotte es getan hätte. Wenn sie auch nur einmal die Augen verdreht hätte, ihre Hände nach oben gereckt und gesagt hätte: »Schau mal, du mußt dies oder das unbedingt tun, es geht einfach nicht, daß du so weitermachst, nimm, zum Teufel, endlich mal dein Leben in die eigenen Hände, und wenn du das tust, verspreche ich dir, daß alles gutgehen wird« – aber sie hat es nie getan. Freunde machen so etwas nicht.

Und jetzt ist es natürlich sowieso viel zu spät für einen guten Rat. Aus einer dramatischen, aber unüberlegten Laune heraus hat Claudia ihr großes Geheimnis geschaffen. Und es gab dabei keine Sekunde, um zu überlegen, ob sie innehalten und Charlotte (oder die Mädchen oder sonstwen) anrufen soll, um zu fragen: »Was meinst du? Ist das richtig oder falsch?« Worte spielten keine Rolle. Worte spielen immer noch keine Rolle. Sie erträgt es nicht, sie auch nur zu denken. Vielleicht wird Charlotte ihr helfen.

11

*E*s muß noch eine Menge getan werden, bis Claudia morgen kommt. So viel, daß Charlotte der Versuchung eines Nachmittagsschläfchens erliegt, als endlich alles an seinem Platz ist.

Sie schläft selten am Nachmittag. Erstens hält sie das für eine überflüssige Verschwendung der Zeit, die ihr noch bleibt. Und zweitens kommt sie dadurch aus dem Rhythmus, und die eigentliche Schlafenszeit in der Nacht wird anstrengend und unruhig.

Was sie am Nachmittagsschlaf jedoch am meisten stört, ist, daß sie dabei meistens schlecht träumt. Nicht unbedingt schlimme Alpträume, eher unberechenbare, sprunghafte Bilder. Heute zum Beispiel: ein hagerer, grimmiger Bradley (ausgerechnet), der durch eine Fabrik (eine Fabrik?) schreitet und einen Schubkarren schiebt, der mit Ziegelsteinen (Ziegelsteinen?) beladen ist. Charlotte taucht kurz verwirrt aus dem Schlaf auf und sinkt dann wieder zurück.

Jetzt ist Bradley verschwunden, aber dafür sieht sie Claudia in einer Kinderkrippe mit vielen Reihen von Kinderbettchen. Dutzende, Hunderte, unendlich viele Kinderbettchen – und Claudia geht von einem Bettchen zum nächsten, beugt sich darüber und macht irgend etwas mit den Händen. Charlotte geht ihr nach, beugt sich ebenfalls über ein Kinderbett und sieht – nichts: Claudias Hände greifen und streicheln ins Leere, und dann geht sie weiter zum nächsten Bettchen. Charlotte will unbedingt dasselbe sehen wie Claudia – es ist ungerecht. In ihrem Traum ist sie frustriert und verärgert und wacht wieder beinahe auf.

Aber jetzt ist sie im Freien, in einer Landschaft mit Felsen und Sand – irgendein Strand? In der Ferne läuft eine Gestalt, ein

Mann, aber in welche Richtung? Charlotte fängt an, auf ihn zuzugehen, sie will unbedingt mit ihm gehen, aber das ist schwer. Immer wieder rutscht sie auf den Felsen aus, und der Sand hält sie fest. Aber jetzt sind sie einander näher, und sie kann sehen, daß der Mann auf sie zukommt und selbst manchmal ausrutscht. Beide kommen also nur langsam voran. Sie muß dringend ganz schnell zu ihm, bevor irgend etwas passiert. Um was für eine Gefahr es sich handelt, ist allerdings unklar und unsichtbar. Aber egal, wie schwierig und rutschig dieses Gelände ist, sie wird nicht eher stehenbleiben, bis sie ihn berühren kann oder spürt, wie er sie berührt. Mit jedem Schritt sieht sie ihn etwas besser. Er winkt sogar, zumindest macht er eine kleine Bewegung mit der Hand, eine Art Begrüßung. Also müssen sie sich kennen. Sie strengt sich an, um seine Gesichtszüge zu erkennen, und es ist – kann das sein? – Andrew. Kein Wunder, daß sie versucht haben, einander zu erreichen.

Wie schön er ist, wie stark und gut gebaut, die blauen Augen, an die sie sich so gut erinnert. Sein Haar ist gut geschnitten und ganz braun – aber das ist es, er ist noch jung! Sie merkt, wie sie ihr Gesicht mit den Händen bedeckt, denn er darf sie nicht sehen. Es ist furchtbar, wenn er sie alt sieht, diese Falten, dieses Haar, ihren zerfurchten Nacken und ihren schlaffen Busen. Sie versucht, sich abzuwenden (oder glaubt es zumindest), aber sie geht doch immer weiter vorwärts. Und es ist sowieso zu spät, denn er ist schon da, und mit seinen Fingern schiebt er ihr die Hände vom Gesicht, hält sie fest, seine Augen gleiten über ihre Züge, ein ernster Blick und dann ein Sonnenaufgang: Seine vertrauten schmalen Lippen formen sich zu einem Lächeln. Er sieht sie mit soviel Liebe an! Es erinnert sie an etwas. Aber was sieht er?

Sie schaut auf ihre Hände. Sie sind immer noch faltig und zerknittert. Sie ist also alt, und er ist jung, und trotzdem sieht er sie so an. Es ist also alles gut, und sie lächelt zurück, ihre Finger drücken seine, und plötzlich verzerrt sich sein Gesicht. Er tritt zurück, rennt zurück, fort. Sie bewegt sich vorwärts, aber sein

Entsetzen läßt sie stehenbleiben. Und dann ist er fort, und diesmal wacht sie wirklich auf.

Einen Augenblick lang vermißt sie ihn so sehr, wie sie es früher immer tat, wenn er sie so ansah wie in diesem Traum. Ihr ist heiß, und ihre Brust tut weh.

Sie denkt: »O Gott, wenn ich nun einen Herzinfarkt habe?« Denn eines Tages wird sie schließlich einen bekommen oder etwas anderes, was ebenso endgültig ist. Warum nicht jetzt?

Es wäre vielleicht gar nicht so schlimm. Im Grunde hat sie gar nichts dagegen, wenn es nicht zu lange dauert. Aber die arme Claudia. Für sie wäre es ein Schock.

Oder nein, sie wäre nur erstaunt: wenn Charlotte nicht am Bahnhof steht, und dann, wenn sie herkommt, weil sie nicht länger warten will, auf ihr Klingeln keine Antwort bekommt. Wahrscheinlich würde sie Hilfe holen. Vielleicht würde die Polizei die Tür aufbrechen oder ein Nachbar. Aber Claudia müßte nicht unbedingt Zeugin sein.

Aber Charlottes ganze Einkäufe wären umsonst. Und die ganzen Pläne und die Vorfreude.

Aber sie hat ja auch gar keinen Herzinfarkt oder sonst irgend etwas. Ihr Puls wird langsamer, und der Schweiß auf ihrer Haut trocknet. Sie wird einfach ein Bad nehmen, und dann geht es ihr sicher wieder gut.

In der Badewanne denkt sie über die Träume nach. Wie seltsam, daß sie sie noch weiß – das passiert wirklich nur bei diesen kurzen, wilden Nachmittagsträumen. Der einzige Traum, der sie besonders interessiert, ist der mit Andrew. Bradley ist natürlich so unbedeutend wie immer, außer daß er etwas mit Claudia zu tun hatte. Aber was könnten diese Fabrik und diese Ziegelsteine bedeuten – die verspätete und zwecklose Einsicht, wieviel Mühe er Claudia bereitet hatte? Ein Versuch, seine Schuld abzutragen? Aber Plackerei ist im Grunde eine geringe Strafe für einen Mann, der im wesentlichen versagt hat.

Das mit den Kinderbettchen ist eindeutig und langweilig, die Aussage für Charlotte inzwischen so irrelevant und unveränderbar, daß sie keinen Gedanken mehr daran verschwenden will. Charlotte ist etwas enttäuscht, daß ihr Unterbewußtsein ihr immer noch so etwas vorsetzt.

Aber Andrew. Hier ist vielleicht ein Sinn zu sehen, den sie offenbar ans Tageslicht geschaufelt hat. Noch immer schwebt das Bild des entsetzten Ausdrucks auf seinem jugendlichen Gesicht vor ihr. Vielleicht ist die Wahrheit, daß er nicht alles an ihr gemocht hat, daß es Seiten an ihr gab, die er nicht anerkennen wollte. Es gab Momente, in denen sie ehrlich war (wenn er sie bat, ehrlich zu sein) und dann feststellte, daß ihm das, was sie zu sagen hatte, nicht besonders gefiel. Er wollte nicht hören, daß es ihr weh tat, wenn er sie verließ, um nach Hause zu gehen; daß sie Bilder von seinem anderen Leben hatte, die so scharf waren wie zerbrochenes Glas. Seine Vorstellung von Liebe war präziser und abgegrenzter als ihre, und seine Vorstellung von Härte anscheinend auch. Es kam ihr vor, als verlange er von ihr unerreichbare Ebenen von Schweigen und Hingabe, bis sich Schweigen und Hingabe schließlich vermischten und immer mehr dasselbe bedeuteten oder das eine das andere ausdrückte. Er war manchmal wütend darüber, daß sie ihn nicht so dumm und blind liebte, wie er es unter den gegebenen Umständen für nötig hielt. Es war seltsam und entmutigend, über dreißig Jahre alt zu sein – kein naives, romantisches Mädchen mehr, aber dennoch zu oft vorsichtig – und manche zornige Worte in ihrem Kopf zu hören, auf ihrer Zunge zu spüren und sie aus Angst nicht auszusprechen – aus Angst wovor? Vor irgend etwas Unersetzbarem vermutlich. Davor, ihn so zu belasten, daß er gehen würde, mit einem letzten Wort, das ewig nachhallen würde.

Es gab also Seiten an ihr, die er offenbar nicht ertragen konnte. (Zugegeben unerfreuliche Seiten, die aber sicher auch zur Liebe gehörten. Liebe betrifft nicht nur die fröhlichen, unterhaltsamen, hellen und intelligenten Seiten.) Und das zu ertragen, war wiederum für sie zu anstrengend. Vielleicht bedeutete sein Verhalten in ihrem Traum also lediglich den Tod des Verlangens.

Vielleicht ist das alles.

Sie kann also endlich laut auflachen und aus der Wanne klettern, nach dem Handtuch greifen, sorgfältig Make-up auftragen (obwohl das Make-up, egal wie sorgfältig man ist, die Tendenz hat, in den Falten Klümpchen zu bilden, was leicht aufdringlich aussieht) und in frische Unterwäsche, schwarze Hosen und eine marineblaue Bluse zu schlüpfen. Vielleicht ist das ihre letzte Chance. Sie und Claudia können sich schließlich kaum zu zweit in dieser Hecke verstecken, selbst wenn Claudia dazu Lust hätte.

Um die Wahrheit zu sagen, als Charlotte nach dem Gespräch mit Claudia den Hörer aufgelegt hatte, bereute sie die Einladung fast schon wieder. Wer weiß, was dieser Besuch verändern wird, welche Spaltungen er verursacht? Denn so seltsam es klingt, sie hatte gerade so interessante, wenn auch gefährliche Zeiten. Und sie ist an ihre Einsamkeit gewöhnt. Sie fühlt sogar eine winzige, fast vergessene Spur von Ärger, fast Wut. Denn Claudia hatte immer diese großen Probleme. Und so berechtigte. Charlottes Probleme klangen daneben nicht gerade trivial, aber zumindest nicht so lebensbedrohend. Claudias Probleme waren rein, Charlottes ein wenig fragwürdig.

Befanden sie sich etwa in irgendeinem Katastrophenwettbewerb?

Auch Claudias Geheimnis scheint tiefer zu sein als das von Charlotte.

Charlotte hatte sich vielleicht vorgestellt, daß sie sich von diesem letzten Abenteuer befreien könne, indem sie mit Claudia darüber spricht. Der Verlust dieser Neugier könnte aber nicht nur Erleichterung, sondern auch einen gewissen Kummer auslösen.

Gut. Angenommen, sie haben sich ihre Geheimnisse erzählt, sie erklärt und beklagt und sitzen dann da und sehen sich verzweifelt an. Angenommen, sie haben entschieden, daß es keinen Sinn mehr hat. Sie könnten Briefe hinterlassen, in denen sie erklären, daß sie einfach keine Lust mehr hatten. Oder daß die Ereignisse zu sonderbar waren, um sie zu entwirren. Sie könnten schreiben: »Jetzt, wo kein Penis (oder keine Liebe) in Sicht ist, wollen wir nicht mehr leben.« Und dann würden sie brüllen vor Lachen. Sie würden sich zurücklehnen und einfach wie Kinder lachen, würden sich die Rippen halten und vor Schmerz und Freude nach Luft schnappen.

Dann würden sie noch einen Drink nehmen und weiterreden. Diese Vorstellung bewirkte natürlich, daß sich Charlotte wieder auf Claudias Besuch freute.

Sie muß schrecklich gierig oder arrogant sein, soviel zu wollen, mehr zu wollen als möglich ist, alles wissen zu wollen. Menschen, die im Sterben liegen – die wissen, daß sie sterben und auch ungefähr wann, Menschen wie Bradley –, verzweifeln die nicht? Geraten sie nicht außer sich? Schreien sie nicht am Ende: »Nur noch ein paar Minuten, nur noch ein bißchen mehr Zeit«, in der Hoffnung auf die letzte Erkenntnis?

Jeden Tag entdecken Wissenschaftler mehr. Eines Tages finden sie vielleicht Gene für Emotionen und Charakter, Gene, die schwieriger zu finden sind als die für blaue oder braune Augen. Nichts scheint unmöglich. Das Wissen vergrößert sich rapide, täglich tauchen neue Entdeckungen auf, und es gibt einfach nicht genug Zeit, um Schritt zu halten. Die Menschen kennen sich auf einem Gebiet aus und haben dafür auf einem anderen keine Ahnung. Und das Wissen, das ihnen fehlt, kann ihr ganzes Leben zerstören. Charlotte wird bald siebzig, und es ist möglich, ja sogar wahrscheinlich, daß ihr ganzes Leben auf falschen Voraussetzungen beruht, auf fehlerhaften Sichtweisen, auf Wissenslükken.

Sie und Claudia lieben sich so unerschrocken, wie es Leute tun, die ihr ganzes Leben lang befreundet waren. Ist es traurig, alt zu sein und nur einen Menschen zu lieben und dazu noch eine Frau? Claudia hat so viele Menschen, die sie liebt – ihre Töchter, deren Kinder, Charlotte natürlich. Wer weiß, wen sonst noch? Es muß schön sein, vier Töchter geboren und aufgezogen zu haben, die sich besprechen, planen und organisieren, damit sie gleichzeitig kommen können, um ihre Mutter in ihrem Witwendasein zu trösten.

Schließlich konnte sie es doch kaum erwarten, bis Claudia kam. Der Besuch versprach etwas Besonderes, eine Art Festtag, ein Vergnügen. Dafür konnte man durchaus ein wenig verschwenderisch sein. Wenn Claudia wieder fort war, könnte sie ja wieder sparen. Aus dieser Laune nach Verwöhnung heraus entschied sie sich gegen das Anstehen im Supermarkt und das Herumschieben schwerer Tüten zugunsten der kleinen Extraausgabe, sich die Lebensmittel liefern zu lassen. Sie fand das angenehm; an diesen Luxus konnte man sich gewöhnen, und da Claudia gerne Wein trinkt, bestellte sie auch noch eine Kiste Weißwein. (Soviel hätte sie nicht genommen, aber der junge Mann am Telefon erklärte ihr, daß es bei Lieferungen ins Haus eine Mindestmenge gab.) Es machte nichts, der Wein würde schon getrunken werden.

Es war nur eine Menge Geld auf einmal, und da Banken nicht ins Haus liefern, mußte sie sich aufraffen und ausgehen.

Charlotte weigert sich, Bankautomaten zu benutzen, und besteht auf Menschen. Das mag mit ihrem Mißtrauen Maschinen gegenüber zu tun haben, vor allem aber glaubt sie, daß die Arbeitsplätze am Bankschalter ohne Leute wie sie verlorengingen. Sie betrachtet das als ein kleines gutes Werk. Es war natürlich schon immer leichter, kleine gute Werke zu tun als große; zum Beispiel, sich von verheirateten Männern fernzuhalten.

Inzwischen ist es leicht, sich von Männern aller Art fernzuhalten. Von ihrer besorgten Anteilnahme nehmen sie ebensowenig Notiz wie die Bankangestellten, denen sie Arbeit und Brot verschafft. So kann also jedermann eines Tages tugendhaft werden; es müssen nur die Alternativen wegfallen. Das hält sie für einen ziemlich guten Witz.

Als sie auf der Straße war und sich so gut amüsierte, ging sie auch noch in ein Schokoladengeschäft und kaufte ein paar dekadente Trüffel. Beim Blumenhändler in einem renovierten viktorianischen Haus besorgte sie noch getrocknete Blüten, vier Duftkissen für jede Schublade der Kommode im Gästezimmer und zwei Blumensträuße. Sehnsüchtig betrachtete sie die gelben Rosen, aber die kosteten ein Vermögen, und sie wollte nicht übertreiben; die Lilien, Mimosen und Iris waren auch sehr schön.

Am Ende war es doch eine ganze Menge. Und es war anstrengender als früher, an alles zu denken, sich um alle Einzelheiten zu kümmern. Früher war sie besser in liebevollen Gesten.

Sie verteilte die Blumen in die Vasen, eine für den Eßzimmertisch, die andere auf dem Tisch neben der Couch im Wohnzimmer. Im Gästezimmer tat sie die getrockneten Blüten in eine blaugraue Keramikschale und die Duftkissen in die Kommodenschubladen. Ihr fiel Claudias Vorliebe für Reinheit ein, und sie bezog das Bett nicht nur mit frischen weißen Laken, sondern legte auch ihre beste, kaum benutzte, blütenweiße, ganz mit Spitzen umrahmte Überdecke darüber. Wie jungfräulich!

Ist es Claudia schwergefallen, sich daran zu gewöhnen, allein zu schlafen? Charlotte schläft bis heute auf der einen Seite ihres Bettes, so als erwarte sie immer noch, daß ein anderer Körper auftaucht.

Sowohl im Gästezimmer als auch in ihrem Zimmer stehen Doppelbetten. Verglichen mit den riesigen modernen Betten von heute sind sie vermutlich schmal. Aber wie finden sich die Leute in diesen Betten eigentlich noch? Man verliert sich doch sowieso schon zu leicht, auch ohne diese riesigen Betten in Tundragröße.

Sie hat von so vielen Menschen die Spur verloren. Nach einem Jahrzehnt mit Andrew schickte sie ihn freiwillig fort, was schmerzhaft war und zweifellos weise. Kurz danach traf sie Tim und Lissa, genauer gesagt, die beiden trafen sie bei ihrem gescheiterten Versuch, ihre Handtasche zu klauen, und diese kleine, kurze Verbindung begann. Sie kamen zu ihr nach Hause, und sie stellte fest, wie sie sich entspannten: Sie machten es sich in ihrem Wohnzimmer gemütlich, legten die Füße auf ihre Möbel, faßten vielleicht sogar Vertrauen. In der Stadt hielt sie nach ihnen Ausschau, und sie wahrscheinlich auch nach ihr, denn sie begegneten sich öfter, als daß man es noch Zufall nennen konnte. Sie sammelte sie auf und führte sie wie das erstemal in ein Restaurant oder zu sich nach Hause, allerdings nicht mehr unter Zwang. Sie mochte sie gern, was aber nicht bedeutete, daß sie die beiden retten wollte oder konnte. Aber sie interessierte sich für sie. Sie sprachen selten von der Zukunft und auch nicht sehr oft von der Vergangenheit; in beiden Richtungen war ihr Leben zu gefährlich. Manchmal ballten sich Charlottes Hände zu Fäusten bei dem Wunsch, die Eltern zu bestrafen, die ihren Kindern so offensichtlich die Zukunft und die Vergangenheit gestohlen hatten.

Sie waren hart, aber waren sie hart genug, und wie weit half ihnen das beim Überleben? »Ich habe lieber mein ganzes Leben lang Oralverkehr mit fremden Männern, als mich von meinem Vater noch ein einziges Mal ficken zu lassen!« sagte Lissa bitter. Aber Bitterkeit war auf Dauer keineswegs so nützlich wie Stärke.

An Lissas sechzehntem Geburtstag buk Charlotte für sie alle drei einen Kuchen, zündete eine Kerze darauf an und sagte ohne nachzudenken: »Wünsch dir was.« Sie erkannte sofort, wie unverzeihlich dumm das war. Gehorsam blies Lissa die Kerze aus.

Was in aller Welt wünschte sie sich? In der Lage zu sein, nicht mehr mit fremden Männern Oralverkehr haben zu müssen? Daß ihr Vater stirbt? Einen sicheren Ort zum Leben, Essen, einen warmen Wintermantel? Den wenigstens schenkte ihr Charlotte: Ihr Geburtstagsgeschenk für Lissa war ein schwerer, grüner Mantel mit abnehmbarem Futter.

»Ist der toll!« sagte Lissa. »Vielen Dank.« Sie umarmten sich nicht. Charlotte hatte den Eindruck, und Lissa vielleicht auch, daß Berührung zu viele unangenehme Erinnerungen wachrufen könnte. Sie wollte nicht, daß die beiden zurückschreckten, wenn sie die Arme ausstreckte.

Tim sah inzwischen ein bißchen gesünder aus: etwas dicker, weniger blaß und schmächtig, wenn auch nicht gerade rosig oder robust. Charlotte glaubte nicht, daß ihre Aufmerksamkeiten und das gelegentliche gute Essen dafür verantwortlich waren, aber sie fragte auch nicht, was es sonst war. »Ich weiß, daß du nicht Geburtstag hast, aber ich habe auch etwas für dich«, sagte sie zu ihm: auch ein Wintermantel, seiner aus einem Armeeladen, khakifarben mit schwerem Futter.

»Cool«, sagte er, »hey, danke!«

Und für Lissa, weil es ihr Geburtstag war und sie auch noch etwas Besonderes und Verspieltes bekommen sollte, eine rote Rosenknospe, die gerade am Erblühen war, in einer kleinen Vase. »Schau, ich habe feuchtes Moos um den Stiel gewickelt«, erklärte Charlotte. »Wenn du es feucht hältst, müßte die Blume ein paar Tage halten.« Sie fragte nicht, warum Lissa Tränen in den Augen hatte oder warum sie die Blume den ganzen Besuch über in der Hand hielt.

»Ich habe ihr einen Pullover geschenkt«, sagte Tim stolz. »Den, den sie anhat.« Er war rosa, fast aus Wolle, mit langen Ärmeln und mit einem Wellendesign aus silbernen Pailletten bestickt.

»Eine sehr schöne Farbe«, sagte Charlotte, und er freute sich. Sie fragte natürlich nicht, wo er ihn herhatte.

Das alles waren kleine Schritte, aber es waren Schritte. Sie versuchte nur, ihnen etwas Behaglichkeit zu bieten, nichts Ehrgeiziges wie Vertrauen oder Rettung. Sie dachte, es würde ihr Spaß machen, sie zu mögen, und hielt es für möglich, daß auch die beiden sie mit der Zeit mögen würden. Eine tiefe Bindung war unwahrscheinlich: Sie waren keine Schoßhunde und waren, realistisch gesehen, weit entfernt von schwanzwedelnder Begeisterung für tiefe Bindungen. Außer vielleicht zueinander.

Und dann verschwanden sie. Sie ging die üblichen Straßen in der Innenstadt entlang, sah sie aber nicht mehr um die Ecke auf sie zukommen oder ihr von der nächsten Ecke zuwinken oder an der Wand eines Ladens oder Restaurants lehnen. Was konnte passiert sein? Eigentlich alles: Sie konnten tot sein, im Gefängnis oder per Autostop unterwegs in Richtung Sonnenuntergang an die Westküste. All diese Möglichkeiten waren ihr vertraut. Sie vermißte die beiden, obwohl sie die Vorstellung, daß sie freiwillig verschwunden waren, durchaus nicht verletzte. Aber sie machte sich Sorgen, wenn auch mehr wie eine wohlwollende

Tante als eine verzweifelte Mutter. Eine Zeitlang ging sie jeden Tag die entsprechenden Straßen entlang und fragte in Restaurants, bei der Bahnhofsmission und in Spielsalons nach ihnen. Sie fragte auch bei der Polizei und in Krankenhäusern nach.

Haben die Eltern von Tim oder Lissa je so nach ihnen gesucht? Und wenn, aus welchem Grund?

»Bei uns liegt nichts vor«, hieß es auf der Polizei. »Sind Sie eine Verwandte?«

»Weiß nich, Mann«, sagte ein Jugendlicher mit Rastalocken. »Ham sich wahrscheinlich getrennt. Haste ma Kleingeld?«

»Wer?« fragte eine Gruppe in einem Spielsalon. »Ach ja, die! Nee, die ham wir nich gesehn, schon länger nich mehr. Die waren immer zusammen, stimmt's? Ja, wir wissen, wen Sie meinen.«

Menschen tauchten auf und verschwanden und hinterließen nicht viel, weder Wirkung noch Sorge. Sogar sie selbst war daran mehr oder weniger gewöhnt; um wieviel mehr mußten diese Leute an vage und ziellose Auftritte und Abgänge gewöhnt sein.

Als sie mit Polizei und Krankenhäusern fertig war, war sie ziemlich sicher, daß Tim und Lissa zumindest nicht tot waren. Aber abgesehen davon waren ihre Lebensweisen so völlig offen und unbestimmt, daß praktisch alles aus ihnen geworden sein kann, damals oder auch heute. Man konnte nur raten, wohin sie gegangen waren oder welche Möglichkeiten sich ihnen eröffnet oder verschlossen haben. Sie könnten sogar wohlhabend sein. Sie könnten Andrews Nachbarn sein, die so pünktlich zur Arbeit fahren und so selbstlos ihre Hecke zur Verfügung stellen.

Zumindest hatten sie es in ihren Mänteln schön warm.

Sie vermißte sie. Manchmal schaute sie sich ihnen zu Ehren irgendeine alberne Fernsehsendung an, die ihnen gefallen hatte, und war traurig. Manchmal lag sie wach und machte sich Sorgen, ob sie es warm hatten, ob sie satt und vor allem in Sicherheit waren.

Auf der Straße hielt sie weiter nach ihnen Ausschau.

Sie wußte, daß kaum jemals irgend etwas abgeschlossen ist

und daß es selten ein sauberes Ende gibt, von dem man weiß. Ihr Verschwinden aus ihrem Leben war einfach das Ende der Beziehung zu ihr. Aber es war nicht das Ende von den beiden. Sie haben vermutlich einfach weitergelebt. Wie glücklich oder wie sorgenvoll auch immer.

Ebenso wie Andrew, nachdem er aus ihrem Leben verschwunden war, sein Leben weiterlebte, glücklich oder sorgenvoll. Und sie macht sich in schwarzen Hosen und marineblauer Bluse auf, um vielleicht zum letztenmal zumindest bei einer dieser alten Geschichten herauszufinden, wie sie ausgegangen ist. Vielleicht folgen weitere nach: Sie könnte andere Bindungen und Erlebnisse untersuchen, wer weiß? Aber jedenfalls muß alles mit Liebe zu tun haben, mit dem Wesen der Liebe.

»Aber ich liebe dich«, sagte er, als sei das alles, was gesagt werden müsse. Sie glaubte, Liebe verlange mehr Pflege, dauerhaftere Aufmerksamkeit, mehr Nahrung und Fürsorge. Er sagte, Liebe sei Liebe. Sie konnte ihm offenbar nicht begreiflich machen, daß Liebe in ihren Augen nicht so rein war. Und so nutzten sie einander ab. Jahrelang fuhren sie auf einer Straße, bergauf und bergab, mit Kurven und Kehren, bis sie an einen steilen Abhang kamen, die Bremsen versagten und sie abstürzten.

Andrew sagte: »Es kommt mir vor, als willst du das. Du machst das mit Absicht.« Sie gab zu, daß das möglich war, daß sie einfach das Ende, das sowieso kommen würde, schneller herbeiführte. Oder hatte er vielleicht recht, daß sie Vertrauen haben sollte und konnte? Daß sie sich mehr Mühe hätte geben sollen? Und daß dies noch für viel mehr galt als nur für Andrew?

Er schien unfähig, die Mühe zu begreifen, die es kostete, so weit und so lange zu gehen, wie sie es tat. Sie konnte sich nicht vorstellen, daß Zähnezusammenbeißen das Motto für ein ganzes Leben sein sollte.

Der hilflose Kummer, mit dem man das Verlangen schwinden sieht, ähnelt er dem Gefühl, das Claudia hatte, als sie Bradley beobachtete? Ähnelt die Auflösung eines menschlichen Körpers der schmerzhaften Auflösung eines starken Gefühls? Claudia schrieb von Bestimmung und Willen, und Andrew sprach von Bindung und Liebe. Charlotte bleibt im Griff der Einsamkeit, aber sie wird sich natürlich weiterhin auf verschiedenen Ausflügen amüsieren. Neugier ist keine kleine Leidenschaft: Das Verlangen, unter die Oberfläche zu dringen und zu sehen, wie die Dinge funktionieren (oder nicht funktionieren), mag unbequem oder unbefriedigend sein, aber es ist auf jeden Fall interessant. Als letzte Worte hätte sie gern so etwas wie: »Junge, ich habe wirklich einiges gelernt, ich bin froh, daß ich gelebt habe, um das alles mitzukriegen.«

Die Frauen in ihrer Familie neigen dazu, sehr alt zu werden. Sie hat vielleicht noch zwanzig Jahre.

Diesmal wird sie nach Einbruch der Dunkelheit bei Andrew sein. Wenn er einen ähnlichen Drang verspüren und sich unter ihrem Fenster verstecken würde, um zu lauschen – was für eine Stille er hören würde! Sie lacht im Auto laut auf. Aber in der Stille ereignet sich soviel.

Sie biegt in sein Viertel, durch kurvige, verwirrend dunkle und ruhige Straßen, parkt an ihrer alten Stelle, eine Ecke weiter, und macht sich zu Fuß langsam auf den Weg, immer auf der Hut vor Beobachtern und Lauschern. Im Nachbarhaus von Andrew steht ein Auto in der Einfahrt, aber man sieht keine Menschen. Es gibt eigentlich keinen Grund, nicht an der Hecke entlang über den Rasen zu rennen und an der alten Stelle in das kühle, dunkle Innere zu tauchen, an ihren kleinen Platz.

Aber sie geht weiter zu Andrews Haus, bleibt auf dem Bürgersteig stehen und betrachtet es. Sein Heim.

Es ist so normal – darüber kommt sie nicht hinweg. Einige Lichter sind an. In der Einfahrt ist kein Auto. Das Flimmern aus dem Wohnzimmer ist zweifellos der Fernseher. Vielleicht machen es sich Andrew und Elizabeth nach dem Essen gerade gemütlich, um zusammen fernzusehen. Sitzen sie zusammen auf dem Sofa oder auf verschiedenen Stühlen? Was schauen sie an, haben sie den gleichen Geschmack? Andrew zog, so erinnert sich Charlotte, Musik dem Fernsehen vor, aber das lag vielleicht daran, daß sie so wenig Zeit zusammen hatten. Er muß überhaupt wenig Zeit zum Fernsehen gehabt haben in jenen Jahren, in denen er von seinem Büro zu ihr und dann zu sich nach Hause gerannt ist.

Zu sich und zu Elizabeth nach Hause.

Es ist nicht weit über den Rasen, und noch ehe ihr wirklich klar ist, daß sie dorthin will, steht sie schon unter dem Wohnzimmerfenster. Mit leichten, vorsichtigen Schritten geht sie zwischen Andrews Blumen hindurch, aber vielleicht zertritt sie auch einige, die sie in der Dunkelheit nicht erkennen kann. Im Licht des Wohnzimmerfensters kann sie Umrisse und Schatten im Garten erkennen. Mit nur drei Schritten hat sie die schützenden Büsche hinten beim Fenster erreicht. Was um Himmels willen tut sie da?

Sie geht um einen Busch herum und duckt sich in die Mulde zwischen dem Busch und der Mauer von Andrews Haus. Sie kann nicht glauben, daß sie das getan hat. Und was jetzt? Das ist viel schlimmer, viel gefährlicher, als mit einem Clipboard in der Hand an der Tür zu klingeln und eine erfundene Umfrage durchzuführen. Es gibt in der ganzen Welt keine Ausrede oder Lüge, mit der sich diese Situation erklären ließe.

Und wenn Andrew beschließt, jetzt noch seinen Garten zu gießen? Er käme aus dieser Vordertür, würde den Schlauch nehmen, den Hahn andrehen und die Blumen, die Büsche und Charlotte mit eiskaltem Wasser begießen. Das ist nur eine Möglichkeit, aber eine, die sie zweifellos umbringen würde.

Sie würde lieber sterben, als erwischt zu werden. Warum überlegt sie so etwas nicht, bevor sie in eine Lage gerät, in der sie jeden Augenblick gefaßt werden kann? Wenn er den Garten gießen würde, würde sie sich, ohne Protest und ohne einen Ton von sich zu geben, begießen lassen. Wenn es vorüber wäre, würde sie sich einfach hinlegen, blau und zitternd, bis die Lichter im Haus ausgehen und er eingeschlafen ist. Dann würde sie, wenn sie überhaupt noch Kraft hat, versuchen, davonzukriechen, zur Hecke, zu ihrem Auto, überallhin, nur fort von Andrew. Und dann würde sie an Lungenentzündung sterben.

Schlafen er und Elizabeth im selben Schlafzimmer? Als sie ihn kannte, taten sie es; aber nach all den Jahren sollte es wohl nicht allzu schmerzhaft sein, mitzukriegen, wie sie gemeinsam den Gang hinuntergehen, denselben Raum betreten und womöglich noch in ihrem Bett plaudern.

Sie erinnert sich daran, wie sie sich früher ausgemalt hat, worüber die beiden im Bett redeten. Sie wünschte sich, daß sie sich nichts zu sagen hätten (obwohl sie natürlich Themen hatten, allein schon ihre Söhne), und hoffte gleichzeitig, daß sie nichts anderes taten, als miteinander zu reden (obwohl sie auch das realistischerweise nicht hoffen konnte, vertraute Körper greifen selbstverständlich nacheinander).

Diese Bilder wurden zu Alpträumen und machten sie am Morgen wütend. Armer Mann, er muß sich gefragt haben, was er getan hat, sie so wütend zu machen, wo er doch gar nicht da war. Sie umarmten sich an ihrer Tür, wenn er sie am Abend verließ, und am nächsten Tag war sie wütend; wie konnte er dafür verantwortlich sein?

In jenen Jahren lernte sie etwas Selbstbeherrschung, aber offensichtlich nicht genug, denn sonst würde sie kaum mit fast siebzig Jahren an einem dunklen Spätsommerabend eingezwängt zwischen Hauswand und Busch unterhalb seines Wohnzimmerfensters kauern.

Claudia und ihr Besuch morgen sind im Moment sehr weit weg. Ihr eigenes Zuhause ist sehr weit weg. Die Blumen, die Duftkissen, die Trüffel, der Wein liegen versteckt in einer weit entfernten und völlig anderen Welt. Das einzig Wirkliche ist diese unbequeme Körperhaltung, diese dunkle Nacht, diese Wohnzimmerlampen und ihr sonderbarer Gemütszustand.

Andererseits. Andererseits hört sie zu.

»Nein, Elizabeth«, hört sie, »weil ich das jetzt machen will. Wir müssen uns darum kümmern. Zum Teufel, ich bin Anwalt, ich habe gesehen, was für ein Chaos herauskommt, wenn man nicht alles auf dem laufenden hält. Du bist nur abergläubisch, das hat nichts mit Sterben zu tun. Warum müssen wir jedesmal darüber streiten? Früher ist auch keiner von uns gestorben, oder?«

»Ich weiß, daß du recht hast«, sagt Elizabeth. »Aber ich kann nichts dafür, daß ich dieses Gefühl habe. Warum kannst du das nicht einfach allein machen? Dir macht es nichts aus, und ich unterschreibe einfach alles.«

»Weil das nicht nur meine Verantwortung ist, Elizabeth, sondern unsere. Der Besitz gehört uns gemeinsam, die Kinder sind unsere gemeinsamen Kinder, die Entscheidungen sind unsere gemeinsamen.« (O Gott, soviel »uns gemeinsam« – aber was hat sie erwartet?) »Ich will nicht allein entscheiden. Es ist nicht richtig, und es ist auch nicht fair. Ich mache schon deshalb nicht alles, damit du nicht eines Tages ankommst und mir sagst, daß ich alles falsch gemacht habe. Wir machen es zusammen, und wenn wir nicht einer Meinung sind, arbeiten wir es um, und wenn es fertig ist, kann sich keiner beschweren.«

Oje, er klingt ungeduldig. Glaubt er wirklich, er träfe Entscheidungen nur widerwillig? Nach Charlottes Erinnerung hat er Verantwortung eher genossen, und am Anfang ihrer Beziehung mußte sie ihm gelegentlich sogar zeigen, wie automatisch er immer die Führung übernahm. Sie brachte ihm bei, um Rat zu fragen. Es klingt, als habe er das gut gelernt.

»Gut, aber ich sehe nicht ein, warum wir alles noch mal durchgehen müssen. Wir haben es doch schon zweimal gemacht. Es muß doch sicher nur ein bißchen auf den neuesten Stand gebracht und nicht alles neu gemacht werden.«

»Genau. Darum dauert es auch nicht lange. Aber wir müssen sichergehen, daß die Änderungen, die wir vornehmen, richtig sind, und daß wir keine anderen machen wollen.«

»Ach, Andrew, müssen wir das jedesmal machen, wenn wir einen neuen Enkel bekommen?«

Charlottes Herz tut weh. Warum tut sie das, wenn ihr dabei

nur das Herz weh tut? Warum ist sie ein Jahrzehnt bei ihm geblieben, wenn ihr das Herz von dieser Zeit noch so weh tut?

Ein neues Enkelkind. Sie haben mit Tränen in den Augen am Fenster der Säuglingsstation gestanden und gemeinsam ein neues Wesen betrachtet, das lebt, weil sie gelebt haben, zweifellos überwältigt von Gefühlen und Ehrfurcht angesichts dieses winzigen Persönchens. Arm in Arm standen sie da.

Es gibt keine lebende Geliebte, die mit einem solchen Augenblick, oder auch nur dieser Möglichkeit, konkurrieren könnte.

»Also lassen wir es dabei«, sagte er, »daß das Haus nach unserem Tod verkauft wird?« Offenbar zuckt Elizabeth nur die Achseln, Charlotte hört sie nicht sprechen. Sie fragt sich, ob sie, wenn sie sich vorsichtig aufrichtet, einfach durch das Fenster spähen könnte, um sie zu sehen. Aber sie darf keinen Lärm machen, sie erinnert sich an das letzte Mal in der Hecke.

Elizabeth sitzt allein auf dem Sofa – eine in Pastelltönen gemusterte Polstergruppe, nicht schlecht, nicht unattraktiv, muß Charlotte zugeben –, den Kopf zurückgelehnt, die Augen geschlossen. Sie sieht erschöpft aus. Andrew sitzt im dazu passenden Sessel, ein Dokument auf dem Schoß und blickt – genauso wie früher, wenn er sich konzentrierte: ein paar kleine Stirnfalten, die Augen aufmerksam auf die Papiere gerichtet. Aber jetzt hat er eine Brille, eine Lesebrille, die tief auf seiner Nase sitzt. Er blickt über sie hinweg zu Elizabeth. Charlotte fragt sich, wie gut sie zu sehen wäre, wenn einer von beiden in ihre Richtung schauen würde. Aber sie will sehen. Außerdem ist das aufrechte Stehen viel angenehmer als kauern.

»Wollen wir immer noch jedem von den Jungen ein Drittel geben? Oder sollen wir das reduzieren, damit jedes Enkelkind eine anständige Summe bekommt?«

»Andrew, ich weiß es nicht!« Arme Elizabeth, jetzt reibt sie sich ihre geschlossenen Augen. Vielleicht hat sie Kopfweh – warum fragt Andrew nicht? Es gibt sicher einen besseren Zeitpunkt, um das zu erledigen.

Seine Stimme bleibt fest. »Okay, wir lassen es so. Die Enkelkinder haben ja sowieso die Bankkonten, wenn wir es so machen wie bisher.«

»Fein.«

»Siehst du? Es ist gar nicht so schwer, oder?«

»Nein, stimmt.«

»Hast du Kopfweh?«

Da. Das ist jetzt genau das, warum der arme Andrew nie gewinnen konnte: Charlotte, die unglücklich war, weil er sich um Elizabeth nicht gekümmert hat, ist jetzt verletzt, wo er es offensichtlich bemerkt und sich kümmert. Charlotte schüttelt den Kopf, hält dann aber abrupt inne: Kann diese Bewegung nicht ihre Aufmerksamkeit erregen?

»Nein, mir geht's gut. Sind wir fertig?«

»Noch nicht ganz. Da sind noch die Wertsachen. Kriegt der kleine Andrew immer noch das Klavier?« Natürlich, das hatte sie vergessen: Er sprach früher immer davon, daß seine Frau Klavier spielt und die Jungen dazu singen. Gemütliche Familienabende. Und wo war Andrew? Hörte vom Sessel aus zu, nickte begeistert und lächelte stolz.

»Andrew, ehrlich! Das haben wir doch vor Jahren schon beschlossen!« Elizabeths Augen sind jetzt offen, und sie hat sich aufgerichtet. Sie klingt nicht mehr zerbrechlich.

»Und Jon kann die Eßzimmergarnitur haben. Ich weiß nicht, was das Zeug noch wert ist, weißt du das? Ist das eigentlich immer noch gerecht?« Er hört Elizabeth offenbar nicht sehr gut zu. Warum? Früher tat er es. Charlotte kam es früher immer vor, daß es Elizabeth war, auf die er hörte. Zu Charlotte sagte er nie: »Was hast du für Termine, damit wir uns danach richten können?« Statt dessen sagte er: »Also, ich mache das, hast du frei, wenn ich frei habe?« Ganz bestimmt sagte er nicht: »Such dir irgendeine Zeit aus, irgendein Wochenende, jede Nacht, die du willst, und wir machen alles, was du willst.« Neben der Arbeit war sein Leben noch voll von Abendessen, Kinobesuchen, Treffen zu Hause und in der Schule. Wochenenden. Ferien.

»Ziemlich. Wir sind dann sowieso tot, was geht uns das an?

Ich glaube nicht, daß sie sich um irgendwelche Sachen streiten werden, und wenn sie es tun, dann ist das auf jeden Fall ihr Problem und nicht unseres.«

Ein Punkt für Elizabeth. Charlotte fragt sich, ob Elizabeth ihr nicht vielleicht besser gefallen hätte, abgesehen von dem Vergnügen der Unterhaltung mit Andrew, den gemeinsamen Interessen, der Wärme, Hitze, Leidenschaft und den Umarmungen.

»Wir lassen es bei Jon und dem jungen Andrew als Testamentsvollstrecker?«

»Sicher.« Elizabeths Augen sind wieder geschlossen, und ihr Kopf ist auf das Sofa zurückgesunken. Finden sie es nicht lästig, daß der Fernseher läuft, wenn auch ohne Ton? Auf dem Bildschirm lachen Leute, ein Vater krault einem Jungen das Haar. Eine lange Zeit war Charlotte unfähig, Familienshows anzusehen, Väter beim Frühstück und Abendessen, mit Ehefrauen plaudernd, Ratschläge und Zuwendung an Kinder erteilend.

»Jetzt, wo es drei Enkel sind, ist es wieder komplizierter. Sollen wir ihnen bestimmte Sachen aus dem Haus hinterlassen, oder sollen sie sich das selbst aussuchen?«

»Wie wäre es mit beidem? Was sie haben wollen, hängt doch davon ab, wann wir sterben. Wenn wir heute abend sterben, was in aller Welt würde sich das Baby aussuchen? Und die Jungen würden sich wahrscheinlich die Werkzeuge und den Fernseher schnappen. Aber wenn wir erst sterben, wenn sie älter sind, suchen sie sich wahrscheinlich ganz andere Sachen aus. Also hinterlassen wir ihnen am besten den größten Teil des Geldes geteilt durch drei, und dann kann sich jeder noch zwei Erinnerungsstücke aussuchen statt einem. Und dann, ach, ich weiß nicht, raten wir einfach. Einer kriegt das Silber, der andere das gute Geschirr und der dritte die Schlafzimmermöbel. Wie wäre das? Dann hat jeder etwas Bestimmtes und etwas, das er sich aussuchen kann, und alle sind glücklich. Nur daß wir tot sind natürlich. Hoffen wir, daß sie darüber nicht glücklich sind.« Elizabeths Stimme hat etwas nettes Boshaftes – Charlotte muß lächeln.

Charlottes Testament ist ziemlich einfach: Alles wird verkauft. Das Geld geht an eine Einrichtung zum Schutz der Straßenkinder in der Stadt. Es wäre sogar möglich, daß der Kinderschutzbund von dem Geld das kleine Haus kaufen kann, in dem er jetzt untergebracht ist, das hängt von den Grundstückspreisen ab. Ihre Hinterlassenschaft würde zumindest für die Miete reichen. Ihrer Meinung nach ist es unwahrscheinlich, daß es einmal keinen Bedarf mehr für eine solche Einrichtung gibt, so gesehen spielt es also keine Rolle, wenn sie stirbt. An welchem Tag, in welchem Jahr, das Geld wird auf jeden Fall gebraucht.

Ist es unbedingt klug, Grundstücke zu vererben? Andrew mußte bei Null anfangen, warum sollten das seine Söhne nicht auch, ganz zu schweigen von seinen Enkeln? Charlottes Erfahrung nach machen es Eltern ihren Kindern entweder zu leicht oder viel zu schwer.

»Fertig?« fragt Elizabeth.

»Ich glaube ja. Ich finde, wir haben gut für sie gesorgt. Eigentlich können wir stolz auf unsere Familie sein.«

Wirklich, glaubt er das? Hat er vergessen?

Andererseits sitzen sie hier. Charlottes Finger umklammern das Fensterbrett. »Also darum machst du das so gerne, stimmt's?« Elizabeths Stimme ist jetzt weich und amüsiert. »Du gehst so gern durch, was wir ihnen alles hinterlassen können, damit wir sagen können, wie toll wir sind. Du bist sehr süß, Andrew. Und du hast recht, aber weißt du, man muß gar kein Testament machen, um das festzustellen. Wir brauchen bloß die Jungen anzusehen.«

»Ich weiß.« Er hat die Papiere fortgelegt und schaut Elizabeth an. Lächelnd. Charlotte kann sich genau an dieses Lächeln erinnern: eine Art liebevoller Stolz. Es war einer ihrer Lieblingsausdrücke in Andrews Gesicht, er war so vertrauensvoll und sicher.

Das ist also daraus geworden.

Sie muß wirklich gehen.

Sie lockert ihren Griff am Fensterbrett und senkt den Kopf. Sie dreht sich ganz langsam um, schaut sich im Licht des Wohnzimmers zunächst den Pfad an, den sie gehen will. Sie schiebt sich vorsichtig zur Seite, befreit sich aus dem engen Raum zwischen Hauswand und Busch und versucht, auf dem Rückweg durch den kleinen Garten nicht noch mehr Blumen zu zertreten.

Hat sie Fußabdrücke hinterlassen? Werden sie verwirrt oder erschrocken sein, wenn sie am Morgen hinausschauen und Spuren von Turnschuhen unterhalb des Fensters finden?

Jetzt ist sie eine würdige, ältere Dame, die völlig selbstverständlich Andrews Straße hinuntergeht und um die Ecke biegt. Sie vergißt zurückzublicken, erkennt aber, als sie ihr Auto erreicht, daß eine frühere, sentimentalere Charlotte das wahrscheinlich gemacht hätte.

Sie sitzt hinter dem Lenkrad und bahnt sich ihren Weg aus dem Viertel, als sie denkt: »Diese Straßen werde ich nicht mehr entlangfahren.« Dann wird ihr klar, was das wirklich bedeutet: »Ich werde Andrew nie wiedersehen.« In diesem Augenblick empfindet sie nichts Besonderes: keine Neugier, keine Befriedigung, keinen Kummer. Sie weiß es nur ganz genau.

Sie hat es ein bißchen eilig, jetzt, wo die Sache abgeschlossen ist. Die Fahrt von ihm zu ihr ist jetzt eine Verschwendung, ein Ärgernis. Aber morgen kommt Claudia. Ihr Fuß drückt fester auf das Gaspedal, und schließlich ist sie zu Hause, bevor sie es merkt. Nach zwei Scotch schläft sie wie ein Murmeltier.

12

*D*er Bahnhof ist ausgesprochen prächtig: hohe, stuckverzierte, gewölbte Decken, Fresken und Wasserspeier, dazu der Hall, das Geratter der Züge und die gedämpften Lautsprecherstimmen – und erst die Leute! Alte Frauen mit Einkaufstüten und junge mit Aktentaschen, geduldige Mütter, die ihre aufgeregten Kinder im Zaum zu halten versuchen, Männer, die still dastehen oder gebeugt auf den Bänken sitzen. Charlotte war zu ungeduldig, um warten zu können, und ist sehr früh dran. Aber jetzt ist sie glücklich, weil es soviel zu sehen gibt. Die Pendler, Männer und Frauen mit Aktentaschen und Anzügen, haben es alle sehr eilig und sind am wenigsten interessant. Aber auch sie müssen ein interessantes Leben führen oder interessante Erlebnisse haben. Wenn sie sich allerdings immer so beeilen, merken sie es vielleicht gar nicht.

Sie erinnert sich an die Zeiten, wo sie es auch immer eilig hatte. Was für ein Luxus, hier zu sitzen und zu beobachten – wenn sie nach neuen Abenteuern und Ausflügen sucht, ist hier der richtige Ort. Es gibt eigentlich keinen Grund, warum sie nur Leute ausspionieren sollte, die sie kennt oder früher einmal geliebt hat. Vollkommen Fremde könnten ebensolche Offenbarung sein.

Was auch immer in der Zeitung oder im Fernsehen gesagt wird, diese Stadt ist höflich. Als Claudias Zug angekündigt wird, geht Charlotte weniger schnell in die Ankunftshalle als die wogende Menge um sie herum, aber niemand rempelt sie an, niemand berührt sie. Ein paar Leute schauen ein bißchen komisch, aber niemand, vor dem sie sich in acht nehmen müßte. Im Fernsehen und in der Zeitung klingt das ganz anders: als lauerten Gefahr und Gewalt selbst an den scheinbar harmlosesten Orten.

Als wäre das etwas Neues. Vielleicht ist es schlimmer als früher. Sie begreift, daß es Gründe gibt, warum es schlimmer sein müßte: Es gibt viel mehr Verzweiflung überall auf der Welt, als sie es gewöhnt war. Die tägliche Lawine von schlechten Nachrichten rückt die Tragödien viel mehr ins Bewußtsein. In einer Welt, in der so viel Horror bekannt wird, sieht es leicht so aus, als gehöre Horror zum menschlichen Wesen.

Ob sie und Claudia sich wiedererkennen?

Natürlich. Sie sind nur älter, ausgeprägtere Versionen der Frauen, die sie vor fünf Jahren waren. Fünf Jahre sind eine lange Zeit; die längste, die je zwischen ihren Besuchen vergangen ist. Es ist eine Menge passiert (obwohl insgesamt vielleicht weniger als in den früheren Jahrzehnten). Werden sie sich sehen und einander sofort vertraut sein, oder wird es zuerst eine Phase höflichen Herantastens geben?

Letzte Nacht, als sie mit einem Glas Scotch im Bett saß, fühlte sie sich in einer Art Schwebezustand: zwischen ihrer letzten Nacht mit Andrew und ihrem ersten Tag mit Claudia. Weder das eine noch das andere, wie ihre Mutter gesagt hätte.

Charlottes Mutter starb erst vor vier Jahren und war bis zu ihrem letzten Lebensjahr mehr oder weniger gesund. Ihre Großmutter starb mit dreiundneunzig. Charlotte sollte sich also auf noch einige Jahre einstellen. Jedenfalls fühlt sie sich heute viel stabiler als an dem Tag im Supermarkt, wo sie von Angst und Altersschwäche überfallen wurde. Sie kann sich die Besserung ihres Zustandes zwar nicht erklären, aber trotz ihres offensichtlich albernen Verhaltens ist sie stärker geworden.

Claudia hat das Gefühl, als versteckte sie sich hinter dem Gesicht und dem Körper einer alten Frau. Als der Zug durch die letzten von Schienen durchkreuzten Viertel Richtung Bahnhof fährt, schaut sie die Stadt an. So viele neue Häuser? Was sind das für Gebäude! Wozu sind sie da? Sie verrenkt sich den Hals, staunt und lächelt: Die Landmaus kommt in die Stadt!

Sie weiß, daß sie wie eine alte Frau aussieht, weil sie sich dabei ertappt hat, daß sie genau so dasitzt, wie sie sich eine alte Frau vorstellt: Knie und Knöchel fest aneinandergepreßt, die Handtasche fest auf dem Schoß und beide Hände darüber gefaltet. Wie prüde und ängstlich muß sie die letzten zwei Stunden auf die kaugummikauenden Teenagerinnen ihr gegenüber gewirkt haben, die fast die ganze Reise über Modezeitschriften angeschaut und geredet haben, hauptsächlich über Jungs. Wieviel sich doch verändert hat! Sie hätte sie wohlwollend angelächelt, wenn sie sie beachtet hätten und wenn ihr nicht klar wäre, daß wohlwollende Blicke von alten Frauen ein bißchen sonderlich wirken können. Es hätte ihr jedoch gefallen, sich vorzubeugen, ihnen die Knie zu tätscheln und zu sagen: »Wißt ihr, ich fahre gerade zu meiner Freundin, und dann machen wir genau das, was ihr macht, kichern und tratschen, über uns selber und über die Welt und über Männer mit Penissen. Ist das nicht toll?«

Ob die beiden wohl auch finstere Geheimnisse haben, die sie nur einander anvertrauen?

Bereits in dem Augenblick, als der Zug aus dem kleinen Bahnhof ihrer Heimatstadt rollte, begann sie sich leichter und distanzierter zu fühlen. Sie ratterten durch andere Städte, an Bauernhöfen vorbei, sie blickte in Hinterhöfe und Gärten, auf Schrotthalden und Fabriken, und Teile ihrer Geschichte und Vergangenheit fielen wie Träume von ihr ab. Jetzt möchte sie am liebsten gar nicht ankommen. Wenn sie einfach immer weiter fahren könnte, mit der Handtasche ordentlich auf ihrem Schoß, und ihr ganzes Leben hinter sich ließe, würde sie wahrscheinlich immer freier werden, bis sie schließlich überhaupt keine Vergangenheit mehr hätte, alles vergessen würde und vollkommen neu wäre.

Jetzt wird der Zug langsamer, die Vergangenheit scheint ganz weit weg, aber gleich steht die Zukunft fordernd da: In wenigen Minuten wird sie Charlotte wiedersehen. Was wird sie ihr erzählen? Was werden sie sagen?

Die kaugummikauenden Mädchen sind bereits aufgestanden und hieven ihr Gepäck aus dem Gepäckfach. »Ihres auch?«

fragt das Mädchen mit der silbernen Punkfrisur und schaut auf Claudia herunter.

»Danke.« Claudia ist überrascht, und dann schämt sie sich, daß sie überrascht ist. Sie sollte wissen, daß sie nicht unsichtbar ist und daß Teenager eben doch nicht ganz so in sich selbst versunken sind. »Vielen Dank, das ist lieb!«

»Kein Problem.« Wirklich kein Problem für ihre starken jungen Arme, aber rücksichtsvoll und nett. Die Mädchen gehen zum Ausstieg, stoßen ihre Koffer vor sich her, obwohl der Zug noch fährt. Die Leute stellen sich an, wollen schnell aussteigen. Claudia beschließt, der Menge nicht zu folgen. Sie hat es nicht eilig und will nicht geschubst werden, und als der Zug hält, bleibt sie sitzen und wartet geduldig.

Zuerst kommen nur ein paar Leute, dann quillt eine ganze Horde aus Claudias Zug. Charlotte paßt genau auf, aber sie ahnt schon, daß Claudia erst später kommt. Sie wird Gepäck haben, sie ist alt, und außerdem tritt sie lieber zur Seite, weil sie nicht angerempelt werden will. Abgesehen davon hat sie, außer daß ihre Freundin auf sie wartet, jede Menge Zeit, während es alle anderen offensichtlich furchtbar eilig haben. Charlotte als die wartende Freundin macht diese Einstellung eher ungeduldig.

Aber es liegt nicht nur am Alter: Auch wenn Claudia zwanzig wäre, würde sie beiseite treten und sich vielleicht um eine alte Frau vor ihr kümmern, damit niemand sie stößt oder drängelt. Charlotte lächelt.

Und lächelt noch mehr, denn da endlich kommt Claudia: Sie schwankt ein bißchen unter dem Gewicht ihrer Taschen und hält besorgt nach Charlotte Ausschau. Und dann bahnt sich die tapfere Claudia (denn der ganze Lärm stört sie vielleicht, und die Lichter blenden sie, die vielen Leute machen sie unsicher) ihren Weg über den Bahnsteig. Sie hatte recht, sie ist molliger. Aber immer noch hübsch, sie sieht lieb aus. Ihr Haar ist ganz weiß geworden, und – das hat sie nie erwähnt – sie hat es kurz schneiden lassen. Vielleicht war die Frisur einfacher, als sie Bradley pflegte. Charlotte faßt sich an ihr eigenes, langes, graues Haar, das sie locker nach hinten gebunden hat.

Sie winkt; Claudia sieht sie und grinst. Sie gehen aufeinander zu, und es ist wie in Charlottes Traum von Andrew, nur daß die andere Person eine alte Frau ist und kein junger Mann. Als sie sich erreichen, gibt es keine große Überraschung und natürlich keine Abneigung.

Claudia stellt die Taschen ab. Charlotte, endlich! Ist sie wirklich so dünn? Ist sie nicht eher ausgemergelt als elegant? Oh, wie sie lächelt! Erst als sie lächelnd aufeinander zuliefen, merkte Claudia, wieviel Angst sie davor hatte, daß sich etwas Entscheidendes verändert haben könnte. »O Char, ich bin so glücklich, dich zu sehen!« Sie tanzt fast. Sie stehen in Armlänge voreinander. Claudia sieht Tränen in Charlottes Augen und fühlt auch bei sich Tränen. Sie umarmen sich. Die Leute gehen um sie herum und einige lächeln.

Als Charlotte ihre Arme um Claudia und Claudia ihre Arme um Charlotte geschlungen hat, erinnert sich Charlotte, daß Andrew einmal sagte: »Die Körper haben ihre eigene Sprache, und die ist für manche Dinge viel besser als Wörter.« Damit hatte er, wie in vielem anderen, natürlich recht.

»Du hast dir die Haare geschnitten«, sagt sie. »Und sie sind ganz weiß.«

»Ich färbe sie«, als sei das ein finsteres Geheimnis, »ich wollte sie schneller weiß haben. Sie waren nicht so schön grau wie deine, also habe ich etwas nachgeholfen.«

»Weißt du noch, wie ich deine Haare so scheußlich rot gefärbt habe?« Sie waren sechzehn. Die Tönung geriet unerwartet grell, orange. Claudia war untröstlich. Das war auch eines der wenigen Male, wo Claudia, Charlottes Erinnerung nach, böse auf sie war.

»O Gott, das vergesse ich nie.« Auch ihre Mütter waren wütend.

»Komm, ich trage eine Tasche.«

»U-Bahn?«

»Kommt gar nicht in Frage. Ich spendiere uns ein Taxi.« Charlotte legt ihren freien Arm um Claudias Schultern. »Du hast mir doch erzählt, daß du fett wirst. Du bist nicht fett.« Claudias Kinn und Busen und ihr Körper und ihre Beine sind lediglich etwas runder als früher.

»Ich werde fett, habe ich gesagt. Ich arbeite daran. Gott, habe ich jetzt Hunger. Kann ich dich zum Mittagessen einladen? Oder ist es dafür zu früh? Wann ißt du denn immer?« Claudias Lachen ist eine silberne Welle. Einige Leute lächeln über sie, angesteckt von ihrer Freude. Oder weil sie wie zwei alte Trottel aussehen, denkt Charlotte.

Was auch nicht schlimm ist.

»Nein, gehen wir nach Hause, und du richtest dich ein. Ich koche uns was. Wir können morgen essen gehen, wenn du willst. Wir können alles machen, wozu wir Lust haben. Was uns gefällt.«

Claudia staunt immer noch über die Stadt und blickt wie ein Tourist aus dem Fenster des Taxis. »Was ist denn das da?« fragt sie. »Oh, schau mal, da!« Es gibt ganze Berge neuer Gebäude. »Aber weißt du«, sagt sie, »als ich noch hier gewohnt habe, habe ich immer gefunden, daß sich alles zu schnell bewegt. Jetzt sieht es zu langsam aus. Wie gelähmt. Schau dir die ganzen Autos an, nichts geht vorwärts. Und wie sich die Leute auf dem Bürgersteig drängeln – heute würde es mich verrückt machen, so langsam voranzukommen.«

Aus dieser Perspektive hat Charlotte die Sache noch nicht betrachtet, aber sie versteht, was Claudia meint. »Ich komme nicht mehr so oft in die Innenstadt. Aber du hast recht, es sieht ein bißchen verrückt aus. Zum Verrücktwerden. Du vermißt die Stadt also nicht mehr?«

Noch Jahre, nachdem sie und Bradley weggezogen waren, hatte Claudia Heimweh. »Mir gefällt es hier ganz gut«, sagte sie immer, »aber ich vermisse es, dort zu sein.« Charlotte wußte nie genau warum, Claudia ging ja nie viel aus. Wenn sie nicht mit Charlotte ausging, kam Claudia weder ins Theater noch ins Konzert, weder zum Tanzen noch in Kneipen. Was für ein gesellschaftliches Leben Bradley auch immer führte – und Charlotte ist sicher, daß Theater, Konzerte oder Ballett nicht dazugehörten –, Claudia wurde jedenfalls selten dazu mitgenommen. »Eigentlich«, sagte sie Charlotte erst vor ein paar Jahren, »habe ich gar nicht die Stadt vermißt, sondern dich. Ich hatte immer Heimweh nach dir.«

Natürlich verändert Abwesenheit. Anwesenheit, die für selbstverständlich gehalten wird, ist ein Luxus, sei es nun bei einem Liebhaber, der noch andere Verpflichtungen (und Sehnsüchte) hat, oder bei Claudia. Man muß in zu wenig Zeit zu viel unterbringen, wenn die Zeit der Abwesenheit länger ist als die der Anwesenheit. »Ich hoffe, du hast dich für einen schönen langen Besuch gerüstet«, sagt Charlotte zu Claudia. »Wir müssen eine Menge aufholen.«

Worüber würde sie mit Andrew reden, wenn sie sich heute träfen? Abgesehen natürlich von dem, was sie die letzten drei Jahrzehnte getan haben. Wenn sie sich das erzählt hätten, hätten sie sich dann noch viel zu sagen?

Als Charlotte ihre Haustür aufsperrt, Claudias Tasche abstellt und Claudia ins Wohnzimmer bugsiert, fühlt sie wie immer, daß sich die Arme ihres Heimes wieder um sie schlingen. »Ich liebe dein Haus«, sagt Claudia, als empfinde sie dasselbe. »Man hat immer das Gefühl von einem richtigen Zuhause. Und es ist so wie du.«

Einen Moment lang fragt sich Charlotte, wie es gewesen wäre, wenn sich hier auch das Leben eines anderen Menschen spiegeln würde. Eine Mischung zweier Geschmäcker. Hätte das das Haus bereichert, oder wäre es nur weniger Charlottes? Selbst Claudias Gepäck, sogar Claudias Gestalt, die nun in der Mitte des Wohnzimmers steht und sich umblickt, verschiebt das Gleichgewicht des Hauses, kippt es sanft von Charlotte fort. Was eigentlich ganz nett ist, es rückt die Dinge in ein etwas anderes Licht und gibt eine neue Sicht frei.

Mit Claudias Augen gesehen, gefällt ihr das Haus genausogut wie mit ihren eigenen.

»Es ist wirklich komisch«, sagt Claudia. »Das ist der erste Ort, an dem ich seit einem Jahr war – ich meine, wo ich richtig hingefahren bin und geblieben bin. Die ganze Zeit hätte ich auf dem Mars sein können, so entfernt war ich vom Rest der Welt. Ach Charlotte«, und die Falten um ihren Mund und ihre Augen kräuseln sich zu einem glücklichen Kindergesicht, »es ist so schön, hier zu sein. Und fort von dort. Ich fühle mich so weit weg von dort. Danke.«

»Das freut mich. Und du bist willkommen.« Angesichts von Claudias Glückseligkeit kommt sich Charlotte ein bißchen unbeholfen vor, um ehrlich zu sein, etwas überwältigt. »Wenn du auspacken willst, mache ich Essen. Laß uns die Taschen rauftragen. Ich habe dir das Gästezimmer zurechtgemacht.« Macht sie zuviel Theater? Sie hofft nicht. »Wie wär's mit einem Drink?«

»Als Belohnung fürs Auspacken. Dann Essen. Dann Tee, und wir unterhalten uns gemütlich? Und vielleicht ein kleiner Imbiß, und dann reden wir wieder ein bißchen und dann wieder Essen – ich habe dich gewarnt, stimmt's?«

Für zwei alte Damen schaffen sie die Treppe samt Claudias Gepäck ziemlich problemlos, findet Charlotte. »Ist das hübsch!« sagt Claudia und sieht sich in dem Zimmer um, das für die Dauer ihres Aufenthaltes ihr gehören wird. »Absolut friedlich und rein.«

In Claudias rundem und strahlendem Gesicht erkennt Charlotte all die Lebensphasen ihrer Freundin. Sieht Claudia auch alle Charlottes, die sie gekannt hat, zurück bis zur Kindheit? Charlotte legt Claudia den Arm um die Schulter. »Das ist schön, Claudia. Das freut mich sehr.«

Unten in der Küche hört Charlotte Claudia über ihrem Kopf hin- und hergehen, hört, wie Schubladen aufgezogen und zugeschoben werden. Es ist seltsam, die Geräusche eines anderen Menschen zu hören. Wird Charlotte womöglich aufwachen, an Einbrecher denken und erschrecken, wenn Claudia nachts aufsteht?

Es scheint, als müßten sich alle Sinne auch an die kleinsten Veränderungen anpassen.

Charlotte macht die erste Flasche Weißwein aus der Kiste auf. Als Claudia in die Küche kommt, wartet schon ein Glas auf sie, und auch das Essen ist fast fertig. Sie setzt sich auf den Küchenstuhl, lehnt sich vor, die Ellbogen auf dem Tisch, und sieht Charlotte dabei zu, wie sie Spinat für den Salat zurechtmacht.

»Gut eingerichtet?«

»Perfekt. Ich fühle mich wie zu Hause. Nein, besser – ich fühle mich weit weg von zu Hause und schon viel leichter.«

»Leichter?«

Claudia lacht. »Nicht körperlich. Wie man sieht. Aber, ich weiß nicht, leichter im Geiste? Wenn man immer an einem Ort ist, denkt man schnell, daß das die ganze Welt ist. Und das ganze Gewicht lastet auf einem, und alles, was passiert, wird größer, wenn man nur an seine eigene Welt denkt. Man verliert den Überblick. Man vergißt. Und jetzt schaue ich schon zurück, als wäre das Ganze Millionen Jahre her und Millionen Meilen weit weg. Es ist komisch.«

Charlotte nickt. Es sieht so aus, als paßten sie immer noch gut zusammen. Sie haben in allen Lebensphasen gut zusammengepaßt, ob sie zusammen waren oder getrennt – dies ist lediglich die letzte. »Und jetzt erzähl mir alles«, sagt Claudia lächelnd, »was du in den letzten fünf Jahren erlebt hast.«

Wo soll man anfangen? Sie haben Stunden und Tage, um aufzuholen. Ihre Bilder müssen mit ganz vielen Einzelheiten aufgefüllt werden. Irgendwann wird sie Claudia zum Beispiel von ihren Träumen erzählen und von den schrecklichen Momenten im Supermarkt. Claudia wird von ihren Töchtern erzählen, wie es ihnen geht, und von ihrem Alltag im letzten Jahr von Bradleys Leben. Sie werden über Einkaufen und Kleider reden, über ihre Charakterschwächen und Ziele und über das Altwerden. Dafür gibt es viele Tage.

Aber jetzt will sie erzählen, wie sie sich in Andrews Hecke

versteckt hat und unterhalb seines Wohnzimmerfensters. »Erinnerst du dich an Andrew?«

»Andrew.« Claudia runzelt die Stirn. »Das ist Jahre her, oder? Rechtsanwalt? Gutaussehend? Verhei...« Sie bricht ab. Charlotte lacht.

»Verheiratet. Ja.«

»Heißt das etwa, du triffst ihn noch?«

»Großer Gott, nein, nicht auf die Art. Aber ich habe ihn gesehen. Er mich Gott sei Dank nicht. Also, ich erzähl es dir.«

Sie beginnt doch mit dem Supermarkt. Es scheint ihr immer noch der Auslöser gewesen zu sein. »Ich kann mir nicht vorstellen«, sagt Claudia kopfschüttelnd, »daß du Angst hast.«

»Ich mir auch nicht. Es war ein ganz seltsames, schreckliches Gefühl. Ich bin richtig erschrocken, daß ich soviel Angst hatte. Also mußte ich etwas tun, ich konnte nicht einfach weiter Angst vor der Angst haben.«

»Und was hast du getan? Und was hat Andrew damit zu tun?«

Charlotte hebt die Hand. »Geduld, Claudia.« Sie sind mit dem ersten Gang fertig, und sie schneidet den Schokoladenkuchen an. »Eis?«

»O ja, bitte!«

»Komm, wir essen die Nachspeise im Wohnzimmer!«

Als sie es sich mit ihren Tellern auf dem Schoß gemütlich gemacht haben und einander in den Sesseln gegenübersitzen, erzählt Charlotte weiter. Sie hat zuviel gegessen, ihr Bauch fühlt sich gebläht und ungesund an. Wegen der Schokolade wird sie später wahrscheinlich nicht einschlafen können. Während sie spricht, beobachtet sie Claudias Gesichtsausdruck. Er wandelt sich von Erstaunen zu Angst, zu Entsetzen, zu Amüsiertheit und wieder zurück. Charlotte vermutet, daß Claudias Miene ihre eigene widerspiegelt. Oder den jeweiligen Ton, den sie für ihre Erzählung wählt.

Sie erzählt, wie sie Andrews Adresse im Telefonbuch nachgeschaut und seine Nachbarschaft ausgekundschaftet hat. Wie sie zum erstenmal sein Haus sah und dessen Normalität im Vergleich zu der Macht, die es über sie hatte. Sie erzählt von der stacheligen Zedernhecke. Wie sie dann die Stimmen gehört hat.

»O Gott, Charlotte!« flüstert Claudia.

»Na ja. Ich weiß nicht, was in mich gefahren ist.«

Sie muß also ausholen und von ihrem Jahrzehnt mit Andrew sprechen. »Es ist so viel passiert, weißt du. Es war so etwas wie das Jahrzehnt der Entscheidung. Obwohl ich das damals wahrscheinlich gar nicht wußte. Aber danach waren bestimmte Wege versperrt. Ich habe eine Menge verloren und eine Menge gewonnen, am Ende war ich jedenfalls nicht mehr derselbe Mensch, und manche Dinge waren einfach nicht mehr möglich. Vertrauen, nehme ich an. Glauben, vielleicht sogar Liebe. Ganz am Ende begriff ich, daß nichts von Dauer ist und ich allein war.«

»Aber es gab doch noch andere, erinnere ich mich.«

»O ja, ich meine nicht, daß Andrew der letzte war, nur daß ich die Dinge anders sah. Ich verstand besser, wie Beziehungen aufhören, und auch, wie sie anfangen. Sag mal, wie hast du mir verziehen?«

»Was verziehen?«

»Männer wie Andrew.«

»Wegen Bradley?« Claudia zuckt die Achseln. »Ich weiß es nicht. Ehrlich gesagt war ich, glaube ich, eine Zeitlang ganz schön durcheinander. Ich weiß nicht, ob du das gemerkt hast.« Charlotte schüttelt den Kopf. Sie hatte es nicht gewußt. »Aber du warst meine Freundin. Du warst anders. Ich kannte dich so gut und wußte, daß du nicht fies bist. Du warst meine Freundin.« Sie zuckt wieder die Achseln. »Ich weiß, daß das keinen Sinn ergibt. Du warst eben einfach anders. Und ich glaube, ich wußte, daß es bei dir kein Spiel war. Ich glaube, mir war klar, daß es etwas Ernstes war.«

»Das stimmt. Ich war zwar auch oft leichtsinnig, aber Andrew war einfach keiner von denen. Jedenfalls vielen Dank. Ich weiß nicht, was ich ohne dich getan hätte.«

»Ich glaube, wir haben versucht, aufeinander aufzupassen. So sind Freundinnen eben.«

Die erste Flasche ist fast leer. Bei dieser Geschwindigkeit reicht die Kiste vielleicht gar nicht. Charlotte entkorkt eine zweite.

»Na, jedenfalls war ich in dieser Hecke. Ich konnte es selbst kaum glauben. Und wenn ich das Gefühl hatte, daß es damals im Supermarkt schlimm war, dann war das gar nichts im Vergleich zu dem In-der-Hecke-Kauern und überlegen, was wohl passieren würde, wenn mich jemand entdeckt.«

»Aber es hat dich niemand entdeckt?«

Charlotte breitet die Arme aus. »Hier bin ich, nicht verhaftet, und ich hoffe, nicht süchtig.«

»Zufrieden?«

»Oh, das nie. Aber ich habe etwas gelernt, wenn auch nicht unbedingt das, was ich mir vorgestellt hatte.«

Sie erzählt die Gespräche und den Tonfall und die kleinen Szenen, die sie belauscht hat. Beschreibt Andrew, Elizabeth, das Haus, den Sohn, den sie gesehen hat, die Enkelkinder. »Und was genau«, fragt Claudia, »wolltest du herausfinden? Was hast du herausgefunden?«

»Du wirst mich für verrückt halten. Vielleicht war ich verrückt. Aber ich wollte sehen, was geschehen war, ob er die richtige Wahl getroffen hatte und ob ich die richtige Entscheidung getroffen hatte. Ich wollte einfach das Ende der Geschichte wissen. Blöd, oder? Aber weißt du, was wirklich blöd ist?«

Claudia schüttelt den Kopf.

»Wirklich blöd ist, was ich eigentlich wissen wollte. Und zwar: Was ist das Geheimnis von einem normalen häuslichen Leben? Wie kommen die Leute zurecht, wie funktioniert das tägliche Leben? Es ist, als spräche praktisch jeder außer mir eine Sprache, die ich einfach nicht verstehe. Es geht nicht darum, daß ich sie unbedingt auch sprechen will, es macht mich nur verrückt, daß ich nicht einmal weiß, wie sie geht.«

»Ach, Charlotte, du hättest fragen sollen.« Claudia lacht. »Du wirst wütend sein, wenn ich es dir jetzt sage.«

»Nein, werde ich nicht. Fang an. Ich hätte von Anfang an dich fragen sollen und hätte mir den ganzen Ärger erspart. Wenn es auch ein interessanter Ärger war.«

»Siehst du, genau das ist es.« Beide grinsen. »Du wirst das Geheimnis des normalen Lebens nicht kennenlernen, weil du immer willst, daß alles interessant ist. Beides wirst du kaum bekommen können. Also hast du dir das Interessante gesucht und das Normale verloren. Und ich habe das Normale gewählt, darum hatte ich keine Spannung und keine Abwechslung. Aber jetzt kann ich dir endlich etwas sagen: Das Geheimnis ist stumpfsinnig: einfach immer eins nach dem anderen. Ein Schritt und noch ein Schritt und noch einer, und schließlich hast du's. Einfach schlurf, schlurf, schlurf, das ist das ganze Geheimnis. Meistens ist es gräßlich langweilig, und romantisch ist es ganz bestimmt nicht oft. Es ist aber auch nicht unbedingt tragisch oder finster, es ist einfach nur schauen, daß man zurechtkommt. Jetzt erzähl mir, daß du darauf neidisch bist. Und dann erzähl mir, daß du nicht genau das bei Andrew gesehen und gehört hast: einfach, wie Leute zurechtkommen. Und dann sag mir, ob du dir das auch nur eine Sekunde lang gewünscht hast.«

Irgendwann bei diesem Monolog hatten beide aufgehört zu lächeln.

»Eine Sekunde lang, ja. Mehrere Sekunden lang, hin und wieder.«

»Ehrlich?«

Charlotte überlegt. »Ehrlich. Aber du hast natürlich recht. Ich habe das bekommen, was ich wollte. Ich hatte, was ich gebraucht habe. Und es ist gut, wenn man das weiß. Himmel, das klingt ja wie letzte Worte vor dem Tod! Hast du darüber mal nachgedacht, Claudie? Was du gerne sagen würdest, kurz bevor du stirbst? In der letzten Minute; wie dich die anderen in Erinnerung behalten sollen?«

»Eigentlich nicht. Ich glaube, das hängt davon ab, wer in dem Augenblick da ist. Ich würde wahrscheinlich zu den Mädchen etwas anderes sagen als zu dir.«

Charlotte lacht. »Du denkst an das Publikum? Rücksichtsvoll

bis zum Schluß! Ich kann mir vorstellen, daß ich irgend etwas Schickes und Ergreifendes einstudiere, und dann, wenn meine Zeit gekommen ist, kommt so was raus wie: ›O Scheiße, jetzt noch nicht.‹ Oder ich bin ganz allein, und es ist gar kein Publikum da. Verschwendete letzte Worte, das wäre wirklich ärgerlich.« Das war mehr als taktlos, wie sie zu spät merkt. Einer Frau gegenüber, die erst kürzlich ihren Mann verloren hat, macht sie Witze über letzte Worte. Was waren denn Bradleys letzte Worte? »Entschuldige, Claudie. Du findest das Thema wahrscheinlich nicht besonders lustig. Ich habe nicht nachgedacht.«

»Wegen Bradley? Nein, nein, schon gut. Du weißt mehr über Bradley und mich als sonst irgendwer. Außer den Mädchen, wie sich herausstellt.«

»Was stellt sich heraus? Sag's mir. Und wie geht es den Mädchen?«

Claudia lächelt. »Es geht ihnen gut. Sie sind wunderbar. Als sie mich besucht haben, war es stellenweise ein bißchen schwierig, etwas offenherziger, als ich erwartet hatte, aber ich bin sehr stolz auf sie. Sie sind Frauen geworden, die mir gefallen. Aber es war ganz schön überraschend. Ich hatte nicht gemerkt, wieviel sie mitbekamen, als sie aufgewachsen sind. Ich habe das Gefühl, daß ich mir viel zu viele Sorgen gemacht habe. Oder über die falschen Dinge Sorgen gemacht habe. Ich habe immer versucht, sie zu schützen, aber wie sich zeigt, haben sie alles mitgekriegt. Ich nehme an, sie haben versucht, mich zu schützen. Vielleicht ist es so das beste, ich weiß es nicht. Gut, daß jetzt alles ausgesprochen ist. Das ist zumindest gut.«

»Wovon redest du, Claudia? Über dich und Bradley? Ist es das, was sie immer schon gewußt haben?«

»Ja. Entschuldigung. Das habe ich gemeint.«

»Also sag's mir!«

»Können wir erst essen?«

Sie (oder Charlotte) haben offensichtlich bis zum späten Nachmittag nur geredet. Jetzt ist Zeit für einen Imbiß. »Weißt du, ich habe mich gefragt, ob wir zuerst wohl nur Small talk machen, bis wir wieder eingespielt sind, und jetzt habe ich dir den ganzen Nachmittag mit meinen kleinen Heckenabenteuern in den Ohren gelegen. Das war mein ganzes Geheimnis, wofür ich mich ein bißchen geschämt habe, und schon in der Sekunde, in der du hereingekommen bist, habe ich es ausgeplaudert. Fünf ganze Jahre, und in dem Augenblick, in dem ich dich sehe, erzähle ich dir meine tiefsten, dunkelsten Dummheiten.«

Claudia drückt Charlottes Schulter. Aber ihr eigenes Geheimnis erzählt sie nicht.

Charlotte stellt Käse und Cracker zum Naschen hin, während sie Kartoffeln und Karotten schälen, Beilagen zu einem kleinen Braten. »Auf diese Weise haben wir nicht viel abzuwaschen. Eintopf. Und zum Nachtisch wieder Schokoladenkuchen?«

»Wunderbar. Aber morgen bin ich dran. Ich will nicht, daß du für mich sorgst. Oder für mich Geld ausgibst, vor allem, wo ich immer so hungrig bin.«

»Na ja«, Charlotte zuckt mit den Schultern, »ich bin nicht ganz arm.«

Aber dann reden sie doch eine ganze Weile lang über Sparen und Finanzen und Haushalten. »Natürlich«, sagt Claudia, »mußte ich immer ziemlich knapp haushalten. Das ist mir keineswegs fremd.«

»Mir ist es auch nicht gerade fremd, aber ich glaube, ich hätte gerne mehr Freiheit gehabt. Ich mag es nicht, wenn man jeden Dollar umdrehen muß. Und ich will mir nicht überlegen, ob ich am Ende genug Geld habe, wenn ich so alt werde wie meine Mutter oder meine Großmutter. Ich will mit Neunzig nicht auf der Straße sitzen. Das werde ich natürlich auch nicht, das meine ich nicht. Ich finde es bloß lästig, so aufpassen zu müssen. Ich wäre gerne unbelastet von diesen praktischen Dingen. Ich hätte«, Charlotte grinste, »meinen Kopf lieber frei für edlere und bedeutendere Fragen.«

»Wie Andrew und die Hecken?« Claudia pufft Charlotte mit dem Ellenbogen in die Seite.

»Ja«, kichert Charlotte, »edlere und bedeutendere Dinge wie das. Kaffee? Tee? Etwas zum nüchtern werden, bevor wir die nächste Runde eingießen?«

»Dann sind wir die ganze Nacht wach!«

»Und wen würde das stören?«

Sie sitzen einander am Küchentisch gegenüber. Draußen kriecht die Dunkelheit herauf, und um sie herum duftet es immer stärker nach gutem Essen. »Ich habe dir noch nicht von Bradleys Beerdigung erzählt, oder?« sagt Claudia.

»Nein. Was war da?«

Also erzählt Claudia die Geschichte von der peinlichen Frau im Hintergrund. Und Susans wütender Verteidigung. Und von den Gesprächen mit den Mädchen am letzten Wochenende. Sie versucht, es sarkastisch zu erzählen, mit einem amüsierten Klang in ihrer Stimme.

Aber Charlotte ruft aus: »Was für ein Alptraum! Wie entsetzlich für dich.« Und für die Frau, denkt sie. Und überlegt, ob Claudia ihre Gespräche ebenso auf zwei Ebenen aufsaugt, indem sie nicht nur sie beide hört, sondern auch die abwesenden Personen: Ehefrauen und andere Frauen.

Offensichtlich tut sie es. »Ich muß es dir erzählen«, sagt Claudia, »aber nur, weil ich soviel Wein getrunken habe, sonst vielleicht nicht: Als du erzählt hast, wie du Andrews Leben ausspioniert hast, habe ich mir natürlich sofort vorgestellt, wie jemand das Leben von mir und Bradley ausspioniert. Vielleicht die Frau von der Beerdigung. Daß sie versucht herauszufinden, wie wir leben. Wie wir zurechtgekommen sind.«

»Ich auch. Ich meine, ich stell mir auch immer die Dinge von zwei oder drei verschiedenen Perspektiven aus vor.«

»Ich wette, das haben wir schon immer gemacht, bloß nie darüber diskutiert.«

Das stimmt. Jetzt können sie sich voller Verständnis und auch amüsiert ansehen. Das Abendessen verzehren sie in nachdenklicher, geselliger, fast völliger Schweigsamkeit.

»Übrigens«, sagt Charlotte, während sie den Tisch abräumt,

»tu bitte, wozu du Lust hast. Wenn du ins Bett gehen willst, oder lesen oder fernsehen, was immer du machen willst, mach es bitte! Ich will, daß du hier zu Hause bist.«

»Ich sollte wahrscheinlich schlafen, es war ein langer Tag, aber ich habe noch keine Lust. Du hast recht, es ist eine Art Wunder, so wieder in eine Freundschaft zurückzufallen. Ich habe vergessen, wie schön das ist, eine Freundin zu haben. Ich hatte noch nie so eine Freundin wie dich. Natürlich nicht. Aber es ist so lange her, daß ich überhaupt irgendeine echte Freundin hatte, glaube ich. Ich weiß, daß ich letztes Jahr isoliert war, aber bis heute habe ich gar nicht gemerkt, wie wunderbar es ist, wenn man nicht mehr isoliert ist. Weißt du, was das schlimmste ist?«

»Was?«

»Ich habe vergessen, wie es ist, ehrlich zu sein. Es ist so ein Luxus, nicht jemand sein zu müssen. Nicht die Claudia, die erwartet wird, eine Krankenschwester oder eine Ehefrau oder eine Mutter oder nur zwei Ohren. Hier kann ich die Claudia sein, die ich für mich bin. Verstehst du das?«

»Natürlich.« Charlotte lächelt. »Darum konnte ich dir die Andrew-Geschichte erzählen. Das bin ich.«

»Und auch eine sehr alberne Charlotte. Wirst du noch mal hingehen?«

»O Gott, ich hoffe nicht. Ich muß mir jetzt ein neues Hobby ausdenken. Als ich heute am Bahnhof saß, dachte ich, daß ich vielleicht anfangen könnte, Fremde zu belauschen. Um Parkbänke oder in Gerichtssälen herumwandern. Oder eben am Bahnhof.«

»Aber hast du denn nicht erfahren, was du wolltest?«

»Irgendwie schon. Es war ein bißchen schmerzhaft, und letztlich konnte ich es nicht beenden, ich konnte es nicht in Ordnung bringen. Aber ich denke, daran muß ich mich gewöhnen. Es ist nett, daß er noch lebt. Er ist vielleicht nicht unbedingt glücklich, aber ich hoffe, er ist zufrieden. Mit mir wäre er auch nicht zufrieden und ich mit ihm auch nicht, glaube ich. Aber darum ging es schließlich nicht.«

»Worum denn?«

»Ach, ich weiß auch nicht. Vielleicht habe ich jetzt ein besseres Gespür für Magie. Wahrscheinlich habe ich letztlich doch mehr oder weniger das richtige Leben geführt und er vermutlich auch. Eigentlich ein ziemliches Glück. Ziemlich magisch.«

»Wir haben Glück, nicht wahr? Ich habe mir angewöhnt, jeden Tag die Nachrichten zu lesen, und sehe genau das: Wieviel Glück ich verglichen mit anderen habe. Und dann fühle ich mich ein bißchen schuldig: kein Bürgerkrieg, keine toten Kinder, kein Hunger. Hin und wieder ein bißchen Streß ist doch gar nichts. Und ich frage mich, wie sind wir entkommen? Alles in allem hatte ich ein herrliches Leben. Ich frage mich, ob ich das nicht schon früher hätte erkennen sollen. Ob ich mich dann weniger aufgeregt hätte, wenn ich zu dem Gedanken fähig gewesen wäre: ›Wenigstens ist der Eisschrank voll, und die Töchter sind gesund. Wenigstens habe ich einen Eisschrank. Und Mädchen. Wenigstens will mich niemand absichtlich verletzen.‹«

Charlotte zuckt die Achseln. Ihrer Meinung nach hatte Bradley durchaus die Absicht gehabt, Claudia zu verletzen. »Vielleicht. Aber ich glaube nicht, daß das so wichtig ist. Schmerz ist Schmerz. Du hast recht, manche Schmerzen sind riesengroß, aber die Schmerzen von anderen machen deinen Schmerz nicht geringer. Ich habe früher viele Familien gesehen – ich konnte es nicht fassen, was sich die Menschen gegenseitig antun. Aber das machte das, was ich erlebte, in keiner Weise weniger wichtig. Hätte es vielleicht tun sollen, tat es aber nie.«

Sie nehmen die Gläser und die Flasche und gehen noch einmal ins Wohnzimmer zurück. »Hoffentlich wird mir nicht schlecht«, sagt Claudia und kichert, »ich bin das nicht gewöhnt.«

»Hoffentlich wird uns nicht beiden schlecht. Ich habe nur ein Badezimmer. Aber mir geht es gut, dir?«

»Nur ein bißchen beschwipst. Und satt – das war ein tolles Essen, danke, Char. Aber wirklich, morgen bin ich dran.«

»Hast du dir überlegt, wie lange du bleiben kannst?« Charlotte hofft, daß sie nicht so klingt, als wolle sie Claudia jetzt schon wieder loswerden. »Ich hoffe, lange.«

»Ich weiß nicht. Stört dich das? Im Augenblick fühle ich mich so, als könnte ich für immer hierbleiben, aber es passiert mir oft, daß plötzlich irgendwelche Gefühle aus dem Nichts auftauchen, deshalb bin ich nie mehr ganz sicher. Ich glaube, das liegt daran, weil ich mich so lange nur auf Durchhalten eingestellt habe. Und jetzt, wo alles vorbei ist, kommen meine eigenen Gefühle langsam wieder zum Vorschein, und das ist so neu für mich, ich habe noch gar keine Erfahrung damit, und sie sind nicht gerade gemäßigt. Sie kommen einfach, und ich weiß nicht recht, wie ich damit umgehen soll. Ich kann sie nicht richtig kontrollieren. Ich beobachte sie nur und schaue ihnen zu. In diesem Moment zum Beispiel sitze ich hier mit dir, und es kommt mir wie eine Ewigkeit vor, aber die nächste Sekunde kann ich schon nicht mehr voraussagen. Ich glaube, ich lerne einfach die Unvorhersehbarkeit von allem. Oder vielleicht«, sie lacht, »die Unstabilität. Vielleicht bin ich einfach vollkommen von der Rolle.«

Charlotte lächelt. »Das glaube ich nicht.«

»Oder vielleicht«, und jetzt sieht Claudia ganz ernst aus, »arbeite ich mich vom Wahnsinn wieder zurück. Ich habe nämlich etwas getan, weißt du, ich habe eine schreckliche Grenze überschritten.« Sie sieht erschrocken aus. Und auch ein bißchen erschreckend. Charlotte hat Claudia nie für jemanden gehalten, der Grenzen überschreitet. Aber sie sieht nicht so aus, als übertreibe sie.

»Willst du es mir sagen?«

Claudia sieht Charlotte scharf an. »Natürlich, das weißt du. Aber ich habe Angst, was du denkst. Und solange ich es nicht laut ausspreche, kann ich irgendwie noch glauben, daß es in Ordnung ist. Oder nicht in Ordnung, aber nicht ganz real.«

»Claudia, du mußt mir natürlich gar nichts erzählen, aber vielleicht wird es in deinem Kopf immer größer, wenn du es nicht tust. Wie bei mir und Andrews Hecke: Das ist nicht etwas, das ich irgend jemand anderem erzählen könnte, und es war auch etwas ziemlich Schlimmes, und jetzt ist es einfach nur ein bißchen albern, aber es hatte auch seinen Sinn. Es hat jetzt den richtigen Stellenwert. Hoffe ich.«

Claudia seufzt. »Ich habe nicht einmal Worte dafür. Ich habe mir noch keine Worte dafür überlegt, ich sehe nur ein Bild.«

»Dann kannst du mir ja das Bild beschreiben. Wenn du willst.«

»Das mache ich ja!« schreit Claudia und erschrickt dann über ihre Lautstärke und Vehemenz. »Ich muß es! Ich weiß nur nicht wie!«

»Schon gut. Fang einfach an.« Charlotte spricht mit besänftigender Stimme, ist aber ein bißchen entmutigt. Das Problem ist vielleicht größer, als sie dachte. Sie erkennt, daß sie Claudia nicht ganz ernstgenommen hat, sie hatte geglaubt, daß das Geheimnis, egal was es ist, in jedem Fall Claudia angemessen sein würde: in den Rahmen dessen passen würde, was sie von Claudia weiß. Nun fragt sie sich, ob das vielleicht doch nicht der Fall ist.

Andererseits hat sie früher wirkliche Horrorgeschichten gehört. Und zu Claudia paßt kein Horror, was auch immer sie glauben mag. Überhaupt nicht vergleichbar mit schreienden Kindern, die auf glühende Herdplatten gesetzt werden.

Claudia, blaß, holt tief Luft.

»Du kennst mein Haus, du erinnerst dich, wie es aussieht. Es hat sich, seit du das letzte Mal da warst, nicht verändert. Erinnerst du dich noch?« Charlotte nickt.

»Also, ich war in der Küche und machte das Essen, als Bradley hereinkam und mir sagte, daß er Krebs hat. Ich habe es nicht gleich kapiert, aber ich glaube, das ist normal. Er hat es auch nicht kapiert. Keiner von uns hatte eine Ahnung, was das bedeuten würde. Eigentlich war das erste, woran ich mich erinnere, daß ich mich ärgerte, daß in dem Moment, wo ich endlich ein friedliches Leben hatte, Bradley alles wieder auf den Kopf stellen mußte. Ich war ärgerlich. Ich dachte: ›Wegen diesem Mann werde ich nie irgendeinen Frieden finden. Er macht alles kaputt.‹ Schrecklich, nicht wahr?«

»Du bist schon wieder so streng mit dir, Claudia.«

»Ja, aber warte. Also, er wurde behandelt. Er wurde operiert. Er wollte unbedingt leben, weißt du. Er konnte die Vorstellung nicht ertragen, nicht zu existieren. Gut, ich nehme nicht an, daß ich da viel besser wäre. Aber es war auch irgendwie rührend, wie sehr er leben wollte. Daß er im Krankenhaus war, machte ihn furchtbar wütend. Solange er dort war, begriff er nicht, was mit ihm passierte. Er sagte, er wolle nach Hause, weil er wollte, daß ich ihn pflege, er vertraue nur mir und keinen Fremden. Aber ich glaube, es hatte eher damit zu tun, daß wir so sehr daran gewöhnt waren, uns anzulügen, und die Lügen so sehr für die Wahrheit hielten, daß wir überleben konnten. Deshalb dachte er, er könnte das wieder tun, auch mit dem Tod. Oder nein, das dachte er nicht, das wäre nicht logisch gewesen, aber das fühlte er wohl einfach.«

»Also hast du ihn nach Hause geholt.«

»Ja. Heute ist so etwas einfacher als früher, es gibt da Stellen, die einem helfen, aber trotzdem. Bradley wollte keine Krankenschwestern und keine Tagesdienste, er schien es nicht einmal sehr zu mögen, wenn die Mädchen kamen und mich für ein paar Stunden ablösten. Er sagte immer, er wolle nur mich.« Sie lacht. »Daran habe ich gedacht, als ich mir vorgestellt habe, daß jemand unter unserem Fenster steht und unser Leben belauscht und herauszufinden versucht, was es bedeutet hat. Welchen Eindruck hätte diese Person gehabt? Vielleicht sogar den von Hingabe. Sie hätte vielleicht den Schluß gezogen, daß wir absolut zusammengeschweißt seien.

Du erinnerst dich an unsere Küche und unser Schlafzimmer und die Treppe. Das war meine Welt, monatelang. Und natürlich der Waschraum hinter der Küche. Und manchmal kam ich am Abend kurze Zeit dazu, im Wohnzimmer fernzusehen oder etwas zu lesen. Aber nicht lange. Er wurde sehr unruhig. Na ja, er hatte ziemlich oft starke Schmerzen. Dann wollte er etwas, und ich bin die Treppe rauf- und runtergerannt. Aber auch wenn er ruhig war, habe ich immer gehorcht. In den schlimmsten und in den besten Zeiten unserer Ehe war ich, was ihn betraf, nie so wachsam. Jede Sekunde, die ich bei ihm oder nicht bei ihm war, ob er still war oder nicht, ich war mir seiner immer bewußt. Das war anstrengend.«

»Aber du hast nicht aufgehört.«

»Nein. Und weißt du, warum? Es war nicht Hingabe oder Liebe. Ich glaube, ich wollte nichts unerledigt lassen. Ich wollte mich am Ende rein fühlen – daß ich absolut mein Allerbestes getan hatte.« Claudia schüttelt den Kopf. »Du wirst später die Ironie dabei sehen.« Charlotte beugt sich vor, gießt für beide Wein nach und lehnt sich zurück.

»Dennoch waren wir uns manchmal nahe. Er sprach über unser Leben und sagte, wie wichtig ich für ihn war. Er sagte, was auch passieren würde, ich solle wissen, daß er mich immer geliebt hat. Und es ist komisch, aber vielleicht stimmte das nach seinen Vorstellungen, nach seinen Regeln sogar. Nur daß er nie gelernt hat, meine Vorstellungen und meine Regeln zu berücksichtigen. Er hat sich nie die Mühe gemacht, sich mir anzupassen. Ich glaube, es ist ihm nie in den Sinn gekommen, daß er das vielleicht tun sollte, daß das ein Teil der Abmachung war. Aber egal, jetzt ist es zu spät. Damals war es auch schon zu spät. Ich will nur sagen, daß es auch schöne Momente gab, als er krank war. Immerhin hatten wir die ganzen Jahre und die ganzen Erfahrungen, die nur wir beide hatten und niemand sonst, glücklich oder nicht, sie gehörten uns. Verstehst du?«

Charlotte nickt. Sie versteht. Sie versteht auch, daß wahrscheinlich das und nicht der langweilige Trott, von dem Claudia vorher sprach, das wahre Geheimnis häuslichen Lebens ist: gemeinsame, unausgesprochene, private Erfahrungen. Einfach die Ansammlung von Zwei-Personen-Bildern, unabhängig von der Qualität oder den dabei entfachten Leidenschaften. Gut, das wußte sie schon. Aber es gibt einen Unterschied zwischen wissen und verstehen. Das war es, was ihr fehlte, und es war genau das, was sie früher wütend machte und auch sehr traurig.

Aber das ist jetzt nicht ihre Geschichte, sondern Claudias.

»Ich glaube, es war wie bei einem Feuerwehrmann, jedenfalls so ähnlich: lange Phasen von Langeweile und Schinderei und dann diese furchtbaren Krisen. Wenn wir uns gerade daran gewöhnt hatten, machte seine Krankheit plötzlich einen Sprung, und er hatte neue furchtbare Schmerzen oder konnte irgend etwas nicht mehr, eine Körperfunktion fiel aus, und dann waren wir wieder in einer anderen Welt von Schwierigkeiten. Na ja, ich glaube, ich habe dir ja etwas davon schon geschrieben. Wie schlimm es wurde. Also das war das.

Dazu kam noch etwas, vielleicht wegen der Schmerzen oder weil er sich nicht mehr unter Kontrolle hatte oder vielleicht weil er sich ärgerte, daß er so abhängig von mir war, auch wenn er selbst darauf bestanden hatte – ich weiß nicht warum. Jedenfalls fing er an, mir all diese Dinge zu erzählen. Einzelheiten, meine ich. Was er und die anderen Frauen getrieben hatten. Wie sie zusammen waren. Dinge, von denen er und ich nie geträumt hätten. Oder ich jedenfalls nicht. Dies und das, ach, es war gräßlich.« Claudia greift sich mit den Händen an die Ohren, als könne sie immer noch seine Stimme hören. »Er zwang mich zuzuhören. Er hatte so eine Art Todesgriff an meinen Handgelenken, und er hielt mich fest, und ich mußte zuhören.«

»O Claudia!« Charlotte kann kaum atmen. Sie würde Bradley umbringen, wenn er nicht schon tot wäre.

Wenn nun Andrew so etwas täte? Was würde die arme Elizabeth hören?

»Jedenfalls«, Claudia lächelt ein bißchen zittrig, und ihre Hände greifen noch einmal nach dem Glas, »kannst du jetzt verstehen, warum ich dich nicht angerufen oder dir geschrieben habe. Ich hatte keine Energie mehr. Es war eine völlig fremde Welt in all den Monaten, nur wir beide. Auch wenn andere Leute ein- und ausgingen, im Prinzip waren es nur wir beide. Vor Jahren habe ich mich danach gesehnt. Es ist komisch, was aus Wünschen wird, wenn du das Pech hast, daß sie in Erfüllung gehen.« Sie nimmt einen Schluck und setzt das Glas ab.

»Ich wurde eine recht gute Krankenschwester, in gewisser Weise. Ich lernte alles mögliche über Schläuche und verschiedene Maschinen und Venen und Therapiepläne, was die verschiedenen Arten von Medikamenten bewirken und wie man sie ausgleicht. Ich habe mein absolut Bestes getan, um es ihm so angenehm zu machen, wie ich nur konnte. Ich kochte mir die Seele aus dem Leib, um ihn zum Essen zu verführen. Ich badete ihn und machte ihn sauber und drehte ihn im Bett um; manchmal habe ich ihm sogar vorgesungen, wenn er abwesend wurde und mir ein altes Lied eingefallen war, das ihn vielleicht zurückholen konnte. Aber das war gefährlich, ich wußte nie, ob ihm dadurch nicht irgendeine Frau einfallen würde. Und dann ging es wieder los mit einer dieser Alptraumsitzungen.«

Noch ein Geheimnis des häuslichen Lebens: daß es vielleicht so enden kann. Und dann sind die Leute so fest aneinander gebunden, durch Liebe oder Erinnerungen oder Erfahrungen oder einfach durch die Umstände, daß sie sich nicht lösen können. Sie sind über jenen Punkt hinaus, wo sie einander noch verlassen könnten. Charlotte wäre in dieser Situation auch nicht gut zurechtgekommen.

»Verstehst du es, Charlotte? Kannst du es dir langsam vorstellen?«

»Ja, das kann ich. Ich verstehe nicht, wie du das geschafft hast, aber ich verstehe, wieso du es mußtest, ja.«

»Gut. Denn dieses Bild brauchst du, um zu sehen, was passiert ist. Ich verstehe es selbst nicht, aber ich kann es sehen.« Manchmal, während sie sprach, hat Claudia die Stirn gerunzelt oder gelächelt, ihre Lippen haben gezittert, oder die Haut um ihren Mund und ihre Augen war straff geworden. Jetzt erschrickt Charlotte, als sie einen völlig unvertrauten Ausdruck in Claudias Gesicht sieht: eine erstaunliche Kälte. Echte Unbarmherzigkeit.

»So, hier ist es, jetzt kommt es.« Claudias Gesichtsausdruck verändert sich wieder und wird flach und direkt.

»Es war einer seiner guten Tage. Aber du verstehst, daß das nur relativ war, kein Tag war wirklich gut. Aber er wachte mit weniger Schmerzen auf als am Tag zuvor und war ziemlich munter. Und darum war er einigermaßen fröhlich und nett. Zu diesem Zeitpunkt war ich dankbar für solche kleinen Segnungen, Char – einfach einen kleinen Zeitraum zu haben, der nicht abgrundtief schrecklich war, das genügte, um mich froh zu stimmen. Ich war also besonders sanft, als ich ihn umdrehte, und gab ihm das erste Morphium des Tages. Und als er mich dann bat, mich an sein Bett zu setzen, war es nett und fast erholsam. Er griff nach meiner Hand. Er lächelte mich an – ich kann dir gar nicht sagen, wie selten das inzwischen vorkam, daß er lächelte. Gut, er hatte auch nicht viel, worüber er lächeln konnte, nehme ich an, und auch nicht viel Kraft.

Er streichelte also irgendwie meine Finger – seine Hände waren so dünn, es war, als würde man von einem Skelett berührt, aber es war in Ordnung. Denn es gibt Zeiten, wo man gern angefaßt wird, und auch Arten, solange es nur aus Zuneigung geschieht. Seine Stimme versagte immer ziemlich bald, aber er sagte, wie nett es sei, morgens die Augen aufzumachen und mich zu sehen. Er sagte, ich sei hübsch. Er sagte, ich hätte die schönsten Augen, die er je gesehen hätte. Und daß ich der netteste, süßeste, freundlichste Mensch sei, den er je gekannt habe. Er sagte, er sei mir dankbar und daß er mich immer geliebt habe. Er sagte sogar, daß es ihm leid täte. Alles. Er sagte, er würde am liebsten alles Verletzende, was er je getan hätte, ungeschehen machen. Wenn er sein Leben noch mal leben könnte, würde er es ganz anders machen, er würde sein Leben der Liebe zu mir widmen.

Er war so zerbrechlich, Charlotte. Und die Vorhänge waren offen, so daß ein Sonnenstrahl auf ihn fiel. Seine Finger waren nur Knochen, die meine berührten. Wie kann ich es sagen? – Es war fast so, als hätte er seinem Leben einen Sinn gegeben, nur indem er diese Worte sagte. Als wären alle Dinge, die er wirklich getan hatte, nicht geschehen, weil er sagte, daß er sich wünschte, es wäre anders gewesen.« Sie zuckt die Achseln. »Ich kann das nicht genau erklären, aber ein paar Minuten lang hatte ich durch ihn das Gefühl, als sei mein ganzes Leben – unser ganzes Leben – richtig gewesen. Als sei alles in Ordnung gewesen.

Und dann schlief er ein, und ich saß noch eine Weile da, weil er meine Hand hielt, aber es gab immer soviel zu tun, darum stahl ich mich schließlich davon, um Wäsche zu waschen, Haushalt, ich weiß nicht genau, was ich alles machte. Bis ich ihn wieder nach mir rufen hörte. Also ging ich wieder hinauf. Er schlief nie sehr lange.

Ich ging also ins Schlafzimmer, und – ich weiß nicht genau, wie ich es beschreiben soll – er schien irgendwie zu funkeln. Einmal seine Augen, aber es war mehr als das. Es war, als ob jeder Nerv direkt an der Hautoberfläche lag und seine Haut ganz mit kleinen glitzernden Glassplittern übersät war. Er schien auf mich zu zielen, seine ganze Energie und Kraft, die ganzen funkelnden Glassplitter. Er sagte zu mir: ›Du Hexe. Du ruinöse, stinkende, frigide Hexe. Ich kann deinen Anblick nicht ertragen, du bist widerlich, du Hexe.‹ Er gebrauchte auch noch ein anderes Wort, aber das kann ich nicht wiederholen. Er war der lebendige Haß, Charlotte. Kurz davor war er so zärtlich gewesen, und ich hatte ihm geglaubt, und jetzt das. Und das glaubte ich auch; der Haß war echt. Echter als alles andere. Aber er sagte nicht, warum.

Er fing wieder an, mir Namen zu nennen. Wie sie ihn befriedigt hatten. Und dann sagte er, daß ihn jede andere glücklicher gemacht habe, als ich es mir je auch nur träumen lassen könnte, weil sie begriffen, was er mochte, und alles taten, um ihn zu erfreuen – ich weiß, daß er nicht bei Sinnen war. Ich weiß das, aber in diesem Augenblick hörte es sich an wie der größte und schwärzeste Betrug meines Lebens, weil er vorher etwas ganz anderes gesagt hatte. Ich stand immer noch in der Tür, irgendwie erstarrt. Ich konnte ihn nicht einmal anschauen.

Dann sagte er: ›Ich habe Schmerzen. Gib mir jetzt die Spritze.‹ Als wäre ich seine Dienerin. Nicht einmal ein ›bitte‹. Und ich rührte mich nicht. Ich weiß nicht, ob ich es gekonnt hätte. Ich tat es einfach nicht. Er sagte: ›Beeil dich, es ist Zeit, du weißt nicht, wie das hier ist!‹

Und ich dachte: ›Du weißt nicht, wie das ist.‹ Ich starrte ihn nur an, und er hatte recht, man konnte sehen, wie die Schmerzen schlimmer wurden. Ich stellte sie mir scharf vor, wie ein Messer, das ihn innerlich zerschneidet. Er sagte: ›Herrgott noch mal, hilf mir doch‹, und ich tat es nicht. Ich war oft so wütend gewesen. Er verletzte mich wie ein Messer, und er spürte es nie. Es gab nichts, was ich sagen oder tun konnte, damit er es spüren und damit aufhören würde. Aber jetzt spürte er so etwas Ähnliches. Und ich konnte diese Schmerzen bei ihm beenden, und ich tat es nicht. Wollte nicht. Genausowenig wie er meine Schmerzen nicht beendete.«

Charlotte hält den Atem an.

»Er fing an zu weinen. Nur ein kleines trockenes Weinen, denn er hatte nicht die Kraft, um richtig zu weinen, wie ich es all die Jahre getan hatte. Ich stand da in der Tür, und ich dachte: ›Wenn ich sehr ruhig bin, kann ich in seinen Schmerz eintreten und kann spüren, wie scharf und brutal er ist‹, und ich glaube, es stimmt, das konnte ich. Ich konnte merken, wie der Schmerz meinem Leiden immer näher kam. Es dauerte nicht sehr lange. Es war irgendwie ungerecht, daß er die Qualen in wenigen Minuten erreichte und ich Jahre und Jahre damit verbracht hatte.

Aber er kam dorthin. Ich spürte, wie er dorthin gelangte. Und er sagte, das heißt, eigentlich flüsterte er, es war so ein Rasseln: ›Bitte, bitte‹, und früher hatte ich auch immer ›bitte‹ gesagt, und dann hatte er etwas versprochen und sich dann nicht daran gehalten. Ich ließ es ihn auch ziemlich oft sagen, aber lange nicht so oft, wie ich es gesagt hatte.

Und dann war es genug. Ich glaube, wir beide wußten genug. Also bewegte ich mich schließlich. Ich ging zur Kommode, wo seine ganze Medizin aufgereiht war. Ich zog eine Spritze auf und ging zu ihm rüber und nahm seinen Arm und pumpte das Morphium hinein, und seine Augen drehten sich vor Erleichterung nach oben.

Ich ging zurück zur Kommode und zog die Spritze wieder auf.

Natürlich wußte er, daß das falsch war, und versuchte, seinen Arm wegzuziehen, aber ich hielt ihn fest und spritzte wieder. Und dann machte ich es noch mal. Er versuchte immer, den Arm wegzuziehen, und sagte: ›Nein, nein, nein‹, aber das war alles, er nannte keinen Grund. Verstehst du, Charlotte? Er sagte nicht, warum ich aufhören sollte oder daß er jetzt verstand, es war nur immer ›nein, nein, nein‹. Ich wollte, er hätte noch etwas gesagt. Aber trotzdem gefiel es mir, wieviel Angst er hatte.

Ich wußte nicht, wieviel man nehmen mußte. Ich glaube, ich gab ihm fünf oder sechs Spritzen, und dann setzte ich mich hin und beobachtete ihn. Alles, was er sagte, war: ›Warum?‹ Das sagte er mehrere Male. Wenn er das nicht wußte, hatte es keinen Sinn, ihm zu antworten, also tat ich es nicht.«

Sie lächelt auf eine Weise, die Charlotte frösteln läßt. »Mit seinen letzten Worten war er nicht besonders eloquent, oder? Deine und meine werden sicher besser sein. Aber wir haben auch Zeit, darüber nachzudenken. Natürlich hatte er auch Zeit – er hatte fast ein ganzes Jahr –, aber ich schätze, es ist ihm nicht eingefallen.«

»Und dann?«

»Und dann starb er natürlich. Ich beobachtete ihn. Ich habe so etwas noch nie gesehen. Es ist sehr seltsam – es ist eine Art schleichende Abwesenheit. Ganz langsam wurde er einfach glasig, und dann verschwand er. Ich konnte den Augenblick sehen, in dem er verschwand.« Sie schüttelt den Kopf.

»Ich saß eine ganze Weile da. Sah ihn einfach an. Versuchte zu sehen, was das alles war. Alles, was wir durchgemacht hatten, die ganzen Jahre. Er sah sehr klein und harmlos aus. Man konnte sich kaum mehr vorstellen, wie groß und böse er gewesen war, nur kurze Zeit vorher.

Aber endlich dachte ich: ›Ich habe ihn umgebracht. Ich habe das getan. Ich ließ ihn leiden, und dann ließ ich ihn sterben.‹ Und dann dachte ich: ›Ich rufe jetzt lieber jemanden an.‹ Also rief ich den Arzt an und sagte, daß er tot war, und der Arzt rief den Krankenwagen, und eine Zeitlang gingen alle möglichen Leute ein und aus. Aber niemand wunderte sich. Es war keine Überraschung. Der Arzt sagte, daß es jederzeit hätte passieren können. Er war sehr nett. Er sagte, ich hätte das Beste getan, was man nur tun könne. Ich rief die Mädchen an, solange ich noch die Kraft hatte, mit ihnen zu sprechen. Und ich habe es niemandem erzählt. Wie konnte ich auch?«

Sie hebt den Kopf und sieht Charlotte direkt in die Augen. »Du siehst also, du sitzt hier mit einer Mörderin, die auch noch gefoltert hat. Es war kein Töten aus Gnade, es war nichts Liebes dabei. Ich habe es einfach getan.« Charlotte ist nicht sicher, was Claudia in ihrem Gesicht sieht – vielleicht nur Schock –, aber auf einmal sinkt Claudia in sich zusammen und weint schließlich.

Gut. Unter Freunden gibt es bestimmte Gesten, egal was ist. Charlotte steht auf, geht durch den Raum, setzt sich auf die Lehne von Claudias Sessel, legt ihr den Arm um die Schulter, hält sie fest und streicht ihr über das Haar. So sitzen sie ziemlich lange, bis Charlottes Nacken und Schultern anfangen weh zu tun und Claudias Weinen nachläßt. Charlotte steht auf, füllt ihre Gläser nach und geht wieder zu ihrem eigenen Sessel zurück. Ihr fällt kein einziges Wort ein, das sie sagen könnte. Sie kann sich nicht erinnern, daß ihr bei Claudia jemals nicht eingefallen ist, was sie sagen könnte.

Claudia schneuzt sich die Nase, nimmt das Glas mit der noch zitternden Hand. »Ich habe nicht gemerkt«, sagt sie in einer fremden weichen Stimme, »daß ich bis jetzt noch nicht richtig geweint habe. Irgendwie zwar schon, aber nicht so. Danke.«

Wofür? Charlottes eigenes Geheimnis, ihr Spionieren in der Hecke, ist jetzt sehr klein und noch absurder, als es schon war. Als sie Claudia anblickt, sieht sie auf dem liebenswerten Gesicht ihrer Freundin wie Theaterschminke einen Glanz der Drohung. Das kann nicht wahr sein.

»Es tut mir leid«, sagt Charlotte, »es muß furchtbar für dich gewesen sein.«

Claudia lacht plötzlich. Ist sie verrückt? Aber sie sagt:

»Weißt du, warum du meine beste Freundin bist? Weil du dir das anhören kannst und dann davon redest, wie furchtbar es für mich gewesen sein muß. Ich habe schreckliches Leiden verursacht und ein Leben vernichtet – das ist so schwer zu verstehen. Ich habe ihn umgebracht, und was heißt das? Es ist geschehen. Ich war vermutlich schon zu sehr daran gewöhnt, daß sich die Dinge einfach ereignen. Aber offenbar habe ich nicht viel Erfahrung damit, selbst etwas in Bewegung zu bringen. Damit habe ich anscheinend etwas spät angefangen. Und dann mußte ich ins Extrem gehen, und daran muß ich mich jetzt irgendwie gewöhnen. Wenn ich denke, was für ein Mensch ich bin – eigentlich müßte ich von jetzt an denken: ›Ich habe gemordet und gefoltert.‹ Ich schaue in den Spiegel und kann es nicht sehen, aber ich bin es. Charlotte, wie kann das sein? Hilf mir. Ich weiß nicht, wie das sein kann.«

Was für eine Hilfe gibt es da? Charlotte kann so etwas nicht heilen. Sie kann nicht sagen: »Nein, Claudia, das bist du nicht«, denn sie ist es. Sie kann nicht sagen: »Er wäre sowieso gestorben, er war kurz davor, das hat der Arzt auch gesagt«, denn das spielt keine Rolle. Sie kann nicht sagen: »Er hat es verdient«, denn auch das wäre irrelevant.

Sie holt tief Atem. »Ich kann das nicht ungeschehen machen, Claudia. Aber ich kann es verstehen. Ich kann es begreifen.« So ist es, erkennt sie plötzlich. Ein paar Augenblicke lang hat sie offenbar versucht zu urteilen; in so einem Fall erwartet man ein Urteil. Offenbar ist das das Nächstliegende, aber warum eigentlich? »Alles, was ich sagen kann, ist das, was du gerade gesagt hast: Es ist etwas, das geschehen ist, es ist ein Ereignis. Ich kann nicht sagen richtig oder falsch, gut oder schlecht. Es ist einfach etwas«, sie zuckt die Achseln, »das geschehen ist.«

»Das ich getan habe.«

»Ja, aber das ist es: getan. Und du hast es dir nicht ausgedacht oder es geplant. Das ist vielleicht ein Unterschied, ich weiß es nicht. Aber du hast es einfach getan, und das ist jetzt ein Teil deines Lebens, wie viele andere Dinge auch. Wichtiger als andere

Dinge natürlich, aber immer noch«, sie zuckt wieder die Achseln, »ein einziges Ereignis.«

»Aber falsch. Niederträchtig. Böse. Und grausam. Das ist das schlimmste, daß ich grausam war.«

»Grausam, ja, vermutlich. Aber kurz, sicher nur ein paar Minuten lang, und man versteht, warum. Aber niederträchtig? Böse? Das kann ich nicht sagen. Ich finde keine passenden Wörter. Vielleicht weil ich weiß, daß du nicht niederträchtig und böse bist. Das verstehst du doch hoffentlich? Ich jedenfalls verstehe das.« Das alles ist wahr. Sie schaut Claudia besorgt an. »Verstehst du?«

»Nein, ich weiß nicht. Ich wünschte, du hättest recht, aber es klingt so leicht. Zu leicht. Es ist verführerisch. Ich möchte dir glauben, aber es ist so schwer zu sagen. Es fühlt sich richtig an, was du sagst, aber es will nicht in meinen Kopf. Oder ich bin zu müde, um noch etwas Neues durchzudenken. Ich bin so müde, Char. Ich bin einfach erschöpft. Macht es dir was aus, wenn ich jetzt ins Bett gehe?«

»Natürlich nicht.« Aber hat Charlotte versagt?

Andererseits, was konnten beide erwarten? Eine Geschichte wie diese, aus dem Nichts heraus – wie konnte sie mit einer Lösung aufwarten, die alles verschwinden ließ, vor allem spontan? Ihr eigenes Geheimnis hatte wenigstens seine komischen Seiten, darüber konnten sie sich zumindest etwas lustig machen. Aber so sehr sie ihren Humor auch strapaziert, Charlotte fällt nichts ein, was Claudias Geschichte leichter machen könnte.

Aber Claudia weiß das. Als sie aufstehen, sagt sie wieder: »Danke«, und Charlotte nimmt an, daß die Dankbarkeit ihrer Mühe gilt. Immerhin.

Jedenfalls ist dieser Abend, dieser ganze Tag, auch nur wieder ein Ereignis; wie Bradleys Tod. Das könnte eine sehr entspannte Art sein, alle möglichen Umstände zu betrachten.

Claudia schläft vielleicht schon (wie konnte sie?), aber Charlotte liegt noch wach. Vielleicht war es nur etwas, das geschehen ist, aber die letzten Augenblicke von Bradleys Leben tauchen immer wieder lebendig vor ihrem inneren Auge auf. Wenn sie Mitleid mit soviel Angst hat, was empfindet und sieht dann erst Claudia, die dabei gewesen ist? Die das Instrument des Entsetzens war?

Aber das Motiv spielt sicher eine Rolle. Rache, ja, aber auch einfach ein letzter Strohhalm: Claudia, die eine Menge Betrug und Lügen ertragen hatte, konnte einfach nicht noch mehr ertragen.

Wie sollte Charlotte es verstehen? Sollte sie nicht entsetzt sein? Geschockt? Gut, ja, aber sich, wenn auch nicht unbedingt Claudia, scheint sie davon überzeugt zu haben, daß es die Umstände waren, zugegeben dramatische. Ein Leben sollte absolut heilig sein, aber Charlotte empfindet wenig für Bradley; nur für menschliche Angst. Sie hat ihr Berufsleben damit verbracht, Urteile über Terror und Grausamkeit zu fällen, die feinsten Unterschiede abzuwägen, aber jetzt sieht es so aus, als wäre ein Urteil nicht immer angebracht. Und wenn das wahr wäre, würde dann nicht Anarchie die Regel sein?

Vielleicht gibt es auch keine Regel, wenn niemand Bescheid weiß. Nur sie und Claudia wissen es. Es gibt eine Menge Dinge, die nur sie und Claudia wissen. Dies ist zwar vielleicht besonders wichtig, aber sie behalten ihre Geheimnisse gut für sich.

Wenn niemand etwas erfährt, spielt es dann eine Rolle? Es kann ja kaum die ganze soziale Ordnung zerstören, wenn nur sie beide davon wissen. Wenn nur sie beide von Charlottes Spionagetätigkeit wissen, von ihren Lauscherfreuden, hat ihr Verhalten schließlich auch keine größeren, anarchischen Auswirkungen.

Das findet sie nicht überzeugend. Andererseits merkt sie, daß es ihr ziemlich egal ist.

Nicht egal ist ihr, daß sie und Claudia ihre guten Eigenschaften, ihre Schwächen und ihre bösen Seiten kennen. Alles. Es kommt ihr vor, als seien sie vollkommen sicher, solange nur sie beide Bescheid wissen.

Claudia liegt auch noch eine Weile wach und erinnert sich an die Veränderungen in Charlottes Gesichtsausdruck. Claudia hielt über lange Strecken ihrer Erzählung den Blick gesenkt, rief sich wieder in Erinnerung zurück, wie es geschehen war, um es richtig, ohne Lügen und Abweichungen, erzählen zu können. Dadurch hat sie sicher einige Reaktionen versäumt. Aber ihrer Meinung nach war in Charlottes Gesicht von Verurteilung, wenn überhaupt, dann höchstens ganz kurz etwas zu lesen gewesen.

Sie stellt fest, daß sie wütend auf Bradley ist. So ähnlich, wie sie sich über ihn ärgerte, als er nach Hause kam und ihr mitteilte, daß er Krebs hatte. Sie ist wütend, daß der Rest ihres Lebens, die ganze Spanne ihres Alters, durch dieses Ende verdorben sein wird. Daß sie nie davon frei sein wird. Daß das, was sie getan hat, immer bei ihr ist. Wozu er sie gezwungen hat.

Hat er das? War diese letzte Verhöhnung in Wirklichkeit seine Bitte zu sterben? Hat sie womöglich mehr oder weniger seinen letzten Wunsch erfüllt?

Wenn er sie einfach gebeten hätte, gesagt hätte: ›Bitte, Claudia, ich kann das nicht mehr ertragen, bitte, befreie mich aus meinem Elend‹ – hätte sie das getan?

Sie hätte die Bürde für zu groß gehalten, das Risiko der Sünde für enorm. Sie empfand zu wenig für ihn, um ihm einen so großen Gefallen zu tun, wenn er darum gebeten hätte. Sie hätte gedacht: »Nein, so etwas könnte ich nicht tun, und ich müßte den Rest meines Lebens daran denken.«

Das Ergebnis ist jetzt allerdings ziemlich dasselbe.

Und sie glaubt eigentlich nicht, daß es ein etwas verdrehter letzter Wunsch von ihm war. Sie glaubt, daß er nicht sterben wollte, nie. Und er hätte sich selbst sicher kein solches Leiden gewünscht.

Gut, dann muß sie eben mit dieser Szene leben. Sie muß auch lernen, weniger filmisch daran zu denken, nicht als eine Szene. Sie muß es als ihre eigene wahre Tat in sich aufnehmen.

In all den Jahren hat sie gelernt, eine ganze Menge dramatischer Ereignisse in sich aufzunehmen. Diesmal ist es nur anders, weil es ihr dramatisches Ereignis war und nicht seines.

Nun, seines auch, in gewisser Weise. Aber es war ihre Tat, und das ist ein ziemlicher Unterschied.

Es zu erzählen, hat es also nicht unbedeutender und weniger real gemacht. Aber vielleicht hat es alles leichter gemacht. Sie wird es niemals jemand anderem erzählen; auch auf dem Totenbett wird sie es nicht ausplaudern, wo immer und wann immer das sein wird, egal wie benommen oder unkontrolliert sie dann auch sein wird. Sie will niemandem das antun, was Bradley ihr angetan hat, und am Ende beunruhigende, böse Geheimnisse ausplaudern.

Aber sie und Charlotte werden zweifellos wieder darüber sprechen. Vielleicht hat Charlotte recht: daß etwas, was getan ist, keine Sache von Entscheidung oder Urteil ist, sondern einfach eine Tat; bedeutsamer und dramatischer als Charlottes Geheimnis, aber nicht unbedingt sonderbarer. Sie haben beide auf ihre Weise etwas über die Liebe gelernt, und es wäre für beide blödsinnig, sich zu überlegen, ob sie das, was sie getan haben, hätten tun sollen. Ebensowenig wie es Sinn hätte, noch einmal den großen schlaksigen Mann, der am Ende ihres Badetuches im Gegenlicht stand, zu betrachten, um sich zu überlegen, ob sie einfach hätte wegschauen sollen.

Ihr Zuhause scheint weit weg, sowohl räumlich wie zeitlich. Aus der Ferne und von diesem weichen weißbezogenen Bett aus gesehen, erscheint es klein und dunkel. Das stimmt nicht, sie fühlte sich nicht eingeengt, als sie dort lebte – aber aus der Ferne wirkt der Geist des Hauses jetzt klein und dunkel.

Sich vorzustellen, dahin zurückzugehen! In den Zug zu steigen, wieder an diesen ganzen Städten vorbeizufahren, die ganze Strecke; im Taxi zurück zu diesem Haus; den Weg entlangzugehen, die Treppe hinauf zur Tür zu steigen, aufzusperren und in den Gang zu treten, in die Zimmer zu schauen, die Treppe – die Dunkelheit umklammert ihr Herz so sehr, daß es gequetscht erscheint und weh tut.

Dieses Haus hier, Charlottes Haus, hat eine gute Atmosphäre und ist voller Liebe. Als Claudia einschläft, gibt es keine nächtlichen Visionen oder Alpträume. Als sie aufwacht, erinnert sie sich nicht einmal, überhaupt geträumt zu haben. Sie braucht eine Weile, bis sie merkt, wo sie hier ist, unter dieser weißen Bettdecke im Sonnenschein.

Wie werden sie einander anschauen, jetzt, wo sie es beide wissen?

Charlotte ist schon auf, sitzt am Küchentisch in einem grünen Morgenrock, der ihr bis zu den Knöcheln reicht, die Hände umfassen einen Becher Kaffee, ihr Haar ist unordentlich und ungekämmt. Sie sieht ein bißchen wie eine Hexe aus, findet Claudia. Wie eine gute Hexe: eine, die stark genug ist, das Böse zu bannen.

»Kaffee?« fragt Charlotte.

»Ja bitte. Bist du schon lange auf?«

»Ja, eine Weile. Ich habe nachgedacht.« Sie klingt sehr ernst. Claudias Hände zittern leicht, als sie ihre Kaffeetasse hebt: denn was ist, wenn Charlotte gedacht hat: »Ich will keine Mörderin in meinem Haus haben«? Wie seltsam das ist, denkt Claudia, daß sie einen toten Ehemann ertragen kann, aber keine verlorene Freundin.

Aber. »Ich habe überlegt«, sagt Charlotte, »wie du dich wohl fühlen wirst, wenn du wieder zurückfährst. Und was wir tun können, wenn du es nicht willst. Und darum habe ich mir gedacht, was du dazu sagen würdest, hierherzuziehen?«

»Was?« Claudia ist sicher, daß sie sich verhört oder die Worte phantasiert hat. Das konnte Charlotte doch nicht gesagt haben.

Oder hat sie es vielleicht doch gesagt? Sie sieht ziemlich verletzt aus – vielleicht hat Claudia zu scharf geantwortet. Und zu schnell. »Du meinst, in dieses Haus?« fragt sie. »Mit dir?« Sie trifft immer noch nicht den richtigen Ton. Charlotte schüttelt den Kopf.

»Egal. Entschuldige. Ich nehme an, das war eine blöde Idee.«

»Nein, bitte. Meinst du das ernst? Komm, Charlotte, sag's mir.«

»Es ist nur, weil ich dachte, es wäre erstens billiger für uns beide. Aber auch, weil es uns beide vielleicht daran hindert, uns verrückt zu machen. Du müßtest nicht allein in deinem Haus brüten, und ich würde nicht mehr von Ängsten und Dummheiten heimgesucht. Ich kann mir vorstellen, wieder tapfer zu werden statt lächerlich. Wir könnten viel zusammen machen.«

Claudia hat das vage Gefühl, daß sie in diesem Fall der Strafe entkäme, die die Rückkehr bedeuten würde. Wenn sie wieder dort wäre, müßte sie diese letzte Szene mit Bradley immer wieder durchleben, müßte leiden, um ihrem Verbrechen gerecht zu werden. In ihrer Vorstellung füllt Bradley als ständige Anklage das Haus, in dem er bis auf das letzte Jahr so selten war.

Sich vorzustellen, nicht zurückzumüssen!

Könnte sie das? Könnte sie sogar völlig vermeiden, zurückzufahren, nicht einmal um das Haus zu verkaufen und zu packen? Sie könnte die Mädchen bitten, das für sie zu übernehmen, oder? Gibt es irgend etwas, von dem sie nicht will, daß sie es sehen, wenn sie die Besitztümer all der Jahre durchforsten? Aber das einzige Geheimnis ist nicht niedergeschrieben und nirgendwo zu finden.

»Claudia? Ist die Idee so schlecht? Glaubst du, daß wir nicht zurechtkommen? Würde es dir zu schwerfallen, dein Heim aufzugeben? Habe ich etwas Dummes gesagt?« Charlotte blickt sie besorgt an.

Claudia lächelt. »Das habe ich überhaupt nicht gedacht. Ich dachte, was für eine Erleichterung. Was für ein Segen, diese Hoffnung zu haben.« Sie könnte direkt weinen angesichts dieser Hoffnung.

Charlotte lehnt sich vor, umfaßt die Kaffeetasse. »Wir könnten teilen. Ich meine, du kannst hier alles haben, was du willst. Ich schaffe etwas von meinen Sachen weg, damit du Platz hast für deine.«

»Mir fällt gar nichts ein. Aber vielleicht kommt das noch. Aber nichts Großes. Alles was mir gehört, gehört zur Vergangenheit. Das ist nicht möglich, oder? Ich kann das nicht alles so leicht loswerden?«

»Nein, wahrscheinlich nicht.« Charlotte lächelt.

»Hast du dir das alles heute morgen ausgedacht?«

»Weißt du, eigentlich nicht. Ich bin damit aufgewacht. Ich bin aufgewacht mit dem Gedanken, daß alles gelöst ist, daß es das ist, was wir tun müssen. Und jetzt, wo ich richtig wach bin und meinen Kaffee getrunken habe, kommt es mir immer noch richtig vor. Aber mir ist klar, daß ich dich damit überfallen habe.«

Claudia sieht Charlotte aufmerksam an. »Aber da ist eine Sache.«

»Was?«

»Glaubst du, daß du mir trauen kannst? Glaubst du nicht, daß es Zeiten geben wird, in denen du mich ansiehst und dir überlegst, was ich vielleicht tun könnte? Du weißt, was ich bereits getan habe. Meinst du, daß du dir nicht irgendwann Sorgen machen wirst?«

Charlottes Miene verändert sich sonderbar. Claudia kann sie nicht einschätzen, es sieht aus, als kämpfe sie, sich unter Kontrolle zu haben. Und dann plötzlich gibt Charlotte auf, lehnt sich zurück, ihr Kopf schnellt nach hinten, ihr Mund öffnet sich, und sie lacht. Sie brüllt vor Lachen. Claudia ist schockiert. »Was ist denn so komisch? Charlotte, worüber lachst du?«

»Ach, Claudie. Du und ich schleichen durch dieses Haus, und umeinander herum. Ich bin ständig auf der Hut, falls du versuchen solltest, dich mit einer Nadel an mich heranzupirschen. Falls du beschließt, daß ich aus meinem Elend befreit werden muß, o Claudie!« Und sie lacht wieder los.

Claudia kann nichts machen – Charlotte hat recht, was für ein Bild! Sie kichert auch und fängt dann an zu lachen, und schließlich wiehern alle beide, die Tränen fließen ihnen übers Gesicht, und abgesehen davon, daß diese Gesichter inzwischen Falten, ihre Haare die Farbe gewechselt und ihre Körper andere Formen haben, sind sie wie Kinder, sind wieder die kleinen Mädchen, die nicht anders können und lachen müssen, ohne genau sagen zu können, warum. »Oje«, stöhnt Charlotte, mit der Hand auf ihrem Herz, »das ist hart für den Kreislauf. Tut das weh.« Ihre Augen verengen sich. »Aber denk nur nicht, es tut zu weh! Ich will noch nicht ins Jenseits.« Und wieder lachen sie los, bis sie außer Atem sind.

»Ich muß die Mädchen anrufen«, sagt Claudia schließlich. »Alles veranlassen. Sie halten mich wahrscheinlich für verrückt.«

»Meinst du?«

Vielleicht nicht. Sie wissen mehr, als Claudia ihnen noch vor kurzem zugetraut hatte.

»Bist du dir sicher, Charlotte? Schließlich ist das dein Zuhause. Du bist gewöhnt, allein zu sein.«

Charlotte zuckt die Achseln. »Offenbar ja. So wie ich es sehe, wird es eine Art Ehe, nur ohne Sex.«

»Auch ohne manche anderen Schwierigkeiten«, sagt Claudia entschieden.

»Obwohl ich sicher bin, daß wir Schwierigkeiten haben werden, damit müssen wir rechnen. Aber wir sind Freundinnen, da sollten wir sie ausbügeln können.«

»Ich wünschte, ich hätte einen Freund geheiratet.« Klang das bitter? Claudia will nicht damit anfangen, in ihrer eigenen Stimme Bitterkeit herauszuhören.

»Manche Leute tun das, nehme ich an. Sie haben beides gekriegt, meine ich. Wir eben zufällig nicht, das ist alles. Trotzdem hätte ich nichts davon missen wollen. Ich vermisse allerdings Liebe – ist das nicht seltsam? Ich vermisse Sex und diese wunderbaren Körper. Fremde Körperteile.«

»Ich auch. Aber …«

»Aber wirklich.«

»Charlotte!«

»Was?«

»Danke. Es ist jedenfalls nett, wenigstens am Ende des Lebens mit einer Freundin zusammenzusein.« Sie macht eine Pause. »Und, Charlotte?«

»Was?«

»Ich bin am Verhungern. Ausgehungert. Gibt's was zu essen? Und dann führe ich dich zum Lunch aus. Hast du eine Zeitung? Du mußt mir zeigen, wo du immer einkaufst, damit ich auch einkaufen kann. Wolltest du heute irgend etwas Besonderes machen? Vielleicht können wir mal schauen, was im Kino läuft. Ich war schon ewig nicht mehr im Kino. Ich vermisse auch das Popcorn. Ob ich die Mädchen anrufen soll?«

Nun gut. Es wird ein bißchen Gewöhnung brauchen. »Ich fühle mich so ähnlich wie am ersten Schultag«, sagt Charlotte. »Als wir uns kennengelernt haben.«

Sie meint, es sieht so aus, als sei kein Ende abzusehen.

Joan Barfoot

Warten auf Mr. Smith

Roman

Aus dem Englischen von Thomas Pampuch

Band 13043

»Jane Smith, normalerweise keine besonders unternehmungslustige Frau, schreibt gerade an einem Brief, der ihr Leben verändern wird.« So fängt alles an. Die junge Bibliotheksangestellte antwortet, einem ihr selbst unerklärlichen Impuls folgend, auf die Kontaktanzeige eines Strafgefangenen. Und von nun an kreisen alle ihre Gedanken und Gefühle um den Unbekannten in seiner Zelle, den sie sich zu ihrem idealen Partner phantasiert – zu ihrem Mr. Smith. Bis eines Tages ein Fremder vor ihrer Tür steht...

»Joan Barfoot ist eine Alltagsphilosophin ohne moralische Attitüde, eine kluge, warmherzige Erzählerin, eine wirkliche Entdeckung.«

Susanne von Paczensky

Fischer Taschenbuch Verlag

fi 4003 / 7

Martha Bergland

Die Farm am Grunde des Sees

Roman

Aus dem Amerikanischen von
Renate Orth-Guttmann
Band 12749

Eine Fahrt in die Gegend ihrer Kindheit läßt Janets alte Träume wieder wach werden: Landschaften, Gerüche und Farben des Mittleren Westens und nicht zuletzt die Wiederbegegnung mit ihrem Schwager Carl, den sie einmal geliebt hat und vielleicht immer noch liebt, wecken längst vergessen geglaubte Gefühle und die Sehnsucht, wieder so zu leben wie früher, auf einer Farm inmitten der Natur.

»Treffsicher und ehrlich ... und wunderbar einfühlsam.
Martha Bergland hält den Leser gefangen.«
The New York Times Book Review

»Ein genau beobachteter,
eleganter zeitgenössischer Roman, der ein
vom Verschwinden bedrohtes Amerika feiert.«
Los Angeles Times

fi 216 / 7

Whitney Otto

Quilt

Roman

Aus dem Amerikanischen von Susanne Lepsius

Band 11935

Die Frauen in diesem Roman leben in einer kalifornischen Kleinstadt und kennen sich seit ihrer Kindheit. Sie treffen sich einmal in der Woche, um an einem Quilt zu arbeiten: Die Schwestern Hy und Glady Joe, die Jahre brauchen, um zwischen sich Hys Verrat zu bereinigen, die eine Affäre mit Glady Joes längst verstorbenem Mann hatte. Sophia, die einmal von einer Zukunft als Schwimmerin träumte, dann aber heiratet und Kinder bekommt, ohne diesen Traum je ganz zu vergessen. Constance, die am liebsten für sich bleibt und ihren Erinnerungen nachhängt. Em, die seit Jahren versucht, mit der Untreue ihres Mannes fertig zu werden und nicht anders kann, als ihn trotzdem zu lieben, denn er ist der Mensch, der sie am besten kennt. Dann Corinna, die einen Sohn in Vietnam verliert und irgendwann nicht mehr trauern kann. Anna, Tochter einer schwarzen Mutter und eines weißen Vaters und Gründerin des Quilt-Zirkels. Schließlich Marianna, ihre Tochter, die zwischen zwei Welten lebt und, um sich zu schützen, ihre Distanz nie ganz aufgibt. Die Autorin beschreibt die mählichen oder jähen Umschwünge und Entwicklungen im Leben dieser Frauen – und entwirft gleichzeitig ein Stück weiblicher amerikanischer Sozialgeschichte.

Fischer Taschenbuch Verlag

fi 213 / 5

Barbara Gowdy

Fallende Engel

Roman

Aus dem Englischen von
Sigrid Ruschmeier

Band 12541

Der Roman beginnt wie ein amerikanischer Film. Drei Schwestern fahren zur Beerdigung ihrer Mutter, auf dem Rücksitz liegt ihr betrunkener Vater und schläft. Eine Durchschnittsfamilie, irgendwo in einer namenlosen Provinz der Neuen Welt, zwischen Neon, Plastik, Atomkriegsangst und Roaring Sixties. Barbara Gowdys lakonisch erzählte Episode aus dem harten Alltagsleben der drei heranwachsenden Töchter entwerfen das scharf gezeichnete Portrait einer Familie im ›ganz normalen Unglück‹.

»Das Raffinierte an dieser Erzählerin ist
ihr moralisches Understatement. Ein beachtliches Talent.«
Verena Auffermann *(Frankfurter Rundschau)*

Fischer Taschenbuch Verlag

fi 2014 / 5

Janice Galloway

Liebe in sich wandelnder Umgebung

Erzählungen

Aus dem Englischen von Christine Frick-Gerke

Band 12152

Ein junges rothaariges Mädchen beim Zahnarzt, hilflos der lauten Jovialität des Arztes ausgeliefert, der ihr einen Zahn ziehen wird... Ein Liebespaar, das sich in einer Kammer über einer Bäckerei einmietet, im Duft der frischen Brötchen, der *apple-pies* und *scones* die Tage auf einzigartige Weise vergehen läßt, bis der Bäcker eines Tages seinen Laden aufgeben muß und ein Metzger ihn übernimmt... Eine Frau, die einem alten betrunkenen Mann zu Hilfe eilt, der auf die Straße gestürzt ist, als er seinen Bus erreichen wollte... Janice Galloways Erzählungen spielen mit dem unsichtbaren Grauen, dem unvermuteten Schrecken in den kleinen Szenen des Alltags. Minimalistisch erfaßte Augenblicke, Bilder von oft bedrohlicher Schärfe, von seltener Bannkraft, manchmal rührender Anmut. Die Welt, in der ihre Figuren stehen, ist eine Welt des ›So ist es‹, keine Illusionen, keine Beschönigungen. Und doch gibt es Momente, die durchdrungen sind von jenem Zauber, den die gewahrte Würde des einzelnen zu entfalten vermag.

Fischer Taschenbuch Verlag

fi 2040 / 3

Cristina Garcia

Träumen auf kubanisch

Roman

Aus dem Amerikanischen von
Carina von Enzenberg

Band 12915

Cristina Garcias temperamentvoller und mitreißender Roman spielt auf Kuba und in New York und erzählt eine Familiengeschichte über drei Generationen, wechselvolle Lebensläufe von vier wunderbar verschiedenen, willensstarken Frauen – Müttern und Töchtern. Im Mittelpunkt steht Celia, die verwitwete Großmutter in Havanna, eine Anhängerin der Revolution. Beide Töchter entgleiten ihr, und Celia muß Einsamkeit und schwierige Liebe lernen.

»Auf ›kubanisch träumen‹: das bedeutet, im inneren und äußeren Exil den Stimmen der Heimat und den eigenen heimlichen Leidenschaften lauschen.«
Helmut Winter, Frankfurter Allgemeine Zeitung

Fischer Taschenbuch Verlag

fi 4012 / 5

Helen Meier

Lebenleben

Roman

Band 10276

Annas Leben, reich an unerwarteten Wendungen, an Liebe und Leid, wird nicht chronologisch erzählt. Denn das eigentliche Thema dieses intensiven Romans ist die verrinnende Zeit, das gelebte Leben und die Erinnerung daran. Sprunghaft – von verschiedenen realen und imaginären Bezugspunkten aus – arbeitet die Erinnerung ein Gesamtbild heraus, in dem Kindheit und Jugend ebenso anschaulich aufscheinen wie die eindrückliche Schilderung des Älterwerdens und Altseins. In einer rhythmischen, kraftvollen Prosa hat Helen Meier die Geschichte der widerspenstigen Anna und ihrer Familie erzählt, an deren Ende sie, die Altgewordene, doch immer Hoffnungsbereite, noch einmal aufbegehrt.

Fischer Taschenbuch Verlag

fi 4011 / 5

Sue Miller

Das Ende des Sommers

Roman

Aus dem Amerikanischen von Heinrike Scharwey

Band 12738

War es nicht das Richtige, den langjährigen Geliebten Jack zu heiraten, nachdem seine Frau gestorben war? Als Lottie Gardner, selbständige und selbstbewußte freie Journalistin, das alte Haus ihrer Mutter für den Verkauf herrichten muß, nimmt sie nur zu gern die Gelegenheit wahr, für ein paar Wochen aus dem problematischen Ehealltag zu fliehen. An den Ort ihrer Kindheit zurückgekehrt, wird sie nicht nur mit ihrem jetzigen Leben, sondern auch mit ihrer Vergangenheit konfrontiert. Mit wachsender Einsicht registriert sie, wie sehr ihre Herkunft ihre Gefühle und ihr ganzes Leben bestimmt: die alkoholabhängige Mutter, der Vater, der wegen Unterschlagung im Gefängnis saß, das Gefühl, am falschen Ende der Straße zu wohnen... Sie begegnet ihrem egozentrischen, einsamen Bruder Cameron, trifft ihre Jugendfreundin Elizabeth, die vor ehelichen Schwierigkeiten ins mütterliche Nest am richtigen Ende der Straße flüchtet. Sie sind wieder alle zusammen, und für kurze Zeit scheint alles wie früher, ein trügerisches Sommeridyll. Erst ein tödlicher Unfall, der Besuch von Jack aus Chicago, Szenen, Tränen und Konfrontationen lassen Lottie endlich begreifen, daß sie ihr ganzes Leben lang immer nur auf der Flucht war, vor sich selbst, vor ihrer Vergangenheit und davor, wirkliche Bindungen einzugehen. Die Einsicht trifft sie wie ein Schock.

Fischer Taschenbuch Verlag

fi 184 / 6